二見文庫

瞳はセンチメンタル

キャンディス・キャンプ／大野晶子＝訳

A Summer Seduction
by
Candace Camp

First published in the United States by Pocket Star Books, a division of Simon & Schuster, Inc.
Japanese translation published by arrangement with Maria Carvainis Agency, Inc through The English Agency (Japan) Ltd.

アーネストとメアリー・エリザベス・スパーロック（一九四四～二〇一一年）へ

あなたを捨て、あなたのあとを追わずに帰るよう、わたしに勧めないでください……（「ルツ記」第一章十六節）

謝辞

いつもの顔ぶれ全員に感謝を。ポケット社のアビーとすばらしいチームに、マリアと、マリア・カルヴァイニス・エージェンシーのすばらしいチームに、そしてなにより、わが家のチーム——夫のピートと娘のアナスタシア・ホプカスに。あなたたちがいなかったら、とても成し遂げられませんでした。みなさんのサポートについて、ここで逐一挙げていきたいところではありますが、そんなことをしたら、本がもう一冊できあがってしまうでしょう。

わたしたちの人生をより豊かなものにしてくれたマイキーに、特別な感謝を捧げます。あなたは、本を書きつづけてきたこの十五年間、わたしを助け、そのうちの二作には登場までしてくれました。本書は、はじめてあなたなしで取り組んだ作品であり、あなたのことが恋しくてたまりません。

瞳はセンチメンタル

登　場　人　物　紹　介

ダマリス・ハワード	若き未亡人
アレック・スタフォード	ロードン伯爵
ジェネヴィーヴ・スタフォード	アレックの妹
マイルズ・ソアウッド	アレックの友人
レディ・ロードン	アレックの祖母
ウィラ・ホーソーン	アレックのおば
ガブリエル・モアクーム	アレックの友人
シーア・モアクーム	ガブリエルの妻。ダマリスの友人
マシュー・モアクーム	モアクーム夫妻の息子
レディ・セドバリー	ダマリスの祖母
ジョスラン	ガブリエルの亡き妹。 アレックの元婚約者
バレット・ハワード	ダマリスの亡夫

1

彼女のからだは温かく、腕をまわすとこちらにしなだれかかってくる。その唇は甘く、ふたりを取り巻く空気が期待にびりびりと震えている。そよ風を肌に感じ、彼は全身をぶるっと震わせた。遠くで、雷鳴が低くとどろいている。

「ジョスラン」とささやきかけ、強く抱きしめる。と、彼女が背中を向け、するりと腕を抜けていった。肩越しに、笑い声をたなびかせながら。

アレックは彼女を追いかけようとした。からだの奥が欲望にかき鳴らされ、獲物を追う興奮が頭をもたげてくる。月明かりを浴びた彼女は、ほんのり銀色に輝いていた。ドレスの裾《すそ》をひるがえし、深い金色の髪を旗のようになびかせている。夢のごとくふわふわとした足取りで石のあいだを駆け抜け、彼があともう少しというところに迫るたびに、するりとその手をかわしてしまう。角を曲がると、彼女の姿が消えていた。ふと、周囲の石が墓標であることに気づき、ぞっとする。

そのとき背後から彼女の腕がまわされ、香りが鼻孔をくすぐった。アレックはふり返って彼女の唇を奪い、豊かな髪に両手を埋めた。からだじゅうが燃え上がり、欲情にかられて硬くなる。彼女がぎゅっとしがみつき、やわらかな乳房が彼の胸に押しつけられる。彼女がほしい。ほしくてたまらない。

アレックは顔を上げ、潤んだすみれ色の目を見つめた。白くなめらかな肌が月明かりに照らされて輝き、黒く豊かな髪が彼の指に絡まる。その瞬間、それがジョスランではないことに気づいた。

「ダマリス!」

雷鳴がとどろき、アレックははっと目をさました。

一瞬、自分がどこにいるのかわからず、頭が混乱したが、やがて思考がたどたどしくまとまりはじめ、モアクーム卿を訪ねていく途中の宿屋にいることを思いだした。開け放たれた窓からやわらかな夏の空気が漂い、薄いカーテンをそよがせている。ふたたび、遠くで雷鳴が低くとどろいた。からだはまだ欲望にうずいている。ぼくが求めているのはジョスランか、それとも、ダマリスなのか?

アレックはもどかしげにため息をついたのち、起き上がって両脚をさっとベッドから下ろした。どちらであろうと、関係ない。いずれにしても、ばかばかしい話だ。ジョスランはいままでは墓のなかにいる。彼女がほんとうの意味でアレックのものになったことは、一度もなかった。一方のダマリスは……彼は、レディ・モアクームのよき友である、若く魅惑的な未亡人を頭に思い浮かべた。あの豊かな、漆黒の髪……大きくて表情豊かな、深い青の目。青といってもほとんど紫に近く、どこか涼しげでよそよそしい色を浮かべている……そして男がつい触れてしまいたくなるような、曲線を描く誘惑的な、あのからだ。

アレックはそんな思いを追いやろうとするかのように、頭をふった。どれほどそそられようとも、ダマリス・ハワードを手に入れられるはずがない。そもそも第一印象からして、あまりよいものではなかった。半年前、アレックはガブリエル・モアクームの家にずかずかと入りこむなり、ミセス・ハワードの目の前で、彼と素手での殴り合いを開始したのだから。おまけに、村まで案内しようという彼女の申し出をはねつけるという無礼をはたらき、罪を重ねてしまった。彼の欠点はなによりその気位の高さであり――人によっては〝傲慢《ごうまん》なまでに〟とつけ加える――憐《あわ》れみや恥辱をきらうのと同じくらい、人の助けを借りることをよしとしない人間なのだ。

そんな悲惨な出会いのあと、ミセス・ハワードは冷遇すれすれの、棘《とげ》だらけの礼儀正しさで彼に接するようになった。むろん、だからといって求愛をあきらめるようなアレックではない。アレック・スタフォードは、挑戦を避けるような男ではないのだから。しかしミセス・ハワードはりっぱな淑女であり、それ以上に、アレックが尊敬する数少ない人物のひとり、シーアの友人だ。すなわち、気軽にベッドに連れこめるたぐいの女性ではないということになる。そしてアレックは、それ以外の目的でひとりの女に執心するほど、まぬけではなかった。かつて彼の心にかすかに宿った愛や結婚にたいする感傷は、ジョスランとともに死に絶えていた。

アレックはベッドから離れて窓際《まどぎわ》に行った。薄いカーテンが大きくうねって素肌をかすめ、彼は先ほどの夢のなかと同じように、ぶるっとからだを震わせた。月は見えず、夜明けとともに空が白みはじめていた。

もう眠気はすっかりさめたので、彼は窓辺を離れて服を身につけはじめた。チェスリーまでは一日もかからないはずだ。いまその町では、ガブリエルが新妻と、養子に迎えた男の子と一緒に暮らしている。すぐに出発すれば、午後のなかばには到着できるだろう。

日が昇るころには、アレックはかなりの道のりを進んでいた。朝食をとると同時に馬を休ませるための休憩は取ったものの、チェスリーの町に近づくにつれてペースを上げ、足を休める回数を減らしていった。彼は数カ月ほど前から、落ち着かない気分に悩まされるようになっていた。原因はよくわからないのだが、そわそわとしながら過ごす時間は増える一方で、いまや、ひとところにじっととどまっていられないほどだった。幼いマシューの洗礼式に出席するためにチェスリーを訪ねたあと、彼は社交シーズンの開始と同時に、兄として妹のつき添い役を務めるため、ロンドンに戻っていった。しかしそのひと月後には時間をもてあまし、ノーサンバーランドの領地にさっさと舞い戻ったのだった。ところがそれまでとはちがい、クレイヤー城にいてもなぜか落ち着かなかった。日中は長く退屈で、夜は悶々《もんもん》と過ぎていく。とうとう彼は予定を早めに切り上げ、ロンドンに戻ることにした。そして今年の二月に訪ねたばかりとはいえ、途中、モアクーム家の友人たちを訪ねるために、チェスリーに立ちよることにしたのだった。

自分でもこれが奇妙な行動であることはわかっていたものの、男はある程度の年齢に達するとなにかと退屈しがちになるものだ、と自分を納得させた。あるいは、ジョスランの行方が判明し、ひたすら待つしかなかった長く不安な日々から解放されたあと、手持ち無沙汰《ぶさた》になってしまったというだけのことかもしれない。

丘を登りきると、チェスリーの町を一望におさめることができた。コッツウォルズの石造りの家々が、真昼の太陽を浴びて淡い蜂蜜色《はちみついろ》に輝いている。はるかかなた、町の反対側の外れに、聖マーガレット教会の四角い塔がぬっとそびえ立っていた。アレックは、いつしか心が浮かれてきたことに、われながら驚いた。ジョスランの死のみならず、彼女の大きな欺瞞《ぎまん》という不愉快な真実を知ったのは、この町でのことだった。当時、彼女が行方不明になってから一年以上が過ぎていたにもかかわらず、彼はほんのかすかな希望にしぶとくしがみついていた。しかしそんな希望も、ここチェスリーでの一連の出来事によって、完全に潰《つい》えたのだった。そう考えれば、この町には悲しみと喪失しか感じないはずだというのに、なぜか彼はここに一種の愛着を抱くようになっていた。

アレックは馬をうながして速度を上げ、まもなく町の周辺部に到着した。昨年のクリスマスに滞在した宿〈ブルー・ボーア〉の前を通り過ぎる。二月の洗礼式のときには、ガブリエルとシーアが自宅に招いてくれた――もっとも、ジョスランの失踪《しっそう》によってガブリエルとの友情が一度危機に陥り、昨年の冬、ようやく修復がはじまったばかりだった。そんなことがあったので、アレックは宿屋を通り過ぎながら少し躊躇《ちゅうちょ》した。ここで足を止め、部屋を取ったほうがいいのかもしれない。しかし彼はそのまま馬を進めた。プライオリー館へとつづく道の途中には、ダマリスの家がある。ここで彼女を訪ねたとしても、それは礼をわきまえた行動にすぎないはずだ……が、理性が勝り、彼はまっすぐガブリエルの家に向かった。

プライオリー館で応対に出た従僕は、さっと一礼すると彼をなかに通した。従僕がアレックの先に立って応接間に案内しようとくるりと背を向けたとき、かん高い声につづいてきゃっきゃと笑い声が上がり、幼い子どもが大広間から飛びだしてきた。ぽっちゃりとした脚と腕を、左右に広げてバランスを取っている。引っかけて転ばないようにするためか、服の裾がわきに押しこめられていた。子どもは上機嫌のようすで、顔を輝かしている。アレックの胸のなかで、心臓が痛みを感じるほど固まった。子どもの背後から、小枝模様のおしゃれなモスリン・ドレスに身を包んだ、すらりと背の高い女性が現われた。彼女も笑いながら、めがねの奥の表情豊かな大きな灰色の目をきらめかせている。頰が赤らみ、アップにまとめた赤褐色の巻き毛が何本かほつれ、顔の周囲にはらはらと落ちかかっていた。

幼子《おさなご》は、玄関の間に立つアレックに気づくと、ふと足を止めた。アレックは一瞬、子どもの笑い声が恐怖の涙に変わってしまうのではないかと思った。なにしろ彼は背が高く、威厳に満ちた押しだしをしている。氷のような青い目と角張った険しい顔立ちも、その外見をいかめしくするばかりだ。アレックを見るなり、子どもがくるりと背を向けて母親のスカートの陰に隠れてしまったことも、一度ならず経験している。ところが、どうやらマシュー・モアクームは不屈の精神の持ち主のようで、一瞬足を止めたあと、にっこりとして耳をつんざくような甲高い声を上げたかと思いきや、すたすたと前に進んでアレックに両手を差しだした。アレックは当惑したように幼子を見下ろした。ぼくにどうしろというのか。

「ロードン卿！」先ほどの女性も早足で歩みよった。アレックを見て顔を輝かせている。彼女が笑い声を上げた。「抱っこしてやらないと。この子、ぜったいにあきらめませんよ」

アレックはかがみこみ、慎重な手つきで子どもの腰をつかむと、そのからだを持ち上げた。どういうわけかマシューはあたりまえのようにすんなり腕におさまり、アレックの上着の折り襟を小さなこぶしでつかんだ。腕のなかの幼子はずっしりとしてやわらかく、かすかにミルクとラベンダーと赤ん坊のにおいがした。アレックの胸のなかでなにかがゆるみ、温かいものが広がった。子どもは目の前にきた女性を見やると、ふたたびうれしそうに声を上げた。

「そうよね、高いところが好きなのよね？」彼女は子どもをうれしそうに見つめたあと、アレックに顔を向けた。「お会いできてすごくうれしいわ。ガブリエルったら、あなたがくることを教えてくれなかったのね。叱《しか》ってやらなきゃ」

「いや、どうかそんなことはしないでください。ぼくが悪いんです。失礼ながら、なんの知らせも送っていなかったものですから、レディ・モアクーム。故郷からロンドンに戻る途中で、ふと、名づけ子を訪ねてみようと思い立っただけなんです」

シーア・モアクームが目にほんの一瞬驚きの表情を浮かべたのち、たちどころにそれを押し隠したのを見て、アレックは顔を赤らめた。この女主人はその事実を口にするほど礼儀知らずではないが、チェスリーの町は、ノーサンバーランドからロンドンへの道のりから大きく外れていることは、アレック本人もよくわかっていた。

「まあ、でもそうしてくださって、ものすごくうれしいわ」シーアが温かな笑みを浮かべた。「でも前に、わたしのことはシーアと呼んでくださるとお約束したはずよ。だってわたしたち、ほとんど親戚《しんせき》のようなものなんですもの。あなたはマシューの名づけ親なんですから」

アレックは彼女に笑いかけた。目に見えるかどうかという程度に、彼のいかめしい顔がやわらいだ。「光栄です、シーア」腕に子どもを抱いているにもかかわらず、彼はきちんとお辞儀をした。その動きがうれしかったのか、マシューが声を上げ、アレックの上着をつかむ手に力をこめた。「ただし、あなたもぼくのことをアレックと呼んでくださるという条件つきですよ」

「アレック！」背の高い黒髪の男が、顔に大きな笑みを浮かべて近づいてきた。「なんと！よくきてくれた、うれしいよ」

「ガブリエル。ありがとう。お邪魔じゃなければいいのだが」アレックは友人に近づき、ガブリエル・モアクームが差しだした手を握った。

「とんでもない。いつでも大歓迎だ」

ガブリエルとこうして並んで立つのが、ごく自然のことに思えた――なんといってもふたりは、十五歳のときからの友人なのだ。それでも、一年以上つづいた仲たがいの記憶は忘れがたく、まだ若干のぎこちなさも残っていた。一瞬、アレックはなにを口にしたらいいのかわからなくなった。そのときマシューが身を乗りだし、ばぶばぶいいながらガブリエルのほうに両手を差しだした。

「ぼくを捨てるつもりかい？」アレックは愉快な気分でたずねた。「裏切り者め」

ガブリエルが苦笑し、アレックの腕から子どもを受け取った。「ぼくを見て、そろそろお茶の時間だと期待しているのさ」ガブリエルがかがみこんで首に鼻をなすりつけると、マシューがきゃっきゃっと笑い転げた。

「というよりも、きっと、あなたと一緒に床を転げまわれるんじゃないかと期待しているのよ」シーアがさらりと訂正し、夫から子どもを受け取ろうと手をのばした。「いらっしゃい、そろそろお昼寝の時間だわ」彼女は男性陣に笑みを向けた。「マシューを乳母のところに連れていくから、おふたりでごゆっくりどうぞ」

男ふたりはしばしその場に立ちつくし、子どもを抱えたシーアが階段をさっさと上っていくのを見守った。「幸せそうだな」アレックは静かにいった。

「ああ、まったくだ」ガブリエルが、いつものように白い歯を見せて笑った。「いつかきみにも、こんな幸せがめぐってくるといいんだが」

　アレックはゆがんだ笑みを浮かべた。そういう言葉を迎え撃つために完成させた表情だ。

「哀れ、ぼくは独身を貫く運命にあるようだ」彼は友人の視線を避けた。ガブリエルは、アレックがかつてその言葉を必死に否定しようとしていたことを知る、数少ない人間のひとりだった。

「一年前なら、ぼく自身、同じことをいっていただろう」とガブリエルは陽気に応じた。「シーアに開眼させられる前なら」家の奥に向かってさっと手を差しだす。「さあ、旅の埃《ほこり》を落として、近況を教えてくれ」

　ふたりはしゃべりながらのんびりと廊下を進み、ガブリエルの書斎に向かった。アレックは、すんなり昔に戻って会話を弾ませられることに驚いた。しかし考えてみれば、ガブリエルという男は、昔から相手をくつろがせるのが得意だった。アレックのほうはといえば、そんな才能には恵まれてもいなければ、習得の仕方もわからなかった。そういう才能を必要とする機会がほとんどないのが、せめてもの救いだ。

「きみたちがロンドンかモアクーム・ホールに移ってしまっていたらどうしよう、と思っていた」アレックはすわり心地のいい安楽椅子《ウィングバック・チェア》に腰を落ち着けながらいった。暗い色調の羽目板張りの書斎には、革と煙草のかぐわしい香りがかすかに漂っていた。

ガブリエルはのんきなようすで片方の肩をすくめ、友人にポートワインのグラスを手わたすと、向かいの椅子に腰を下ろした。「マシューをあの子の祖母に見せるために、ひと月ほどホールで過ごしたよ。それにロンドンにもしばらく滞在した。シーアは芝居が大好きだし、書店や美術館であそこまでのんびり時間を過ごしたのは、ぼくもはじめてだ」ガブリエルが自嘲《じちょう》気味にそういったので、アレックもつい苦笑をもらした。「しかし正直なところ、プライオリー館が恋しくてたまらなかった。それに、チェスリーの町も。ぼくはすっかり家庭的な男になってしまったようだ」

「それがきみには似合っていると思う」

ガブリエルがうなずいた。「シーアがいうには、マシューがあの小さな指で、ぼくの心をつかんでしまったそうだ。情けないことに、そのとおりなんだよ。彼女のほうこそぼくの心をつかんでいるという事実については、本人の口からは出てこなかったがね」

アレックはまたしても胸のなかにあの感情がこみ上げてくるのを感じた。苦痛とよろこびが合わさったような、奇妙で痛烈な感覚だ。「マシューはジョスランに似ているな」イアンにも似ているという点はあえて口にしなかった。それについては、考えないのがいちばんだ。

その言葉を聞くとガブリエルは真剣な目になり、うなずいた。気まずい沈黙が流れた。マシューの母親ジョスランは、ガブリエルの妹だった。彼女がアレックとの婚約を破棄し、忽《こつ》然《ぜん》と姿を消したとき、ガブリエルはアレックを責めたのだ。チェスリーの町の教会におき去りにされたマシューを、教区牧師の妹シーア・バインブリッジが発見してはじめて、ことの真相が明らかになった。妻帯者の恋人の子どもを身ごもったジョスランが、いったんはアレックの求愛を受け入れておきながら、けっきょく下手な芝居を最後までつづけることができなくなったのだ。彼女は海をわたって子どもを産み、そのまま大陸でしばらく暮らしていたのだが、力つきて死にかけてはじめて、わが子を兄に託そうとイギリスに戻ってきたのだった。マシューを連れて故郷に戻るまで命をつなぎ止めることはできなかったものの、最後にはすべてがうまくおさまり、その赤ん坊がガブリエルの人生にシーアまでもたらす結果となった。クリスマスからまもなくして夫婦となったふたりは、そのかわいらしい赤ん坊を自分たちの子どもとして育てていた。

アレックは椅子のなかでからだを動かした。「チェスリーのほかの面々は元気でやっているか？　ダニエル牧師は？　地主のクリフ夫妻は？　ミセス・ハワードは？」彼は最後の名前をいかにもさりげなく口にすると、視線を落として手にしたグラスを見つめた。

ガブリエルは、かすかに愉快そうな表情を浮かべてアレックをちらりと見やった。「シーアの兄上はあいかわらずだ。ハドリアヌスの長城について本で読んだ内容を、きみに逐一聞かせたくてうずうずしていることだろう。残念ながら兄上にとって、ぼくは義理の弟としての資質が不足しているようだ。クレイヤー城に何度かきみを訪ねていったことはあっても、まだ一度もその長城まで足をのばしていないと話したからな」

アレックは苦笑した。「それはたしかに、牧師にしてみれば破門ものだろうな。あとで牧師を訪ねることにするよ。ある学者が手紙を書き送ってきて、ローマ時代の野営地の遺跡を探すために、うちの領地を発掘調査したいというんだ。許可しようと思っている。ダニエル牧師も、発掘に立ち会いたいかもしれないな」

「そいつはすごい。そうすれば、きみは兄上の生涯の友となるぞ」ガブリエルはそこでしばし間をおき、アレックの顔を見ながら先をつづけた。「きみがここにいるあいだに、晩餐会《ばんさんかい》を開かなくてはな。ミセス・ハワードがいまチェスリーを離れているのが、じつに残念だ」

アレックはひどく落胆したものの、そんな気持ちは押し隠すよう、しっかり叩《たた》きこまれてきた男でもある。「そうなのか？ それは残念だ。レディ・モアクームも、さぞかし寂しいことだろう」

「そうだな。しかし、じき戻ってくるはずだ――ロンドンに行っただけだから。さしずめ、買い物旅行だろう」

「そうか。まあ、ぼくからよろしくと伝えておいてくれ」

「もちろんだ」ガブリエルが目をいたずらっぽくきらめかせた。「美しい人だよな、ミセス・ハワードは」

アレックは友人をきっと見やったが、ガブリエルが昔から人をからかってばかりいることを思いだし、すぐに苦笑した。「おい、なにをいいだすかと思えば！　ミセス・ハワードに、特別な関心はないぞ」

ガブリエルはなにもいわなかったが、アレックの言葉に納得しているようには見えなかった。

「ほんとうだ」とアレックはくり返した。「手に入れずとも、美を堪能《たんのう》することはできるさ」

「ふむ。しかし、きみがなにかの美術作品に惚《ほ》れこんで、それを買わずにいられたことが、何回あった？」

「金ですむ問題なら、話はちがう」とアレックは反論した。「もっともミセス・ハワードほどのレディに価格がつけられるとしたら、ぼくにはとても手の届かない額になるだろうがな」

友人が真顔に戻った。ガブリエルは、高貴なレディを求めることに興味がないというアレックの言葉の裏にあるものを、痛いほど知っているのだ。それがわかっていたアレックは、目をそらした。だれかから悔やみや弁解、ましてや憐れみなど、向けられてたまるものか。

「とにかく、きみにはせいぜい楽しんでもらわなくてはな」ガブリエルがさらりといった。

「魅力的なミセス・ハワードがいなくても。さあ」彼は飲み物をわきにおいて立ち上がった。

「部屋に案内しよう。さもないと、長旅のあとできみを休ませようともしなかったといって、シーアに叱られてしまう」

「そうだな」とアレックも同意し、立ち上がってあとにつづいた。ミセス・ハワードが町にいなくても、なにも変わらない。ここには、友人たちと名づけ子に会いにきただけなのだから。日の光のなかでは、今朝見た夢のことなど関係ない。

ガブリエルは約束どおり、友人を手厚くもてなした。田舎では、ほんの一日の猶予で晩餐会が開けるようだ。地主夫妻と教区牧師、そして退役した大佐は、厳密な意味で洗練されているとはいえないが、みな陽気な人たちで、少なくとも都会人のように気取ったところはなかった。ガブリエルが予想したように、ダニエル・バインブリッジはローマ遺跡の発掘作業について聞かされると、言葉を失いかけるほど狂喜し、さっそく訪問計画を立てたいので翌日のお茶の時間に訪ねてくるよう、アレックを強引に誘った。

しかしほんとうのところアレックは、幼いマシューと一緒にいるだけで充分楽しかった。マシューの明るい表情を見るたびに心が温かくなるし、頭上に高く掲げてやればきゃっきゃと大はしゃぎしてくれることもわかった。その一方で、かつて愛した女性の息子に目をやった瞬間、亡霊の手で心臓をわしづかみにされた気分になることもあった。

いちばんのお気に入りは、いまのように、マシューがあのぽっちゃりとした小さな脚を精いっぱい動かして、こちらに駆けてくるときだった。アレックがしゃがみこんで幼子を受け入れようと両手を広げたところ、驚いたことにマシューが彼の頬に湿ってべたべたとしたキスをしてくれた。

「この子を抱いている姿、とても自然に見えるわ」とシーアが笑みを浮かべていった。

「ほんとうに？」アレックはまゆをつり上げた。「どうしてかな。いままで子どもを抱っこしたことなど、ないというのに」

「そうなの？　たぶん、経験よりも気持ちが大切なのでしょうね。わたしだってマシューがくる前は、子どもについてほとんど無知も同然だったんですもの」

「この子は、大勢の人生を変えてしまったようだ」とアレックはつぶやくと、大きく見開かれた青い目を見下ろした。

乳母が昼寝をさせるためにマシューを連れにきた。アレックは手わたしたくないという奇妙な感情をおぼえたが、そろそろ牧師とのお茶の時間が迫っていた。彼はシーアの前を辞すと、快適な夏の昼下がりだったこともあり、馬で遠まわりをするのではなく、徒歩で古い修道院の遺跡を抜けて牧師館に向かうことにした。

モアクーム家が暮らすプライオリー館と、遺跡を挟んで反対側に建つ聖マーガレット教会は、かつてこのあたりに建っていた大修道院のなかで唯一残っている建物だった。回廊とその他の建物は、いまでは一部の壁を残すだけのがれきの山と化していた。遺跡の先には教会の墓地があり、墓標が見える。アレックは先日の夢を思いだした。ジョスランを追って墓地を抜ける夢。彼女に追いつき、口づけをした瞬間、腕のなかの女性はいつのまにかダマリスになっていた。

彼は白昼夢からわれに返り、いつしか足を止めていたことに気づいた。あたりには人っ子ひとりなく、目の前に、古い石造りのがっしりとした教会がそびえているだけだった。アレックはそのまま牧師館へと通じる小さな橋をわたるのではなく、衝動的に教会のほうに向かった。

年季の入った木の扉が背後でばたんと閉まったあと、彼は入口の間を抜けてその先の内陣に向かった。なかはしんと静まり返り、外壁に並ぶステンドグラスの窓越しにもれる光が、高い背もたれがついた木の信徒席と古びた石床にやわらかな色彩を投げかけていた。古い教会のご多分にもれず、この教会の内部も十字の通路で仕切られ、祭壇のすぐ手前で短いほうの通路が左右にのびている。

アレックは左手にある小さな礼拝堂にふらりと入りこんだ。錬鉄製のついたてによってほかとは切り離されたその空間には、短い信徒席が数列あるだけだった。いちばん奥の窓の下に、はるか昔の騎士と彼の淑女を祭ったふたつの石造りの墓があり、どちらの表面にも、横になったふたりの肖像が彫られていた。ステンドグラスから射《さ》しこむ、淡い青と黄色の光に洗われている。すぐわきの幅広の壁の前には、ウェールズの愛の守護聖人、聖ドゥワインウェンの彫像が立っていた。件《くだん》の中世の騎士が、ウェールズから、ウェールズ人の妻とともに持ち帰ったものだった。

マシューの洗礼式のとき、アレックはダマリスからその伝説について聞かされていた――騎士が、淑女の愛を勝ち得たのはこの聖人のおかげだとして彫像を故郷に持ち帰り、彼女を祭る礼拝堂を建てたのだという。以来、地元のいいつたえでは、この聖人に真心をこめて祈った者は、その願いが叶《かな》えられるとされてきた。アレックにはいまひとつ信じられない話だったが、ふと、彫像のわきの奉納台でろうそくが二本燃えていることに気づいた。信じている人間がいるのはまちがいなさそうだ。

彼は彫像に近づき、しばし突っ立ったままそれを見下ろした。表面がざらついているし、見るからにかなりの年代物だった。そこここが欠け、ひびが一本くっきりと入っている。それでも、その粗く彫られた顔を見ていると、なんとなく心の安らぎをおぼえた。穏やかで、愛すら感じられる表情だ。アレックはふり返って信徒席に腰を下ろし、内陣の短い通路の反対側に位置する洗礼堂のほうに目をやった。華麗な彫刻が施された洗礼盤の前に立った、二月のあの日のことを思いだす。

隣にはガブリエルとシーアが立っていた。シーアの腕には両手両足をばたつかせる赤ん坊。そしてダニエル・バインブリッジが、厳粛な言葉を唱えていた。アレックの向かい側、洗礼盤の反対側には、ダマリス・ハワードが立っていた。冬の冷えきった教会内だったので、ダマリスはベルベット地の外套《がいとう》をまとっており、その深い紫色が彼女の鮮やかな目の色をさらに深めていた。あのときアレックは、彼女をしげしげとながめていた。豊かで艶《つや》やかな黒髪、やわらかそうな乳白色の頬、ぷっくりとした唇。聖なる場所にいながら、彼女にまつわるじつに不埒《ふらち》な考えに耽《ふけ》っていたのである。

ミセス・ハワードはロンドンでなにをしているのだろう。ガブリエルは買い物旅行だろうといっていたが、そうだとしても不思議はない。見かけるたびに、彼女はいかにもおしゃれなドレスに身を包んでいるのだから。芝居やオペラも、さらには舞踏会も楽しんでいることだろう。自分もロンドンにとどまっていれば、彼女とばったり出くわしたかもしれない。だとしても、なにがどうなるというわけではないが。

アレックは堅い木の椅子のなかでそわそわとからだを動かし、身を乗りだして前の信徒席に両腕をかけ、交差させた手の上にあごをのせた。ふたたび洗礼式のことを思いだす。シーアとガブリエルの顔は、愛に輝いていた。ふたりの愛の炎は、いまなお燃えつづけているようだ。むろん、まだほんの数カ月しかたっていないのだが、ふたりの愛が長つづきするであろうことに、疑いの余地はない。あのふたりなら、幸福と思いやりをもってマシューを育て、いずれそこにほかのきょうだいを加えることだろう。そして、ともに歳を重ねていくのだ。

いやでも羨望《せんぼう》がちくりと胸を刺した。彼らのよろこびをねたんでいるわけではない。むしろ、胸が熱くなるくらいだ。燃えさかる炎のすぐわきに立っているかのごとく。それにくらべて自分の人生が、潤いのない空虚なものであるからといって、それは彼らのせいではない。かつて、ほんの短い期間、自分の未来も同じくらい明るく、甘いものになると期待したこともあったが、当然ながらそんな期待は、生まれるとほぼ同時に死に絶えていた。アレックは独り身の寂しい人生を思い、胸に鋭い痛みをおぼえた――さっさと心から切り離して、鍵《かぎ》をかけてどこかにしまいこんでおけばいいものを。自分の人生にもあんな幸せがほしいという心のうずきが、一瞬胸をよぎった。

そんなことをくよくよ考える自分に嫌気が差し、うんざりしたような声をもらしたあと、彼は椅子からからだを押し上げるようにして立ち上がった。こんなふうに考えるなんて、情けない。自分の人生に欠点など、なにひとつないではないか。いやじっさい、大勢からうらやましがられる人生だ。われこそはロードン伯爵なのだから、大海に浮かぶコルクのようにふらふらするのは、もうやめにしなければ。ロンドンに戻るのだ。自分の生活に。

彼は教会をあとにすると、二度とふり返らなかった。

2

ダマリスは化粧《けしよう》簞笥《だんす》の鏡の前でからだをねじり、ドレスのうしろを確認しようと首をのばしつつ、自宅の寝室にある大きな姿見があったらいいのに、という切ない思いを味わっていた。マダム・ゴーデの助手が、注文した新しいドレスのうち数着を届けてきたので、今夜の劇場には、ぜひそのうちの一着を着て出かけたかった。ダマリスが選んだのは淡い青のシルクドレスで、ふわりとしたオーバースカートを留める小粒の真珠がうしろにずらりと並んでいた。それに合わせて、乳白色の真珠の首飾りも選んでおいた。あとは床までつづく背中の繊細な真珠の連なりを、しっかり目で確認できればうれしいのだけれど。

しかし、仕事上のつき合いがある男性が彼女のために見つけてくれたこの小さな居心地のいい家は、ハーフムーン通りのすぐ近くの小広場に位置しているとはいえ、家具には多少の不足があった。少なくとも、鏡は足りていない。この家の家具を揃《そろ》えた人も、大家も、男性にちがいない――ダマリスはかすかないらだちをおぼえつつ思った。なにしろ家のところどころに設置された鏡は、どれも上半身しか映らないのだから。彼女はため息をもらして女中に向き直り、問いかけるようにまゆをつり上げた。

「お似合いですわ」とイーディスがいって、スカートのねじれを直した。「御髪《おぐし》に、もう一本真珠の飾りをつけましょうか」彼女は真珠つきのヘアピンをダマリスの漆黒の巻き髪のなかに滑りこませた。

「ミスター・ポートランドはお見えになっているの？」とダマリスはたずね、手袋と扇を手に取った。

「はい。十分以上前からお待ちです。ホーリーがシェリー酒をお出ししたところ、たいそうご満悦のようすでした」

「よかった」ダマリスは手袋をはめながら戸口に向かった。人をあまり長く待たせるのは好きではなかった――もちろんミスター・ポートランドは文句ひとついわないだろう――が、イーディスがいくら巧みな手つきでねじってピンで留めても、髪型が思いどおりにいかないこともある。

ダマリスが小さな応接間に入っていくと、ミスター・ポートランドが立ち上がり、シェリー酒の入った繊細なグラスをわきにおいて、心からの笑みを浮かべ、礼儀正しく腰をかがめた。「ダマリス」

「グレゴリー」彼女も銀髪の紳士に笑みを返し、手を差しだした。父の友人であり、銀行家の彼を親しげに呼ぶのは、子どもの時分からの知り合いだったこともあり、いまだにとまどいをおぼえないでもない。しかし父が亡くなって以来、ミスター・ポートランドは長年、彼女の資産管理人を務めると同時に友人でもあったので、あまり堅苦しい呼びかたをしないでほしい、と本人に乞《こ》われたのだ。「またお会いできて、うれしいわ」

もちろん二週間前にロンドンに到着したときも、銀行に彼を訪ねていた。なんといっても今回のロンドン訪問は、資産管理にかんするさまざまな雑務を片づけるのがいちばんの目的なのだから。つき合いのある実業家と投資について話し合い、事務弁護士に些細《ささい》な法律上の問題を相談してもいた。資産管理のあれこれについては、ほとんどはチェスリーの自宅から郵便ですませられるものの、年に一度は管理人たちとじっさい顔を合わせたほうが賢明だ。買い物や夜の劇場通いは、そんな退屈な仕事をこなした自分への褒美のようなものだった。

「今夜をとても楽しみにしておりましたの」と彼女は年配の銀行家に声をかけながら、肩にゴッサマー織りのショールをはおった。「ミセス・カミングスの舞台復帰は、大評判を呼んでいるとか」

「そのようですね」銀行家が腕を差しだし、ふたりは外に出た。「もう二年近くも舞台から離れていたし、彼女なしでは劇団も以前と同じようにはいかなかったのでしょう。彼女がもう戻ってこないんじゃないかと心配する声も上がっていましたが、わたしは、彼女がいつまでも遠ざかっているはずはないと思っていましたよ。人を愛するのはけっこうなことだけれど……」ミスター・ポートランドがなにかいいたげに肩をすくめた。

「ええ。愛は長つづきしませんものね、でしょう？」

彼女の口調が気になったのか、ミスター・ポートランドがかすかに眉間《みけん》にしわをよせて彼女を見やった。「わたしはべつに――」

「わかっています」彼女は明るくほほえんだ。「そんなつもりでおっしゃったんじゃないことは承知しておりますわ。それに、ほんとうのことですもの。愛があればいいというものではありませんわ」彼女は、チェスリーにいる友人シーアのことを思い浮かべた。いま彼女はモアクーム卿と結婚し、同時に彼の妹の子どもの母親となり、とても幸せに暮らしている。「なかには数少ない例外もありますけれど。友人のミス・バインブリッジは恋愛結婚だったというお話、しましたわよね？」

「ええ、うかがいましたよ。モアクーム卿にはお会いしたことがあるが、りっぱなお方でした」

ミスター・ポートランドの手を借りて黒塗りの艶やかな馬車に乗ったあと、ダマリスは彼と一緒に栗色《くりいろ》の豪華な革の座席に腰を落ち着け、馬車に揺られながらなごやかなおしゃべりを楽しんだ。この年配男性と過ごす時間は、昔から楽しかった。生まれたときからの知り合いで、彼女の境遇を知りつくしているだけに話がしやすかったし、愛情と敬意の両方をもって接してくれる男性だった。

たとえば彼は、ダマリスが街の洗練された娯楽を好みながらも、それを楽しむ機会を奪われている状況を、即座に察してくれた。帽子や服の仕立屋なら、当然ながら女中と一緒か、あるいはひとりで出かけても、決して問題にはならない。しかし芝居やオペラに男性の同伴なしで参加するなどまず不可能であり、彼女がロンドンで知る男性といえば、仕事上の相手にかぎられてしまう。そのため、ロンドンに出てきてからというもの、彼女の社交生活は、チェスリーのような田舎町にいるときとくらべても、決して満足のいくものではなかったのだ。

だからダマリスは、ミスター・ポートランドが気をきかせて、親切にも夜の観劇のおともを申しでてくれたことに、感謝していた。愛情深いおじのような存在の男性は、理想の同伴者とはいえないかもしれないが。ダマリスは、そういう席での理想の男性については、あえて考えまいとした。

大劇場に足を踏み入れながら、ダマリスはあたりを見まわした。べつにわたしはだれかを探しているわけではない、ときっぱり自分にいい聞かせる。ましてや、ロードン伯爵を探しているはずもない。ロンドンで彼にばったり出くわすかもしれないと思ったことが一度や二度あったからといって、ほんとうにそんなことになると信じるほど、うぶな女ではないのだから。彼とは、生きる世界がちがう……知り合いの輪が、ほんの少しでも重なる可能性すらない。それにシーアから手紙を受け取ったばかりなのだが、一週間前に書かれたその手紙には、いまプライオリー館にロードンが滞在していると書かれていた。

まさか、彼がすでにチェスリーをあとにしているとは思えない。仮にロンドンに舞い戻っていたとしても、舞台に人気女優が戻ってきたという話題で持ちきりだというだけで、今夜の芝居に彼が足を運ぶとは思えない。むしろ話題を呼んでいるというまさにその理由から、くるのを拒むというほうが、いかにも彼らしい。

そんなふうに考えていたので、席に着いて、見おぼえのある金髪の頭が目に入ったとき、ダマリスはもう少しで声をもらすところだった。胸の鼓動がいきなり速まってくる。あれはロードンだわ。まちがいない。あの色の薄い金髪は、見まちがえようもなかった。紳士らしからぬ長さのぼさぼさの髪、そしていかめしく特徴的な表情をつくる高い頬骨。この距離では、当然ながら強烈な薄青の目を確認することはできないが、ダマリスは、彼の目を忘れることができなかった。あの氷のような目を忘れるなど、まず不可能だ。

彼は列の端のほうに腰かけており、その隣には銀に近いほど明るい金髪の若い女性がすわっていた。そのいかにも貴族然とした顔立ちが、ロードン卿との血のつながりを感じさせた。その女性の反対側の隣には、じつに堂々たる押しだしの年配女性がすわっていた——おそらくは母親、あるいは祖母だろう。

ダマリスは、自分がじろじろと見つめていたことに気づき、あわてて視線をそらした。夢見がちな少女のように口をあんぐり開けて見とれているところを、ロードンに見つかりでもしたら！　彼女は優雅なしぐさで両手をひざの上に重ね、ミスター・ポートランドに話しかけようとふり向いた。もうぜったいに、劇場のなかをきょろきょろ見まわしたりはしない。幕が開き、いよいよ舞台に目を向けられるようになると、彼女はほっと胸をなで下ろした。

第一幕のあいだ、ダマリスはなかなか役者に意識を集中させられずにいた。ロードン卿のことが気になってしかたなく、暗闇《くらやみ》のなか、彼のいる方角に目を凝らしたいという誘惑に、必死に抗《あらが》わなければならなかった。彼もわたしに気づいたかしら？　もしそうなら、休憩時間に声をかけてくるだろうか？　ダマリスは、自分の容姿が大勢の男たちを惹《ひ》きつけることは自覚していたものの、ロードン卿もそのひとりかどうかは確信できなかった。なにしろ冷酷で、気位の高い男性だ。それに彼の心は――心があったとして――ガブリエルの妹、ジョスランに捧《ささ》げられていたことは明らかだった。

それでも……一度か二度、彼の目のきらめきに胸がざわついたことはあった。もちろん、こちらが勝手にどきどきしただけかもしれない。いずれにしてもダマリスは、彼を追いかけたり、彼の前に身を投げだしたりするつもりはなかった。休憩時間にロビーを散歩するのもやめようかしら、とすら考えたが、一幕が終わったあと、ミスター・ポートランドが腕を差しだしてきたので、それに応じた。ここで座席に残るといい張ったら、奇妙に思われるだけだろう。それでもダマリスは、彼と一緒にロビーを歩きながら、きょろきょろしてしまわないよう心がけた。ロードン卿のほうがこちらに気づけば、なにか声をかけてくるはずなのだから。

ミスター・ポートランドが、シャンパンはどうかと問いかけたとき、ダマリスは深い声を耳にした。「ミセス・ハワード?」

全身を興奮が駆け抜けるのを感じ、ダマリスはロードンのほうに顔を向けていなかったことに感謝した。さもなければ、その気持ちが顔に出ているのを見られてしまっただろう。ダマリスはいつもの表情に戻したあとでふり返ったが、彼の姿を目にしたときは、笑みをこらえきれなかった。

「ロードン卿。なんという偶然かしら、うれしいわ」

それまで彼女は、彼の背の高さや上着に包まれた肩幅の広さを想像のなかで勝手に誇張しているだけだと確信していたが、いまこうして見てみると、決して誇張ではなかったことがわかり、少しうれしくなった。大柄で細身の彼には、簡素な黒のスーツと、対照的にまっ白なシャツがよく似合っていた。右手にはめた紋章指輪のおかげで、長い指と骨張った指の節がいっそう目立っている。厳密な意味で、彼は美男子というわけではなかった。その角張った顔の造作には、あまりに殺伐とした捕食動物の鋭さがあるし、立ち姿にも、かすかにぴりぴりとした緊張が感じられる。それでもダマリスは、彼を目にするたび、どこか生々しくてぞくぞくする感覚がからだを駆け抜けるのを、否定することができなかった。

「こちらこそ」彼の口のほんのかすかな動きは、笑みとは呼べないものの、それが顔の表情を動かし、その薄青の目に温《ぬく》もりが増すのがわかった。礼儀正しいというには少々長すぎる時間、ダマリスの目を見つめたあと、彼は視線を外して先をつづけた。「妹をご紹介します。レディ・ジェネヴィーヴ・スタフォードです。ジェネヴィーヴ、こちらはミセス・ハワードだ。レディ・モアクームのご友人だよ。チェスリーでお会いしたんだ」

「ミセス・ハワード」ロードンの腕に手をかけていた金髪女性が、ダマリスにうなずきかけた。魅力的で骨張った顔立ちは、兄と同じくらい静穏で表情が読みづらかったが、その青い目に浮かんだのが好奇心であることを、ダマリスは確信した。「残念ながら、まだレディ・モアクームにお目にかかったことはありませんの。兄によれば、とてもすばらしい方だとか」

ダマリスはシーアを思い浮かべてにこりとした。「お兄さまのおっしゃるとおりですわ。レディ・モアクームはすてきな方です。近いうちにお知り合いになれますように。わたしからも、ミスター・ポートランドをご紹介させてください」

そのあと礼儀正しいあいさつがつづいた。ダマリスはそのあいだずっと、ロードンの視線をひしひしと感じていた。いったいなにを考えているのかしら——その表情から読み取ることはできなかった。自己紹介や、天候や芝居にかんするあたりさわりのない話題が落ち着くと、会話が途切れた。ジェネヴィーヴが兄をちらりと見やったあと、小さくせき払いした。ロードンがそれに気づいていないのか、妹のほのめかしをたんに拒んでいるだけなのか、ダマリスにはよくわからなかった。もう少し一緒に時を過ごすために彼女がなにかいおうとしたとき、ロードンが先に口を開いた。

「つい最近まで、プライオリー館にいたんです」と彼はダマリスにいった。「モアクーム夫妻が、よろしくといっていました」

「まあ、すてき。ありがとうございます。マシューは元気でしたか？」

今度は彼もはっきりと笑みを浮かべ、目尻にしわをよせた。「ええ。元気いっぱいでした。もう歩くんですね」

「そうなんです」ダマリスはくすりと笑った。「みんな、よろこんであの子のあとを追いかけています。あの子に早く会いたいわ」

「ロンドンにはしばらく前から？」とロードンがたずねた。

「いいえ、ほんの二週間前からです。ひと月ほど家を借りていますので」

「そうなんですか？ ずいぶん短い滞在なんですね」彼、がっかりした顔をしている？ それともたんなるわたしの思いこみ？「ロンドンの街もさぞかし失望することでしょう」

「口がお上手ですのね」ダマリスは目をきらめかせた。ロードンと言葉の剣を交えるとき、なぜか気分が浮き立ってくることを、忘れかけていた。冷静沈着な彼の表情に、ユーモアや驚き、さらにはいらだちを浮かべさせるべく挑発したいという誘惑は、抗いがたい。「でも、それほどよくできた褒め言葉を口にできるのは、さぞかし何度もくり返してきたからなのでしょうね」

彼の目が驚いたようにわずかに見開かれ、その声に笑いらしきものが加わった。「ぼくがおべっかを使っていると？」隣の妹がぎょっとした顔をしたが、そんな妹の変化に気づいていないのか、彼は先をつづけた。「そんなふうに考えるのは、あなたくらいのものでしょうね」

「あなたがおべっか使いだなんて、まさか」とダマリスは異議を申し立てた。「そんなことを口にするのは、ひどく不作法な人だけですわ」

「ではあなたは、つねに作法に気を配る人だと？」と彼が切り返した。その目に浮かぶきらめきは、いまや見まがいようもない。

「あら、だれだってそう努力すべきではないかしら」彼女の唇に、かすかによこしまな笑みが浮かんだ。「でも残念ながら、つねにうまくいくとはかぎりませんもの」

いまやジェネヴィーヴは、人目を気にすることなく兄をじろじろと見つめていた。彼女はせき払いをしたあとダマリスに顔を向け、さっと礼儀正しい笑みを浮かべた。「それでは失礼いたします、ミセス・ハワード、ミスター・ポートランド。お会いできて光栄です。わたしたち、ミセス・ハヴァーボーンにお話がありますので」

ダマリスはうなずいた。「こちらこそ、光栄です」

ロードンは、そっとひじを引っ張る妹をよそに、その場に根が生えたように立ちつくしていた。「祖母をご紹介できず、残念です。祖母は席に残っているものですから」

「お祖母《ばあ》さまにもよろしくお伝えください」

「ええ、ありがとうございます。よかったら、明日の夜、ジェネヴィーヴが主催する舞踏会にいらっしゃいませんか。祖母もあなたに会えればよろこぶはずです」

「でも――」ダマリスはジェネヴィーヴの凍りついた表情を見やった。ここは断わらなければ。上流社会の舞踏会に出席してはならない理由なら、ごまんとある。ジェネヴィーヴがあわてて押し隠した驚きなど、取るに足らないほどに。

ロードンが妹に顔を向けると、ジェネヴィーヴはつくり笑いを浮かべた。「ええ、ぜひいらしてください」と彼女はダマリスにいったが、その口調に熱意はこもっていなかった。

ふつうならダマリスも、そんなうわべだけの招待を受けるようなことはしなかった。それにジェネヴィーヴがダマリスの過去を少しでも知っていたら、うわべだけの招待すらしないことはわかりきっている。ダマリスは辞退しようと口を開いたものの、ふと、ロードンを見つめるという失敗を犯してしまった。

「ありがとうございます」ダマリスはそういってほほえんだ。「よろこんでうかがいますわ」

「でもその方、いったいどこのどなたなの?」ロードン伯爵夫人が身を乗りだし、薄青の目を見開いて、孫息子をまじまじと見つめた。彼女の目は、スタフォード家特有の冷たい色合いをしているわけではないが、それでもたいていの人間を畏縮《いしゆく》させるほどの威厳と尊大さに満ちていた。しかしその夜ばかりは、孫息子はそんな威力をものともしていないようすだった。

彼は簡潔に答えた。「ミセス・ハワードという方ですよ、お祖母さま。さっきもお伝えしたと思いますが」

「ええ、聞きましたとも。でもそれだけでは、どういう素性かわからないでしょう」

隣ではジェネヴィーヴが、オペラグラスで観客をざっと見まわしていた。祖母の客人がこの豪華なボックス席を立ち去るまで、アレックが翌日の舞踏会にひとりの女性を招待したという話を切りだせなかったので、明かりが消えてつぎの幕が開くまでの時間はほんの少しか残されていなかった。

「あそこだわ！」ジェネヴィーヴが小声でいった。「あそこにいる、淡い青のドレスを着た、髪のまっ黒な女性」彼女はオペラグラスを祖母に手わたし、下のほうにいる観客に向かって指を差した。

「ジェネヴィーヴ！　おやめなさい！　指を差してはいけません」伯爵夫人が孫娘からオペラグラスをひったくるようにして取りながら、落ち着き払った顔でたしなめた。「はしたないですよ」

「はい、お祖母さま、ごめんなさい。わたしたちのほぼ真下の、通路から二番目の席にいる方よ」

「ああ、ええ、わかったわ」伯爵夫人はしばしミセス・ハワードをながめたのち、オペラグラスをジェネヴィーヴに返した。彼女は孫息子に探るような視線を投げかけたが、彼女がなにか口にするより早く、劇場の明かりが消えて幕が上がった。伯爵夫人は唇をきっと結び、芝居を見ようと舞台に顔を向けた。

アレックは肩から力を抜き、祖母の注意が舞台に戻ったのをいいことに、下の観客席を見つめた。この暗がりでは、ミセス・ハワードの姿をつくづくながめるのは不可能だが、先ほどの彼女の姿はしっかり目に焼きついていた。彼の記憶はまちがっていなかった——やはり、美しい人だ。いや、記憶にある以上の美しさかもしれない。豊かな黒髪にちりばめられた乳白色の真珠と、それに合わせた真珠の首飾り。さらに視線を下げれば、白くなめらかで魅惑的な胸もとが……流行の深い襟ぐりからのぞくふくらみが……彼はからだをもぞもぞと動かし、舞台に視線を戻した。

それでも心は、すぐ下にいる女性のもとから離れることはなかった。あとで第二幕の展開について訊《き》かれても、答えられないだろう。いずれにしても、道化芝居に興味はなかった。ジェネヴィーヴがきたいというから、つき合ったままでの話だ。どうやら今夜は、舞台を観《み》にきて、さらには舞台を観にきたのを人に見られるべき重要な夜のようだった。それに正直にいえば、ミセス・ハワードも芝居を観にくるとしたら今夜の可能性がいちばん高いのでは、と思ったことは否めない。

だがその可能性があるとわかっていても、客席をざっと見まわして彼女の姿を見つけたとき、ちょっとした衝撃を受けたのは事実だ。こちらが先に気づき、ロビーで彼女とばったり出くわすよう演出するだけの時間的余裕があったのが、ありがたかった。それでも、ばかみたいにこちこちになり、ぎこちない態度をとってしまったような気がする。ダマリス・ハワードは、いつもこちらをからかうような目をしている。魅惑的であると同時に、挑戦的な表情だ。アレックはそういう表情には慣れていなかった。女たちが彼に向けるのは、神経質な目か、貪欲《どんよく》な目か、もっと多いのは、その両方を組み合わせた目ばかりだから。

そばにジェネヴィーヴがいたことも、当然ながらあまり助けにはならなかった。妹が厳しい目で逐一観察していることには、アレックも気づいていた。ジェネヴィーヴの目をごまかそうとしても無駄だ。ほかのだれより、彼のことを知っている人間なのだから。もちろん、妹になにか隠しごとがあるわけではないが……もっとも、ミセス・ハワードのことを考えるたびに、この気持ちを世のなかのだれにも知られたくないと思わずにいられなかった。いや、彼自身、こんな気持ちは知らないほうがよかったのでは、とすら思えてくる。

しかしそんなのは、じつにばかげている。ミセス・ハワードの近くにいるときにいつも感じるような、漠然とした、熱っぽく、じりじりするような感覚と同じくらい、ばかばかしい——まるで青二才に逆戻りではないか！　彼は昔から、あまり社交的ではなかった。それに無口なところが、不器用さゆえではなく傲慢さゆえだと人に思われてばかりいるのは、むしろ好都合だと考えていた。それにしても、ミセス・ハワードと話をするときに感じるほどのぎこちなさは、ここ何年も経験していなかった。それでいて、彼女を目にするや、幕間《まくあい》に偶然を装ってばったり出くわす筋書きをつくったのだから、おかしなものだ。

第二幕が終わったあとは、彼女とふたたび話をする機会はめぐってこないだろう。そんなことをすれば、人の噂《うわさ》になってしまう。しかし彼は、彼女のことで祖母からさらに問い詰められるのもいやだった。そこで、幕が下りるとすぐに立ち上がり、ふたりのレディになにか飲み物を持ってこようと申しでた。戻ってきたときには、都合のいいことにボックス席には大勢の客があふれていた。彼がそのうちのふたりに第三幕をここで観ていくよう誘ったところ、ひどくよろこばれた。祖母は、孫息子が彼女のいまは亡き姉の友人と、その友人の頭が空っぽの娘をボックス席に引きとめたことに驚いたそぶりは見せなかったが、ジェネヴィーヴのほうは彼をきっとにらみつけてきた。どうやらアレックは、避けられない事態を先延ばしにしているだけのようだ。

そんなふうだったので、劇場をあとにし、馬車に乗りこんで詮索《せんさく》好きな人々の目や耳から逃れた瞬間、祖母の無慈悲な追及を覚悟した。

「まだわたしの質問に答えていないわね、アレック。ミセス・ハワードというのは、どういう方なの？　どうしていままで、その名前を聞いたことがないのかしら？」

「ぼくにはわかりません、お祖母さま。彼女は未亡人ですし、隠居生活のようなものを送っているようです」

伯爵夫人は納得がいかないようすだった。「隠居するには、少し若くて魅力的すぎやしないかしら」

「喪に服しているのかもしれません」

「喪に服しているようには見えなかったわね」

「お祖母さま」彼は祖母を見据えた。「そうした質問に答えられるほど、ぼくもあの人のことはよく知らないんです」

「でも、わが家での舞踏会にお招きしてもいいと思うほどには、知っているのね」祖母がかすかに笑みを浮かべた。「もちろん、とてもきれいな方だわ。まあでも、たとえあなたの趣味が悪くても、だれも責められませんよ」

「ぼくの趣味がこれとどう関係してくるのか、よくわかりません」アレックの冷酷な視線は、相手が伯爵夫人ほどの人物でなければ威嚇することもできただろう。「ぼくは、レディ・モアクームの友人をわが家での舞踏会に招いただけです。ロンドンでの滞在も短いそうですし、ロンドンに知り合いは多くないと思ったので」

伯爵夫人が目をすがめた。「モアクーム卿の奥方の田舎者のお友だちに親切にしたいがために、招待したというの？　それをわたしに信じろと？　ちなみに、あなたがだれかをわが家の舞踏会に招待するのは、これがはじめてのことですけれどね」

アレックの目が愉快そうにきらめいた。「田舎者？　ミセス・ハワードは髪に干し草をつけているわけではありませんよ、お祖母さま。チェスリーで会った人のほとんどは、じつに垢《あか》抜けた方たちでした」

「チェスリーね」伯爵夫人はその町をさもさげすむようにさっと手をふった。「わたしの目をごまかそうとしても無駄よ、アレック。問題は、その方についてあなたがなにを知っているのか、ということなの。ご出身は？　コッツウォルズだなんていわせないわよ。チェスリーの場所くらい、わたしも知っていますからね。わたしが知りたいのは、どういう家柄の人なのかということなんですから」

「申しわけありませんが、ご友人の素性について、レディ・モアクームを尋問するつもりはありません。ぼくが知っているのは、彼女が未亡人だということだけです。彼女と会えば、話にしても態度にしても、非の打ちどころのないマナーの持ち主だとおわかりになりますよ。恥をかかされるのではないかと心配する必要はありません」

伯爵夫人がナイフのように鋭い一瞥《いちべつ》を彼に投げつけた。「わたしにそんな口をきくのはおやめなさい、ロードン。わたしはあなたよりもずっと長いあいだ、ひょこひょこと芽を出す成り上がり者をかわしてきたのですから」

「ミセス・ハワードにしても、彼女の亡きご主人にしても、〝成り上がり者〟だったと思うだけの理由はありません、お祖母さま。彼女はモアクーム家の友人であり、彼らがわがスタフォード家と交流するにふさわしいりっぱな家柄であることは、お祖母さまもお認めになるでしょう。レディ・モアクームはバインブリッジ家の一員ですし、フェンストーン卿の親族にあたります」

「フェンストーン！」伯爵夫人がさっと顔を上げ、孫息子に見下すような視線を長々と据えた。彼女がフェンストーン伯爵を軽視しているのは明らかだ。「あなたの父方の祖先は、リチャード三世がフェンストーンにあの土地を与えるずっと前から国境を守っていたのですよ」

「ええ、ええ、知っています。わが家はネヴィル家に対抗したパーシー家と運命をともにしたんですよね。しかしジェネヴィーヴの舞踏会にミセス・ハワードを招待することと、薔薇戦争が関係があるとは思えません」

「バインブリッジ家の友人だというのは、少しも好ましいことではないといいたいのよ」とジェネヴィーヴが激しい口調で横やりを入れた。「フェンストーン卿はいつもくたびれはてているし、イアンがどんな人間かは、わたしたちみんなが知っているはずだわ」

アレックは鋭く切り返そうとしたが、妹の赤らんだ頬と鋭い目を見て、気持ちをやわらげた。「おまえがイアンのことをどう思っているのかはわかっているし、ぼくにたいする忠誠心もうれしく思っている。でも、信じてくれ。ミセス・ハワードはどんなかたちであれ、あいつとはつながっていない。彼女が開催した十二夜の舞踏会をわれわれがだいなしにする前は、彼女はあの男に会ったことすらなかったんだ」

半年前、ダマリスが開催した仮面舞踏会で、かつてアレックの友人だったイアンが、じつはアレックを裏切って彼の婚約者を誘惑し、結果として彼との婚約を破棄させて国から逃亡するよう仕向けたという真相が、すべて明るみに出たのだった。

「もうだれにも、お兄さまのことを傷つけさせないわ」ジェネヴィーヴの目は、狼女のように強烈だった。

彼はかすかにほほえんだ。「心配するな。ミセス・ハワードの祖先がだれであれ、関係ないんだから。彼女に理性を奪われるつもりはない。ましてや心を奪われるはずもないさ」

3

ダマリスは、腕まである長く優雅な白手袋のしわをのばしながら、ため息をついた。やはり気を変えて、レディ・ジェネヴィーヴの舞踏会には行かないことにしても、いまならまだ間に合う。

その日は朝からずっと、行くべきではない、と自分にいい聞かせていた。この招待を受けるなんて、自分勝手だし、愚かなことだ。もしわたしのことにだれかが気づけば……だれかにわたしの素性を明かされてしまったら、スタフォード家に迷惑をかけてしまう。そもそも先方も、わたしの両親にかんする真相を知れば、ぜったいに招待などしなかったはずなのだから。それにジェネヴィーヴのあの表情からして、彼女がわたしをあまり招待したがっていないのは、まちがいない。たとえわたしの過去を知らなくとも。

どうしてロードンはあんな強引なことをしたのだろう。そう思うと、全身がざわめいた。彼がわたしを舞踏会に招きたがっている、などと浮かれるのは、愚の骨頂だ——いくら自分にそういい聞かせても、気持ちはおさまらなかった。たしかに、男性から興味を示され、誘われることはよくあった。いままで、数多くの求愛者におだてられてきた――はっきりいって、ロードンよりもはるかに女をおだてるのが得意な男たちからも。でも、それとこれとはべつだ。あの男たちは、彼女の心を震わせ、胸を高鳴らせるようなことは、なにひとつしてくれなかったのだから。からだじゅうの血をざわつかせるようなことは、一度もなかった。アレック・スタフォードのようには。

やはり行くのはやめよう、上流社会の舞踏会に出席すべきではない、レディ・ジェネヴィーヴに礼儀正しく謝罪の手紙を書こう。そう決意するたびに、けっきょくはドレスやアクセサリーを選んだり、髪をふわりとまとめて巻き毛を軽く垂らそうかなどと考えたりしてしまうのだった。最終的には、舞踏会に出たところでだれかに迷惑をかけるわけではない、という結論に落ち着いた。彼女の正体を少しでも知っている人間がその場にいる可能性は、ほぼないに等しいはずだ。

ダマリスは十四歳のときに大陸の学校に行き、イギリスに戻ったのは前年のことだった。彼女の名字と父親の名字を結びつけることはできないし、そもそも父親の家族が彼女のことをだれかに話しているはずはなかった。彼女の結婚にかんする醜聞が知られているとも思えない。なにしろあれは、イタリアでのことなのだから。万が一、彼女の秘密を知っている人間がいたとしても、ロードンや彼の家族にひどい汚名を着せることにはならないはずだ。なんといっても彼女は、大きな舞踏会に参加するたんなる招待客のひとりにすぎないのだ。

それに、マダム・ゴーデにあつらえてもらった新しい舞踏会用のドレスを着る機会を逃すのは、あまりに惜しい。まるで砂糖をまぶしたスモモのように、表面が銀の薄織物で覆われた深い紫のシルクドレス。その深い色彩に合わせた、紫水晶とダイヤモンドの耳飾り。仕上げは巻き髪に編みこむ銀色のリボンと、首を飾る紫水晶のペンダント。

その装いを選んだあと、ダマリスは風呂に入ってめかしこんだところだった——もう支度は調っているというのに、いまだ覚悟ができていないのだ。その場に突っ立ったまま決めかねているところへ女中が現われ、戸口でちょこんとお辞儀をすると、かしこまったようすでいった。「ロードン卿が下でお待ちでございます」

ダマリスは女中をまじまじと見つめた。一瞬、口を開くことも、動くこともできなかった。「ロードン卿が？　ここに？」絞りだすようにそういったあと、せき払いをしてもったいぶったようすで頭を傾《かし》げ、こう口にした。「すぐにまいりますと伝えてちょうだい」

ダマリスはくるりと身をひるがえして両手を合わせ、深く呼吸し、いきなり騒ぎはじめた神経を落ち着かせようとした。ロードンがなぜここに？　彼女は階段を下りていった。胃のあたりが妙に熱く感じられる一方で、両手は冷えきっており、感情が興奮と恐怖のあいだで激しく跳ねまわっている。

ロードンが階段の足もとで、こちらに背中を向けて立っていた。前夜と同じく黒と白の衣装を身にまとっていたが、そんなぱりっとした厳粛な服装も、彼に染みついた野性味を完ぺきに覆い隠してはいなかった。ダマリスは、彼をはじめて目にしたときのことを思いだした。あの骨張った顔にむきだしの怒りを浮かべ、銀に近い金髪を風で乱し、薄青の目を燃えたぎらせながら、ガブリエルの家にずかずかと入りこんできたときのことを。怒り心頭に発していた彼は、全身に力をみなぎらせ、いまにも飛びかからんと身構えていた。それでいて、自制心のオーラに包まれていた。逆上しながらも、冷静沈着に、自制心をはたらかせることができる男なのだ。なぜかはわからなかったが、ダマリスは彼を目にするたびに、体内にたちまち本能が呼びさまされるのを否定できなかった。

ロードンが彼女の足音に気づいてふり返った。笑みこそ浮かべていないものの、その顔がかすかに輝き、目にぱっと光が宿る。「ミセス・ハワード」彼はさっと一礼した。ダマリスがいちばん下の段に到達したところで手を差しだすと、それを取り、礼儀正しい態度で彼女をわきへ引きよせた。「じつに美しい」

彼が身をかがめて手の甲に軽く口づけしたとき、たんなるあいさつでしかないはずのそのしぐさが、なぜかダマリスの全身をしびれさせた。「まあ、お世辞がお上手だこと……それでも、とてもうれしいわ」

「ほんとうのことなのですから、お世辞のはずがありません」彼女の全身にさっと注がれたロードンの視線が、その言葉を証明していた。「男ならだれでも、息を呑むでしょう」

悔しいことに、ダマリスは頬が赤らむのを感じた。わたしは、男の賛辞にこうやすやすと影響されるほどうぶな女ではないはずなのに。彼女はいつもよりもぶっきらぼうな口調でいった。「ここにいらしたと聞いて、驚きました。舞踏会の会場にいるべきではないのかしら」

「これはジェネヴィーヴと祖母が主催する舞踏会ですからね。ぼくがいたところで、邪魔になるだけです。それにあなたをご招待しておきながら、お迎えもせずに放《ほう》っておくなんて、紳士にあるまじき行為でしょう」

「あら」ダマリスは挑むように横目でちらりとロードンを見た。どうしてわたしは、この人にちょっかいを出さずにはいられないのだろう。棒で虎《とら》を突かずにはいられない子どものように。

「それでは、ここにいらしたのは義務感からであって、そう望んだからではないのですね？」

「麗しのミセス・ハワード……」ロードンの口角にうっすらと刻まれたしわが深まり、ダマリスはつい彼の唇に目を惹きつけられた。「あなたのこととなれば、いつでも望まずにいられません」

言葉の攻撃を巧みにかわした彼に苦笑しながら、ダマリスは体内が熱くねじれるのを感じていた。「あなたと言葉の剣を交えてはいけないことを、忘れないようにしなければ」

「いえ、お願いですから、やめないでください。あなたと一緒にいるときは、それが楽しみのひとつなのですから」指を握るロードンの手にほんの少し力が加わったとき、ダマリスは、先ほどの礼儀正しいあいさつを終えてからしばらくたっても、彼にまだ手を握られていることに気づいた。さらに驚きなのは、自分が手を握られたままであることをうれしく思っているという事実だった。

「お迎えに来てくださるなんて、その思慮深さに感謝するのみですわ」ダマリスはやや堅苦しい口調でそういうと、彼の手からするりと手を抜いた。「まさかここまでしていただけるとは、期待していませんでした」

「これも受け取ってもらえるとうれしいのですが」彼はそういうと、玄関の間におかれた小さなテーブルに手をのばして小箱を取り上げ、彼女に手わたした。

箱を開けると、まずはクチナシの濃厚な香りがふわりと漂い、そのあと花が現われた。手首に飾る繊細なコサージュだ。ダマリスはすうっと息を吸いこんだ。「ロードン！　とてもすてきだわ！」箱からコサージュを取りだし、彼にほほえみかけた。

「そんな笑顔を見せてもらえるのなら、もうひとつ持ってくればよかった」ロードンはコサージュを受け取ると彼女の手首に巻きつけ、繊細なリボンを結んだ。

「あなたには驚かされてばかりだわ」とダマリスはつぶやき、手首を持ち上げて花の香りを吸いこんだ。

玄関広間の隅で女中がダマリスの透けた銀色のショールを手にうろつきながら、ロードンに興味津々の視線を送っていた。ダマリスが目を向けると、女中は歩みでて、きらめくショールを差しだした。ロードンがそれを受け取ってダマリスの肩にかけた。彼の指が素肌をかすめたとき、ダマリスはからだの震えをこらえるのに必死だった。

彼が腕を差しだし、外で待ち構える軽馬車まで案内してくれた。その艶やかな黒い馬車の扉には、鈍い金色で描かれた一族の紋章が飾られていた。扉を開けたまま待ち構えていた仕着せ姿の従僕がステップを下ろした。ロードンの手を借りて馬車に乗りこんだダマリスは、ふたりの境遇の大きなちがいについて考えずにはいられなかった。生まれてこのかた、不自由な暮らしを送ったことは一度もなかったとはいえ、彼女が知る生活は、伯爵家の世界に染みこむ優雅さや格式とくらべたら、明らかに劣っている。

もっとも、ダマリスはなにかに怖気《おじけ》づくような人間ではなかったので、目の前に腰を下ろしたロードンに落ち着き払った顔を向けた。馬車が出発した。「わたしの住んでいるところをご存じとは、驚きました」

「ぼくなりの方法がありますからね、ミセス・ハワード」彼のくつろいだ表情がほかの男の笑みに相当することを、ダマリスも理解しはじめていた。

「そうでしょうとも」彼女はさりげなく、皮肉な口調でいった。

「今夜の予定を取り消されるんじゃないかと、びくびくしていました」しばらくしたのち、ロードンがいった。「そうしないでくれて、よかった」

「わたし、そこまで臆病者《おくびょうもの》ではありませんもの」

「そうですね」とロードンは同意しながら、彼女の目を見つめつづけた。「あなたが臆病なところなどとは、これっぽっちも思っていません」

ダマリスは、彼の目から視線を外すことができなかった。のどが激しく脈打っているところを見られているのではないかしら。こんなふうにじっと見つめられているのだから、すべて見透かされているにちがいない。この胸のなかで興奮が高まりつつあることも。息が浅くなって緊張が高まり、ふと、向かいの席にいるロードンがこちらにきて、自分を腕に抱く光景が頭に浮かんでくる。

と、彼がそっぽを向いて緊張を破ってくれたので、ダマリスは息を吐いた。顔のほてりを感じつつ、いまのため息を彼に聞かれていないことを祈った。いえ、それより、どうかこちらの考えを悟られていませんように。幸い、彼の家までの道のりは短く、まもなく馬車が一街区《ブロック》の端から端までを占める白い石造りの邸宅の前で停止した。通りを挟んで小さな三日月形の公園があり、街の中心にありながら心地いい緑を提供していた。あたりを照らす街灯が、ずらりと並んだ馬車から降りる客たちの姿を映しだしている。

ロードンが、階段からつづく堂々たる入口へ足早にダマリスを案内した。そこには仕着せに身を包んだべつの従僕が立ち、客を迎え入れていた。ロードンは頭を下げる従僕に帽子をわたすと、あちこちにうなずきかけながら招待客のあいだをすばやく抜け、舞踏室の戸口にたむろする一群のもとに向かった。

見ると、彼の妹がこちらに背を向けて立つ男性と話をしていた。ジェネヴィーヴの白いドレスは、縁取りのピンクのサテンリボンが淡い色彩を加えてはいたが、さほど温かみは感じられなかった。首を飾る高級真珠の首飾りは白雪のごとく冷え冷えとして、彼女のまっ白な肌をいっそう白く際立たせている。ジェネヴィーヴはダマリスとロードンに気づくと、表情を硬くした。

彼女の前にいた男性が、その視線を追うようにふり返った。ハンサムな男性だ。ロードンよりもわずかに背が低く、目の色とほとんど同じ金色がかった茶色の髪を短く刈りこんでいる。深い緑色の上着は筋肉質の胸と腕にぴったり合うようあつらえられ、入り組んだかたちに結ばれた白いネッカチーフは雪のように白く、まんなかに大きなエメラルドが陣取っていた。彼はダマリスに気づくとうれしそうに目を輝かせ、ふたりが近づくなか、ロードンに探るような視線をちらりと向けた。

「ミセス・ハワード」ふたりがすぐ目の前までくると、男はそういって彼女の前で優雅にお辞儀をした。「なんというれしい驚きでしょう。ロンドンにおいでとは知りませんでした」

ダマリスも笑みを返した。「サー・マイルズ。またお会いできてうれしいわ。ロンドンに来てから、二週間ほどになりますの」

「なのに、いまそれを知ったとは」マイルズが傷ついた表情を装い、それが彼のたくましい顔つきにはあまりに不釣り合いだったので、ダマリスは思わず笑い声を上げた。「きみにひと言いっておく必要がありそうだな、ロードン」彼はそういって茶目っけたっぷりに友人をふり返った。「どうやらミセス・ハワードをわれわれから隠しつづけていたようだから」

ロードンがなにもいわずに肩をすくめただけだったので、ダマリスはまゆをつり上げた。「ロードン卿に、わたしの所在がわかるわけはありませんわ。ゆうべ劇場で、たまたま妹さんと一緒にいらしたところに鉢合わせしたんです。そうしたら、ご親切にも今夜ご招待してくださって」

半年前、マイルズは、クリスマスをチェスリーで過ごすモアクーム卿に同行したとき、ダマリスにのんきにいいよろうとしたことがあった。しかしマイルズという男は、どこに行っても、相手がだれでも、いいよってばかりいる人間のようなので、ダマリスは軽く受け流していた。それでも、彼とのおしゃべりは楽しかったし、いままで誘われたどの男性よりもダンスがうまかった。それに、いかにも冗談好きのお気楽者という顔をしながらも、根本的には忠誠心と友情に篤《あつ》い男であることもわかっていた。ロードンとガブリエルが仲たがいしたあともロードンとの友情を保っていたのは、彼ひとりだった。

「こんばんは、ミセス・ハワード」ジェネヴィーヴが前に進みでた。「ようこそおいでくださいました。サー・マイルズとはすでに顔を合わせておいでのようですね」

「ええ。去年のクリスマスのころ、お知り合いになりました」

「モアクーム卿の館《やかた》は、さぞかしにぎやかだったのでしょうね」とジェネヴィーヴ。「こちらは、お祝いの席に兄がいなくて寂しい思いをしましたけれど」

「でも幸いロードン卿は、ミス・バインブリッジと彼女のお兄さまから、クリスマスの晩餐に招待されていました」ダマリスはさらりといった。「お祝いの時期にお兄さまがひとりぼっちで過ごさずにすんだのですから、あなたもさぞ感謝なさっているのではないかしら」

「ええ、もちろんです」ジェネヴィーヴがなにか思惑ありげな視線をダマリスに向けた。どうやら彼女は、兄ほど感情を押し隠す訓練を重ねていないらしい。しかしロードンほどの無《む》頓着《とんちゃく》さを装えないとしても、気位の高さでは負けていないようだった。

ふたりがそうした資質をどこから学び取ったのかは、推して知るべしだ。ジェネヴィーヴの向こうに、背筋をぴんとのばして、王者の風格であたりをながめまわす白髪の女性が立っていた。髪に挿した櫛《くし》と、首を飾るサファイアのあいだから、ダイヤモンドが輝きを放っている。年月が顔にしわを刻みつけてはいるものの、だからといってその表情をやわらげてはいなかった。ロードン伯爵夫人に刺すような青い目を向けられたダマリスは、頭のてっぺんからつま先まで、なにひとつ見過ごされていないことを確信した。

ジェネヴィーヴから紹介されたダマリスが礼儀正しくお辞儀をすると、伯爵夫人はうなずいた。

「ミセス・ハワード。いままで一度もお目にかかったことがないなんて、驚きですわね」

「イギリスに戻ってから、まだ一年かそこらしかたっておりませんので」

「あら？　大陸にお住まいでしたの？」

「いままで、ほとんどあちらで過ごしてきました」ダマリスはほほえみかけたものの、詳しい事情は説明しなかった。

「それはすてきだこと。あとでまたゆっくりおしゃべりしてもらわなければ。ウィーンには知り合いがたくさんおりますの」

「ウィーンはすばらしい街ですわ。残念ながらあそこに長くいたことはないのですが。ではのちほど、楽しみにしております」ダマリスは、この女性からはできるだけ遠く離れたところにいよう、と密《ひそ》かに決意した。彼女の過去にかんする伯爵夫人のさりげない尋問を巧みにかわすには、よほどの努力が必要とされそうだから。

「ええ、きっとおしゃべりを楽しめますよ、お祖母さま」ロードンが会話に割って入り、ダマリスの腕をしっかりとつかんだ。「でもまずは、ミセス・ハワードとワルツを踊らせてくださいい。そろそろはじまるはずなので。ミセス・ハワード？」彼はほかの者にもうなずきかけた。「では、失礼。ミセス・ハワードをあちこち紹介してまわってきます」

ロードンは手際よくダマリスをほかの三人から引き離すと、彼女を離れた場所に引っ張っていった。彼女はこっそり彼の顔をのぞき見た。

「どなたに紹介してくださるの？」

「まあ、できることならだれにも紹介したくないですね」ロードンが落ち着いたようすで応じた。一瞬浮かんだ笑みが、瞬く間に消えていく。いつしかダマリスは、いまの笑みをもう一度彼の顔に浮かべさせたいと思うようになっていた。「サー・マイルズが、あなたをひと晩じゅう独り占めしそうな勢いでしたが、やつにも、ほかのだれにも、そんな機会を与えるつもりはありません」

「ロードン卿！　そんなふうにおっしゃると、まるでわたしにいいよっているみたいに聞こえるじゃありませんか」

「みたいに？　どうやらぼくが本気だということが、わかってもらえなかったらしい」

ダマリスは小さく笑ったあと、扇をさっと開いて軽くはためかせた。「もしどなたにも紹介していただけないのなら、わたしたち、なにをするのかしら？　部屋じゅうをお散歩したあとで、あとはひとりでなんとかしろ、と見捨てるおつもり？」

「あなたがひとりで過ごす時間なんて、まずめぐってこないでしょう」ロードンがそっけなく応じた。「もっともぼくは、壁沿いに腰を下ろすいかめしい年配女性のだれかをお目付役に指名して、あなたをその隣にすわらせるつもりだったのですがね。できたら、ふたりくらい。そうすれば、両わきを固められるから」彼がダマリスをちらりと見下ろした。「でもきっと、それだけでは足りないでしょう。ぼくは隣に立っているあいだにも、あなたが大勢の求愛者に囲まれないとしたら、かなり幸運だということになりますから」

「いままでも何度かわたしとふたりきりでいる機会があったことを考えると、あなたのお話は割り引いて聞いたほうがよさそうね」

「ああ、でもそれはチェスリーでの話でしょう。いまはロンドンにいるのですから、男として、もっと目を光らせておかなければ」

「都会では、わたしの人気が高まるとでも？」とダマリスもやり返す。

「麗しきミセス・ハワード。あなたならどこでも絶大な人気を誇れることくらい、ご自分でもおわかりだろうに」彼がちらりとはすに投げてよこした視線に、熱気がよぎった。「でも都会には、競争相手がたくさんいる。だから早めに申しこまないと、あなたとワルツを踊る望みを絶たれてしまいそうだ」

「あなたが競争相手を前に尻ごみする人だとは、思いませんでした」

ロードンが小さく苦笑した。「ええ、ぼくもそれは認めます……たいていの状況なら。でもあなたが相手となれば、あらゆる機会を逃さないようにしないと。あなたには、まだぼくのいいところをお見せしていないのですから」

ダマリスはちらりと彼を見上げた。「ええ、おっしゃるとおりかもしれません。ではつまり、あなたの悪いところなら見せていただいたのかしら？」

ロードンがまゆをきゅっとつり上げた。「他人の家にずかずかと入りこんで、そこの主人に殴りかかる以上の悪いところをあなたに目撃されることがないよう、心から祈っています」

ダマリスは口角を挑発的に持ち上げた。「でもわたし、それくらいで怖気づいたりしませんわ」

彼の目にぱっと光が宿ったのを見て、ダマリスは視線を外した。それに反応して全身を熱気が駆け抜けたことに、われながら驚いたのだ。ロードン卿は、からかうような相手ではない。なのに自分はそうしたくてたまらなくなるのだから、不思議だ。衝動的な結婚と、それにつづく悲劇を経験して以来、ダマリスは、ものに動じない、落ち着いた、だれよりも慎重な女性に成長していた。少々退屈なくらいだ。多少だれかと戯れることがあるとしても、相手はマイルズのように単純でのんきな人間くらいだった。異性とのさりげない戯れそのものを楽しむだけで、それ以上のことを求めない男性にかぎられていた。

ところがいまダマリスは、単純さとは無縁のうえ、穏やかな仮面の下に危険をたっぷりはらんだ男性と一緒にいる——しかも彼女は、その下からなにが出てくるのかを見たい一心で、自制心の塊のような彼を刺激したくてたまらなかった。ここ何年も危険を避けてきたというのに、いまは崖《がけ》っぷちに立たされるスリルを楽しんでいる。愚かどころではすまないことはわかっていたが、なぜか背を向けられなかった。

ふたりはダンスフロアの端にたたずみ、コティヨン・ダンスが終わるのをながめていた。そのあとロードンがダマリスを最初のワルツに連れだした。ふと彼女は、ほぼ全員の視線が自分とロードンに注がれていることに気づいた。ロードン卿が、上流社会では無名の女性と一緒にダンスフロアに出れば、当然ながら人目を引く。そこのところを、彼女は考えていなかった。人の注目を浴びるはずもない、と愚かにも期待していたのだ。

それでも、彼女の正体や血縁について知る人間がここにいるはずはなかった。ロードンや彼の妹がダマリスについての質問によろこんで答えようとしたところで――ふたりともそんな無礼な質問に快く応じるとは思えないが――けっきょくのところ彼女のことなどなにひとつ知らないのだから、答えられるはずもない。だから彼女がチェスリーに戻れば、人々の好奇心もすぐに消えるだろう。上流社会の人間は飽きっぽさで有名なのだから。なにも心配する必要はない。

むしろそんなことをよくよく考えて、このダンスをだいなしにしたくはなかった。ロードンにこれほど接近し、彼の腕に抱かれているも同然だという状況には、うっとりしてしまう。からだは注意深く数インチ離れているとはいえ、いやでも彼の腕に包まれている気分になる。ロードンのからだが発する熱気が、彼女を熱くした。コロンと葉巻、そしてブランデーのかすかな香りが、鼻孔をくすぐる。ダマリスは彼を見上げた。これほど近い位置にいると、彼の薄青の目にガラスの割れ目のような筋が走り、それが瞳にきらめきを与えているのが見てとれる。彼の骨張った顔には惹きつけられずにいられない。その際立つ頬骨に指を走らせたい、という衝動をおぼえた。あの硬そうな唇が、ふたたび笑みを浮かべるところを見てみたい。いいえ、あの唇を味わってみたい。

ロードンの顔を長く見つめすぎていたことに気づくと、ダマリスは視線を引きはがしてダンスフロアをさっと見わたした。ジェネヴィーヴがマイルズと踊っていた。なかなかお似合いのカップルだ。白と銀に身を包んだジェネヴィーヴと、深い緑の上着を着こんだ、金色に近い茶色い目と髪をしたマイルズ。

ダマリスは、ロードンが踊りの最中に話しかけてこないことに感謝した。なにしろ彼女は、未知の感覚に浸りきっていた。音楽とダンスのよろこびに身を任せるだけのほうが、ずっといい。ロードンを見上げながら、彼との口づけを想像し、彼女のからだを回転させようと腰にかけてくる彼の指の圧力を感じているほうが、よほどいい。音楽がしだいに高まり、ついに終わったときは、落胆した。ふたりはしばらくその場に立ちつくしていたが、やがてロードンが彼女にかけていた手を下ろした。その目に名残惜しげな色が浮かんでいる。こちらも同じ目をしていることに気づかれてしまったかしら、とダマリスは思った。

ふたりしてダンスフロアを離れようとしたとき、まずはひとり、つづいてもうひとり男性が近づいてきて、ロードンに声をかけた。ロードンはダマリスのほうに冷めた視線を投げかけたあと、彼らを紹介した。ものの数分のうちに、彼女は賛美者の一団に囲まれていた。ロードンは一礼して立ち去り、ダマリスは数分ほど男たちと楽しく語らいつつ、カードいっぱいにダンスの相手を書きこんでいった。

そのあとは、ダンスとおしゃべりがつづいた。ダマリスは、田舎から出てきた二十八歳の未亡人の自分でも、男性に囲まれダンスカードも名前でいっぱいになるのだとわかり、かすかな誇りを感じずにはいられなかった。だが、夜が更けてもロードンが戻ってきてくれないことにたいする愚かな落胆を、押し殺すことはできなかった。彼が妹や祖母と踊っているところや、部屋のあちこちで会話に没頭しているところを見かけることはあった。しかしその表情から、彼が楽しんでいるのか、退屈しきっているのか、読み取ることはできなかった。

もちろん、ロンドンの社交界にはじめて登場したダマリスと何度も踊ったりすれば、いやでも注目を浴びてしまう。そうならないよう、用心しているのだろう。かといって、彼女のつき添い役という顔をするわけにもいかない。そんなことをすれば、変な注目が集まってしまうだけだ。しかしいくらそれが正しいことだとはいえ、ダマリスは、ロードンがもう少し一緒に過ごしてくれたら、と願わずにはいられなかった。

どんなに愚かだとわかっていても、そう願わずにはいられなかったのだ。

後頭部に軽い頭痛をおぼえたダマリスは、少し休みたくなった。ロードンがまた誘ってくれるかもしれないというはかない期待を胸に、夜食前のダンスカードに空白部分を残しておいたので、その機会に舞踏室を抜けだし、数分ほど孤独を楽しむことにした。最後のダンスの相手の前を辞すと、ダマリスは舞踏室の反対側に向かった。そこの開け放たれた二重扉から、わきの廊下に出られるようになっていた。

彼女が向かった戸口のすぐ近くに、客が何人か集まっていた。ダマリスはふと、こちらに背中を向けて立つ男たちのひとりに、なんとなく見おぼえがあるような気がした。その男性がふり返ってこちらの姿に気づき、会話せざるをえない状況に追いこまれるのはいやだったので、さっと顔を背けた。通り過ぎざま、ひとりの女性がその男に声をかけた。「ちょっと失礼します、ミスター・スタンリー」ああ、よかった、知らない人のようだ——スタンリーという名前の知り合いはいない。ところがその直後、声の主がダマリスをいったん通り越したあと、くるりとふり返って行く手に立ちはだかった。

ダマリスに敵意のこもったまなざしを向けたその女性は、ロードンの祖母ほど歳はいっていないようだが、後頭部の髪はまだ茶色を保っているものの、顔のまわりには銀色の筋が目立っていた。年齢のせいでまぶたが垂れた目も、不思議と同じ色彩をしている。彼女の金属のような目が、ダマリスにきっと向けられた。

「あなた！」低く、抑えきれない怒りがこめられた声だった。「よくもこんなところにこられたわね。上流社会に顔を出すなんて！」

4

ダマリスは、その高齢の女性をまじまじと見つめた。「いまなんと?」

「聞こえたはずよ」女性が二歩迫り、ダマリスは彼女の険悪な視線から逃げだすまいとその場に踏みとどまるので精いっぱいだった。「ぬけぬけと現われて、わたしたちに恥をかかせるつもり? 恥をかきたくないなら金を出せとでも?」

ダマリスは目を瞬《しばたた》いた。はじめて見る女性ではあったが、正体の察しはついた。「あなた、レディ・セドバリーですね」

「お祖母さまと呼ばれなくて、よろこぶべきでしょうね」

「ええ、そんなふうに呼んだりはしませんわ」ダマリスは、努めてそっけない、感情抜きの声でいった。目の前にいる女性の灰色の目には、父の面影がある。父のほうはもっと薄く、青みがかった目をしていたが、大きくて左右が離れているところは同じだ。

「どうしてここにいるの?」レディ・セドバリーが問い詰めた。「いますぐ出ていきなさい」

「招待されたからいるんです。ロードン卿の招待客に出ていくよう命令する権限は、あなたにはないと思いますけれど」

「その〝招待客〟が、二流女優が産んだ私生児だと知ったら、スタフォード家の方々はどう思うかしらね？」

「むしろ、わたしの父があなたの息子だと知ったときのほうが、驚かれるのではないかしら」ダマリスはそう応じながら、声が震えていないことにほっとした。「ご自分からお話しになりますか？」

「ばかおっしゃい！　あなた、そうすると脅しているつもり？」

「わたしはなにも脅していません。わたしの生まれについて伯爵のご家族が知ったらどうのこうのという話は、そちらが持ちだしたことではありませんか」

「もうあれからずいぶん時間がたったので——さすがのあなたも、上流社会の集まりに顔を出さないくらいのたしなみは持ち合わせているのだと思っていたのに。それに父親からたっぷり遺産をもらっているのだから、わたしたちに無心する必要などないはずだわ」

「わたしは、あなた方のことなど気にもかけておりません」ダマリスはぴしゃりといった。「あなたがどう考えているのかは知りませんが、それはまちがいです。わたしは、あなたの顔を生涯目にすることがなくても、充分幸せな人生を送れたはずです。それに、あなたの名前を〝汚す〟つもりもありませんし、あなたが想像しているようなことは、なにひとつするつもりはありません。自分がセドバリー一族にほんの少しでもつながりがあることを、だれかに話したり、そんなそぶりを見せたりしたことは、ただの一度もありませんから」レディ・セドバリーは恐ろしいほど顔を紅潮させたが、彼女がなにかいうより早く、ダマリスはたたみかけるようにつづけた。「でも、いくらご自分の息子に子どもと愛する人を見捨てさせることができたからといって、息子の意に反して〝ふさわしい〟娘と結婚させることができたからといって、このわたしにも同じようにできるとは思わないでください。いまあなたもおっしゃったように、わたしは充分な遺産を受け取りました。あなたと同じように、わたしたちのあいだに家族という感情はこれっぽっちもないと思っています。ですから、あなたがなにをいおうが、わたしには関係ありません。わたしは自分の住みたい場所に住み、訪ねたい場所を訪ねます」

「なんてあつかましい性悪女なの！」

「あなたがぜひとも避けたいと明言されていた好奇心をスタフォード家のお客さまたちに抱かせないためにも、もう邪魔はなさらないで」ダマリスはレディ・セドバリーをよけて前に進もうとした。

驚いたことに、レディ・セドバリーがダマリスの腕をむんずとつかんで引きとめた。「家族のことは守ってみせるわよ。いままでと変わらずに。ロンドンから出ていきなさい。いますぐ。さもないと、後悔するはめになりますよ」

そんな捨て台詞《ぜりふ》を吐くと、彼女はくるりと背中を向け、驚きのあまり口をあんぐりと開けたダマリスをその場に残して去っていった。ダマリスは背筋がぞくりとするのを感じた。ごった返す舞踏室の熱気にもかかわらず、ふと寒気をおぼえたのだ。目を瞬き、こみ上げてきた涙をこらえる――これは怒りの涙よ、と自分にいい聞かせながら。彼女は戸口を抜けてその先の廊下に向かい、銀の軽やかなショールを受け取ると、そのままロードンの屋敷をあとにした。

舞踏会を主催したふたりの女性にひと言のあいさつもなしに立ち去るのが無礼であることも、ジェネヴィーヴと彼女の祖母がそんなダマリスの不作法に気づくであろうことも、わかっていた。しかし大勢の客の合間を縫ってふたりを探しだし、頭痛がするからといいわけする気にはなれなかった。それに、もう関係ない。あのふたりには、二度と会うことはないだろうから。心の声にちゃんと耳を傾け、この舞踏会にはくるべきではなかったのだ。これから先は、理性にしたがうことにしよう。

玄関前の階段に立ってはじめて、今夜はロードンにここまで連れてきてもらったために自分の馬車がないことに気づいた。しばしためらったものの、途中で貸し馬車を呼び止めればいいと考え、歩きだした。通りに並ぶ家々の奥の暗がりから、かさかさという物音が聞こえてきた。ダマリスはぎょっとして音のするほうをふり返った。と、そのとき、背後の階段から彼女を呼ぶ声がした。

「ミセス・ハワード！」

ダマリスは心臓がずしんと沈むのを感じながら、ふり返った。ロードン卿だ。彼を無視するわけにはいかないが、いまこの瞬間は、いちばん話をしたくない相手だった。それでもなんとか笑みを浮かべようとした。

「ロードン卿」

「お帰りですか？　なにかまずいことでも？」彼が顔をしかめて近づいてきた。帽子もかぶっていないところからして、あわてて飛びだしてきたらしい。「扉から出ていくのを見かけて……心配になって。だれかに無礼なまねをされたのでなければよいのですが」

彼はレディ・セドバリーとのやりとりを見ていたのだろうか。ダマリスは笑みを大きくした。「いいえ、そんなことはありません。すてきな舞踏会でしたし、ご招待いただいて、感謝しています。お別れのあいさつもせずに帰るなんて、とても失礼だとは思ったのですが、頭痛がしてきたものですから、その——」

彼が首をふった。「弁解は必要ありませんよ。ご気分が悪いとは残念です。ジェネヴィーヴと祖母には、ぼくから伝えておきます。だからご心配なく」ロードンがさらに一歩近づき、彼女の顔をのぞきこんできた。「顔色も……すぐれないようだ」そういって、ダマリスの眉間に浮かんだしわを指でなぞる。

ダマリスは顔の緊張がほぐれるのを感じた。それまで、自分が顔をしかめていることに気づいてもいなかった。彼のやさしいしぐさに、思わず泣きだしたい気分になる。うつむいて、その衝動を飲みこんだ。「ありがとうございます。おやさしいのね」

「家までお送りしましょう」ロードンが腕を取って彼女をふり向かせ、肩を並べて歩道を歩きはじめた。

「いえ、そんな必要は……」

「なにをおっしゃる。ぼくがあなたをここまで連れてきたのですから、ぼくがちゃんと送り届けます」

ダマリスはあきらめて彼の腕を取った。ほんとうのことをいえば、いまはロードンと一緒にいたほうが、レディ・セドバリーとのひと幕について考えずにすむので、ありがたかった。こうしていれば、彼のことしか考えられなくなる。

「ぼくのいうとおりだったでしょう？」とロードンがいった。ダマリスがいぶかしげに見上げると、彼が説明した。「あなたにダンスを申しこもうと、男たちが列をなすということ」

「ええ」彼女はほほえんだ。「そうですね。あなたがけしかけたのではないかと思うところですけれど」

「まさか。ぼくはそこまで気前のいい男ではありません」

「うそばっかり。去年のクリスマスに、マシューを探して雪嵐《ゆきあらし》のなかを出かけていったのは、たしかあなただったはずよ」

彼が軽く肩をすくめた。「あれは子どもが関係したことですから。でもあなたが関係してくるとなれば、自分の有利な立場を人に譲るわけにはいきません」

「有利な立場?」ダマリスはつい、挑むような笑みを向けた。

「ぼくはあなたとすでに知り合いだ。これは有利な立場といえるのでは?」

「でもいままでは、ほかの殿方と同じ立場になってしまったわね」

ロードンがにやりとした。「そうか、しかしぼくは、あなたが住んでいる町を知っている」

ダマリスは笑い声を上げた。「ほんとうね。でも、あなたが――いえ、ほかのだれであれ――わたしを訪ねてわざわざチェスリーまでてくてく歩いてくるとは思えませんわ」

「それはひどいな。ぼくはつい先だって、そこにいたばかりなんですよ」

「名づけ子に会うためでしょう」と彼女はいった。「それも、ロンドンに戻る途中、より道したというだけで」

「一度の旅に、楽しみはたくさん盛りこめるものですよ」

ダマリスはくすりと笑った。「ええ、いいでしょう、あなたの勝ちよ」

十字路に出たところでロードンが片手を上げ、貸し馬車を呼び止めた。ダマリスは彼の手を借りて馬車に乗りこんだあと、別れのあいさつをしようとふり返った。ところが、彼もつづいて馬車に乗りこんできた。

「どうしてあなたまで――」

「いったでしょう、ひとりで帰すわけにはいかないと。家までお送りします」

「だめよ。そんなご迷惑をかけるわけにはいかないわ」とダマリスは反論したが、御者がすでに馬を出発させていた。

「迷惑だなんてとんでもない。家までは歩いてもすぐなんですから」

「そうかもしれないけれど、ほかのお客さまに失礼だわ」彼が肩をすくめたのを見て、ダマリスはつづけた。「それに妹さんとお祖母さまも、あまりいい気持ちはなさらないでしょう」

「そもそも、ぼくはこれほど遅くまで舞踏会に出ていたことはないのです」とロードンが気楽な口調でいった。「だからあのふたりも、もう満足しているはずですよ」

少々本心を明かしすぎたようだと気づいたのか、彼はふとそっぽを向き、窓の外に目をやった。ダマリスは黙ったままロードンの横顔を愛《め》でた。かつてロードンを美男子と表現したことにシーアが驚いたときのことが思いだされる。たしかに彼は、ガブリエル・モアクームのような典型的な男性的魅力を備えているわけではない。ロードンの場合、きりりとした高い頬骨と色の薄い乱れ髪、そして強烈な青の目が個性を放っている。だから彼のことを、ハンサムというよりは険しい顔立ちで、情熱的というよりは冷淡ととらえる女性がいるのは、まちがいないだろう。

しかしダマリスは、情熱や献身を軽々しく口にする、いかにも人あたりのいい美男子のことも知っていた。たとえば父のような、意志の弱い男だ。亡夫バレット・ハワードのような、やくざ者も。愛を約束したかと思えばさっさと逃げだし、相手に悲しみしか残していかないような男たち。ダマリスが惹かれたのは、ロードンの力強い顔立ちであり、その冷淡な外見の下に隠れた揺るぎない決意だった。彼は、一度会ったら忘れることのできない男だ。

彼女の視線を感じたのか、ロードンがふり返ってにこりとした。そんなまれな瞬間に遭遇し、ダマリスは、彼はかつて出会ったなかでもいちばん心惹きつけられる顔をした男性だと思った。

約束どおり玄関まで送ったあと、ロードンがあとにつづいてなかに入ってきたので、彼女は驚いた。

「扉を開けてくれる従僕はいないのかな?」

ダマリスはふり返って、おもしろそうな目で彼を見つめた。「だれもが伯爵というわけではありませんのよ。この家を借りたとき、使用人も一緒に雇ったんですけれど、人数が多くないので、扉を開けてもらうためだけに夜遅くまでだれかを起こしておく必要はないと考えたんです。女中が部屋で待っているはずですし」彼女はそこで言葉を切った。頬がかっと熱くなる。ロードンに見つめられながら、寝間着に着替えるという毎晩の儀式についてほのめかしただけでも、なぜか恥ずかしさをおぼえてしまう。

ロードンの目が暗くなり、唇がわずかにゆるんだところからして、どうやら彼も自分と同じことを考えているようだ。その反応を見て、ダマリスの体内で新たな感覚が芽生えた。恥ずかしさとはまったくちがう、なにかが。女中ではなくロードンの手によって背中の留め具を外されるのはどんな感じだろう、とつい想像をめぐらせてしまう。彼のあの指が開いたドレスの内側に滑りこみ、さらに生地を押し広げて素肌の上を滑り、シュミーズのレースをかすめるというのは。彼の指の感触を想像しただけで、肌が期待にうずいてくる。下腹部の奥深くで、熱気が渦を巻く。彼に触れられるところを、想像せずにはいられない。

ロードンはやさしく触れるのだろうか、それともじらすような動きでこちらの欲望をあおろうとするかしら？　粗雑でもどかしげな触れかたをするのだろうか。それとも荒々しく？　きっと気楽でいられるわ、とダマリスは思った。男との口づけを経験したことがなければ、ロードンの唇の味やその感触について、あれこれ具体的に思い描くこともなかったろうに。あの指先が素肌をかすめたときに全身を走るであろう震えについて、想像もつかなかっただろう。しかし彼女はそれを知っているし、ありありと思い浮かべることができる……。

男と女が交わす行為を知らない無垢《むく》な乙女でいるほうが、

ロードンが手をのばし、親指で彼女の頬の輪郭をなぞった。ダマリスは彼を見上げた。抵抗し、からだを遠ざけるべきなのはわかっていたが、できなかった。

「とても美しい目だ」とロードンがつぶやいた。「その色……」彼の口角が持ち上がる。「何百という男たちが、その目を詩で讃《たた》えてきたんでしょうね」

「何百だなんて」

「ぼくは言葉を紡ぐのが得意ではないけれど、あなたのその目を見ていると、なんだか……

溺《おぼ》れているのに、そこから救出されたくないような気分になる」

「あなた」ダマリスは息を吸いこんだ。「言葉を紡ぐのが、充分お上手のようだけれど」

ロードンが目をほんの少し見開き、唇に一瞬笑みらしきものを浮かべたあと、身をかがめて彼女に口づけした。

ダマリスは身をこわばらせ、両手をロードンの胸に持っていったものの、彼を押しやるどころか、抱きよせられるままに身を預け、上着に指を絡ませた。彼はいつまでも唇を離そうとせず、口づけを夢想していた彼女の疑問すべてに答えてくれた。まるで高級ワインを味わうような舌触りだ。唇と舌が、じらすように、探検するように、ゆっくりと彼女を味わっている。

ダマリスの全身を長い震えが駆け抜けた。その唇と同じように、からだじゅうが彼に向かってすっかり開かれていくようだ。ダマリスは力が抜けた手を彼の胸から上に滑らせ、その首に巻きつけた。彼に体重を預けてのび上がり、やがてつま先立ちになると、唇を強く押しつけた。からだじゅうに押しよせた熱気が、彼の灼熱《しゃくねつ》の肉体にさらにあおられる。

ロードンは全身をぴったり合わせ、彼女を腕のなかにすっぽり包みこんでいた。彼女を飲みこまんばかりに、ますます口づけを深めていく。両手を腰にあて、彼女を貫きたいという欲望の隆起を感じさせるかのように、からだを強く密着させてくる。ダマリスは彼の唇の味と香り、さらにはその感触に頭がくらくらしてきて、抱きしめられていなければ、そのまま床にくずおれてしまいそうだった。

ロードンが彼女の胸のふくらみに触れ、口からもれたあえぎ声を口づけで封じこめた。ドレス越しに燃える指先で愛撫《あいぶ》された乳首が、切望するようにぴんと硬くなる。腿のつけ根から美味なうずきがほとばしり、熱く潤ってくる。

彼がうめくような声を上げて唇を離し、彼女の髪に顔を埋めた。髪に荒い息づかいが感じられ、胸の鼓動が伝わってくる。ダマリスはすっかり意志を失い、身を引いたり、自制心を取り戻したりする気になれなかった。

ロードンが長いため息をもらし、それが最後にはかすかな笑い声に変わった。彼女の髪に一度だけ、そっと唇を押しつける。「たまらなく甘い」少しうわずった声だった。そのあと彼はからだを引いてあとずさり、上着の乱れを直した。「謝罪すべきところなんだろうが」しばしためらったのち、先をつづける。「できそうにない。あまりにすばらしい口づけだったので、まったく後悔はしていない」

ダマリスは彼を見上げ、笑いがこみ上げてくるのを感じた。「まあ、閣下、なんて方なのかしら！」

「そんな口のききかたはやめてほしい」ロードンがにやりと笑いかけ、彼女の腕をつかんで引きよせ、さっと口づけした。「ぼくの名前はアレックだ。その口から、ぜひその名前を呼んでもらいたい」

「アレック」とダマリスがささやくようにいうと、ふたたび口づけされた。今度は、時間をかけた、やさしい口づけだった。

やがてアレックは彼女の腕を放し、しぶしぶといったようすであとずさりした。「おやすみなさい、ダマリス」

「おやすみなさい」彼女は家から出ていくアレックを見送った。そのあとひざからがくんと力が抜け、玄関わきの長椅子にどさりとすわりこんだ。

わたしったら、なんてことをしてしまったの？


翌朝ダマリスは、あいかわらず疑問への答えが出せずにいた。ロードン卿――アレックは、じつに謎《なぞ》めいた人物だ。しかしいまこのときは、自分自身のことすらよくわからなかった。ダマリスがこれほど軽率で衝動的な行動に出るなど、めったにあることではなかった。かつて学んだ苦い教訓が、頭に叩きこまれているはずなのだから。

そう、自分は人生を満喫し、それなりに好きな生きかたをする一方で、心を傷つけられたり、つまずいたり転んだりすることのない安全で楽な道からつねに外れないよう、心がけてきたはずだ。要するに、だれかに疑われることもなければ、危険をともなうこともない道。決して忘れることのできない心の痛みを経験したからこそそのことだった。

ところがゆうべはわれを忘れ、まっさかさまに落ちてしまったようだ――どこに、というのは自分でもよくわからないが、とにかくそこが安全でない場所であることだけはたしかだった。

どうしてあんな向こう見ずなことをしてしまったのだろう？　脳が送るあらゆる警告を無視してしまうとは。社交シーズンはあいかわらずたけなわで、なんといってもロードンは伯爵だ。とすれば、父の一族のだれかがあの舞踏会に出席しているのは、当然といえば当然のはず。同じ上流社会に属しているのだから。ダマリスのほうこそ、あそこにいるべきではない人間だった。

それに、舞踏室がどんなに広かろうが、先方の目にとまらないはずがない。ダマリスは新顔だ。ロードン伯爵と最初のワルツを踊ったりすれば、まちがいなく注目を浴びてしまう。なにより彼女は、魅力的な謎めいた女性が男性客の注目を浴びずにいられると思うほど、ばかな女ではないはずだ。伯爵が彼女にあからさまな関心を向けているとなれば、なおさらだった。ゆうべ、あんなふうに終始男たちに取り囲まれていたのだから、人目を引かないわけがない。

いまようやくダマリスも、ロードンの招待を受けても問題はないと思いこみたいがために、自分が天真爛漫《てんしんらんまん》さを装っていたことに気づいた。さらには、ロードンに家まで送ってもらったときに起きたことを予見できなかったふりをするなど、もってのほかだ。ふたりははじめて顔を合わせたときから、心のなかで思いを煮えたぎらせてきた。半年前、彼女が開いた十二夜の舞踏会のあいだ、彼がしきりにこちらへ視線を送ってきたことには、ちゃんと気づいていた。四カ月前のマシューの洗礼式のあいだも、アレック――いえ、礼儀正しくロードンといわねば――にたびたび視線をやるたびに、彼のほうもこちらを見つめていたではないか。

彼の招待を受けた理由、上流社会の舞踏会へ衝動的に出向いた理由は、ただひとつ、また彼に会いたいから――それは自分でもわかっていた。彼と戯れ、踊り、そう、口づけできるかもしれない、と期待していたからにほかならない。

前夜の口づけを思いだし、ダマリスは思わず笑みを浮かべた。いくら男性からいいよられ、結婚の経験があるからといって、アレックの口づけを想像した気になっていたとはお笑いぐさだ。それまで口づけをしたことのある男性は、ひとりしかいないというのに――いや、あの酔っ払ったイタリアの伯爵に無理やり迫られたときのことを入れれば、ふたりだ。しかしそんな経験も、アレックの唇が触れたとき、あそこまで激しい熱気に襲われるとは、教えてくれなかった。彼の口づけは、甘いとか、激しいとか、じれったいとか、そんなふうに簡単に表現できるようなものではなかった。

アレックの口づけは、彼女をすっかり飲みこみ、変化させ、震わせたのだ。

だからこそ、あんなことは二度と起きない、と思うのだった。頭を感情に支配させるわけにはいかない。感情と欲望の波にさらわれるわけにはいかないのだ。それでなくとも、行きすぎてしまったのだから。いま自分に残された分別ある行動は、さっさとロンドンを離れてチェスリーに戻ることだけだった。いつまでもロンドンにとどまれば、またアレックに会う理由をひねりだしてしまいそうだ。しかし彼やその家族とこれ以上かかわるのは、ひどくまちがっている。むろん、彼女の過去が明らかになったところで、スタフォード家の面々も、ほかのみんなと同じように驚きはしても、さほど気にはとめないかもしれない。しかしアレックと一緒にいるところを見られたり、彼が訪ねてきたり、ダマリスが妹の晩餐会に招待されたりと、スタフォード家が公然と〝彼女を受け入れて〟しまえば、彼女の生まれが暴露されたとき、彼らが恥をかくことになる。

だから女中に命じて、チェスリーに戻るための荷造りをさせよう。ロンドンでの用事をさっさと終わらせたのち、レディ・ジェネヴィーヴ宛《あ》てに手紙を書いて、舞踏会への招待にたいする感謝と、予定を早めに切り上げてチェスリーに戻らなければならないことを伝えるつもりだ。もうアレックに会えないと思うとうれしくなかったが、分別のある行動といえば、これしかない。彼とは貴族とその愛人という関係にしかなりえないし、ダマリスは、ぜったいにそういう立場にはなるまいと誓っていた。それならば、さらに深い感情が根づいてしまう前に、さっさと断ち切ってしまうほうがいい。

彼女はそう決心すると、女中のイーディスを呼んで荷造りをはじめるよう命じた。そのうえで服の仕立て人との最後の仮縫いの約束に出かけ、服が完成したらチェスリーに送ってもらうよう指示した。そのあと手袋と婦人帽の仕立て人の店にも立ちより、最後には〈ベッドフォード・ハウス〉でリボンやハンカチといった小物をいくつか選んだあと、ようやく用事を終えることができた。〈ガンターズ〉で氷菓子でも食べていこうかとも考えたが、けっきょくそんな気力も残っておらず、お茶の時間もずいぶん過ぎていることから、そのまま借家に戻ることにした。

馬車は家の前でダマリスを下ろすと、馬屋に向かった。彼女が家までの短い歩道を歩きはじめたとき、男の声に呼び止められた。「ミセス・ハワード!」

彼女はふり返り、陽射《ひざ》しに手をかざした。沈みかけた夕日が男の背後からまともに照りつけてきたので、相手の顔を見わけることができなかった。しかし近づいてきた男に見おぼえがなかったことから、困惑して顔をしかめた。男は労働者が着るような粗末な上着とズボンをはき、帽子を目深にかぶっている。と、背後から足音が近づき、ダマリスがふり返ろうとしたその瞬間、うしろから二本の腕がのびてきて、彼女に布をかぶせた。

逃れるより早く、男が布——どうやら外套のようだ——でダマリスのからだをくるりと包みこみ、両腕を押さえつけてきた。叫ぼうと口を開いたものの、飛びかかってきたべつの男に口を手で押さえられ、封じられた。彼女は恐怖にかられてもがいたが、最初の男が腕をきつく巻きつけてきたので、動くことができなかった。もうひとりの男が口に布の塊を押しこめ、外套のフードを頭にさっとかぶせた。

ダマリスは身をよじらせ、抗い、口から布を吐きだそうとしたが、ふたりの男に両側からがっちり挟まれ、待ち構えていた馬車のほうに引きずられていった。目の前の通りに人の姿はなかった。もしだれかが遠くからこの光景を見ているとしても、気絶したか気分が悪くなった女をふたりの男が支えているだけとしか映らないだろう。いまダマリスが拉致《らち》されようとしていると思う人間は、いないはずだ。

あっというまに馬車の前に着き、片方の男が扉を勢いよく開いて、もう片方の男がダマリスを抱えてなかに押しこんだ。彼女はひざからまともに倒れこみ、手を上げることができなかったため、前のめりのまま反対側の扉に頭からぶつかった。扉の取っ手で頭をしたたか打ち、床にくずおれた。

5

つづいて男が飛び乗り、馬車が発進した。ダマリスはぼうっとしたまま床に転がっていた。男が脚を軽く蹴《け》ってきたことからして、どうやら先ほど頭を強打したためにこちらが気を失っているものと思っているらしい。彼女は本能的に力なく転がってみせた。気を失って動けずにいると思わせておくほうがいいし、幸い、男から顔を背けるかたちになった。でこぼこ道で車輪が跳ねるのを利用して、ダマリスはさらにからだを転がし、反対側の座席に肩をつけた。これで男にはこちらの顔とからだの前面が見えなくなったはずだ。先ほどの動きで巻きつけられた外套がゆるんでいたので、彼女は手を持ち上げて口から布きれを外した。

手首にあいかわらず手提げ袋《レティキュール》がぶら下がっていたので、ダマリスは慎重な手つきでそれを開き、なかに指を差し入れた。武器になるようなものは入っていなかったが、硬貨がいっぱいに詰まった革の小銭入れがあった。手袋を脱ぎ、右手にはめた指輪の宝石がちゃんと表を向いていることを確認する。そのあとその手に小銭入れをしっかりと握りしめ、こぶしの強度を増した。つぎに、もう片方の手で小型の裁縫箱を引っ張りだし、三インチほどしかない箱のなかから小さなハサミを取りだした。刃渡りは一インチほどしかないが、鋭く尖《とが》っている。彼女はそれを、ナイフを持つようにして反対側の手に握りしめた。

そのあとは、ひたすら待った。馬車は一定のスピードで進んでおり、たとえ扉のところまで行けたとしても、そこから飛びだすのは愚かというものだ。その一方で、あまり遠くまで連れ去られてしまえば、戻る道がわからなくなる不安もあった。もしこのまま田園地方まで連れていかれたら、どうしよう？　あるいはイーストエンドの、暗く入り組んだ路地に連れこまれたら？　世間でそれとなくささやかれている白人奴隷の話が頭に思い浮かび、その可能性を打ち消す理由はないのではないかという思いにかられた。そんなばかな、と思いながらも、ほかの可能性はなにも思い浮かばなかった。どうしてわたしを誘拐しようとする人間がいるのだろう？　だれがそんなことを望むのか。そんなことをして、どうなるというの？　わたしは、ごく平穏な人生を送る、ごくふつうの女なのに。

馬車が速度を落とし、やがて停止したので、ダマリスは緊張した。男が扉を開いて馬車を降りたあと、ふたたび車内に手をのばして彼女を引っ張りだそうとした。その瞬間、ダマリスはくるりと転がって脚をすばやく蹴りだした。幸運にもやわらかな上靴ではなくヒールつきのブーツを履いていたおかげで、脚は相手の胸を強打し、不意を突かれた男はよろよろとあとずさりして彼女から手を離した。

ダマリスは這《は》いずるようにして馬車から逃げだした。男が手をのばしてきたが、小さなハサミをその腕に突き立て、さらに指輪つきのこぶしを男の頬にお見舞いした。男が大声を上げてうしろによろめき、道の砂利につまずいて尻もちをついた。御者席から降りようとしていた仲間の男が、その光景を驚いたように見つめていた。

男たちのつぎの行動をのんびりながめている暇はなかった。ダマリスはくるりと向きを変え、馬車がきた方角を駆け戻っていった。怒号が聞こえたが、なんといったのか、それが通りがかりの人間の口から出たものなのか、追跡者のひとりが発したものなのか、わからなかった。一台の荷馬車が近づいてきたので、彼女はあわやという瞬間にその前を横切った。御者が怒鳴り散らしたが、なんとか馬をよけることができた。この馬車が追いかけてくる男たちの行く手を阻んでくれることを祈るのみだ。男性がひとり、街角に突っ立ってこちらを見つめていたので、ダマリスはそこに駆けよった。

「お願いです！　助けてください！　あの男たちが――」

「いたぞ！　つかまえてくれ！」背後から叫び声が上がった。「その女は気が触れているんだ！」

見知らぬ男性は不安げな顔で見つめ、彼女の腕をつかもうとした。「さて、どうしたのかな？」

ダマリスはふと、たしかに自分は気の触れた女に見えるかもしれない、と思った。刺繍《ししゅう》用のハサミを握りしめ、恐怖に目を見開き、頭にフードをかぶせられたために髪がぼさぼさになっているのだから。自分は誘拐されたんです、などという突拍子もない話を信じてくれる人間がいるだろうか？　追跡者が、自信たっぷりの笑みを浮かべてすぐそこまで迫っていた。

ダマリスはくるりと背を向け、見知らぬ男性の手をふりほどいて駆けだした。男性の手には外套だけが残された。男たちが叫び声を上げ、ふたたび追いかけてくる。彼女は横道を駆け抜けた。追いつかれるのも時間の問題だ。しかし夕暮れが迫っており、家々の周囲には影が落ちはじめている。もう少しすれば、暗闇にまぎれることができるかもしれない。

背後でなにかが砕ける音がしたので、危険を承知でふり返ってみた。男たちがすぐそこまで迫っていることにぎょっとしたものの、幸い先頭を行く男がたまたま戸口から出てきた人間とぶつかった。二番目の男も、すぐうしろを走っていたために足を止めるのが間に合わず、衝突したふたりにつまずき、三人とも地面に倒れた。ダマリスはその機会をとらえてつぎの路地を右に曲がった。それまでの通りとはちがって、そこに並ぶ家々のなかには小さな前庭がついているものがあった。彼女は通りを横切り、低い鉄製の柵《さく》を飛び越えてその庭に入りこんだ。家の土台部分に低木が広がっていたので、そのなかに這うようにして入りこみ、身を低くして家のいちばん奥の暗がりに向かった。そこでしゃがみこむとからだを丸め、顔が完全に隠れるよう頭を引っこめた。

弾む息を精いっぱい鎮めようと努力しながら、待った。ようすを確認したくてじりじりしたが、うっかり最悪のタイミングで青白い顔をさらしてしまわないよう、必死にこらえた。

遠くから足音が近づいてきた。最初は走っていたが、やがて速度を落とし、止まった。砂利をこするような足音と、低いののしり声が聞こえてくる。遠くから叫び声がひとつ上がると、足音はきた道をすばやく戻っていった。

ダマリスは十まで数えたところで、思いきって顔を上げてみた。身を隠してくれる木の枝以外、なにも見えなかった。そこで、どきどきしながらも、隠れ場所から這うように出ていった。庭にも通りにも人影はなかった。玄関に行って助けを求めようかとも考えたが、家のなかは暗く、扉を叩いてだれかが応《こた》えてくれるのを待つあいだ、長々と通りに姿をさらしたあげく、けっきょくだれも応えてくれないという状況になるのも恐ろしかった。それについさっきの経験からすれば、だれかが戸口に出てきたとしても、この取り乱した外見のために誤解されてしまう恐れもある。茂みのなかにいたために、いまでは葉っぱや小枝まみれになっているはずだ。

ふたたび誘拐犯が現われて、この女は精神病院からの脱走者だといい張れば、彼らに引きわたされてしまう確率は高い。そうなればもう二度と逃げられないだろう。ここは暗がりを進みながら、いざとなったら隠れることを覚悟しつつ、なんとか家までの道を見つけるのがいちばんだ。彼女は足早に柵へ向かい、ひざまずいて通りの左右を確認した。襲撃者の気配はない。慎重な動きで、今度は門を抜けて庭から出ると、歩きだした。足音が去っていった方角とは反対に向かっていることを祈りつつ。

そこがどこなのか、どちらに行くべきなのか、さっぱりわからなかったが、とにかく歩きつづけた。できるだけ暗がりを選び、追跡者の気配がないかどうか、しきりにあたりをうかがいながら。彼女が放りこまれた馬車はたしか西に向かっていたし、途中そうたびたび角を曲がったわけではないことを考え、ほぼ東の方角を目ざしつづけた。連れていかれた先も決して貧困地域ではなかったが、進むにつれ、それまでよりも大きく豪華な家々が増えてきたことに励まされた。こちらの方向でまちがっていないようだ。

ひとりの男が彼女のいるほうに向かってきたので、立ち止まって方角をたずねようかとも思ったが、びくびくしていたためにできなかった。誘拐犯の顔はよくおぼえていなかったし、その男も一味かもしれないのだ。彼女はそそくさと通りを横切り、その男があとをつけてくるかどうか、ふり返って確認した。

両脚が痛み、右のかかとに靴擦れができつつあった。先ほどの通行人を疑ってかかった自分をたしなめつつ、通りの角で足を止めてあたりを見まわしてみたところ、ふと、そこが自分の家からそう離れていない場所であることに気づいた。新たにわいてきた気力とともに、通りをわたってつぎの通りの角を右に曲がった。歩調が早くなる。ここは借家のある通りだ。あと半マイルもない。ふと、通りの先のほうをたしかな足取りで進むふたりの男の姿が目に入った。胃がねじれ、からだがこわばり、心臓が早鐘を打ちはじめる。

あの男たちにちがいない。ダマリスは確信した。しかもふたりは、彼女の借家に向かって歩いている！　彼女はくるりときびすを返し、反対方向に向かった。駆けだしてしまわないよう、必死にこらえながら。ここで彼らの注意を引くわけにはいかない。通りの角を曲がったあと、こらえきれずにふり返ってみた。男たちは足を止め、なにやら話しこんでいたが、そのうちのひとりが彼女のほうをちらりと見た。ダマリスはさっと頭を引っこめて走りだした。あてもなく走り、最初の角を曲がって、つぎの角をさらに曲がった。とにかく男たちから逃れようと、必死だった。

横道の先に三日月形の公園があるのに気づき、滑るように足を止めた。見おぼえのある公園だ！　ロードンの家のま向かいにある公園。ロードン！　希望がわいてくる。彼女はその通りへ急いだ。彼の家の玄関前の階段を駆け上がったそのとき、ふたりの誘拐犯が反対側から同じ通りに入ってくるのが見えた。彼女の姿に気づき、駆けてくる。

ダマリスは玄関の扉を激しく叩いた。みるみる迫りくるふたりの男を見つめながら、胃が激しくねじれてくる。仕着せ姿の従僕が扉を開けた。訓練の行き届いた従僕はダマリスの乱れた服装を見ても表情を変えなかったが、問いかける声は慎重だった。「はい？　なにかご用でしょうか？」

「ロードン！」ダマリスは叫んだ。「ロードン卿にお会いしなければ」彼女はちらりとふり返った。男たちはもう数フィート先まで迫っている。彼女は礼儀作法を無視して戸口を抜け、従僕をわきに押しやると玄関の扉をばたんと閉めた。

「マダム！」従僕が肝をつぶしたような顔で彼女をまじまじと見つめた。

「ロードン！」ダマリスは呼びかけたあと、従僕をふり返った。「あの男たちをなかに入れないで！　ぜったいに――」彼女は扉を指し示した。「扉に鍵をかけて！　鍵はどこ？」

「なんですって？　男たち？」従僕がふたたび彼女の前に立ちはだかった。「マダム、恐れ入りますが――」

ダマリスは従僕をよけて前に進み、ふたたびロードンの名前を叫んだ。その瞬間、ジェネヴィーヴが応接間から顔をのぞかせた。「なんの騒ぎな――ミセス・ハワード！」

つぎの瞬間、彼女の祖母がわきに現われ、ふたりして驚いたようにダマリスを見つめた。ダマリスはのどにこみ上げてくる激しい感情を飲みこんだ。いまにもヒステリックに笑いだすか、泣きだすかしそうだったが、どちらなのか自分でもよくわからなかった。

「こ――こんなふうに、い――いきなりお邪魔して、申しわけありません。でも、ロ――ロードン卿にお目にかからなければ。ご在宅でしょうか？」

「ミセス・ハワード」伯爵夫人が冷淡な声でいった。「レディが紳士を訪ねてくるとは。いったいどういうつもりで――」

「ダマリス！」階段のいちばん上にアレックが姿を現わした。「どうした？　なにがあった？」

「ああ、アレック！」とうとう目に涙がこみ上げてきた。こらえきれなかったのだ。彼に向かって歩きはじめる。「いてくれてよかった」

アレックが階段を駆け下り、彼女を抱きよせた。「なにがあった?」

ダマリスは安堵《あんど》のあまり彼の胸にしなだれかかり、目を閉じた。

「アレック!」伯爵夫人のそれまでの口調が冷淡だったとすれば、いまはまちがいなく氷のように冷えきっていた。「とんでもなくはしたないことですよ。この女性は、いったいここでなにをしているのです? すぐに彼女を放しなさい。このわたしが許しません――」

アレックがさっと一瞥すると、伯爵夫人は言葉を切った。驚きの表情を浮かべている。

「どうかミセス・ハワードに紅茶を用意させていただけませんか、お祖母さま。ぼくたちは書斎にいますので」彼はダマリスの肩に腕をかけたまま背中を向け、彼女と一緒に家の裏手に向かって歩きはじめた。「さあ、すわって、なにがあったのか話してくれ」

背後では、伯爵夫人がこの不作法ななりゆきに納得のいかないようすでのどを詰まらせたような声を発していたが、ふたりを止めようとはしなかった。彼女はジェネヴィーヴとともに言葉もなくあ然としたまま、アレックがダマリスを自分の書斎に案内する光景を見つめていた。

そこは薄暗くいかにも男性らしい部屋で、たびたび使用されているようだった。すわり心地のよさそうな椅子と布張りの足台が暖炉わきにおかれ、その隣の低いテーブルの上に開いたままの本がおかれていた。アレックはダマリスを椅子にすわらせたのち、向かいの足台に腰を下ろして彼女の手を取った。「さあ、なにがあったのか話してごらん」

「よ――よくわからないの。男たちが――わたし、家に戻りかけたところで」そこで言葉を切って息を吸いこみ、彼の目をのぞきこんだ。その冷静な青い目を見ているうちに心が落ち着いてきたので、ふたたび口を開いた。「買い物から戻って家の前で馬車を降りて、玄関に向かっていたの。そこへふたりの男が近づいてきて――いきなりつかまれて馬車に放りこまれた」

「なんと！」アレックが怒気を帯びて彼女の手をぎゅっとつかんだ。「けがは？」

「いいえ。まあ、もちろん少しはしたけれど、殴られたわけではなくて、馬車に押しこまれただけだから。そのあと馬車が出発した。男のうちのひとりが御者で、もうひとりの男はわたしと一緒に馬車に乗りこんだわ」

「そいつになにをされた？」アレックは頭に血を上らせているようだった。「まさか、触れられたのか？」

「いいえ、そんなことはされなかった。ほんとうに。ただ馬車のなかにすわっていただけ。でも馬車が停《と》まったあと、引っ張りだされた。そのとき男を殴って逃げてきたの」

ロードンのまゆが両方、さっとつり上がった。「殴った？」

ダマリスはレティキュールのなかに手を入れ、刺繍用のハサミと小銭入れを取りだし、掲げてみせた。「これを使ったの」

アレックがかすかにほほえんだ。「ああ、なるほど」

「これくらいしか武器になりそうなものがなかったから。馬車のなかでは見張られていたわけではなくて、わたしは床に転がっていたから――」

「床に！」

彼女はうなずいた。「ええ。放りこまれたとき、床に倒れたの」アレックが低いののしりの言葉を発したが、ダマリスは首をふった。「でも、おかげで助かったわ。扉に頭をぶつけたので、男はわたしが気を失ったと思ったらしいの。そのおかげで彼の目を盗んで、レティキュールのなかを引っ掻《か》きまわせたんですもの。男に外套をかぶせられて、身動きを封じられていたから」

外套を巻きつけられたときのことを思いだし、ダマリスはぞっとした。そして話のつづきをいっきに吐きだした。「からだをまったく動かすことができなかったうえに、だれにも見られないよう、頭にフードをかぶせられてしまったの。口に布を押しこまれたせいで、悲鳴を上げることもできなかった。でも馬車のなかで口から布を外して、レティキュールに手を入れることができるようになった。だから、男がわたしを引っ張りだそうと馬車のなかに手をのばしてきたとき、蹴り飛ばして――」

話を聞くうち、ますます険悪な表情を浮かべるようになったアレックだが、そこでいきなり大きな笑い声を発した。「蹴り飛ばした？　たいしたものだ！」

ダマリスもにやりと笑いかけた。「いわせてもらえれば、すごくいい気分だったわ。このハサミを男の腕に突き立てたあと、もう片方の手で殴ってやったの」彼女は手のなかにある、わずかにかたちの崩れた小銭入れを見下ろした。「このおかげで、パンチに重みが加わったはずよ」

アレックがまたしても笑い声を上げた。「いいぞ」

「そのあと、走って逃げたの。男と御者が追いかけてきたけれど、途中で通行人にぶつかって、地面に倒れてくれた。それがなかったら、逃げおおせなかったと思う。そのあとは、隠れた。もうあたりは暗くなっていたし、茂みのなかにうまく身を隠したの。自分がどこにいるのかはわからなかったけれど、とにかく走りつづけた。ようやく家への道を見つけたのだけれど、男たちが先まわりしていたの！　だから方向転換して、また逃げた。そうしたら、男たちが追いかけてきて。そのとき、あの公園が目についた。あなたがここにいるって、わかって……」ダマリスの声が消え入った。彼女はいきなりいいようのない疲労感に襲われ、ふと、自分はさぞかしひどい格好をしているにちがいない、と思った。顔のまわりに髪がぱらぱらと落ちかかり、おそらく頬は泥で汚れている。服のところどころには、葉っぱや小枝がついていた。彼女はおそるおそる髪に手をのばした。「こ――こんなふうに押しかけてきてしまって、ごめんなさい。お祖母さまに、ひどく無礼な女だと思われてしまったでしょうね」

「そんなことはない。祖母のことは気にしないでくれ」アレックはその問題をしりぞけるように手をふった。いまあの高貴な女性がこれを目にしたら、さぞかし激昂《げっこう》することだろう。「ここにきたのは正解だった。ここなら安全だ。約束する」

彼が前にかがみこんでダマリスの額に口づけをした。肌にあたる温かくてやわらかな唇の感触に、彼女はぶるっとからだを震わせた。もう一度、彼の腕に飛びこみたくなる。

「寒いのか。ほら」アレックがそういって上着を脱ぎ、彼女の肩にかけた。

ダマリスには大きすぎる上着だったが、暖かく、アレックの香りを嗅《か》ぐと安心した。その上着をぎゅっとからだに巻きつける。「ありがとう。とてもやさしいのね」

アレックの顔に一瞬笑みが浮かんだが、すぐに消えた。「その意見に同意する人間は、あまり多くないとは思うがな」

廊下から小さな音がしたので、アレックが顔を上げた。扉の開かれた戸口に、盆を手にした執事が立っていた。「ああ、ダンワースか。よし、そこにおいてくれ」彼はひじ掛け椅子のわきにある小さなテーブルにうなずきかけた。

そのあとダマリスに向き直ると、彼女があいかわらず握りしめていたハサミとレティキュールに手をのばした。「さて、その武器をわたしてもらえるだろうか……ここではもう必要ないだろうから」

ダマリスが手を離すと、アレックはそれをポケットに押しこんだ。彼は部屋の反対側にある飾り棚に向かい、デカンタを手に戻ってきて、ダマリスの紅茶にブランデーをたっぷりと注《つ》いだ。「気つけ薬が必要だろう」

ダマリスは両手でカップを包みこみ、湯気を吸いこんだあと、紅茶を軽く口にふくんだ。あらかじめ知らされていたとはいえ、ブランデーの刺激に目が潤んできた。しかしおかげで、のどからからだの隅々に温もりが広がっていった。その味に少し顔をしかめながらも、さらに飲みつづけた。アレックをちらりと見やると、愉快そうに目をきらめかせていた。ダマリスはもう少しで苦笑するところだった。彼のいうとおりだわ――ブランデー入りの紅茶のおかげで、あっというまに気分が持ち直してきた。

執事は紅茶と一緒にパンとケーキも用意していた。それを目にしたダマリスは、胃のなかが空っぽであることを思いだした。街を駆け抜けてきただけでなく、お茶の時間も逃していたのだ。彼女はそのいかにもおいしそうな食べ物にさっと手をのばした。あんな災難に遭った直後にぱくぱく食べられるというのは、わたしのなかに平民の血が流れている証拠だわ。高貴な女なら、さぞかし打ちひしがれ、ひと口も食べることなどできないはずなのだから。

しかし、アレックは安堵したようにうなずいた。「よかった。さて、きみの世話はジェネヴィーヴに任せることにして、ぼくは――」

「アレック！　やめて！」ダマリスとしては、自分を快く思っていない彼の妹と祖母と同じ部屋に閉じこめられるのだけはいやだった。「いえ、あの、そんな必要はないの。家に帰るから」

アレックが彼女をしげしげと見つめた。「こんなことがあったあとで、ぼくがきみをひとりで家に戻すと、本気で思っているのか？」

「いえ、そういうわけではないけれど」とダマリスも認めた。「正直にいえば、あなたに送ってもらえたらうれしいと思っているわ」

「もちろんそうするさ……きみが家に戻るときは。でもいまは、きみを誘拐しようとした男たちを捜しにいくつもりだ。そのあいだ、きみには安全なこの場所にいてほしい。使用人たちには、見知らぬ者を家に入れてはならないと指示しておく。だから心配は無用だ」彼は背中を向けて机に向かい、いちばん下の引き出しから箱をひとつ取りだした。なかには決闘用の拳銃《けんじゅう》が二丁入っていた。

「アレック！　なにをするつもりなの？」ダマリスは警戒の声を上げた。「あの男たちを撃つつもり？」

「そのつもりはない。しかし近くまで迫ることになるだろうから」唇に冷酷な笑みがうっすらと浮かんだ。「これは保険のようなものさ。きみの話によれば、悪党はふたりいるようだし」彼はてきぱきとした冷静なしぐさで銃に弾をこめはじめた。

ダマリスはさっと立ち上がった。「だめよ。あなたひとりで追いかけるなんて。わたしを拉致した男はふたりだけだったけれど、彼らがわたしを連れていこうとしていた先にはもっと大勢いる可能性もあるわ。あなたがけがをしてしまうかもしれない」

アレックが表情をかすかにやわらげ、彼女の手を取った。それを唇に持っていき、指にそっと口づけする。「心配してくれてうれしいよ。でもぼくならだいじょうぶだ。約束する。きみの気が休まるなら、マイルズも連れていく。いずれにしても、クラブに出かける予定にしていたから、あいつがすぐに訪ねてくるはずなんだ」

彼はダマリスの手を放し、机の前に戻った。彼女は、アレックの唇が触れた親指を無意識にさすりながら、その姿をながめていた。彼が机の引き出しを開け、鞘《さや》入りのナイフを取りだし、ブーツの内側に滑りこませた。ダマリスはわずかに目を見開いた。

「まあ。なんだかあなた、かなりの危険人物に見えるわね」

「自分の身を守るすべは学んできた」彼がふり返った。「さてと……その男たちについて、もう一度聞かせてくれ。顔に見おぼえは？　どこのどいつか、心あたりは？」

「いいえ」ダマリスは肩をすくめ、いらだちのこもった声でいった。「見たこともない顔だった。少なくとも、記憶にはないわ。どうしてあの人たちがわたしを誘拐しようとしたのか、さっぱりわからない」

「理由なら、ひとつやふたつ思いあたるが」アレックがさらりといった。「それにしても、白昼堂々ときみを通りからさらっていったというのが解せない。しかも、メイフェアのような高級住宅街で」

「そうね。なんだか……計画的だったように思えるわ。じっくり練られた犯行に。たまたま通りを歩いていたふたりの男が、最初に見かけた女をさらうことにした、というわけではなさそうね。男たちは前後からわたしに近づいてきた。わたしを待ち構えていたんだと思う。そうだわ!」彼女ははっとして背筋をのばした。「いま思いだした! あの人たちに名前を呼ばれたの」

「えっ? 名前を?」

「ええ、わたしはちょうど馬車を降りたところで、家に向かって歩道を進もうとしていた。そのとき、〝ミセス・ハワード〟と呼びかけられた。だからわたし、ふり返った。そうしたら男が近づいてきて、その隙《すき》にもうひとりの男が背後から近づいてわたしに外套をかぶせたの」恐ろしい記憶がよみがえり、彼女はからだを震わせまいと肩を怒らせた。「アレック……わたしも一緒に行くわ」

「なんだって?」彼の両方のまゆが勢いよくつり上がった。「だめだ。とんでもない」

「さっき、危険なことにはならないといっていたじゃないの」

「そうはいっていない。撃ち合いにはならないと思うといいたかったんだ。ぼくは腕におぼえがあるし、マイルズも定期的にジャクソンの拳闘クラブでからだを鍛えている。しかし、殴り合いの場にレディを連れていくわけにはいかない」

「でも、わたしを連れていかないかぎり、殴り合いにはならないでしょうし、その可能性すらなくなるわ」とダマリスは切り返した。「どうやって犯人を見わけるつもり？　わたしにいえるのは、茶色い上着と帽子を身につけた、平均的な体格の男ふたり、というだけなのよ。わたしを馬車に放りこんだ男は明るい色の目と大きな鼻をしていて、無精ひげを生やしていた。もうひとりの男はよく見なかったから、目の色はわからない。でも、見ればそうとわかるわ。少なくとも、わたしに顔を向けた男のほうは。でも口で説明するとなると、それ以上のことはいえない。それに、彼らに連れていかれた場所についても説明できない。ふたりとも住所は口にしていなかったし、わたしはロンドンには不案内だから、そこがどこなのかはわからなかった。そこまで戻ってみろといわれれば、戻れるかもしれない――ぜったいとはいいきれないけれど。でも、そこにどうやって行くのかを説明しろといわれても、できないわ」

アレックは長々と彼女を見据えていた。「まいったな」廊下で人声がした。「きっとマイルズだ」いらだちのため息をもらす。「よし、わかった。きみも一緒に連れていこう」ぶっきらぼうにそういうと、ダマリスの腕を取った。「さあ、誘拐犯を見つけにいくぞ」

6

　マイルズはスタフォード家の女性たちと応接間にいた。暖炉の近くに立って炉棚にひじをつき、しきりに話をしている。ジェネヴィーヴがにこやかな笑みを浮かべ、一瞬、その愛らしい顔が輝き、青い目が躍った。ロードン伯爵夫人ですら、楽しそうな顔をしている。しかしアレックの妹はすぐに表情を引き締め、氷の美女に戻った。

「まあ、サー・マイルズったら、そんなつくり話をして」とジェネヴィーヴが気取った声でいった。「わたしたちを担ぐつもりでしょう」

「レディ・ジェネヴィーヴ！」マイルズは憤慨したようにわざとらしく顔をしかめた。「まさか、ぼくの話を信じていないとでも？」

「あなたのお話は半分差し引いて聞くことにしていますけれど、それでも多すぎるくらいだわ」と彼女は応じた。そのあと戸口をふり返り、アレックと一緒にダマリスが入ってくるのに気づくと、表情を硬くした。「ミセス・ハワード。少しはご気分がよくなりましたかしら」

「ええ、ありがとうございます。こんなふうに押しかけてしまい、申しわけありませんでした」

「ミセス・ハワード」マイルズが優雅にお辞儀をした。「ここでお目にかかれるとは、なんとうれしい驚きでしょう」

豪華な応接間で、完ぺきな服装に身を包んで髪型を整えたスタフォード家の女性ふたりを前にすると、ダマリスは自分のみじめな姿を痛感せずにはいられなかった。

「うれしいお言葉をありがとうございます、サー・マイルズ。でもわたし、ひどい格好をしていますでしょう」

「なにかあったのですか？」マイルズが気づかいを見せた。「なにかお手伝いできることはありますか？」

「じつはあるんだ」とアレックが短くいった。「予定変更だ、マイルズ。ミセス・ハワードがごろつきに襲われた。これからそいつらをつかまえにいくぞ」

マイルズはぎょっとした顔をしたが、すぐに同意した。「もちろんだ。なにがあった？」

「行きがてら話す」とアレック。「いまは時間がない」

「ロードン、ちゃんと説明してちょうだい」と伯爵夫人が抗議した。

「わかっています、お祖母さま。でも、ほんとうに急がなければならないんです。戻ったときに、すべてお話しすると約束します」

「もちろんミセス・ハワードは、ご一緒しないのでしょうね」

「ぼくも、彼女はここにいたほうが安全だと思っています」アレックは祖母を安心させようとしてそういったのだろうが、ダマリスは、この女性はたんに礼儀からそう口にしただけで、ほんとうはわたしのことなど少しも心配してはいないのだと感じていた。「しかし、男たちの顔を見わけるためには、彼女を連れていくしかないのです」

伯爵夫人が異議を唱えたそうな顔をしたが、ジェネヴィーヴが口を挟んだ。「心配する必要はありませんわ。お兄さまなら状況をしっかり把握しているはずですもの。危険はないでしょう。それに、サー・マイルズもお手伝いするのですから。聞いた話だと、サー・マイルズは腕のいい拳闘家でいらっしゃるとか」

「ほかに取り柄がありませんから」とマイルズがつぶやいて、ジェネヴィーヴに皮肉な視線を送った。

ジェネヴィーヴはそんな彼を無視していった。「わたしの肩掛けをお持ちください、ミセス・ハワード」彼女は一歩前に進みでて、暖かそうな青のカシミアの肩掛けを外してダマリスに手わたした。「そうすれば、兄の上着をはおっていくこともないでしょう」

「ありがとうございます」とダマリスはいって、上着を肩から外した。もっとも、アレックの上着を手放すのは、かすかに胸が痛んだが。

マイルズを加えたダマリスとアレックは、応接間をあとにした。アレックがマイルズに拳銃を一丁手わたしたあと、もう一丁を自分のポケットにしまった。マイルズはなにもいわずに銃を受け取り、上着のポケットに押しこんだ。

「服のラインがだいなしだな」マイルズはそっけなくそういうと、襟を引っ張って乱れを直した。

「それなら、ブーツのなかにナイフを忍ばせたらどうかしら、ロードンのように」とダマリスが応じたので、マイルズは苦笑した。

「この男は野蛮なんです」マイルズは打ち明け話をするかのようにいった。「ご存じのように、辺境の貴族ですから」

「またその話か?」とアレックがいった。「ぼくらがいまでもスコットランド人から家畜を盗んでいると思われるじゃないか。きみやモアクームがそんなふうにいってばかりいるから」

「ふむ。あるいは、ヴァイキング船を北岸に着けるとかな」とマイルズ。

アレックがマイルズににやりと笑いかけたところからして、どうやら祖先が古代の侵略者ヴァイキングであることを否定するつもりはないようだ。アレックはまず従僕のところに行って留守中の指示を出したあと、玄関にいるふたりのもとに戻ってきた。

外に出ると、アレックは貸し馬車を呼ぶよう手ぶりで命じた。「こちらの素性が知れないほうがいいだろう。あやしげな通りを流すことになるなら」

「この先になにが待ち受けているのか少しでも教えてもらえれば、ぼくも同意するところなんだがな」とマイルズが切り返した。

　そこでダマリスは拉致されたときの話をくり返し、先ほどよりも落ち着いた態度と口調で語れることに、われながらうれしくなった。いまに生え際まで達してしまうのでは、と思うほどに、まゆをどんどんつり上げていった。一方のマイルズは、彼女の話を聞くにつれ、ま

「なんとまあ」マイルズがようやくそう口にしたとき、ちょうど貸し馬車が到着したので、三人はなかに乗りこんだ。「てっきりアレックが冗談をいっているのかと思っていましたよ。少なくとも、一部は。とんでもなく恐ろしい目に遭いましたね。その男たちの正体はわかっているんですか？」

「いいえ、まるっきり」とダマリス。

「しかし、行きあたりばったりの犯行ではないようだ」とアレックが険しい口調でいった。

「ごろつきのひとりが、彼女を名前で呼んでいるからな」

「つまり、彼女のことを知っていたということか？」

「あるいは、本人だということを確認したかったのか」

「ああ、たしかにそうだな。その場合は……ミセス・ハワードを誘拐するよう、だれかに雇われたのかな？」

「ぼくはそうだと思う。すぐにそいつらの口から聞きだしてみせるさ――そいつらが見つかればの話だが」彼らはまずダマリスの家の前を通り、あたりに誘拐犯が潜んでいないかどうかを確認した。しかし彼女の家の近くには、人影も馬車も見あたらなかった。

「家に入って、わたしの無事を使用人に伝えなければ」とダマリスはいった。もっと早くそれに思いいたらなかったことに、罪の意識をおぼえていた。

「すでに従僕をやって知らせておいた」とアレックが彼女を安心させ、御者に先へ進むようながした。

あたりが暗くなるなか、ダマリスは記憶を頼りに、逃げてきた道のりを引き返していった。何度か曲がり角をまちがえながら進むうち、ついに身を隠した庭に到達した。そのあとは、誘拐犯の馬車が停止した場所まで容易にたどることができた。

「ここだわ」

「たしかかい?」アレックは、そのごくふつうの通りを窓からのぞいてみた。

「ええ。あの赤い扉のすぐ先で停まったの。まちがいないわ」

アレックは馬車から降り、御者に待っているよう命じた。ダマリスとマイルズもあとにつづき、しばし立ち止まってあたりを見まわした。

「もっと、なんていうか……いかがわしい地域を想像していたよ」とマイルズがいった。

「波止場の近くとか」

「そうだな。ここは充分健全な地域のようだ」とアレックも同意した。「しかし、その男たちがここに住んでいるとは思えない。まずはどの家を訪ねようか?」

「男たちがどの家に入ろうとしていたのかまではわからないわ」とダマリス。「目の前に荷馬車のようなものが停まっていたから、すぐ前の家というよりは、あちらの家を目ざしていたのではないかしら」

「じゃあ、ここからはじめよう」アレックはそう決めると、ダマリスにちらりと目をやった。

「きみは――」

「馬車のなかで待っているつもりはありませんから」彼女は先まわりしてぴしゃりといった。

「あなたたちが話をする相手の顔を見なければ、わたしはちっとも役に立たないわ」

アレックには反論の余地もなかったが、それでも不満げな顔をした。「わかった。でも、必ずぼくたちのうしろにいてほしい」

すぐ前の幅の狭い家の扉を叩いても応えがなかったので、彼らは赤い扉の建物に向かった。扉を抜けると小さな入口の間と階段室があるところからして、どうやら各階にそれぞれちがう住居が入った集合住宅のようだ。アレックがいちばん近くの扉を叩いてみたが、こちらも応えがなかった。しかしまもなく上の階から重い足音が聞こえ、頭上の踊り場にひとりの男が現われた。

「おい！　なにしてる？　うるさくて眠れないだろうが」

アレックはふり返って目をすがめた。「訊きたいことがあるんだが」

「へえ、そうかい」男が腕組みをした。「どうしておれがそれに答えると思う？」

アレックが入口の間を横切って階段を上がると、男はその勢いに気圧《けお》されてあとずさりかけた。アレックは左手で男の胸ぐらをつかんで締め上げ、その場に押さえつけた。「あんたが正直そうな顔をしているからだよ。ちがうか?」

「ああ、そうだがな」男があごを引き締めていい返した。「しかし、訊かれたからって、あんたみたいな洒落者《しゃれもの》にぺちゃくちゃしゃべるとはかぎらん」

「ほう。だがこちらは、訊く以上のことができる」アレックは歯をわずかにむきだし、笑みと呼べなくもない表情を浮かべた。彼はダマリスにちらりと目をやった。「こいつは一味かい?」

「いいえ。ちがう」ダマリスはあわてていった。「だからそんなふうに脅しつける必要はないわ」

「きみはロードンを知らないな」マイルズがそっけなくそういうと、階段を上がってふたりの男のもとに加わった。いまやふたりは闘争心をめらめら燃やしてにらみ合っている。「ちょっといいかな。ロードン、こんなことをいったら驚くかもしれないが、こぶしを固めるよりも愛想をふりまいたほうが、よほど人から話が聞けるというものだぞ」彼はアレックがつかみかかっている男をふり返った。「協力してもらえないだろうか。じつはきょうの夕方、この家の前で起きたある事件について調べているところなんだ。目撃していないかな——ふたりの男が馬車から若い女性を引っ張りだしたあと、その女性が走って逃げたんで、男たちが追いかけていく場面を」

「なに？」男が階段の下にいるダマリスに目を向けた。「あの女か？」

「彼女を見たのか？」アレックがぶっきらぼうにたずねた。

「いや、見ていない」男が無愛想にいった。「さあ、もう行けよ」

「ここの一階にはだれが住んでいる？」とマイルズがさらにたずねた。

「そいつらがどうしたって？」

「どういうやつらだ？　若い女性を拉致するたぐいか？」

「知るかよ」男がずるがしこい目をした。「知ってたとして、おまえらに話さなきゃならん理由があるか？」

アレックは男から手を離し、ポケットから硬貨を取りだして掲げた。「マイルズ、こちらのほうがもっと効果的に話を聞きだせると思うがな」彼はわきにいる友人にそういうと、男に向き直った。「これなら、話す理由になるか？」

「いちばんの理由だな」男はそう応じ、いくぶん陽気な顔になってアレックの指から硬貨をもぎ取った。「なにが知りたい？」

「下の階の住民についてだ」

「家族だ——男とその女房とちびがごろごろ。年がら年じゅう、騒々しくはしゃぎまわってる」

「そこの家ではなさそうだな。その隣の家はどうだ？」アレックは、最初に扉を叩いてみた家の方向を指し示した。

「ありゃ貸家だ。しばらく空き家になってる。あんたみたいな洒落者が所有してるよ」

「その〝洒落者〟を見たことがあるか？」

「いや。代理人だけだ。毎週、家賃を集めにくる」

「最近、あそこでだれか見かけたか？　きょうの午後か夕方？」

男は肩をすくめた。「いや。さっきもいったが――」そこで男が考えこむように間をおいた。「いや、待てよ。そういや、さっきあそこで男を見たな。おれが帰宅したころだ。だが、ひとりだけだった。それに、あの女はいなかった」彼はダマリスにうなずきかけた。

「どんな男だった？」

「まあ、ふつうの男だ」

「もっと詳しくわからないか？　そんな情報では一シリングの値打ちもないぞ。五シリング銀貨などもってのほかだ」

男がため息をつき、顔をゆがめて考えこんだ。「そうだな、中肉中背って感じだったな。目は青かったが――あんたのような目じゃなくて」と男はアレックを見ていった。「もっと……」

「ふつうか？」とマイルズがうながした。

「ああ」男がうなずいた。「背はこんくらいで」手で高さを示す。「茶色い上着を着ていて。

そうだ！」と顔を輝かせる。「鼻がやたらにでかかった。そいつはよくおぼえてる」

「そうか」アレックはポケットに手を入れ、名刺入れを取りだした。「ぼくの名刺だ。あの家でまたそいつを見かけたら——ここに謝礼も入れておくから——こちらに知らせてほしい。その男とぜひとも話がしたいんだ」

名刺は謝礼の硬貨とともに男のポケットに消えた。男がうなずいた。「おぼえとくよ」

「どうやら拉致した男のひとりのようだな」アレックはその家をあとにしながらダマリスにいった。

「そうね。特徴が一致するわ——でも、そういう特徴の男の人はたくさんいる。その人、またここに戻ってくると思う？」

「わからない。しかしもし戻ってきたら、われらが友人がすぐに知らせにきてくれるだろう。ほかにもそいつらを見かけた人間がいないかどうか、探してみよう」

彼らはそれからしばらく、通りの向かいに並ぶ家々や、問題の家の裏手の家を訪ねて歩いてみたものの、その日の夕方、男たちやダマリスの姿に気づいた者を見つけることはできなかった。ついに彼らは貸し馬車に乗りこみ、アレックの家に戻っていった。

先に馬車から降りたアレックが手を差しだしたのを見て、ダマリスは少し驚いた。「わたし、家に戻るつもりなのだけれど」

「とんでもない。きみにはここにいてもらう」

その高飛車な宣言にダマリスはまゆをさっとつり上げた。「なんですって?」

アレックが顔をしかめた。「そんな声を出さないでくれ、ダマリス。こんなぶっきらぼうないいかたしかできなくて、申しわけない。ジェネヴィーヴにも、人あたりが悪すぎる、といつもいわれている。しかしきみだって、誘拐犯を見つけて牢屋《ろうや》に放りこまないかぎり、家に戻ることはできないとわかっているはずだ。あいつらがまた犯行におよぼうとしたら、どうするつもりだ?」

「でも、ここにはいられないわ!」

「どうして? 部屋はたっぷりある。ジェネヴィーヴに、きみのための部屋を用意するよう伝えておいた。世間体が気になるなら、心配はいらないさ。祖母がいるのだから、いっさい問題ない。妹の存在はもちろんのこと」

「レディ・ジェネヴィーヴにかかれば、世間体が失われるなんて事態にはなりえないな」マイルズがにやりとして同意した。

世間体を気にしているのではなく、彼の祖母と妹の両方からきらわれているという事実にためらってしまうのよ、とダマリスは思った。しかしそんなことをアレックに伝えるわけにもいかなかった。正直なところ、彼女も借家に戻りたいわけではない。戻ったりすれば、奇妙な物音はしないかと聞き耳を立て、ひと晩じゅう眠れないのはわかりきっているのだから。アレックの近くにいれば、安心できる。けれどそれを彼に対して認めたくはなかった。

「でも、服が──女中が──」どうしてこんな弱々しい抵抗しかできないの、と思いながらいった。

「もう手は打った」とアレックが遮った。「きみの家に送った従僕から、荷物をまとめて使用人ごとここに移ってくるよう女中に伝わっているはずだ」

「イーディスがここに?」ダマリスは彼の思慮深さに感激し、笑みを浮かべた。彼女はアレックに手を差しだし、貸し馬車から降りた。「なんだかすっかりお世話になってしまって」

家のなかでは、ジェネヴィーヴと伯爵夫人が、あれから時間など少しもたっていないかのような顔で待っていた。伯爵夫人の手は針仕事に忙しく動いていたが、ジェネヴィーヴが取りかかっていた刺繍用の張り輪はひざの上におかれたままだった。彼らが部屋に入っていくと、ジェネヴィーヴが張り輪をわきへやり、しなやかな動きで立ち上がった。

「みなさんご無事?」彼女はアレック、そしてマイルズをすばやく見やると、わずかに肩の力を抜いた。「痣《あざ》も傷もないところを見ると、格闘にはならなかったようね」

「レディ・ジェネヴィーヴ、ご心配いただき恐縮です」とマイルズがにやけ顔をした。

「兄のことは、いつだって心配ですもの」ジェネヴィーヴがマイルズをきっとにらみつけた。

「兄がいたずらっ子と一緒に行動しているときは、なおさら心配だわ」彼女はアレックをふり返った。「探していた男たちは見つかったの?」

「見つからなかった」とアレックが答えた。「すでに姿をくらましていた。あとでなにか情報が届くことを期待するしかなさそうだ。ところで、ミセス・ハワードはわが家に滞在することになった」

ダマリスは、ジェネヴィーヴがそれを聞いてよろこんでいるとは思えなかった。ジェネヴィーヴは、たんにこう答えただけだ。「もちろんだわ。よろしければお部屋までご案内いたします、ミセス・ハワード。さぞかしお疲れのことでしょうから」

「はい、ありがとうございます」ダマリスはその場を辞し、ジェネヴィーヴについていった。

階段を上がり、羽目板張りの廊下を進んで部屋に向かいながら、アレックの妹はほとんど口を開かなかったが、彼女が抜け目なく値踏みするような視線でこちらを観察しているのにダマリスは気づいていた。もちろん、そんな彼女を責めるわけにはいかなかった。ジェネヴィーヴにしてみれば、ダマリスがいったいどこの何者で、なぜ兄がこれほどまで興味を示しているのか、わからないのだから。ダマリスがアレックに助けを求めて逃げこんできたいきさつについて、すでに話を聞かされていることはまちがいない。ジェネヴィーヴの立場になれば、ダマリスも用心深くなるだろう。それでもダマリスは、ジェネヴィーヴのよそよそしい態度に落ち着きを失ってしまうのだった。

「このお部屋です」ジェネヴィーヴがひとつの扉の前で足を止め、それを開いた。「お気に召していただけるとよいのですが。なにかあったら、ベルで使用人をお呼びください」

「なにも問題ありませんわ」ダマリスは心からそういった。伯爵夫人やその孫娘によって管理されている家で、なにか不備があったり、問題が生じたりする事態になるとは思えなかった。「ありがとうございます。こんなふうに見ず知らずの人間を受け入れてくださって。いきなり押しかけてしまって、ほんとうに申しわけありませんでした」

ジェネヴィーヴが笑みを浮かべたが、その目は笑っていなかった。「どうぞ、そんなふうにはお考えにならないで。兄は寛大な人間ですから」

そんなとらえどころのない言葉を口にしたあと、彼女はダマリスにうなずきかけ、立ち去った。ダマリスは広々とした室内に入った。家のほかの部分と同じ、形式張った優雅な部屋だった。深い茶褐色のベルベット地で揃えられたカーテン、天蓋《てんがい》、ベッドカバー。小さな暖炉で石炭が燃えており、夜の冷気を暖めている。そしてダマリスの女中が、箪笥の前で彼女の銀細工つきのブラシ類を並べていた。

「ああ、奥さま！」ふり返ってダマリスに気づくと、女中が叫び声を上げた。「お会いできてほんとうによかった。なかなかお戻りにならないので、とても心配しておりました！」彼女はダマリスの手を取ると、鏡台のほうに導いた。「さあ、お召し物を脱いで、お風呂に入りましょう。くつろげますよ」

ダマリスが鏡の前の腰掛けに沈みこむと、イーディスが彼女の髪からピンを引き抜きはじめた。ダマリスは安堵のため息をつき、目を閉じて、てきぱきとはたらく女中に身を任せた。

を預けた。

「ああ！　うまい！」マイルズがブランデーをさらにひと口のどに流しこみ、椅子の背に頭

アレックは彼の向かいの椅子にからだを沈め、長い脚を前にのばし、足首のところで交差させていた。手にしたグラスのなかの液体をけだるそうにまわす。「いつまでたっても祖母から解放されないんじゃないかと思ったよ。まったく、なんて夜だ」

マイルズがにやりとした。「ああ。いわせてもらうが、きみのお祖母さまは恐ろしくてたまらん」

アレックは苦笑した。「そう思うのはきみだけじゃないさ。記憶にあるかぎり、祖母はずっとクレイヤー城を恐怖に陥れてきた人だからな。しかしきみは祖母のお気に入りだから、安心しろ」

「よかった。あの方のご機嫌を損なうようなことがあったら、最悪だよ」

「ああ、それがどういうものかはわかっている。決して愉快なものではないさ。あと二週間は不機嫌な顔にずっとさせられることになるかもしれないな」

「伯爵夫人はミセス・ハワードがお気に召さないのか？」とマイルズが驚いてたずねた。

「ぼくには、とても人あたりのいい洗練された女性に見えるがね」

「祖母はミセス・ハワードのことを知らないから」とアレックはいった。「そこが、祖母にしてみればよけい気に入らないのさ。もっとまずかったのは、祖母がミセス・ハワードに家

柄やこれまでの生活についてあれこれ尋問する前に、ぼくが彼女をさっさと連れだしてしまったことなんだ。祖母が彼女のことをうさんくさく思っているのはまちがいない。祖母の考えかたによれば、ごろつきに連れ去られるような女性が淑女であるはずがない、ということになるからね」

「たしかに、じつに奇妙な話だよな」とマイルズがいった。「その男たち、いったい何者なんだろう？　なぜミセス・ハワードをつけ狙《ねら》っていたのかな？」

「狼藉《ろうぜき》をはたらく目的以外に、ということか？」アレックは頭をふった。「わからないね。ミセス・ハワードは、どちらの男も見たことはないし、どうして拉致されたのかもわからないといっていた。当然ながら、彼女ならどんな男の欲望もかき立てるだろうが、それにしても……」

「そういうことがメイフェアで起きるとは考えられない。それも、白昼堂々と。たしか、馬車から降りた直後のことだといっていたな？」

「ああ。玄関まであと数歩というところだったらしい。そいつらが彼女を待ち伏せしていたのはまちがいない。行きあたりばったりの犯行ではないんだ」

「これからどうするつもりだ？」とマイルズがたずねた。

「ボウ街の捕り手を送りこんで、捜査させる」

「専属の捕り手を雇っている紳士《ジエントルマン》は、知るなかではきみだけだな」とマイルズが指摘した。

「ぼくをジェントルマンと呼べるかどうかについては、議論を呼ぶところだろうが」アレックはかすかにほほえんだ。「問題は、同伴者なしで彼女を外出させないようにするほかは、どういう手を打ったらいいのかさっぱりわからないという点だ」

「ミセス・ハワードがチェスリーに戻るのがいちばんかもしれないな」とマイルズ。

「ふむ」アレックはまたしてもグラスの中身をつくづくながめはじめた。

マイルズはしばし口を閉じて友人を見つめていたが、やがてさりげなくいった。「ミセス・ハワードは、まちがいなく美人だ」

「ああ」

「彼女がロンドンにいると知って驚いたよ。きみは、その——彼女がくることを知っていたのか？」

「先日の晩、劇場でたまたま出くわしたというだけだ」

「なるほど。で、レディ・ジェネヴィーヴに紹介したら、彼女がミセス・ハワードを舞踏会に招待するといいだしたんだな？」

「そうだ」

「ふうむ。レディ・ジェネヴィーヴがそんなふうにだれかをすぐに受け入れるとは、じつに奇妙だ」

アレックが顔を上げると、マイルズが目をきらめかせていた。「ああ、ほんとうだよな」

アレックは立ち上がり、のんびりとした足取りで戸棚に向かってデカンタを手にし、戻ってきてふたりのグラスをふたたび満たした。

「ロードン……」彼が腰を下ろすと、マイルズが口を開いた。「なんだか、きみがミセス・ハワードに惹かれているように見えるんだが」

「ぼくが？　去年のクリスマス、彼女につきまとっていたのはきみのほうだろう」

マイルズがにやりとした。「彼女にいいよるのは、たしかに楽しかった」

「きみはだれにでもいいよっているようだが」

マイルズは笑った。「女性と一緒にいるのが好きなことは否定しないさ」

「しかし、彼女についてはどうなんだ？」アレックは鋭い一瞥を投げた。「彼女に夢中なのか？　口説くつもりなのか？」

友人がいきなり真剣な口調になったことに、マイルズはまゆをさっとつり上げたが、肩をすくめて気軽な調子で応じた。「いや。ミセス・ハワードのことは大いに称賛しているが、彼女とは気が合いすぎて、恋に落ちるのは無理だな」

アレックは茶化すような視線を向けた。「じゃあ……」

「きみが、このうえなく口説きがいのあるミセス・ハワードにいいよるのを、このぼくが反対するとでも？」マイルズがにやけ顔をつくった。「まさか。じつは、せいぜい楽しませてもらえるんじゃないかと思っているくらいだ。きみの求愛劇をながめるのは」

「そういうことをいおうとしていたわけじゃない」

「いや、そのはずだ。いいか、アレック、伯爵たるもの、独身を貫くわけにはいかないんだぞ。それにミセス・ハワードほど手応えのある相手は、そうそう見つかるものじゃない。彼女は魅惑的で、きみの家族は反対している。これほどおもしろくなりそうな話がほかにあるか？」

アレックは鼻を鳴らした。「これだけはいっておくが、祖母が認めようが認めまいが、ぼくの女性への求愛にはなんら影響しない。しかし相手がミセス・ハワードにしても、ほかの女性にしても、結婚するつもりはないんだ。そういうくだらないことは、もう懲りたよ」

「だが、いつかは結婚するだろう」

「しなきゃならないだろうな。いとこのハーバートに爵位を継がせたくなければ」アレックは肩をすくめた。「しかし、スタフォード家の男にふさわしい妻の選びかたをするつもりだ。恋などという若気のいたりに惑わされるのではなく、血筋をもとに」

マイルズがまゆをひそめて彼をちらりと見やった。「ジョスランは変わり種だったんだ。彼女がすべて彼女と同じではないぞ」

アレックは残りの酒をあおった。「そうか？　それでも、ほかに選択肢はないんだよ」

7

目をさますと、ダマリスはきらきらとした青い目に見つめられていた。平たい顔のなかの小さなピンクの鼻の上にある目で、その周囲からふわふわと雲のような白い毛が生えている。ダマリスは驚いて目を瞬いた。猫はベッドのフットボードにちょこんとすわり、彼女をじっと見つめていた。ときおり綿毛のような尻尾《しっぽ》をぴくりとさせる以外は、瞬《まばた》きするでもなく、動くでもなく。

「ええと」とダマリスはいった。「あなたはだあれ？」

猫は、こちらが落ち着きを失ってしまいそうな視線をひたと据えたままだ。横になって猫を見上げている体勢がなんとなく不利のような気がして、ダマリスは起き上がった。その瞬間、扉が開いてイーディスが静かに入ってきた。彼女は猫を目にすると、いらだったように口もとをゆがめた。

「まんまと侵入したってわけね？」イーディスは叱りつけるような声でそういうと部屋の奥に進み、手にしていたドレスを広げた。「申しわけありません、奥さま。あの猫、さっきからずっと、ここに忍びこもうとしていたんです。きっと掃除係の女中が入れてしまったんですわ」

猫が、しきりに追い払おうとするイーディスを無視して、前足を舐《な》めて顔を洗いはじめるようすを、ダマリスは愉快な気分でながめた。イーディスが暖炉用の小さなほうきに手をのばしたところで、ようやく猫は立ち上がり、しなやかな動きで床に飛び下りた。王者よろしく無頓着な態度で、長くりっぱな尻尾を高く掲げて扉の前までゆったりと進んでから足を止め、イーディスが扉を開けるのを待った。

「申しわけありません」猫が出ていったあと、イーディスはふたたびそういうと、ふうっと大きなため息をつきながら扉を閉めた。「ザークシーズという名前で、こちらのお嬢さまの猫だそうです」

「レディ・ジェネヴィーヴの？」たしかにアレックの妹にはぴったりのペットだ。あの貴族然とした態度といい、相手を貫くような青い目といい、飼い主に似ている。白い毛並みも、ジェネヴィーヴの色の薄い金髪に似ていなくもない。

「はい。今朝、廊下を歩いているとき、カーテンによじ登っているのを見かけました。カーテンの上から女中に飛びかかるのが好きなんだそうです。恐ろしい動物ですが、こちらのお嬢さまはたいそうかわいがっておいでだとか」

ダマリスは、〝こちらのお嬢さま〟の性格についてはなにもいわずにおくのが賢明だと考えた。彼女のことはほとんど知らないし、そもそもこんなふうにいきなり客を押しつけられれば、だれでも重荷に思うはずだ。それに、ジェネヴィーヴのあの冷淡な態度の裏にも、なにかが隠れているかもしれない。アレックも心やさしい人と呼ばれることはまずない人物だが、そんな彼にも、だれも知らない深い一面があるのはまちがいないのだから。それともわたしは、彼にロマンチックな夢を見ているだけ？　たしかにアレックは、すぐに救いの手を差しのべてくれたし、危険を顧みずに行動を起こしてくれた。しかしそれはダマリスを心配してというよりは、たんに争いごとが好きだというだけの話かもしれない。それにたとえ心配してくれたとしても、そこに大きな意味はないだろう。そもそも、彼女がロードン伯爵についてあれこれ考えるなど、とんでもなく愚かなことだ。

じっさい、ここにきたのは愚かなことだった。ゆうべベッドで横になったとき、ダマリスは、それまではパニックに陥っていたために考えがおよんでいなかったことに気づき、それについてつくづく考えてみた。あのときの状況からして、ふたりのごろつきが彼女をわがものにしようと襲いかかってきた、という単純な話ではないのは明らかだ。あれはとっさの襲撃ではない。彼らはあらかじめ計画を練り、ダマリスを連れ去るための馬車まで用意していたのだ。彼女を連れていく空き家を借りたか、少なくとも見つけておいたようでもある。もちろん白人奴隷の可能性もなくはないが、考えにくい。あの男たちは、最初から彼女をつけ狙っていた。名前で呼びかけてきたのだから。あんな人目につきやすい場所で、白人奴隷を捕らえる一味がひとりの女に狙いを定めるはずがない。

やはりあの男たちがダマリスを狙ったのは、だれかにそう命じられたからにちがいない。ほかの人間の指示で動いていたのはたしかだろう。そう考えると、彼らの背後にいるとおぼしき人物の目星もついてくる。ダマリスを排除したいと願う人間——いや、一族は、ひとつきりだ。悲しいことではあるが、あのごろつきを雇ったのは、彼女自身の祖母である可能性がいちばん高い。

醜聞の火種をもみ消すためにそこまでするなど、途方もない話に聞こえるかもしれない。しかしダマリスには、ほかに敵はいない。なにしろここイギリスでの知り合いといえば、チェスリーの友人たちだけなのだから。そして彼らのうちのだれかがダマリスを拉致するために人を雇うなど、どう考えてもありそうになかった。一方、祖母は舞踏会で怒りをぶちまけ、ダマリスが上流社会で自分の血筋をだしに父親の一族に不名誉をもたらすのではないかと、見るからに恐れていたではないか。そんな祖母に公然と刃向かったことには満足していたものの、あんなふうに口答えしたのは賢いふるまいではなかったかもしれない。あんな態度をとれば、一族が恥をかかされるというレディ・セドバリーの恐怖をあおるだけだし、そんな事態にならないよう彼女が手を打ったとしても、不思議はないのだから。

さすがのレディ・セドバリーも、まさか男たちにダマリスを殺すよう命じたわけではないだろう。いくら軽蔑《けいべつ》に値する女だとはいえ、実の祖母がそこまでするとは思いたくなかった。

あの男たちに連れていかれた家は、まずまず見苦しくない地域にあったたし、家のなかもさほど居心地の悪い場所だとは思えない。おそらく彼らは、イギリスを出ていかないのなら悲惨な目に遭わせてやるといってこちらを脅すか、強制的に国外へ追放すべく、海峡をわたってカレーかどこかの港まで運ぶつもりだったのだろう。

実の父親の家族からそこまで憎まれていると思うと、あまりいい気持ちはしなかった。それでも、恐怖心はずいぶんやわらいだ。それにそういうことなら、ロンドンを離れれば危険は去るはずだ。そう思ったときに感じた胸の痛みについては、無視することにした。それしかできることはないのだ。このままここにとどまれば、セドバリー一族との闘争にアレックを巻きこんでしまうだろうし、彼をほかの貴族とのもめごとの場にかりだすなど、まちがっている。だめよ、やはり去らなければ。

しかしダマリスは、朝食の席に着こうと階下に向かいながら、いつしか重い足を引きずっていた。ふと顔を上げると、カーテンのてっぺんにあの白い猫がちょこんとすわり、白い足の上からようすをうかがっているのが目にとまった。あの猫が女中にいたずらをしかけるというイーディスの話を思いだし、ダマリスは目をすがめた。

「やめてちょうだいね」と警告すると、猫は尻尾をひとふりしたものの、そこから動こうとはしなかった。

朝食室に近づくにつれ、アレックの声、つづいて妹の高い声が聞こえてきた。ダマリスは、彼の祖母の声がしないことにほっと胸をなで下ろした。

「……そんなの、マイルズだけだわ」内容がはっきり聞き取れるところまで近づくと、ジェネヴィーヴがさげすむようにそういうのが聞こえてきた。

「マイルズのどこがいけないのか、よくわからないな」とアレックがやさしく応じている。

「あいつ、若い淑女にはなかなか人気なんだぞ」

「それはそうよ」とジェネヴィーヴが切り返した。「あの人、生まれつき女性にたいして口がうまいんですもの」

「そうか、じゃあおまえは、まじめな男を探しているんだな」アレックが考えこむようにそういったのを聞いて、ダマリスは彼が妹をからかっていることに気づき、少し驚いた。きょうだい同士のおふざけというのは、なぜかあのふたりからは想像がつかなかったのだ。

「わたし、男の人なんて探していないもの」ジェネヴィーヴが鋭くそう応じたかと思うと、いきなりほがらかに笑った。その軽やかで音楽のような笑い声があまりに意外だったので、ダマリスははたと足を止めた。「もう、からかわないで。お兄さまがそんなふうだと、わたしはまだ十五歳の小娘かと思われてしまうじゃないの」

「十五歳のときから、まだそれほど時間はたっていないよ、ジェニー」

「ふん。もう十年たったわ。お兄さまもよくおわかりのように、いまではもう、まぎれもないオールドミスよ」

「ぼくならおまえをそんなふうには呼ばないね」

「わたしにやりこめられるのがいやだから、というだけの理由でしょ」

ダマリスは開かれた戸口で足を止めたまま、目の前ののどかな光景をながめた。アレックがテーブルの上座に着き、その右側に妹が腰を下ろしている。ふたりの向こうにある開け放たれた窓から、夏の陽射しが暖かく射しこんでいた。その窓から小さなわきの庭園が見える。背の高い煉瓦《れんが》の壁が、通りの喧噪《けんそう》を遮っていた。窓の下ではバラが咲き誇り、その濃厚な香りが部屋のなかに漂ってくる。アレックとジェネヴィーヴはたがいに顔を見合わせていた。その色の薄い金髪と淡い青の目が驚くほど似ており、笑い声と愛情がふたりの表情にいつになく温もりを与えていた。

ふとジェネヴィーヴが戸口に目を向け、ダマリスに気づいた。とたんにその表情にいつものよそよそしさが舞い戻った。「ミセス・ハワード。おはようございます」

アレックはジェネヴィーヴとは反対に笑みを広げ、ふり返って立ち上がった。「ミセス・ハワード」

彼の薄青の目がきらめき、ダマリスはその視線に身を焦がされるような思いがした。いきなり息苦しさをおぼえて頬が熱くなり、こんなふうになるなんてばかみたい、といくら自分にいい聞かせても、顔に広がる笑みをこらえることができなかった。アレックがいったん前に進みでたあと、少し決まり悪そうに足を止めた。ダマリスが手を差しだすと、彼は目をきらりと光らせてその手を取り、一礼した。

「気分がよくなったようだね」ダマリスの手を握る彼の指にわずかに力がこめられた。素肌に触れるアレックの温もりをひどく意識してしまう。考えてみれば、こんなに朝早く彼と顔を合わせたことはなかった。いまのアレックは、いつも以上にハンサムに見える。肌がほんのりと色づき、髪も目もきらめいて、黄金色の光のなかで際立っている。

「ええ、よくなりました。ありがとう」ダマリスは、彼に反応してつい自分も指に力をこめていたことに気づいた。それに、もう充分な時間が過ぎてもなお、ふたりは手をつないだままだった。ダマリスは気恥ずかしさをおぼえて手を離し、テーブルに向き直った。ジェネヴィーヴをちらちら見やり、気づかれたかしら、と思う。いかにもそ知らぬ表情を浮かべているところからして、きっと気づいたにちがいない。

「なにもかもお気に召していただけたならよいのですが」アレックがダマリスのために椅子を引いているとき、ジェネヴィーヴがそういった。彼女は手をのばし、礼儀正しく客人のために紅茶を注いだ。

「ええ、ありがとうございます。とてもすてきなお部屋ですわ」真実からそうかけ離れていない言葉だ。「とても優雅で」ダマリスはジェネヴィーヴにほほえみかけ、さらにつけ加えた。「今朝、あなたの猫を見かけました」

「ザークシーズを?」ジェネヴィーヴはぎょっとしたあと、用心深い顔をした。

アレックが小さく鼻を鳴らした。「悪魔《サタン》と呼ぶほうが似合いだな」

「なにかご迷惑をおかけしていなければよいのですけれど」ジェネヴィーヴは兄の言葉を無視していった。

「ちっとも。ちょっとお顔を見せにきてくれただけみたいです。とてもきれいな猫ですね。あんな青い目をした猫は、いままで見たことがありません」

「アンゴラという種類なんです。お祖母さまのお友だちがパリから連れてきました」

「あの猫はジェネヴィーヴ以外の人間になつかないんだ」とアレックが口を挟んだ。「だから、まもなく祖母から妹に譲られた。家のほかの人間にとっては悩みの種だな」

「お兄さまは、自分の犬がザークシーズに追われて尻尾を巻いて逃げたものだから、嫉妬《しっと》しているだけよ」

アレックが苦笑した。「ああ、かわいそうなシャドウよ」

話の最中に従僕がダマリスの皿に料理をよそってくれたので、彼女は遠慮なく食べはじめた。前日はほとんどなにも口にしていなかったのだ。ジェネヴィーヴとアレックが、ダマリスが口を挟む必要のない気楽な話題をとりとめなくつづけてくれたのが、ありがたかった。というのも、彼女の頭のなかは、ロンドンを去る計画でいっぱいだったから。しばらくしたころ、ふと会話が途絶え、ダマリスはアレックとジェネヴィーヴに見つめられていることに気づいた。きっとなにか訊かれたにちがいない。彼女はうしろめたさをおぼえた。

「ごめんなさい。ついぼうっとしてしまって」とダマリスはいった。「無理もありませんわ」とジェネヴィーヴがいった。「ひどい目に遭われたんですもの。兄にきょうの予定を訊かれたので、今朝はいくつか訪ねていく場所があると答えたところなんです。あなたは、とてもご一緒する気分ではありませんわよね」

「お誘いありがとうございます」ダマリスはすぐにそう答えたあとで、ジェネヴィーヴからはっきり誘われたわけではないことに気づいた。ダマリスを一緒に連れていかないもっともらしい理由をいわれただけだ。「でも、そうですね、おっしゃるとおり、きょうはどこかを訪ねていく気分にはなれそうにありません」

「おまえも一緒に家にいたらどうだ、ジェニー」とアレックがいった。

「いえ、そんな」ダマリスはあわてていった。「どうか、わたしのために予定を変更なさらないで、レディ・ジェネヴィーヴ。わたしならひとりでだいじょうぶですから。いずれにしても、することがたくさんありますし」

「ご親切にどうも」ジェネヴィーヴはそういうと立ち上がった。「では、あちらこちらに出かけなくてはならないので、そろそろ失礼して……」

妹が部屋を出ていくあいだ、アレックは礼儀正しく立ち上がっていたが、すぐに腰を下ろすとダマリスに目を向けた。「もし街でなにか用事があるなら、よろこんでおともするよ。今朝は少しすることがあるんだが、午後には戻ってくるので——」

「予定を組み直す必要はないわ」とダマリスはいった。「銀行に立ちよるだけだし、それにもちろん、家にも戻らなければ」

「そのことはもう話し合ったはずだ。女中が荷物を運んできてくれただろう」

「ええ、そうだけれど。でもわたしがいつまでもここにいるわけにいかないのは、あなたもわかっているでしょう」

「いつまでもとはいっていない。なにがどうなっているのか、はっきりするまでのあいだだけだ。きょう、きみを拉致しようとした犯人を突き止めるために、ボウ街の捕り手を送りこむつもりなんだ。なかなか優秀な人物だから、ほんの数日のうちに犯人を見つけてくれるだろう」

「アレック！　やめて」ダマリスは警戒するような声を上げた。「ほんとうに、そんな必要はないの。あなたにそこまでご迷惑をかけるわけにはいかないわ」

「ちっとも迷惑ではないさ」

「やめて、お願い。ほんとうに、そんな必要はないのよ。ずっと考えていたのだけれど、いまわたしがすべきなのは、ロンドンを離れることだというのがはっきりしたの」

「ロンドンを離れる⁉」彼が眉間にしわをよせた。「しかし、なぜ――なにかぼくに隠していることがあるのかい？　あの男たちのことは知らないといっていたはずだが」

「知らないわ！　あの人たちがどこのだれかなんて。ただ、わたし――大騒ぎしすぎたような気がするの」

「街なかでふたりの男に襲われて、馬車に放りこまれたのに？　それが大騒ぎせずにいられるか？」

「わたしがいいたいのは、男たちに乱暴されたわけではない、ということなの。あの人たちにそのつもりがあったのかどうか」

「そいつらにほかの理由があったとは思えないが」

「あなたにはわからないのよ」

「ああ、わからない。きみの話はつじつまが合わないよ」

ダマリスはしばし間をおき、息を吸いこむと、ため息まじりにいった。「はっきりしているわけではないのだけれど、じっくり考えた結果、これはきっと……親族間の問題ではないかと思いあたったの」

アレックは驚きのあまり言葉を失っていた。彼女をまじまじと見つめている。「親族のだれかがきみを殺そうとしたとでも？」まゆをつり上げる。「それがほんとうなら、うちの一族も思っていたほど悪くないということになるな」

「いいえ、わたしを殺そうとしていたわけではないと思うの。さっきもいったように、乱暴されたわけではないのだし。だからこそ気がついたのだけれど……」

「これがきみの親族のしわざだとしたら、どうして逃げようとしているんだい？」

「逃げているわけではないわ！」ダマリスは憤慨して切り返した。

「では、なんといえばいいんだ？」

「用心しているの。わたしならそういうわ。そもそも、わたしがロンドンにいる理由はもうないもの。お買い物をして、お芝居を何本か観て、ほかにいくつか用事をこなすためにきただけで、それもみんな終わったわ。ここを去れば問題は解決よ。ここにいなければ、先方もわたしを拉致できなくなるでしょうし」

「あとをつけられなければ、の話だろう」とアレックが指摘した。「きみに本気で危害を加えようとしている人間がいるなら、きみがロンドンを離れたからといって、あきらめるだろうか？　チェスリーでも、きみを襲うのは簡単だ——もっと簡単だろう。あるいは、チェスリーまでの道のりのどこかで」

「まっすぐチェスリーに戻るつもりはないの。大陸に行こうと思っている。スイスで夏を過ごすとか」

「スイス！　まさかそんな、ダマリス、イギリスから逃げるつもりかい？　いったいどういうことなんだ？　些細な〝親族間の〟問題のために、きみが大陸に逃げようとしているなんて、ぼくが信じるとでも思ったら大まちがいだ」

「些細な問題ではないわ。少なくとも、あちらにとっては」ダマリスは彼をちらりと見たあと、目をそらした。

なにもかも説明すべきなのはわかっていた。親族が彼女を追い払うためにここまでしようとする理由を理解してもらうには、そうするよりほかはない。しかし、自分の正体を……出自を告げたときのアレックの顔を見るのは耐えられなかった。アレックが非常に気位の高い男であることは前からわかっていたつもりだが、この家で彼の祖母と妹と顔を合わせたいま、その気位の高さを過小評価していたことに気づいていた。

「わたしの親族について、詳しく話すことはできないの」とダマリスは低い声でいった。

「ぼくを信用できないのかい？」

「そういうことではないわ。でも、わたしの口から、あの人たちの——秘密を明かすのは、公正さを欠くことだから」

「いいかい、ダマリス」彼が立ち上がり、いらだたしげに椅子を引いた。「ぼくはなにもゴシップを求めているわけじゃないんだ！　なにがどうなっているのかを話してもらえないのなら、どうやってきみを守ったらいい？」

「あなたに守ってもらおうとは思わないわ。さっきから、それをいおうとしていたの」

「じゃあ、ぼくにどうしろというんだ？」アレックがにらみつけた。「きみがまたごろつきどもに連れ去られるのを、なにもせずに黙って見ていろと？」

「わたし、もうごろつきどもに連れ去られるつもりはありませんから」ダマリスも立ち上がり、彼をまっすぐ見つめた。

「きのうだって、連れ去られるつもりはなかったと思うがね」

「あたりまえでしょう」ダマリスはナプキンをテーブルに叩きつけた。「でもきのうは、不意を突かれたんだもの。でもいまは用心している。危害を加えられないよう、慎重に行動するつもりよ」

「ぼくがきみを守ってはいけない理由が、なにかあるのか？　きみが危険な目に遭わないよう、手を貸してはいけない理由が？」アレックがあごをくいっと持ち上げ、高い位置から彼女を見下ろした。そのまさしく貴族然とした冷たい尊大さに、ダマリスの心にむらむらと反抗心が芽生えた。

「あなたはわたしを守る立場にはないわ！」と彼女は鋭く切り返した。

「きみがぼくに助けを求めてきたんだ。だったら、そういう立場にいるはずだ」

「いいえ、ちがう。それにいまは、どこかほかのところへ助けを求めればよかったと思いはじめている」

「だが、そうはしなかった」アレックは彼女をぞっとする視線で長々と見つめたあと、くるりと背を向けて戸口に行き、そこでふり返った。「きみを襲ったやつらを必ず見つけてみせる。あんなことを、二度とさせるつもりはない。ぼくが帰ってきたとき、いいたいことをたがいすべてぶちまけよう。でもそれまでは、ここにいるんだ。家のなかに。外に出かけて、自分の身を危険にさらさないでくれ」彼はそこで言葉を切ったが、ダマリスがなにも応じないでいると、強い口調でうながした。「ぼくのいいたいことは、わかったか？」

ダマリスは腕を組み、反抗的にあごを突きだした。「ええ、よくわかりましたとも」

アレックがふたたび背を向けて部屋から出ていく直前、つねに冷静なはずの顔に一抹の不安を浮かべたのを見て、ダマリスは満足した。ティーカップをつかんで彼が去っていった廊下に投げつけたいという衝動を必死にこらえつつも、まるで子どものようにそうしたくてたまらなかった。彼女はしばらく突っ立ったまま頭に血を上らせていたが、やがて部屋をあとにし、すたすたと廊下を進んで階上の自分の部屋に向かった。

「イーディス、荷物をまとめてちょうだい」彼女は部屋に入るなりそういった。

ダマリスのイブニングドレスの破れたひだ飾りを縫うのに忙しくしていた女中が、口をあんぐりと開けた。「でも――」イーディスはあたりにさっと目をやったあと、ふたたびダマリスに視線を戻した。「荷解きをしたばかりですのに」

「ええ、わかっているわ。手間をかけてしまったけれど、そもそもここに荷物を持ってくるよう命じたロードン卿がまちがっていたのよ」

「家に戻るんですか？」

「ええ。いいえ、つまり、あなたは戻ってちょうだい。わたしはきょうの午後、ドーヴァーに向けて出発するつもりなの」

「ドーヴァー！」

「ええ。フランスのカレーに行くわ。あなたには、荷物をまとめて、馬車でチェスリーに戻ってもらいたいの」

「あたしひとりでですか?」イーディスが目をむいた。「なぜです? どうしてあたしもご一緒できないんですか? あたしは奥さまとご一緒でないと。だれが御髪のお手入れを? お召し物は? あたし、なにかお気に障るようなことをしでかしましたでしょうか?」

「いいえ、そうじゃないの。あなたに一緒にきてもらいたくないわけではないのよ。でも、ある人たちの目をくらます必要があって。わたしがチェスリーに家を持っていることを、その人たちには知られたくないの」

「いったいだれのことなんですか? だれが奥さまを傷つけようとするんです? あの人たちのことなんですか? おかわいそうなお母さまのことをひどく憎んでいた、あの人たちですか?」

「ええ、そうだと思う」ダマリスはうなずいた。「先日の晩、レディ・セドバリーに出くわしたの。彼女から、ロンドンを出ていくようきっぱり告げられたわ。だから、それに応じて差しあげるつもりよ。あの人たちには、わたしが大陸に戻って、そこで暮らしていると思わせたいの。でも一週間か二週間ほど滞在して、もう監視の目がないことが確信できたら、チェスリーに戻るわ。だからあなたには、わたしの荷物を家に持ち帰っておいてもらいたいの」

イーディスは気が進まないようすだったが、うなずいた。「わかりました。すぐに荷物をまとめます」

女中がせっせと作業を進めるあいだ、ダマリスはスタフォード家の女性たちに礼儀正しくあいさつするため、階下へ向かった。ジェネヴィーヴと伯爵夫人は居間にいた。伯爵夫人は明るい窓際で刺繍にいそしんでいた。ジェネヴィーヴは外出の予定を取りやめたようだ。少なくとも、いまのところは。祖母の近くの椅子に腰を下ろし、二流新聞の記事を読み上げているのだから。大きな白い猫が彼女のひざの上で丸くなって寝ていた。まるで大きな毛玉のように見える。

ジェネヴィーヴはダマリスが入ってくるのに気づくと、顔を上げて読むのをやめた。猫もふと頭をもたげ、むっとしたようにダマリスをにらみつけた。「ミセス・ハワード。どうも」

それまで孫娘が読み上げる記事の内容にうっすら笑みを浮かべていた伯爵夫人は、いつものすました表情に戻り、針を持つ手をひざの上に休めた。「ミセス・ハワード」

「レディ・ロードン、レディ・ジェネヴィーヴ。お邪魔して申しわけありませんが、ゆうべ、かくまっていただいたことにお礼を申し上げたくてまいりました。でも、そろそろ失礼いたします」

ジェネヴィーヴがさっと背筋をのばした。「お帰りになるの？　でも兄は、あなたはまだここにいらっしゃるといっていましたけれど」

「ロードン卿のお心づかいにはとても感謝しておりますが、わたしならもうだいじょうぶです。昼間は外も明るいですし、女中と一緒ですから。いくつか用事をすませたら、街を出ます」

「ロンドンをお発ちになるの？」伯爵夫人がそうたずねたが、その表情に残念そうなところは少しも見あたらなかった。「こんなに早く？」

「はい。スイスか、あるいはイタリアにでも出かけようと思っております」

「あら、それはすてきね」伯爵夫人はそれを聞くと、笑みすら浮かべてみせた。

しかしジェネヴィーヴのほうは、かすかに顔をしかめていた。「兄が聞いたら、よろこばないのではないかしら」

ダマリスはこみ上げてくるいらだちを抑えた。「ええ、お兄さまにご心配をおかけしなければよいのですが。用事をこなすあいだは、御者だけでなく、従僕もひとり連れていきます。どうぞお兄さまにも、そのことと一緒に、わたしがよろしくいっていたと、そして心から感謝していると、お伝えください。差し支えなければ、わたしからもお兄さまに感謝のお手紙を残していこうと思います」

ジェネヴィーヴが、ダマリスが去ったと知ったときのアレックの反応にあいかわらず不安を抱いているのはまちがいなかったが、だからといって彼女がこれ以上口を出せることでもなかった。一方の伯爵夫人はひどくご機嫌のようすで、ダマリスたちを家に送り届けるための軽馬車を用意するよう、わざわざ使用人に命じてくれたほどだった。さらに感謝と好意の言葉を伝えたのち、ダマリスは別れを告げて上の階に戻っていった。

イーディスは前夜に運びこんだ小さな衣装箱に荷物を詰め終えていたが、ダマリスはしばし腰を下ろし、アレックへの短い手紙をしたためることにした。こんなふうにあわただしく、しかもこっそり立ち去るのはいやだったが、別れのあいさつをするために彼の帰りを待っていたら、けっきょくは刺々《とげとげ》しい口論に発展してしまうのはわかっていた。アレックは人から反論されるのをきらう男であり、ダマリスはダマリスで、いままでずっと自分のことは自分で決めてきたため、彼にあれこれ指図されるのはがまんがならなかった。

もっとも、こんなふうに出ていくのは意気地がないからかもしれない。このままとどまってアレックと話し合えば、自分の素性を彼に打ち明けざるをえなくなるだろう。その事態に直面する度胸がないのだ。それに、こうするほうがいい――さっさと縁を絶ってしまうほうが。彼との関係に、望みはまったくないのだから。永遠に。だからいま別れてしまうほうが、おたがいにとって楽なはず。

なんと書いたらいいのかわからず、書きかけては手を止めるということを何度かくり返したのち、けっきょくはあきらめて、助けてくれたことにたいする感謝の言葉を数行したためるにとどめた。手紙に封をしたあと、表に彼の名前を書いて廊下のテーブルに残し、ダマリスはスタフォード家をあとにした。

8

アレックは玄関前の階段を小走りで上がりながら、自分が知らず知らず軽く口笛を吹いていることに気づいて驚いた。戸口で足を止め、いつもと変わらぬ態度を装いつつ従僕に帽子と手袋をわたす。応接間をちらりとのぞいてみたところ、そこにダマリスの姿はなかった。階段を駆け上がり、小さなほうの居間に彼女がいるかどうかたしかめてみようか、と思う。しかしそんなことをすれば彼女に会いたい気持ちが見え見えだと考え直し、まずは書斎に向かった。

書斎で事務処理をしたり、ダマリスに話す必要のあることをあれこれ考えたりしながら、数分ほど時間を稼いだ。その日は、いつものボウ街の捕り手を見つけるのに思った以上に時間がかかったうえ、けっきょくなんの成果も得られなかった。ダマリスの状況を説明し、先方の質問に答えるにあたって、自分が彼女のことをあまりに知らないという事実を突きつけられることになったのだ。ダマリスと話をするのに申しぶんのないほど妥当で論理的な理由があることを確信したのち、彼は腰を上げて二階に向かった。

居間から妹の声が聞こえてきた。大またでそちらに向かい、戸口に立ったところで、ジェネヴィーヴと祖母が、祖母の心の友であるレディ・ホーンボーとしゃべっている光景が目に入った。思わずあとずさりしたくなったものの、すでに三人に姿を見られていた。

「ロードン！」レディ・ホーンボーがすっとんきょうな声を上げた。海軍将官の娘ゆえか、彼女は暴風雨にさらされる甲板にいても聞こえるような大声の持ち主だった。大勢の子どもを育て上げ、さらに大勢の孫に恵まれたという事実も、その声量を抑えるどころか上げる一方だ。「ずいぶん久しぶりじゃありませんか。さあ、こちらにきて、この年よりに口づけのあいさつをしてちょうだいな。ベッツから聞いた話では、あなた、お城に何カ月もこもっていたそうね」

「レディ・ホーンボー」アレックはしかたなく礼儀正しく一礼すると、前に進みでてその年配女性の頰に口づけした。堅苦しくてよそよそしい祖母が、レディ・ホーンボーのような大声の持ち主、しかも傲慢な態度の持ち主と、どうして仲よくやっていけるのか、まったく理解できなかった。それに伯爵夫人が〝ベッツ〟などという愛称で呼ばれるというのも、想像を絶する事態だ。

ここは、腰を下ろしてレディ・ホーンボーと数分ほど礼儀正しくおしゃべりをするしかなさそうだ。さっさと立ち去ってしまえば彼女が気分を損ねるのは目に見えているし、彼女の前でダマリスの所在をたずねるわけにもいかない。祖母と妹がダマリスをこの女性から遠ざけておいてくれただけでも、ありがたいと思わなければ。永遠とも思える二十分が過ぎたのち、ようやくレディ・ホーンボーが帰ってくれたので、アレックはジェネヴィーヴをふり返ってダマリスはどこかとたずねた。

ジェネヴィーヴが、いつになくそわそわとしたようすで答えた。「出ていったわ」

アレックは妹をぽかんと見つめた。「出ていった？　どういう意味だ？」

「言葉どおりの意味よ。わたしとお祖母さまのところにいらして、出ていきますとごあいさつしたあと、じっさい出ていったの。お兄さまにお手紙を残していったはずよ」

アレックは立ち上がった。「ジェネヴィーヴ！」そして、祖母に顔を向ける。「お祖母さまがなにかしたんですか？　彼女を追いだすようなことを、なにかいったんですか？」

伯爵夫人がまゆをつり上げた。「まあ、ロードン、わたしを責めるの？　わたしがなにをしたと？」

「わかりません。でもきょうは、ダマリスには家にいてもらわなければ困る、とはっきり申し上げたはずです」彼はさっとジェネヴィーヴに向き直った。「きのうあんなことがあったというのに、どうして彼女を行かせたんだ？」

ジェネヴィーヴがすっくと立ち上がってアレックに面と向かい、その目に危険な光をたぎらせた。「囚人のようにここにつなぎ止めておくわけにはいかないでしょう！　じゃあ、どうすればよかったというの？　なにか用事があるといっていたし、街を出るといっていたわ。

彼女はおとなの女性なのよ、お兄さま、子どもじゃないの。彼女が望むことをやめさせるだけの権利が、わたしにあるはずもないわ」

「説得することもできただろう！　なんとかとどまってもらうよう、いいふくめることもできたはずだ」

「アレック、ほんとうに知りたいんだけれど、あの女性はいったいどこのだれで、どうして彼女のこととなると、あなたはそんなふうにみっともないふるまいをするの？」伯爵夫人が話を蒸し返した。「聞いたこともない名前の人だというのに、あなた、そんな人をわたしたちにいきなり押しつけたかと思うと、今度は彼女が出ていったからといってひどく非難するなんて」

「どこのだれか？　それはいったい――」アレックはふと口をつぐんだ。あやうく、祖母にたいして失礼な口をきいてしまうところだった。ひとつ深呼吸したあと、より慎重な口調で先をつづけた。「彼女はレディ・モアクームの友人です。それに、願わくはぼくの友人でもあってほしいと思っていますが。声を上げてしまったことをお許しください。彼女のことが心配なもので、つい」彼はジェネヴィーヴをふり返り、落ち着き払った冷たい声でいった。「ミセス・ハワードがいつごろ出ていったのか、教えてもらえないか？　どこに行くか、いっていたか？」

「用事があるとおっしゃっていたわ。女中と一緒だったし、馬車も提供して差しあげた。だから安全なはずよ。時間は、たぶん二時間くらい前かしら。お兄さまが出かけてから、そんなに時間はたっていなかったわ」

彼はひとつうなずくと、大またで部屋をあとにした。

「お兄さま!」ジェネヴィーヴが呼びかけ、彼を追ってあわただしく廊下に出てきた。

アレックは階段の踊り場でふり返り、妹を辛抱強く待った。

「お兄さまにおき手紙を残していくといっていたわ」

「下の階を探してみる」彼は向きを変えて立ち去ろうとした。

「どうするつもりなの?」とジェネヴィーヴがたずねた。「戻ってくるよう、強要することはできないのよ」

アレックは険悪な表情をした。「彼女になにかを強要するつもりはない。しかし、なんらかの危険に巻きこまれていることはまちがいないんだ。彼女を守るために、できるだけことをしなければ」

「お兄さま……それはつまり……お兄さまは、あの人のことが好きなの? ほとんど知らない人だというのに」

「もちろん、そんな——」アレックはふと口をつぐんだ。「出かけてくる。いまはくだらないことを話している時間はない」

彼はくるりと背中を向け、足早に階段を下りていった。その背中を、表情を曇らせた妹が心配そうに見つめていた。

ダマリスは、馬車が道のでこぼこにあたって跳ねるたびに、革紐《かわひも》にしがみついた。馬車を雇うより、自分の馬車を使うほうがよかったかもしれない。馬車の乗り心地には、少々難があるようだから。

いや、馬車を雇ってよかったのだ。スタフォード家の馬車を降りたとき、通りの先で男がひとり、目の前の家の欄干に見入っているふりをしながらたたずんでいるのを見て、そう確信したではないか。あの男が、彼女が銀行で現金と信用状を手に入れたのち、馬車を雇ってドーヴァーに向かっていることに気づいていればいいのだが。いまも、男があとをつけてきていることを願うばかりだ。そうすれば、こちらは国を出たと思わせることができる。もし自分の馬車でドーヴァーに向かってしまえば、そのあと男がその馬車のあとをつけ、けっきょく彼女がチェスリーに家を持っていることを突き止めてしまうかもしれない。そうなれば、大陸に逃げるふりをするという努力が水の泡になる。

もちろん、男たちがあとをつけてきて、またダマリスを襲う可能性は残っている。しかし彼らの目的は、彼女を傷つけることより国から追いだすことにあるらしい。つまり祖母の望みは彼女を殺すことではなく、確実に国外へ追いだすことなのだ——ダマリスはあいかわらずそう信じていた。レディ・セドバリーのような感じの悪い人物といえども、自分の血を分けた人間を殺したがるとは考えにくい。それでもダマリスは、万が一のために、はるか昔に父親から譲られた小型拳銃に弾をこめ、レティキュールに入れておいた。旅をするときはよく持参するものではあったが、いつもは身につけずに馬車の収納箱に入れておくことにしていた。しかし今回は、手近に準備しておきたかった。

馬車はなにごともなくロンドンを離れ、ここ二時間ほど、襲撃者の気配もない。いまのところいちばんの問題は、駅馬車の乗り心地の悪さだ――それと、アレックが頭から離れてくれないこと。彼女が立ち去ったと知ったときの彼の反応を、あれこれ想像せずにはいられなかった。激怒するだろうか？　きのう、わたしのためにあれほど世話を焼いたことを考えれば、裏切られた気分になり、恨みを抱くだろうか？　アレックに直接話をすることなく出てきたのは臆病者の証拠だという気分は拭《ぬぐ》えなかったし、彼が腹を立てているとしても、責められなかった。しかし最悪なのは、ダマリスが去ったことに彼がただ肩をすくめ、やっかい払いができたと考えた場合だ。

やはり戻ってすべてを打ち明けてしまおうか、と思ったことも一度ならずあった。しかしそんなのは愚かなことだとわかっていた。いままで、こんなふうにひどく切ない思いと好意を抱いた男性は、ほかにはいなかった。彼に口づけされたとき、からだじゅうの神経が焦がされたような気がした。でもだからこそ、会いつづけるのはひどくまちがっている。要するに、ダマリスは彼のことが好きでたまらないのだ。彼は、マイルズを相手にしたときのように、軽い戯れを楽しんですむという人ではない。アレックと一緒にいると、心の奥に隠れていた真心が、いとも簡単に引きだされてしまう。

アレック・スタフォードとの関係に未来はない。それゆえ、この気持ちを育《はぐく》むわけにはいかないのだ。彼女の出自など気にしない男性もいるかもしれないが、アレックはちがう。彼がダマリスと結婚することはないだろうし、彼女としても愛人の座におさまるなど、胸の痛みが増すだけだ。それに、自分の正体を明かし、実の祖母が彼女をロンドンから追いだしたがっている理由を説明したとき、彼の目の色が変化するのを見るのは耐えられなかった。アレックに見下され、自分に向けられる彼の目が、肉体的な魅力以外は取るに足らない存在だといわんばかりに微妙に変化するさまを見るのは、つらすぎる。

ダマリスは、自分を見つめるときのアレックの目の輝きが好きだった。冷たい彼の目がふと欲望の熱を帯びる、あの瞬間が。しかし、自分への思いがあの熱気だけだと知らされるのは、いやだった。

そんなふうに悶々と思いに耽っているとき、叫び声がした。一瞬のち、また聞こえた。先ほどよりも近づいている。不審に思ったダマリスはカーテンを開けて外をのぞいてみたものの、だれも見えなかった。そこで窓から身を乗りだすようにしてふり返り、馬車のすぐうしろを確認してみた。黒馬に乗った男が、こちらに向かっている。彼女の姿を目にすると、男は馬のわき腹に拍車をかけ、猛然と追いかけてきた。帽子が飛ばされ、色の薄い金髪が陽射しを受けて輝いた。

アレック！

心臓が早鐘を打ち、胸に幸福感がこみ上げてくる。アレックが追いかけてきてくれたのだ。

「止まれ！」彼がふたたび叫び、その威厳たっぷりの声に動揺した御者が手綱を引いて馬を止めた。ダマリスは座席でからだをひねった状態だったため、馬車の急停止を受けて床に勢いよく転がり落ちた。座席に戻った瞬間、扉が勢いよく開いてアレックがなかをのぞきこんできた。

「ダマリス！　いったいどういうつもりなんだ？」彼の銀色がかった青の目が怒りに燃えたぎり、いつもの冷静沈着さが失なわれていた。「少し目を離した隙に、家からこっそり抜けだすなんて！」

「あなたに命令されるいわれはないわ！」ダマリスは馬車から飛び降り、アレックに面と向かった。彼に怒鳴り散らされているあいだ、馬車のなかで縮こまっているつもりはなかった。

「わたしはもうおとなだし、行きたいと思えばどこにでも自由に行けるはずよ」

「それで、どこにでも自由に拉致されてしまうぞ！」とアレックが反論した。「なんてばかなことを！」

その侮蔑の言葉に、ダマリスは目をすがめて険悪な表情を浮かべた。「なんですって！　どこがばかなことだというの。さんざん考えた末のことなんだから」

「せいぜい十分かそこら考えただけだろう。ジェネヴィーヴから、きみはぼくが出かけた直後に出ていったと聞いたぞ。家の外には出ないといっていたじゃないか」

「そんなことはいっていないわ！」ダマリスは腰に両手をあて、鋭く切り返した。「あなたが、ぼくのいいたいことはわかったかと訊いたので、よくわかりましたとも、と答えただけよ。あなたの家に閉じこもっていることに同意したわけではない。そう……ハーレムの女奴隷じゃあるまいし」

「女奴隷だと！」彼の目がさらに燃え上がったかと思うと、いきなり腕をつかまれて強く抱きすくめられたので、ダマリスは驚いた。

からだが触れ合った瞬間、小さな声をもらしたものの、そのあとアレックに唇を奪われ、なにもいえなくなった。しばし、なにも意識できなくなる——やわらかな光を浴びせる陽射しも、髪を乱すそよ風も、馬の手綱を引く御者が驚いたように凝視していることすら。全身に押しよせる熱気と、彼の唇がもたらす極上のよろこび以外、なにも感じられない。アレックはまるで罰するかのごとく激しく口づけした。それはまわされた腕にしても同じで、彼女と溶け合いたいとばかりに強く抱きすくめていた。力と情熱と炎と爆発が入り乱れたような強烈さだ。感情が肉体から飛びだし、彼女のなかに入りこんでくるかのように。

ダマリスは目もくらむような感覚に襲われ、からだを震わせた。つま先立ちになって彼の首に腕を巻きつけ、負けないくらい激しい欲望をさらけだす。アレックがかすかに身を震わせ、のどの奥から小さなうめき声を発したかと思うと、唇をさらに強く押しつけてきた。ふたりのあいだで燃えさかる炎は、もろとも巻きこまれそうなほど激しかったが、ダマリスはそれを進んで受け止め、渇望に向かって突き進み、全身を満たすうずきに身を浸した。彼のことがほしくてたまらず、からだじゅうが猛烈な熱望に震えてしまう。一回の激しい口づけでこんな状態にされてしまうという事実に、恐怖すらおぼえたことだろう――彼女の頭が冴《さ》え、ものを考えられるほど冷静だったなら。

ようやくアレックが唇を引きはがしたが、腕はまわしたままだった。「女奴隷か」彼はふたたびそうつぶやいた。先ほどの強烈な口づけのせいで、痣になったのかと思うほど色づいたやわらかい唇をかすかにゆがめ、笑みらしきものを浮かべる。ふたりの視線がぶつかった。「女奴隷のきみなら、想像できる。乳白色の肌に、ごく薄い絹一枚をまとった姿で、君主《スルタン》の寝台に横たわっているところを」彼は長々とため息をもらし、彼女と額を合わせた。「ああ、ダマリス、きみのせいでぼくは……いままでこんなことはなかった。いつもは冷静な男のはずなのに」

ダマリスは思わず苦笑した。「ええ、そうね。あなたがどれほど冷静な人か、この目で見てきたわ――プライオリー館に押しかけて、ガブリエルのあごにこぶしをお見舞いして、マシューを見つけるために雪嵐のなかを出かけていって、わたしの駅馬車を追いかけてくるような人なんですものね」

彼が不愉快そうな顔をした。「ときには衝動的な行動に出ることもあるさ。しかしこれだけはいわせてもらうが、馬車を停めて道端で若い女性に口づけするのを習慣にしているわけではない」

「あなた、獰猛《どうもう》な人なのね」とダマリスは切り返した。もっとも、その獰猛さのおかげでつま先までぞくぞくさせられることは、つけ加えなかった。意に反して、彼から無理やりからだを引き離した。乱暴に抱きすくめられたせいでねじ曲がっていた帽子を直したあと、精いっぱいの冷静さをかき集める。「ちゃんとお話ししなくてごめんなさい。いったらあなたに反対されて、出ていくのがむずかしくなるとわかっていたものだから」

「もちろん反対したさ。どうしてぼくに協力させてくれないんだ？　なぜこんなふうに、わざわざ危険に身をさらそうとする？」

「そんなことはしていないわ！」と彼女はいい張った。「ちゃんと道理をわきまえた行動よ。ロンドンを離れて、あの男たちに二度とつかまらないようにしたのだから」

「道中、つかまったらどうするつもりだったんだ？」

「ねえ、アレック、いまはまっ昼間なのよ。まさかあの人たちだって、こんなときに襲ってくるわけが――」

一発の銃声が、彼女の言葉を遮った。ぎょっとしてふり返ると、四人の男たちがこちらに突進してくるのが見えた。動くことも、考えることもできないうちに、アレックに抱き上げられて馬車のなかに放りこまれた。またしても馬車の床に乱暴に投げだされたダマリスは、這うようにして起き上がり、外にいるアレックをのぞき見た。彼はポケットから拳銃を取りだし、馬に乗って猛然と向かってくる男に冷静に狙いを定めていた。彼が発砲し、肩に銃弾を受けた男ががくんとわきに倒れて手綱を勢いよく引いた。馬が前足を高く掲げた拍子に、男がどさりと地面に落ちた。乗り手を失った馬は走って逃げていった。

アレックはもう一頭、馬を巧みによけたが、べつの男が鞍《くら》の上から飛びかかり、ふたりは地面に激しく転がった。ダマリスはレティキュールのなかから拳銃を取りだした。暴漢のひとりが馬からするりと降りて駆けてきたので、彼女は銃を構えて発砲した。しかし銃弾は標的を外れ、近くの木にめりこんだ。しかしその銃声が、暴漢の最後のひとりが乗っていた馬を動揺させた。馬がうしろ足で立ち、恐怖にいなないたため、男は馬をなだめるので手いっぱいになった。

ダマリスが銃の狙いを定めた男が悪態をつき、ふたたび走って迫ってきた。一度発砲した以上、もはや撃つこともできず、彼女は馬車の前に到達した男に向かって拳銃をふりまわした。拳銃が男の額にがつんとあたって肌を切りつけ、飛んでいったが、それでも男は倒れず、怒りの雄叫《おたけ》びを上げて彼女の腕をつかみ、馬車から引きずりだした。ダマリスは蹴ったり、もう片方の手で扉にしがみついたりしながら抵抗した。

男が彼女を馬車からぐいと引き離し、自分の馬のほうに引きずっていった。ダマリスは足を踏ん張って精いっぱい抵抗しつつ、帽子に手をのばした。帽子を頭に留めていた長い飾りピンを引き抜くと、それを相手の腕に思いきり突き立てた。男がかん高い悲鳴を上げて、即座に彼女から手を離した。全力で抗っていたダマリスは勢いあまって背後によろめき、地面にどすんと尻もちをついた。

「この女《あま》！」男がわめき、刺された腕を押さえながらも突進してきた。ダマリスはあたふたとあとずさりしながら周囲に目をやり、なにか投げつけられるものはないかと探した。先ほどのピンはまだ手にしたままだったが、もはや不意を突けないとなっては、男の力に抗うにはあまりに頼りない武器だ。しかし手近になにもなかったことから、彼女は長いピンをしっかりと握りしめ、男に対峙《たいじ》するために立ち上がろうとした。

その瞬間、アレックが飛びかかり、男を地面に押し倒した。ふたりはもみ合いながら地面を転がり、その騒動に動揺した馬が周囲を神経質に駆けまわりはじめた。馬車を引いていた馬も、その影響を受けて興奮しはじめた。御者は、馬をなだめるのに精いっぱいのようすだ。

ダマリスは立ち上がり、もみ合う男たちに近づいた。アレックが男に馬乗りになり、顔にこぶしをめりこませている。そこで彼女は周囲を見まわし、つぎの危険を見定めようとした。彼女の目が、足を踏みならしていななく馬をとらえた。最初にアレックに飛びかかった男は、ぼうっとした顔で地面にへたりこんでいる。そしてアレックが狙撃《そげき》した男が、そこから数フィート離れた場所に転がり、肩をつかんでうめき声を上げていた。残りのひとりがようやく馬をなだめるのに成功し、鞍から降りてきた。ダマリスがその姿をとらえると同時に、男が地面から石を拾い上げてアレックに向かって駆けだした。

「アレック！　危ない！」

その叫び声を聞いてアレックが半分ふり返ったので、男がふりかざした石は彼の頭蓋骨を割ることなく、こめかみに叩きつけられる結果となった。しかしそれでも、アレックを地面に倒すのに充分だった。男がふたたび攻撃しようと手を掲げたが、それより先にダマリスが近づいて、男の脚にヘアピンを突き立てた。男が吠《ほ》え、石を落として腕をふりまわし、ダマリスを地面に叩きつけた。争う男たちの近くで神経質に足を踏みならしていたアレックの馬が、前足を掲げて蹄《ひづめ》をしきりに打ち鳴らしはじめた。それを見て、男はついにくじけたようだ。あわてて馬のそばから離れ、先ほどアレックが殴りつけていた男と一緒に、自分たちの馬のほうへ逃げだした。

「アレック！」ダマリスは彼のわきにひざまずいた。ほかの男たちもよろめく足で馬に向かい、騒々しく去っていったことには、ほとんど気づかなかった。彼女の目には、アレックしか入っていなかった。彼のこめかみの傷から血が流れ、薄い金髪を赤く染めていた。

アレックが低いうなり声を上げたあと、目をぱっと開き、起き上がろうとした。

「だめよ！　じっとして。けがをしているわ」ダマリスは彼の肩に手をおいた。「ああ、アレック！　ごめんなさい！」まだ手首からぶら下げていたレティキュールのなかに手を入れると、ハンカチを取りだしてアレックの傷口にあてた。

「いったいなにがどうなってるんだ?」アレックは、押しとどめようとする彼女の手に抗ってからだを起こした。埃と血にまみれた顔のなかで青い目が際立ち、恐ろしいほどぎらついている。「あいつら――」彼が怯《ひる》み、頭に手をやった。「何者なんだ!」

「動かないで。もう心配ないわ。みんな逃げていった。もう安全よ。頭になにか巻かないと」ダマリスは駅馬車のほうに行こうと、立ち上がりかけた。

「そんな!」彼女は狼狽《ろうばい》の声を上げ、跳び上がるようにして立った。

馬とともに去っていったのは、暴漢だけではなかった。駅馬車も、いつのまにか猛スピードで去っていた。

9

ダマリスはフランス人の同級生から教わった悪態をついたあと、アレックのわきにがっくりとひざをついた。「馬車が行ってしまったわ」

「そのようだな」アレックの反応はそっけなかった。彼はおそるおそる手を頭に持っていき、ダマリスのハンカチが血にへばりついている箇所に触れた。

「ああ、アレック。ほんとうにごめんなさい。あなたをこんなことに巻きこむつもりはなかったの」

「こんなこと？　つまり、どういうことなんだ？　いや、待った」彼が片手を掲げた。「いまここでそんなことを話しているわけにはいかない。すぐに立ち去らなければ」

彼はダマリスの手を借りて立ち上がった。一瞬よろめいたものの、倒れはしなかった。ほかの馬が去ったいま、アレックの馬はすっかり落ち着きを取り戻し、彼に近づいて、その胸に頭を軽く押しつけはじめた。アレックは馬の頭をさすってやった。「いい子だ」

「ほんとうだわ」とダマリスもいった。「あなたの馬が、男たちを追い払ってくれたようなものなのよ。わたしが突いたくらいでは、そういつまでも遠ざけていられなかったでしょう」彼女は、あいかわらず握りしめていたヘアピンを掲げてみせた。

「なんと」アレックは凶器となった装身具を、畏《おそ》れいったように見つめた。「そいつを、やつに突き立てたのか？」

「ええ。あの男があなたを石で殴りつけたあと。これしかなかったの。銃はもう発砲してしまったし」

彼の口角がねじ曲がった。「銃声は聞いたよ。なんだか自分が役立たずに思えてきたな」

「ばかをいわないで。わたしがまだ無事なのは、あなたのおかげなのよ」そこで言葉を切り、さらにつけ加える。「ありがとう。ほんとうに申しわけなく――」

彼が首をふった。「謝る必要はない。とにかく、ここを離れなければ」

「そうね。頭のけがの手あてをしてもらわないと」アレックはいつも以上に青白い顔をしており、こめかみから顔にかけて、恐ろしいほど大量の血が流れていた。

「いま必要なのは、ぼくらのお仲間が戻ってきたときのために、ここを離れることだ」

「戻ってくると思う？」ダマリスのからだを警戒心が駆け抜けた。「戻ってこないでしょう。あちらもけがをしたのだから」

「重傷を負ったのはひとりだけだ。やつらが少し道を戻ったところで被害のほどを確認したあと、自分たちの犯罪の目撃者をこの世から抹殺したほうがいい、と考えないともかぎらない」

「あなたのいうとおりだわ。さっさと行くのがいちばんね」ダマリスは駆けよって自分の拳銃を拾い上げ、レティキュールのなかに戻すと、アレックの拳銃も回収した。「見て、銃がもう一丁あるわ。あなたがやっつけた男が落としたのね」

彼女はその銃も拾い上げたあと、ふり返った。アレックが愛馬にもたれかかってその首に片腕を引っかけ、目を閉じて腕に頭を休めていた。ダマリスは心臓をわしづかみにされた気分になり、急いで戻った。近づくとアレックはさっとからだを起こし、安心させるように笑みを浮かべたが、彼女はだまされなかった。彼の目はどんよりと曇っており、それはあまりいい兆候ではなかった。

「ぼくの前に乗ってもらわないと。エレボスとしてはうれしくないだろうが、がまんしてくれるさ」アレックがかがみこみ、ダマリスを鞍に上げようと両手を組み合わせたが、彼女は首をふった。

「いいえ、あそこに切り株があるから、あれを利用しましょう。あなたに持ち上げてもらう必要はないわ」

「ぼくにそれだけの力がないと?」彼がいつもの横柄な口調で彼女をちらりと見た。ダマリスはふと、そんな彼の態度に愛《いと》おしさをおぼえるようになっている自分に気づき、はっとした。

彼女は顔をしかめた。「頭を殴られて、少しおかしくなっているみたいね」そういって、彼がついてくるかどうかもたしかめず、切り株に向かった。それ以上抵抗しなかったところからして、どうやらアレックはほんとうに状態がよくないようだ。

切り株の高さを利用しても、ダマリスはアレックの馬になかなか上がることができなかった。エレボスが大きいというだけでなく、彼女を鞍に乗せることに怖気づいているからだ。彼女が乗馬用の服装をしていないのも不便だった。そしてエレボスの頭をつかみ、なだめながら鼻先をさすってやった。そして三度目の挑戦で、ようやくダマリスはからだを精いっぱい横に滑らせたあと、ここはたしなみなどにこだわっていられないと、スカートから脚がはみだすのも気にせずに背にまたがった。アレックも切り株を利用して馬に乗ったのを見て、かなりぐあいが悪いのではないかというダマリスの疑いが確信に変わった。

アレックが彼女に腕をまわし、手綱を取った。ダマリスは背中に感じる彼の胸に、知らず知らずもたれかかっていた。こんなふうに力強いからだに包みこまれると、安心せずにはいられない。エレボスの向きを変えて道を横断させようとしたとき、彼の腕と腿の動きが感じられ、ダマリスは体内でなにかが反応したのを否定できなかった。肉体的な接触をここまで意識するなんて、なんと浅はかな女なのだろう。アレックは負傷しており、ふたりして危険な男たちから逃げているところだというのに、彼の胸の広さとからだが発する熱にうっとりするなんて。もっとまともなことを考えなさい、とダマリスは自分を厳しく叱責《しっせき》した。

「きた道を戻らないの？」アレックが道を外れ、草原に向かったことに驚いてたずねた。

「もしやつらが戻ってきてぼくらが消えたことに気づいたら、きっと道を戻ったと考えるはずだ。エレボスは強い馬ではあるが、きょうの午後はかなり激しく走らせてしまったし、いまではふたりを乗せているので、あまり速くは走れない。途中でやつらに追いつかれてしまうかもしれない。だから、道を外れるほうがいい。この草原の向こうに、深い森が見える。運がよければ、追っ手をまくことができるだろう」

馬は早足で草原を横切った。その間アレックは、たびたび道路をふり返り、襲撃者たちの姿がないことを確認していた。そしてようやく森に到達したときは、ふたりとも安堵のため息をもらした。馬はそこから速度をかなり落として森を抜け、背後の空に日が落ちかかるのを頼りに、東の方角へ向かった。

浅い小川に行きあたったので、ダマリスはここでしばらく休んでアレックの傷を洗おうといい張った。彼は一瞬抵抗したものの、けっきょくは承諾した。馬を降りたアレックの足取りがおぼつかないのに気づいたダマリスは、彼が手を貸すのを待たずに大急ぎで馬から滑り降りた。きれいな小川の水にハンカチを浸したあと、彼の顔から血と埃をていねいに落としはじめる。

アレックはダマリスの背丈に合わせて岩に腰かけ、頭を拭ってくれる彼女をながめていた。

ダマリスのほうは、こんなふうにすぐ目の前に立って彼の目をのぞきこんでいることに、少し落ち着きを失っていた。作業中にアレックが頭を動かしてしまわないよう、あごに手を添えていたのだが、彼の素肌の感触と無精ひげの引っかかりを指先にじんじんと感じていた。体内に不思議な感覚をおぼえ、やけにびくついてしまう。自制心をかなぐり捨て、思わぬ行動に出てしまいそうな気分だ。

傷口の近くを拭うと、彼が小さくすっと息を吸いこむのがわかった。

「ごめんなさい」彼女は手を止めた。

「いいんだ、つづけてくれ。夜をしのげる場所を見つけなければならないから、浮浪者のように見えては困る」

ダマリスは作業を再開し、数分後には、彼の髪から血と埃をきれいに落としていた。小さな切り傷があらわになり、ありがたいことにすでに血は止まっていた。

「思っていたほどひどくはないわ」彼女は安堵しながらいった。

「頭にけがをすると、出血がひどくなるものなんだ」アレックがなんでもないことのようにいった。

ダマリスが不作法にも鼻を鳴らした。「どうやらあなた、石で頭を殴られることに慣れているみたいね」

「こぶしで殴られるほうが多いがね。でも一度、学校でガブリエルと一緒にけんかに巻きこまれたとき、敵のひとりに大ジョッキを投げつけられたことがある」

「頭が硬くてなによりだったわ」

「おう。そいつが辺境貴族の血筋ってもんさな」彼はノーサンバーランド地方の陽気な強い訛《なま》りでいった。

ダマリスはくすりと笑い、アレックの目に浮かんだきらめきを見て、胸に温かいものが広がるのを感じた。かがみこんでこの唇に軽く口づけしてみたいという、強烈な――そして不適切な――欲望がこみ上げてくる。この突きでた頬骨にも……たくましいあごの線にも……それに、このやわらかそうなまぶたに唇をつけたら、どんな感触がするのかしら？　いえ、アレックの顔を両手に包みこみ、あらゆる箇所に口づけしたい。熱く危険な興奮がからだを突き抜け、ダマリスはのどを詰まらせた。彼女まで、頭がふらついてくるようだ。

アレックへの気持ちはたんなる感謝にすぎない、こんなふうに感じるのは先ほどの興奮がまだ残っているせいよ、と自分にいい聞かせた。恐怖と怒りをおぼえたせいで、途方もないほどみだらな衝動があおられてしまったのだ。そんな衝動に負けるわけにはいかない。あとでわれに返ったとき、さぞかし恥ずかしく思うに決まっているのだから。

ダマリスはぐっとこらえて一歩あとずさりした。「あ――あの、傷口を乾かして包帯代わりにするためのハンカチは持っていないの」

「心配しなくても、自然に乾くさ。それに少なくとも、頭を白い包帯でぐるぐる巻きにされたまぬけに見えなくてすむというものだ」

「いいえ、待って、いいことを思いついたわ。ひょっとして、あのナイフ、まだ持っているかしら？」

アレックが気取った表情で彼女を見つめてブーツに手をのばし、ふくらはぎにくくりつけた鞘からナイフを引っ張りだした。いきなり動いたためにからだがよろけ、彼はすわっていた岩の端をぐっとつかんだ。

「アレック！」ダマリスは支えようと手をのばした。「やっぱり、あなたがいう以上にけがはひどいみたいね」

「少しくらっときただけだよ。だいじょうぶだ」彼がよこしまな笑みを浮かべた。「しかし、そうしたいなら、いくらでもぼくを支えてくれていてかまわないがね」

ダマリスはさっと手を引っこめ、差しだされたナイフをつかんだ。これ見よがしに彼に背中を向け、しゃがみこんでスカートをたくし上げ、ひだのついたペティコートを切り裂く。と、アレックの手が尻に触れるのを感じ、跳び上がってくるりとふり返った。からだの内部で、驚きと憤りと純粋なる肉欲の咆哮《ほうこう》がいきなり騒々しく混ざり合う。

「アレック！」

「ついがまんできなくて」よこしまな表情がますます広がっている。「すぐ目の前にあったものだから」

「そういう衝動は抑えてちょうだい」ダマリスは腹の奥底で切望の熱気が燃え立つのを感じつつも、できるだけ険しい声を出そうとした。一歩わきにずれ、ペティコートの裾を最後まで引きちぎると、その帯状の布を細かく切って、そのうちの一本を彼に手わたした。「ほら、そんなふうに動けるくらいなら、自分で顔も拭《ふ》けるわよね」

ほんとうのことをいえば、彼の顔を自分で拭こうものなら、からだの根底を流れる衝動に負けてしまうかもしれない、と怖かったのだ。あんなふうにからだに触れるなんて、アレックは図々《ずうずう》しいにもほどがある、ここは激怒してしかるべきだ。ところが感じるのは怒りではなく、突き抜けるような興奮だった。それになにより、あの手がほかの部分に触れたらどんなふうに感じるだろう、というぞくぞくするような好奇心でいっぱいだった。

ダマリスは背中を向け、数フィート離れた場所に移動しつつべつの切れ端を折りたたんで当て布にし、その時間と距離を使って自制心を取り戻そうとした。そのあと、充分よそよそしい表情を装っていることを祈りながら戻り、当て布をアレックの傷口に押しあてた。彼はいつもの無表情に戻っていたが、その目には否定しようもない熱気が宿っており、ダマリスは指のかすかな震えを止めることができなかった。

「これを持っていて」彼女はそう命じ、とろけそうな体内とは裏腹にきっぱりとした口調になっていることにほっとして、当て布を固定させるために最後に残った布をアレックの頭に巻きはじめた。

「どうしてもぼくをまぬけに見せたいみたいだな」

「泣き言はいわないの。相手に好印象を与えたければ、戸口に立ったとき血がだらだら流れていては困るでしょう」

アレックが彼女の手首をつかんで持ち上げ、くるりと裏返しててのひらにそっと唇を押しつけた。ダマリスは突っ立ったまま動くこともできず、息をするのもままならなくなった。彼のやさしいしぐさに不意を突かれたのだ。思わず反対の手をのばし、アレックの銀色がかった金髪をなでつける。やわらかく、細い髪だった。まるで絹のような感触で、そのなかに手を埋めてみたくなる。彼の頭を、胸に抱きよせたくてたまらなくなる。

「ありがとう」とアレックがつぶやいた。「きみは天使だ」

「とんでもないわ」彼女は震える声で応じた。この瞬間は、天使とはほど遠い気分だ。「さあ、そろそろ出発しなければ」

アレックの前から離れるのは容易ではなかったし、もしここで彼に引きとめられたら、抱きよせられたら、自分がどう反応するかわからなかった。しかしアレックはダマリスの手を放して立ち上がり、一瞬、彼女の顔に視線をさまよわせたあと、歩きはじめた。

今度はアレックも、ダマリスがひとりで馬に乗ろうとしても反論することなく、少しでも楽に乗ることができるよう、エレボスを岩の近くに連れていった。背後にアレックが身を落ち着けたとき、ダマリスは彼の緊張を感じ取った。乗っているあいだ、彼にぴったりより添われていることを、以前にもまして意識してしまう。髪にかかる彼の息、馬をあやつるときに動く腿の筋肉、からだを囲む引き締まった腕、そして腹の前にまわされた、手綱をつかむ手。

彼はエレボスを浅い小川に向かわせ、しばらく下流に進んだあと、対岸にわたらせて、さらに東を目ざした。午後の陽射しが傾いてきたころ、木立を抜けて一本の踏みならされた道に行きあたったので、そのまま低い石壁の陰を進んでみたところ、やがて小道に出た。それでも、ひと晩、身を隠していられそうな宿屋のある村らしきものは見あたらなかった。

アレックもダマリスと同様、このあたりの地理には詳しくなかった。過去に通ったときは、大通りを通過したにすぎなかったのだ。出発したとき、遠くに小さな農家があるのに気づいてはいたが、そこには近よらなかった。暴漢たちからもっと遠ざかっておきたかったのだ。あたりが暗くなるにつれて、ダマリスは夜を屋外で過ごすことになるのではないかと心配になってきた。午後から雲の動きが遅くなり、重く垂れこめてきた。それが迫りつつある闇をさらに助長させ、いまにも雨が降りだしそうな気配だった。

それでなくとも夜を屋外で過ごすのはつらいだろうに、ここで雨にでも降られたらとんでもないことになる。それ以上に、アレックのことが心配だった。いまの彼はいつもより弱っている。馬に乗っているときも、いつしか彼のからだから力が抜け、頭ががくんと垂れて手綱を握る手がゆるみ、こちらの背中に体重がのしかかってくるのを感じることが、一度ならずあった――ダマリスが鋭く名前を呼びかけると彼ははっとわれに返ったが、それまで眠りこけていたことはまちがいない。

またしてもアレックがうとうとしかけたとき、ダマリスは手綱が落ちてしまわないよう、彼の手から受け取ることにした。足をあぶみにかけることなく、ふだんよりもうんと前のほうにまたがった状態で馬をあやつるのはむずかしかった。エレボスがいつもとはちがう手綱さばきに気づいて足を止めてしまったらどうしようと不安ではあったが、馬は一、二度当惑したように頭をふったものの、そのまま前進してくれた。アレックの体重がふたたび背中にかかるのを感じ、今度は彼が馬から落ちてしまわないかどうかが心配になった。落馬して頭を打ったために意識を失い、二度と目をさまさなかったという人の話を、必死になって頭から追い払う。

ダマリスは手をのばしてアレックの腕を取り、そこに自分の腕を引っかけて腹の前に押しつけ、彼のからだを固定しようとした。彼が眠りながらもぞもぞと動いて頭を彼女の肩に滑らせ、もう片方の腕を腰にまわしてきた。ダマリスは、この親密な体勢については深く考えまいとした。なんといっても、このほうがよほど安定するのだから。しかし肉体は、そういう実用的なこととは関係なく反応した――彼の腕にすっぽり包まれ、首の敏感な肌に息づかいを感じることを、純粋によろこんでいる。

かつてダマリスは、どこかの村に行きあたることをこれほど願ったことはなかった。農家がひとつ見つかるだけでもいい。馬から降りて休めるような場所なら、どこでも。温かな食事を口にできるのであれば、なおすばらしい。レティキュールはまだ手もとにあるし、そこに部屋をひとつ借りるくらいの金なら入っていた――もっとも、悔しいことに、ミスター・ポートランドから受け取った金はすべて、旅行鞄《かばん》のなかに保管してあった。さっさと逃げてしまった駅馬車のなかにおきっぱなしとなっては、もはや使いようがない。

重く垂れこめた雲のなかで雷鳴がとどろいた。嵐になるかもしれない。その不安が的中したようで、数分もしないうちに雨が降りはじめた。エレボスが雷の音に驚いてわきに跳ね、ダマリスは馬を制御するのに必死になった。背後でアレックが目をさました。

「なんと、ぼくは眠ってしまったのか?」

「少しね」ダマリスはアレックが手綱をふたたび取ってくれたことに安堵した。彼は馬の速度を上げた。

進むにしたがって、雨がますます強くなり、道がぬかるみ、ふたりはびしょ濡《ぬ》れになった。おまけに風も吹きはじめ、寒さも増してきた。そのとき、木々の合間にかすかな明かりが見えてきたので、ダマリスはほっと胸をなで下ろした。まもなく、またべつの小道に行きあった。その道の奥に、頑丈そうな農家が一軒建っていた。

アレックは拍車をかけたが、エレボスはうながされるまでもなく雨宿りの場所へと駆けていった。近づくにつれ、外套を着こみ、ランプを手にした男が畑から家に向かう姿が見えてきた。男はポーチで足を止め、近づく彼らをふり返った。

アレックは階段の下でエレボスを停止させた。「こんにちは」

「こんにちは。なかに入って、暖まってってください」男が陽気に応えた。「嵐に追いつかれたようですね」

「そうなんだ」アレックは馬から降りて、その見知らぬ男のもとへ行こうとした。と、いきなりよろめき、地面に倒れこんだ。

10

「アレック！」ダマリスは馬から滑るように降りて彼に駆けよったが、ポーチにいた男のほうが先に到着し、かがみこんでランプを地面においてアレックの顔を照らした。

「ずいぶんひどいけがのようだ」雨がアレックの包帯を濡らし、血が当て布全体にうっすらとにじんでいたため、じっさいよりもひどく見えた。蒼白《そうはく》な顔色も、男の見立てを否定していなかった。「なかに入れて、これ以上濡らさないようにしないと」男が落ち着いたようすでいった。「おれが運んでいきやしょう」

この大柄なアレックを？　ダマリスは一瞬、男の言葉を疑ったが、男は背丈こそ低かったもののなかなかの力持ちで、ふたりで四苦八苦しながらもアレックを立ち上がらせることに成功した。ふたりに引っ張ったり押されたりするうち、アレックがかろうじて意識を取り戻し、両わきを支えられながらなんとか家のなかまで歩いていった。

「エメット！」ひとりの女がそう呼びかけ、あたふたとやってきた。「どうしたの？　さあ、暖炉の近くに」

女がテーブルから頑丈そうな椅子を持ってきて、大きな暖炉の目の前においた。ダマリスはエメットと一緒にアレックをそちらに連れていき、椅子にそっと下ろそうとしたが、彼はどすんとすわりこんだ。

「馬を納屋に入れてくる」とエメットがいった。「おまえはこの人たちを暖めて、服を乾かしてやんな、バブス」

バブスと呼ばれた女はさっそく作業に取りかかるべく、目を丸くして事態を見守っていたひと塊の子どもたちに向かってうなずきかけた。「ほら、モード、お湯を沸かして紅茶を入れて。ヘンリー、父ちゃんが棚に入れてるマデイラワインを持ってきな。ジョージー、母ちゃんたちのベッドから毛布を持ってきて」

子どもたちがそれぞれの仕事をこなすべく動きまわるなか、バブスはてきぱきとした手つきでアレックの濡れそぼった上着を脱がそうとした。ダマリスも急いで手伝った。前に押したとき、彼がふたたび瞬きするように目を閉じてダマリスに体重を預け、寒さに身を震わせた。ダマリスが彼のからだをしっかり支える一方で、バブスが上着を引っ張って脱がせた。

「あたしはバブス・パトナムと申します」手を動かしながら、女主人がダマリスにそう自己紹介した。

「ダマリス・ハワードです」彼女はアレックのことも紹介しようとして、ためらった。伯爵がこんなふうに田舎をうろうろしているというのがひどく奇妙に聞こえるだけでなく、アレックが自分の素性を明かしたがらないのではないかという気がしたからだ。そこで彼女は中途半端に紹介した。「こちらはアレック。ごめんなさい、こんな状態でお知り合いになるなんて残念ですけれど、家に入れていただいて、ほんとうに感謝しています」

「外はひどい嵐ですもんねえ」バブスがダマリスの全身にさっと目をやった。

ダマリスは、自分たちがいかにもみすぼらしい格好をしていることに気づき、狼狽した。ふたりとも乱闘の最中に帽子を失っていたし、ダマリスのドレスはすっかりびしょ濡れだ──泥だらけになり、前面が派手に引き裂かれている。髪は乱れ、濡れてだらしなく肩にかかり、顔と首にへばりついていた。さらに恐ろしいことに、ふたりはバブスがきれいに磨き上げた染みひとつない床に、ぽたぽたと水滴を垂らしている。

「ごめんなさい。わたしたちのせいで、こんなに汚してしまって」ダマリスは暖炉の温もりにもかかわらず、ぶるっとからだを震わせた。アレックのほうは、入ってきてからというもの、ずっと震えが止まらなかった。「わたしたち、見るからに浮浪者ですわね」

バブスが彼女の不安をさっと手でふり払った。「どうかお気になさらず。あたしだって、人を見る目くらいはありますからね。アラン、タオルを持ってきておくれ。ほら、急いで。まずはおふたりに暖まってもらわないと」彼女はアレックのベストのボタンを外しにかかった。「なんだか嵐以外にも、ちょっとした面倒に巻きこまれたみたいですね」

「ええ、じつは、道中、襲われてしまって」この女性にどこまで話したものか、ダマリスは頭をめぐらせた。ある程度の説明が必要なのはまちがいないが、できるだけ簡潔にしておくのがいちばんだろう。「なんとか追い返したんですけれど、雇った馬車が逃げてしまって、残ったのはアレックの馬だけなんです」

「追いはぎだね！」バブスが舌打ちして頭をふった。「あなたのおけがは？」

「いいえ。でも暴漢のひとりがアレックを石で殴りつけたんです。ひどく出血しました。そのせいで、からだが弱っているんだと思います。馬に乗っているときも、たびたび意識を失っていました」

「そういうこと、あるんですよねえ」バブスがさもわかったように頭をふった。「去年の夏、イーサンのいとこが干し草置き場から落っこちて、頭を打ったんです。目をさますまでしばらく時間がかかったんですけど、そのあとまた意識を失って、二度と目をさましませんでした。二日後に亡くなったんですよ」彼女はダマリスの恐怖のまなざしに気づくと、さっと手をふった。「いやだ、あたしったら、またくだらないことぺらぺらしゃべっちゃって。こちらの旦那《だんな》はそんなことにはなりませんよ。雄牛みたいにたくましそうなお方ですから」

バブスの息子とおぼしきそばかす顔の青年がカップと瓶を持ってきたので、彼女はカップにワインをなみなみと注いだ。「さあ、これを飲ませてやってくださいな。からだが少しは暖まりますから」

バブスがアレックのブーツを引っ張って脱がそうと四苦八苦する一方で、ダマリスは彼を揺さぶって起こした。「アレック。起きて。これを飲んでちょうだい」

彼が焦点の定まらない目を開けた。「ダマリス」

「ええ、ここよ。これを飲んでほしいの、いま。そうすれば、気分がよくなるわ」

アレックはなにやらもごもごとつぶやいてカップに手をかけたが、あいかわらず寒さにがたがたと震えていたので、それを口もとに持っていくのに、ダマリスが手を貸してやらなければならなかった。彼は一度ぶるっと大きくからだを震わせたが、それでもカップを握りしめる手に力をこめ、飲みつづけた。飲み干すころには、バブスがなんとか彼のネッカチーフとブーツを脱がせるのに成功していた。

「あとはご亭主の濡れた服を脱がせないと」とバブスがダマリスにいった。

ダマリスはわたしたちは夫婦ではないと訂正しかけたが、すんでのところでとどまった。この見てくれと素性、そして男たちに追われた理由を説明しようとすれば、話にほころびが生じてしまう。それよりも、世間体を保ち、自分たちは法的な夫婦だと思いこませておくほうがいいだろう。この女性も、服装や言葉づかいから、ダマリスとアレックが上流階級の人間だということは察しがつくかもしれないが、身分が高いからといって、倫理感の欠如が正当化されるわけではない。バブスがタオルと毛布を子どもたちから受け取ろうと立ち去ったとき、ダマリスは右手にはめていた指輪のひとつをこっそり左手の薬指にはめ替えた。

「ご亭主を、あたしたちの寝室に連れていってくださいな」バブスが短い廊下の先にある、開け放たれた戸口を手ぶりで示した。「服をすべて脱がせたら、この毛布でくるんで差しあげて」

ダマリスがアレックの服を脱がせるものと思いこんでいるバブスの言葉に、彼女は思わず頬を赤らめた。先ほどバブスの誤解を訂正しなかったために、やっかいなことになってしまった。ためらっていると、アレックがふらふらになりながらも口を開き、彼女を決断から救ってくれた。「自分でできるよ」

彼が立ち上がろうとしたので、ダマリスはあわてて支えようと腰に腕をまわした。アレックのほうも彼女の肩に腕をまわし、軽くよりかかった。ダマリスが彼の顔を見上げると、あいかわらず蒼白で、目に生気はなかったが、口もとに笑みらしきものが浮かんでいるのがわかった。

「愛しい妻よ」彼はそうつぶやき、ダマリスの頭のてっぺんに唇を押しつけた。

彼女は腕にぐいと力をこめた。「気分がよくなってきたみたいね」少々つっけんどんな声でいう。

幸いにもバブスはその口調に気づいたようすもなく、山積みにした布を手にあたふたと寝室の扉に向かっていた。ダマリスとしては、アレックと一緒にあとをついていくしか選択肢はなかった。恩人の女主人がベッドにタオルと毛布を敷き詰める一方、息子のひとりがひょいと部屋に現われて暖炉に火を入れてくれた。

「これで、すぐにほかほかになりますよ」バブスは陽気にそういった。「シチューを少しお持ちしましょうね。たいしたものじゃありませんけど」

「ありがたいわ」ダマリスは心からそういった。もう一週間はなにも口にしていないくらいの空腹を感じていたのだ。「お手数でなければ」と礼儀正しくつけ加える。

バブスが顔を輝かせた。「もちろんですとも。パンもたっぷりお持ちしましょうね。とにかくご亭主の濡れた服を脱がせて、ベッドに入れて差しあげてくださいな。そうすれば、からだもうんと暖まりますから」

「でも、あなたたちのベッドを奪うわけにはいきません」とダマリスはいった。

「ぼくなら、暖炉の近くにすわっていればだいじょうぶですから」とアレック。

「とんでもない。そんな目に遭ったのに。いますぐベッドにお入りなさい」バブスは、息子に命じるような口調でいった。「亭主とあたしなら、子どもたちと一緒に寝ますから、どうぞご心配なく」

そういうと、彼女はすぐに部屋から出て扉を閉めてしまった。ダマリスはアレックとふたりきりで取り残された。ほんの数フィート先の空間を、ベッドが占領している。ダマリスはふたたび頬が赤らむのを感じ、せき払いをした。

「さて」いまは慎《つつ》ましくしている場合ではないわ、と自分にいい聞かせた。くるりとふり返ると、アレックが暖炉わきの壁にもたれかかり、目を閉じていた。その顔に刻まれた苦痛と疲労に、胸が痛くなってくる。

しかたなくダマリスは、彼の前に行ってシャツを脱がせはじめた。ボタンにかけた手がかすかに震えているのがわかった。アレックが薄目を開けた。その目がきらめいている。「きみは優秀な従者になれるな、わが妻よ」

ダマリスが疑わしげに目をすがめた。「もし演技しているだけなら、絞め殺すわよ、アレック」

「ひどいな」彼の口角がきゅっと持ち上がった。「愛情あふれる良妻の言葉とは思えない」

彼はそこで言葉を切ると、いかにもおもしろそうにつけ加えた。「従順でもないな」

「もうなにもいわないで。ほかにどう弁解したらいいのか、わからなかったんですもの。あなたのこと、わたしの夫だと思いこんでいるし、わたしだって——とにかく、あのときはかんちがいさせたままのほうがいいと思ったのよ」ダマリスは肩をすくめた。「これを脱がせたいから、少しかがんでくれないかしら」

彼女はズボンからシャツの裾を引き抜くと、アレックの頭の上にぐいと持ち上げた。彼はいわれたとおりに身をかがめ、シャツをすっぽり脱がせようとする彼女に協力したが、うっかりよろけ、低いののしりの言葉を発しつつ暖炉の壁をつかんでからだを安定させた。

「なんだか頭がぼうっとしてる」とつぶやいた。

「当然だわ。さっき、あんなにマデイラワインを飲んでもよかったのかしら」ダマリスは落ち着き払った歯切れのいい口調を心がけた。なにしろいま目の前には、アレックの広い胸があるのだ。あちこちに視線を泳がせても、骨と筋肉のたくましい線がいやでも目についてしまう。その湿った肌に手を滑らせたいという、じつにみだらな衝動がこみ上げてくる。

ダマリスはどぎまぎしながら彼のズボンのボタンに手をのばした。心臓がどきどきして、手が思うように動いてくれない。指先が裸の腹をかすめ、思わずさっと手を引っこめた。ふと、顔を見上げてみる。彼は目をらんらんと輝かせ、からだをこわばらせていた。まるで体内でなにかが渦を巻き、待ち構えているかのように。ダマリスは彼のウエストバンドの下に指を滑らせる光景を想像した。

彼女はごくりとつばを飲みこむと、おやつの缶を前にやましい顔をする子どものような目をして背中で両手を絡み合わせ、くるりと背を向けた。「あとはご自分でどうぞ」

ダマリスはバブスがベッドにおいていった毛布を手にすると、さっとふり広げた。それを精いっぱい高く掲げてアレックの姿を視界から遮断しつつ、彼の前に戻った。

「ずいぶん慎ましいんだな」アレックが、それまで以上にいやみったらしい口調でからかうようにいった。「きみは結婚した経験があるんだろう。だったら、男のからだを見たことくらいあるはずだ。触ったことだって」

ダマリスは、詰まってからからになったのどからしゃがれ声を出した。「あなたのは見たことありません」

濡れた衣服が床にどさりと落ちると、ダマリスは掲げていた毛布でアレックのからだを手早くくるんだ。そのあと彼がさらにそれをぎゅっと巻きつけた。毛布の温もりについ気がゆるんだのか、一度激しく身を震わせた。

「さあ、ベッドに入って」ダマリスはそう命じ、ベッドの前に行って上掛けをめくった。「そのほうが早く暖まるわ」

彼はいわれたとおりベッドに腰を下ろしたが、横にはならず、ダマリスが背中に押しこめてくれた枕《まくら》によりかかったまま、腰まで上掛けを引っ張り上げた。「きみも濡れた服を脱がないと」

ダマリスはきっと彼をにらみつけてタオルを手にし、濡れた髪に巻きつけた。「着替えがないもの」

アレックがにやりとした。「ぼくは気にしないよ」

「わたしは気にします」

彼が手を出して上掛けのわきをめくった。「一緒に入ればいい」

その瞬間、扉を叩く音がして、バブスが顔をのぞかせた。彼女は料理をのせた盆を手にしており、アレックのからだがきちんと上掛けに覆われていることを確認すると、それを室内に運びこんできた。「顔色がよくなってきましたね。これを食べれば、もっと元気が出ますよ。奥さまのぶんもご用意しました。熱い紅茶と一緒に」

「ありがとうございます」ダマリスはありがたくカップのひとつを受け取った。

「奥さまにも、なにか着るものが必要ね」とバブスはいうと、足早に衣装箪笥に向かい、引き出しを開けた。そこからフランネルの寝間着を引っ張りだし、ダマリスに手わたした。

「奥さまもその濡れた服を脱いだら、こっちにわたしてくださいな。お休みになっているあいだ、できるだけ乾かしておきますから」

その言葉を耳にしたダマリスは、全身を駆け抜けた衝撃が顔に出ていないことを祈った。彼女は、いまここで、アレックの目の前で服を脱ぐだけでなく、彼と同じベッドに入ると思われているのだ。妻のふりをしているからには、そんなことにはとっくに気づいてしかるべきなのだが、アレックのことが心配でたまらないと同時に、この家の夫婦の前で世間体を保ちたいと思うあまり、その事実を見過ごしていたのだった。

アレックをちらりと見やると、彼はひざに盆をおいてシチューをがつがつ食べていた。もっとも、この薄暗い明かりのなかではほとんど銀色に見える目を一瞬こちらに向けたところからすると、ダマリスの苦境にはちゃんと気づいているようだ。

バブスが部屋から出ていくと同時に、彼がさりげなく口を開いた。「急いだほうがいいぞ。風邪を引いたら困るだろう。きみの寝間着姿、さぞかしすてきだろうな」

「わたし、気を失っているときのあなたのほうが好きだわ」

彼は紅茶を飲んで笑みを隠した。「正直なところ、ダマリス……ぼくを怖がることはないさ。なにしろいまは子猫のように弱々しいんだから。たとえぼくがごろつきだったとしても、きみの品位を汚すことはなんて、なにひとつできやしない。ほら、きみが着替えているあいだは、目を閉じているから」

　アレックがこれ見よがしに目を閉じ、片手で目隠しをしてみせた。ダマリスとしても、濡れそぼって寒かったので、ここは彼の提案を受け入れるよりほかなかった。くるりと背中を向け、服を脱いでから手早くタオルで拭いたあと、頭から寝間着をかぶった。バブスの胴まわりは彼女よりもたっぷりしていたため、幅は大きすぎたが、身長はダマリスより数インチ低いので、丈は短すぎた。化粧台の上の鏡でちらりと確認したところ、少なくとも男をそそるような姿ではなさそうだ。襟の詰まった長袖《ながそで》の地味な灰色の寝間着は、彼女の容姿をほんの少しも強調してはいなかった。

　くるりとふり返ると、アレックがこちらを見つめていた。ダマリスは顔をしかめた。「目を閉じているという約束よ」

「閉じていたさ。しばらくは。ずいぶん時間がかかっていたみたいだから、つい」彼はにやりとしてシチュー皿をわきにやり、枕に頭を休めた。まもなくうとうとして目を閉じかけたものの、その目を無理に開いた。

　ダマリスはベッドの足もとに折りたたまれていたかぎ針編みの小さな毛布を手に取り、肩にはおった。アレックから盆を受け取ろうと近づいたとき、彼がふたたび目を閉じながらつぶやいた。「ところできみの背中、きれいだね」

「わたしの背中にかんする話題は、この場にふさわしくありません」ダマリスは辛辣《しんらつ》な口調で応えると、さっと盆をひったくった。

盆を簞笥の上に片づけたあと、もうひとつのシチュー皿を手にし、暖炉の前の腰掛けにすわった。シチューをひと口食べ、無意識のうちによろこびのため息をつく。肉がたっぷり入った、濃厚で熱々のシチューだった。ようやくからだが暖まってくる。ベッドをちらりと見やると、アレックがベッドのなかでずり下がっていた。まぶたを閉じ、胸を上下させながら、穏やかなリズムで眠りについている。

さっき、どの程度彼に見られてしまったのだろう。頰が熱くなった。あの状況を利用するなど、アレックはかなりの悪党だといわざるをえないが、彼に見られていたと思うと、なぜかからだの内部がかき乱されるような気がしてくる。わたしを見て、どう感じたかしら？

——もし彼が〝子猫のように弱々しく〟なかったら、なにが起きていた？

そんなことを考えるうちに腿のあいだが熱くうずいてきた。わたし、なんてみだらな女なの？　すでに男を知っている未亡人は男の感触を求めがちなので尻が軽い、と昔から噂されてきた。しかしダマリスは、そんなふうに感じたことはなかった。元夫のバレット・ハワードは、ベッドでとくにがさつだったわけではないが、彼女と寝床をともにした数少ない夜には、さほど時間もかけずにさっさと行為を終えていた。だからダマリスも、男女のそうした行為にかんするさまざまな噂話は、誇張されているだけだと思っていた。短い結婚生活が終わったあと、どんな男であれ、ベッドをともにしたいという衝動を感じたことはなかった。ときおりうずきをおぼえることがなかったといえばうそになるが、総じて、貞淑でいるのはそうむずかしくはなかった。

ところが、アレックのことを考えているいま……いつになくからだの奥がとろりと熱くなってくることは否めなかった。彼の裸の胸と腕を目にしたときの光景が脳裏によみがえる。雨に濡れた肌は艶やかで、ぶ厚い筋肉がぴんと張っていた。あの肌に舌先を這わせたら、どんな感触がして、どんな味がするのだろう。もし彼に気づかれることなく、あの毛布を透かして一糸まとわぬ姿を目にすることができたなら、きっとそうしていたはずだ。

ダマリスはそんなことを考えている自分に少し驚いて頭をふり、シチューの残りを平らげることに意識を戻した。食べ終えると、皿をわきにおいて頭からタオルを外した。暖炉の前で指を使って髪をすきながら、できるだけ乾かそうとした。量が多いうえに長く、もつれていたため、なかなかうまくいかなかった。箪笥の上に目の粗い櫛があるのに気づいたので、それを使って髪の乱れをある程度整え、暖炉の熱で乾かした。あした、バブスに何本かピンを借りて、シンプルにまとめよう。とりあえずいまは三つ編みにして、レティキュールのなかにあったリボンで結んでおくことにした。

それが終わると、暖炉の温もりに眠気を誘われ、いつしか腰掛けの上でうとうとしはじめた。かすんだ目で、ベッドを見やる。アレックは横向きになって上掛けのなかにもぐりこんでいた。枕の上に明るい金髪が見えるだけで、からだはほとんど隠れている。あの上掛けのなかに入っても、おそらく彼は気がつかないだろう。それに、あそこ以外のどこで寝ろと？この小さな部屋には、いますわっている腰掛けくらいしかないのだから。ベッドに入らないとしたら、毛布にくるまって床で寝るしかない。床はひどく堅いし、ひんやりとしていそうだ。

ダマリスは立ち上がり、忍び足でアレックとは反対側のベッドの端に向かうと、そこに立ちつくしたままためらった。彼はぐっすり眠っているし、出血したせいでからだが弱っている。そう自分にいい聞かせた。男たちと格闘したために、頭だけでなく、さまざまなところが痛み、うずいていることだろう。たとえ目をさまして隣に彼女が眠っていることに気づいたとしても、その状況につけこむほどの気力が残っているはずもない。それにいくら冗談めかしていたとはいえ、手は出さないと約束してくれたではないか。ほかのことはともかく、アレックは約束だけは守る男だ。いずれにしても、頭のけがを考えれば、彼よりダマリスのほうが先に目をさます確率は高かった。そうなれば、彼に気づかれることなく、またこっそりベッドを離れることができるだろう。

ダマリスはそのあともしばらく迷っていたが、やがて息を吸いこむと、肩にかけたかぎ針編みの毛布をわきにやり、上掛けの下に滑りこんだ。しばらく横たわって浅く息をしていたが、アレックはぴくりともしなかった。上掛けと毛布の下は、アレックの大きなからだが発する熱のおかげで、炉のなかのように暖かかった。その温もりに包まれて横になっているうち、肩から力が抜けていった。彼女は横向きになって枕に頭を埋め、眠りに落ちていった。

11

からだが燃えるように熱く、腿のつけ根が重くうずいている。感覚が、素肌が、じんじんと刺激される。アレックがなにやらつぶやき、彼女はその低い声の響きに身を震わせた。落ち着きなく脚を動かし、彼を求め、欲しようとする。渇望が剣となって、体内を貫いた。

ダマリスははっと目を開いた。ここはベッドのなか。背中には、硬い男――アレックのからだが。アレックと、ひとつベッドに入っているのだ。彼は腕のなかにすっぽり包みこみ、頭を彼女の髪に休めていた。彼の吐息が耳をくすぐり、ダマリスを全身に興奮のさざ波が立つ。そして彼の手が……! 片方の手が乳房を包みこみ、もう一方の手が――ダマリスは震えるような息を吸いこんだ――もう一方の手が、腿のつけ根にぎゅっと押しつけられている。寝間着の生地越しとはいえ、そんなものはあるかないかの防壁にすぎない。

おまけにダマリスは、内も外も全身を猛烈に燃えたぎらせていた。ベッドから出なければ。じりじりと離れようとしたものの、アレックが眠りながら腕に力をこめ、放してくれなかった。彼がぼそぼそと寝言をいって、頭を髪にすりつけてくる。

これでは身動きがとれない。

ここで強くからだを引けば、アレックが目をさまし、この恥ずかしい状態を見られてしまう。寝ているあいだに寝間着の裾が持ち上がり、脚がほとんどさらけだされていた。その脚に、彼の片脚が絡みついている。彼のすね毛が素肌に感じられた。それ以上に、背中に押しあてられたたくましいものを意識してしまう。しかし最悪なのは、彼の手が所有欲もあらわにダマリスの親密な部分にあてがわれていることだった。

いや、もっと困るのは、ダマリス自身が感じている、押しよせるような欲望だ。渇望が血管を焦がしながらふくれ上がり、脚のつけ根で脈を打っていた。乳房が張って重くなり、アレックのてのひらのなかで乳首がぴんと立つ。乳房を包む手がかすかに動いた拍子に、寝間着の生地が敏感になった乳首をこすり、悦《よろこ》びが花開いた。下半身にある手がもぞもぞと動いてさらに強く押しあてられると、ダマリスは本能的に腿を開いた。彼の手を受け入れようとする自分に驚き、恥ずかしくなる。

わたし、なにをしているの？　離れなければ、アレックの腕から逃れなければ、ベッドを飛びださなければ。すばやく動けば、たとえ彼が目をさましたとしても、おたがいここまで親密にからだを絡ませていたことには気づかれずにすむかもしれない。

それでも、ダマリスはアレックの腕のなかから出ようとはしなかった。彼が小さな寝息を立てて髪に鼻をすりよせ、脚のつけ根に押しあてた指を執拗《しつよう》に動かして寝間着をこすりつけてくる。ダマリスの息が荒くなってきた。素肌にあたるからだは熱く、彼は下半身を彼女の腰に強く押しつけながら、指をリズミカルに上下させている。

ダマリスは目を閉じ、アレックを起こしてしまわないよう、身動きせずにいることに意識を集中させた。彼がなにやらつぶやいた――わたしの名前？　それとも、悪態をついただけ？

体内で欲望が渦を巻き、彼の指が動くたびに緊張が高まっていく。腿のあいだがすっかり潤っているのがわかったが、それをなんとかするための気力をふり絞ることすらできなかった。このままでは、アレックに身を任せることになってしまう――しかも、眠ったまま！それでもダマリスは抗うことができなかった。いまは、体内でとぐろを巻くうずきと、彼の愛撫で張りつめ、渇望する肉体のことで頭がいっぱいだった。やがて彼女は、うめき声をもらさないよう、歯を食いしばらなければならなくなった。彼の手に合わせて腰を動かしたい。すぐそこまで迫っている悦びに浸りたい。体内に芽生えた欲求にむせび泣きたい。なにか強烈で、ねじれたような感覚がどんどん強まっていき……。

と、それがいきなり爆発した。あまりに強烈な官能の炸裂《さくれつ》に、ダマリスは叫び声をもらさないよう、唇を噛《か》みしめなければならなかった。すさまじい勢いで押しよせた快感の波がからだの隅々にまで達し、その反動で全身が震えた。

アレックがぴくりとした。目をさましたのだ。ダマリスは彼の顔を見ることができず、目を閉じていた。このまま寝たふりをしていれば、彼の手に身をゆだね、欲望に抗えずにいたことを、知られずにすむだろう。彼女は努めてゆっくりと、落ち着いたリズムで呼吸しながら、待った。

アレックが耳もとで小さなうめき声を発し、ダマリスの髪に口づけした。彼はゆっくりと手を引いていき、最後にもう一度彼女のからだに滑らせてから、ようやく離した。ダマリスの肩先に口づけし、その息で彼女の肌を焦がしたあと、起き上がる。ダマリスは、彼の手を引き戻したいという気持ちを必死にこらえた。

長いため息が聞こえたのち、アレックがベッドから滑り下りると同時にマットレスが上下した。彼は狭い部屋をうろうろしたあと、暖炉の前で足を止めて燃えさしを突き、窓際に行ってカーテンを引いて外をのぞいた。このまま寝たふりをつづけるのはむずかしそうだ。彼のすらりとした筋肉質の肉体が朝日を浴びる光景が、脳裏に浮かんでばかりいる。目を開けて彼を見たいという衝動に、懸命に抗った。

ようやくアレックがからだに毛布を巻いて、扉をそっと開いた。小さな声を出したかと思うと、ふたたび扉を閉めた。部屋から出てはいないようだ。なにをしているのだろう。しかしまもなく聞こえてきた物音から、彼が服を着ている最中であることがうかがえた。扉の外に乾いた服が用意されていたにちがいない。ダマリスが、もうこれ以上目を閉じていられないと思ったとき、ようやく彼が部屋から出ていった。

ダマリスはふうっと大きくため息をもらし、ごろんと仰向けになって天井を見上げた。さっきのは、いったいなんだったの？　からだじゅうが敏感になって、血が激しく脈打つ一方で、骨までとろけてしまったかのように、ほんのりとしたけだるさをおぼえた。短い結婚生活だったとはいえ、夫婦のベッドで行なわれることについてはちゃんとわかっているつもりだった。しかしどうやら、ダマリスの知識は大きく欠けていたようだ。アレックとのあいだに起きたことは、あの最初の激しい口づけから今朝の愛撫にいたるまで、なにもかもがひどく新鮮だった。既婚女性のほとんどがこういう経験をするのなら、未亡人はみだらだという評判はほんとうなのかもしれない。

彼女は目を閉じ、あいかわらず体内にこだまする感覚をいましばらく堪能したあと、アレックが戻ってくる前に起きて服を着替えなければ、と思いあたった。しかしベッドから出たまではよかったが、自分もアレックと同様、着るべき服がないことを思いだした。ゆうべ、濡れた服を脱いだあと、バブスにいわれたとおり、扉の外に出しておいたのだ。ざっと部屋を見わたしたところ、彼女のドレスが魔法のように現われてはいなかった。

アレックの先ほどの行動を思いだし、扉を少し開いてみたが、そこにも服は用意されていなかった。代わりに、広い居間から短い廊下をこちらに大またで近づいてくるアレックの姿が見えた。彼は片手にカップを、もう片方の手に衣類の山を抱えている。それが自分の下着であることに気づくと、ダマリスは頬を赤らめた。彼女に気づいたアレックが笑みを向けた。

「おはよう、愛しい妻よ」

ダマリスは彼に向かって顔をしかめたものの、アレックはめげるようすはなかった。暴漢に頭を殴られ、雨のなかを追いまわされた男にしては、やけに元気そうだ。彼はダマリスに下着を手わたし、部屋に入りこもうとした。彼女はしかたなく一歩下がり、彼をなかに入れた。

「服は？」シュミーズとペティコートを受け取りながらたずねた。ひらひらの飾りがついた下着がていねいに折りたたまれ、そのいちばん上に上品なストッキングがのっていた。アレックの長い指がその下着にかかるのを見るだけで、からだの奥がおかしくなってくる。

「こら、文句をいうんじゃない」彼は夫の役割をすっかり楽しんでいるようで、おどけた口調でいった。

アレックがおもしろがる一方で、ダマリスは不愉快になった。心の奥底で、彼に飛びついてその笑みに口づけしたい、という恐ろしい願望を抱いているので、なおさらだった。彼の視線がダマリスのからだの線を愛でるようにさまよっているのも、困りものだった。ゆったりとした寝間着の生地はぶ厚く、その内側を透かして見ることはできないものの、やわらかいために、彼の視線を意識して硬くなった乳首が、生地越しにぴんと立っているのがわかるのだ。

「この家の心やさしき女主人が、いまもスカートの裂け目を直しているところなんだぞ。もっとも、あのドレスはもうだめかもしれないといっていた。絹というのは、雨に濡れるとだめになってしまうそうだ」

ダマリスはうめき声をもらし、下着をぎゅっと胸に押しつけた。たしかにあのフランス製のシルクドレスは、もう使い物にならないかもしれない。「どうしたらいいの？」

「紅茶を飲むんだな」と彼はいうと、カップを掲げた。「きみにこれを運ぶ役目を申しでたところ、ミセス・パトナムとモードに絶賛されたよ。もっとも若きヘンリーには、男がそんなことをするなんて情けない、という目で見られたがね」

温かな紅茶を口にふくむと、驚くほど気力がわいてきた。「ありがとう」

「どういたしまして」アレックがベッドに腰を下ろし、くつろいだ姿勢で彼女を見つめた。「ミセス・パトナムが、ドレスを一着貸してくださるそうだ。今後の計画を考えると、非常に都合がいい。ふたりとも、ごくふつうの夫婦という顔をしたほうがいいと思うから――農夫とその妻、とか。ところでさっき知ったんだが、いまぼくはミスター・ハワードだそうだね」

「あの、ええ、そうなの。わたしの名前をいったあとで、わたしたちが夫婦だとかんちがいされたから……」ふたたび頬がかっと熱くなったので、ダマリスは顔を背けて紅茶をもうひと口飲んだ。「なんていったらいいのか、わからなくて。拒絶されるのではないかと思ったの、もしわたしたちが、その……」

「そのとおりだ。ミスター・ハワードと呼ばれたとき、驚く顔は見せなかったからだいじょうぶだ。だから疑われていることがあるとすれば、ぼくが爵位を隠しているんじゃないか、ということくらいだと思う」

「そう」ダマリスは小さくほほえんだ。アレックを見れば、爵位を持つ人間ではないかと夫婦が疑う気持ちもよくわかる。くたくたになったズボンとシャツ姿でくつろぎ、髪をひどく乱しているときですら、彼は貴族然としているのだから。

アレックがしなやかな動きでベッドから下り、彼女の腰に両手をあて、からだを引きよせた。そのまま唇を奪われ、ダマリスは息苦しさをおぼえた。彼が顔を上げ、目をぎらつかせた。「ああ、きみはほんとうに美しい!」

彼女は小さく笑った。「目をどうかしてしまったのかしら、ロードン卿。いまのわたし、ひどい格好をしているはずよ。髪だって——」

「きみの髪は最高だ」その言葉を強調するかのように、彼はダマリスの髪に指を埋めた。「夜のごとく漆黒で、男を惑わせるほど豊かだ。きみに出会って以来、ぼくの枕にこの髪が広がるときを夢見ていた。そこに顔を埋めることを」

アレックがふたたび、激しく、熱く、彼女に口づけした。両手でダマリスの頭をそっと支え、唇を貪《むさぼ》っている。先ほど彼の指が呼びさました渇望と熱気が、ふたたび炎となってダマリスの体内で燃えさかった。彼女はアレックの肩にしがみつき、シャツの生地をぎゅっと握りしめた。彼に触れたくて、彼を抱きしめたくて、からだじゅうに感じたくて、彼の炎に燃やしつくされたくて、たまらない。

アレックが口を離して彼女の首に唇を這わせ、やわらかな肌にやさしく噛みついた。ダマリスは悦びに打ち震えた。彼がのどの奥から小さく発するうめき声が、さらに彼女を燃え立たせる。アレックの頭に指を走らせ、絹のような髪に絡ませた。彼がふたたび激しく口づけし、両手をゆっくりと下ろしていき、寝間着のやわらかな生地越しに彼女のからだを愛撫した。ダマリスは触れられてもいないのに乳房がふくらむのを感じ、本能的に腰を突きだした。アレックが笑いともうめきとも取れる声を発し、両手をさっと下げて彼女のお尻をつかむと、そのやわらかな肉に指を食いこませてぐっと自分のほうに引き上げた。男の部分が激しく脈打つのが感じられる。

脚のつけ根で欲望が花開き、彼に満たされたくてうずきはじめた。最後に残ったごくわずかな節度がなかったら、ダマリスは両脚を彼の腰に巻きつけていただろう。アレックが彼女の顔、耳、のどに口づけしながら、両手で寝間着の裾をたくし上げていった。やがて素肌に触れると、尻をつかんで持ち上げ、自分のほうに強く押しつけた。彼の呼吸が荒くなっていく。よろめく足であとずさりし、彼女をベッドに導こうとする。

そのとき、扉を叩く音がした。「旦那さま？　奥さま？　ドレスをお持ちしました」

アレックが彼女の首に顔を埋め、悪態を押し殺した。

「いま行きます！」ダマリスはかろうじて声を絞りだした。

彼はほんの一瞬、ダマリスをぎゅっと抱きしめたあとで放し、くるりと背中を向けて暖炉の前に行って奥をのぞきこんだ。ダマリスは髪をうしろになでつけて寝間着の乱れを直すと、不安定な足取りで扉に向かった。唇から激しい口づけの痕跡《こんせき》を消し去ることも、らんらんとした目の輝きを隠すことも、不可能だろう。赤の他人の家で、男にわれを忘れるほど激しく唇を奪わせる女だとバブスに思われるのが、いやでたまらなかった。

ダマリスは顔をさっと手でなでつけて息を吸いこむと、扉を開けた。外にバブスが立っていて、ダマリスのドレスを差しだした。彼女はダマリスの顔をちらりと見やると、うつむいて笑みを隠した。

「残念ながら、とても着られたものじゃありませんね」バブスは高級ドレスの惨状にため息をもらした。

ダマリスはひどく動揺していたために、ほかのことを考える余裕がほとんどなかったが、雨がドレスの繊細な生地をだいなしにし、筋をつけてゆがませてしまったことはわかった。バブスが裂け目をていねいに縫い合わせてくれたようだが、ドレスはくしゃくしゃになって縮み、染みだらけの代物になりはてていた。

「もしよければ、あたしの服を着てくださいな」バブスがためらいがちにいった。「もちろん、ふだんお召しになっているものとはちがうでしょうけど、あなたなら気になさらないと、ご亭主がおっしゃってましたんで」

「もちろんですわ」とダマリスはきっぱりいった。「でも、あなたから服をいただくなんて、できません！」

「いえ、奥さま、むしろ光栄です！」バブスが顔を輝かせたので、ダマリスとしてもその言葉を信じないわけにはいかなかった。

「ほんとうによろしいのなら」とダマリスはいって、つけ加えた。「家に着きしだい、送ってお返しいたします。お約束します」

バブスが衣装簞笥に行って引き出しを開け、黄色い綿の質素なドレスを引っ張りだした。背中を編み紐で留めるスタイルで、腰に目立つ飾り帯がついていた。「これはいかがでしょう？」

「すてきだわ」ダマリスはドレスを受け取った。「ほんとうにご親切にしていただいて」

「では、そういうことで。朝食が準備できていますんで、それをお召しになったら、いらしてくださいね」

バブスがこくんとうなずき、笑みを浮かべて部屋から出ていくと、ダマリスはゆっくりとアレックに顔を向けた。この家の女主人がいるあいだは、彼のほうをちらりとでも見る度胸がなかった。アレックのほうはといえば、ひたすら暖炉に注意を向けていたようだが、いま、くるりとダマリスに向き直った。その顔にはあいかわらず欲望が刻まれており、唇はふっくらと腫れ、目は燃えたぎっていた。彼がかすかに笑いかけた。

「いくらそうしたくとも、ここに残ってきみが服を着替えるところは見ないほうがいいんだろうね」

ダマリスはうなずき、顔を背けた。「わたしたち――これからどうするか、考えている？これからどうすべきか、ということだけれど」

「エメットが荷馬車で町まで送ってくれるそうだ。その町に、毎日郵便馬車がくるらしい」

「郵便馬車！」ダマリスは彼をまじまじと見つめた。いかにも貴族然としたアレックが、農夫や商人やその妻たちと一緒に郵便馬車にぎゅうぎゅうに詰めこまれているところを想像するだけで、笑いがこみ上げてくる。

「ぼくだってそういう旅はしたくないさ。しかしきみがぼくよりも懐が暖かいというのでなければ、手持ちの金はかぎられているものでね」

「ええ、わたしもそうよ。レティキュールに少しは入っているけれど、大半のお金は安全のためにに信用状と一緒に鞄のなかに入れてしまったの」ダマリスは消えた旅行鞄のことを思い、ため息をついた。

「ぼくのネクタイピンを売ることもできるが、ごくふつうの身分の人間のふりをして旅をするほうが、人目にはつきにくいはずだ。エメットが服と帽子を貸してくれるといっていた。

その格好なら、まず目立たないだろう」

ダマリスは、ひときわ背が高くてめずらしい髪と目の色をしたアレックなら、どんなに平民らしい服装をしていようが人混《ひとご》みのなかで際立ってしまうのでは、という点を指摘したい気持ちをぐっとこらえた。「ほんとうに身分を偽る必要があるのかしら？　あの男たち、まだこちらを探していると思う？」

アレックが肩をすくめた。「そうは思いたくないが。しかし、やつらが街の外まできみを追いかけて襲撃するなどということも、考えていなかった。だから用心するに越したことはない。やつらが執念深い場合を考えて」

「でも、あなたの馬はどうするの？」

「エレボスはここに残していく。今朝ようすを見にいったら、エメットがゆうべしっかりと世話をしてくれたようだ。あれは脚の速い馬だが、連れていかないほうが安全だと思う。人目につきやすくなるし、ふたりで乗ればスピードも落ちてしまう。それに、エメットに世話になった礼を払おうとしても、頑として受け取ってもらえなかったんだが、エレボスを預かることにたいしては、好意ではなく商売として金を受け取ってくれるというんだ。家に帰ったら、厩番《うまやばん》を送りこんでエレボスを連れ戻してもらうつもりだ」

「あの人たちに謝礼を支払える方法が見つかって、よかったわ」

アレックが茶化すような顔をした。「きみにはとんでもなく横柄な人間だと思われているようだが、ぼくだってたまには人のことを考えるんだ」

ダマリスは赤面し、彼のきらめく視線から顔を背けた。「そんなふうには思っていないわ。あなたがとても親切な人間だということは、わかっているもの。わたしには、ずっと親切だったでしょう。ただ……いままでの経験から、身分の高い男性は自分より身分の低い人間のことを、あまり気にかけないものだと思っていたの。ましてや、そういう相手の手間を考慮するなんて」

「パンがないならケーキを食べさせろ、とでも?」彼が問いかけるように見つめた。「祖母なら、ぼくは身分の低い人間に悲惨なくらい親近感を抱いている、とでも表現するところだろうな。だが昔、ぼくをかくまってくれたのは、そういう人たちばかりだったから」

その奇妙な言葉に驚いて、ダマリスは彼を見上げた。彼をかくまう?

アレック自身も自分の発言に驚いたようで、すぐにこうつづけた。「ぼくにたいするきみの評価を高めたくてしたことさ」そして、彼女に向かってわざとらしく一礼した。「さて、ではそろそろ失礼して、きみに服を着替えてもらわないと」

ダマリスには明らかに幅が広すぎて丈が短すぎるという点をのぞけば、バブス・パトナムのドレスは、いま流行の簡素なスタイルからさほどかけ離れていなかった。しかしすぐにダマリスは、どんなにからだをひねろうとも、少なくとも上のほうは、背中の紐を留めることができないことに気づいた。とうとうあきらめ、バブスの助けを求めようと扉を開けた。

すると、短い廊下の突きあたりにアレックが立ち、その先にある部屋のなかをのぞきこむようにして、パトナム家の五歳くらいの息子と熱心に話しこんでいるのが見えた。男の子はしきりにアレックに話しかけ、アレックのほうは困惑顔でその子を見下ろしている。男の子がなにやらぺちゃくちゃいいながらアレックに色つきの独楽《こま》を差しだした。アレックを見上げているため、亜麻色の頭を大きく傾けている。その髪色からして、アレックの子どもだといってもいいくらいだった。ダマリスは、胸をわしづかみにされた気分になった。

マシューのことを思いだしたのだ。洗礼式のとき、シーアから手わたされたマシューを見下ろしたアレックの顔には、恐怖と畏敬《いけい》の念、そしてかすかな切望が浮かんでいた。あのときダマリスは笑みを浮かべながらも、涙でのどを詰まらせていた。いま彼女は、アレックが手を下ろして独楽を受け取る光景をながめながら、ふたたび目を潤ませた。

「まわしてほしいのか？」アレックがまじめくさった声でたずね、独楽に紐を巻きつけながらしゃがみこんだ。「ジェム君、いっておくが、こういう遊びをしたのは、もうずいぶん昔のことになる」彼が手首をくいとひねると、独楽が紐とともに床にぱっと飛びだし、軸を床に着地させて激しく回転しはじめた。

男の子がうれしそうな雄叫びを上げ、独楽を追いかけると、アレックは苦笑しつつ立ち上がった。ダマリスも思わず笑い声を上げたので、アレックがさっとふり返った。彼女の全身に視線を下ろしていき、大きすぎるドレスと裾から突きでた足首を見て、目を輝かせた。

「ミセス・ハワード。ひどく痛々しい光景だな」

ダマリスは彼にしかめっ面を向けた。「ちょっときてもらえないかしら。うしろを留められないの」

「ああ」アレックは事態を把握すると同時に、目をひときわ輝かせた。彼は男の子に視線を戻した。「ちょっと失礼するよ、ジェム君。わが妻の要望には応えねばならないので」そして、こちらへ大またで近づきながらいう。「よろこんで女中役をさせてもらおう」

ダマリスはあとずさりし、アレックが部屋に入ると扉を閉めた。「あなたがあんなところに突っ立っていたから、ミセス・パトナムを呼べなかったじゃないの」

「そうか。いずれにしても、きみの着替えを手伝うのは、夫の特権だ」彼が目を躍らせたが、そこにはかすかな熱気がこもっていた。

ダマリスは思わず彼の唇に視線をやり、先ほどの口づけの味と感触を思いだした。そのあとぱっと頬を赤らめて顔を背け、背中を向けた。ドレスの両わきを精いっぱいたぐりよせてできるかぎり素肌を隠そうとしたが、それでも中央部分がだらりと開いてしまい、背中の肌が下のほうまでさらけだされてしまう。

アレックが手をのばし、羽毛のような軽さで人さし指を素肌に走らせた。

「アレック……」

「なんだい？」彼は思いに耽っているようだった。

「ちゃんと結んでくれるつもりはあるの？」

「もちろんだ。いまは状況を判断しているだけさ」

彼がダマリスの髪を背中からすくい上げ、肩にまわした。彼女は、素肌をかすめる指先を感じながら、全身をかけめぐる震えを必死に抑えようとした。

「ミセス・ハワード、どうやらきみは」彼がドレスのいちばん上の編み紐を手に取りながらいった。「ぼくの自制心を試す方法を心得ているようだ」その声はかすかにしゃがれていた。

「そんなつもりはないわ」

「だからこそよけいに、そそられてしまう」彼は最後の紐を結ぶと、ダマリスの腰に両手をまわし、飾り帯の端をつかんでうしろに引っ張った。それに反応して、彼女の胃が震えた。アレックが帯をきれいな蝶《ちょう》結びにしてくれた。「できた」そういって彼女のうなじに軽く口づけする。

ダマリスはふり返ることができなかった。いま自分の顔に浮かんでいるにちがいない表情を、見られたくなかったのだ。しかし同時に、アレックの顔を見ずにはいられなかった。彼は思っていたとおりの表情を浮かべていた――欲望に唇をやわらげ、尖った頬骨をピンクに染めて、強烈な、さし迫ったような目つきをしている。そんな彼を見て、ダマリスのからだの奥深くで欲望の炎がちらちらと揺らめいた。

アレックが彼女の頬をてのひらに包みこみ、親指で唇をかすめた。「いつかきみをぼくのベッドに連れていくよ。必ず」

ダマリスはあごをくいっと上げた。「わたしはそれについて意見をいえないの？」

「もちろんいえるさ」彼の唇がかすかに持ち上がった。「きみは〝イエス〟といえばいい」

12

ダマリスは口もきけずに彼をひたすら見つめていた。ひざから力が抜けて床にくずおれてしまわないよう、こらえるのが精いっぱいだった。先ほどのようにアレックの腕に引きよせられたら、自分がなにをするかわからなかった。しかし幸い彼があとずさりして手を離し、くるりと背中を向けて部屋から出ていってくれた。ダマリスは長く震えるような吐息をもらし、ベッドのフットボードにもたれかかって鼓動が鎮まるのを待った。今夜ロンドンに戻り、もうアレックと同じ寝室に閉じこめられずにすむのが、ほんとうにありがたかった。

話し声と皿の音がしたあと、まもなく扉をおずおずと引っ掻くような音がして、バブスのいちばん上の娘モードが顔を見せ、照れ笑いを浮かべながら朝食の席まで案内すると申してくれた。ダマリスは落ち着いた顔を装って少女のあとにつづき、家の表側にある広い部屋に入っていった。

パトナム家の面々が、部屋の片側に設置された大きな木のテーブルに集まり、アレックが上座に着いていた。彼の左手の席が空いているので、そこがダマリスの席ということなのだろう。ダマリスはみんなに表情を読まれてしまいそうで恐ろしく、アレックをほとんど見ずに自分の席に滑りこんだ。食事を最後まで乗り切れるかどうか、自信がなかった。

ところが、パトナム家の子どもたちの陽気なおしゃべりのなかにあって、いつまでも緊張しているほうがむずかしいことがわかった。ダマリスはすぐに肩の力を抜き、おいしい食事を頬ばりながら、金の大皿と使用人の給仕に慣れているアレックが、テーブルをまわってくる大きなボウルからスプーンでおかゆをすくい、大きなパンの塊を子どもたちから受け取る光景を、愉快な気分でながめた。幼いジェムからバターの塊とジャム入りの瓶を手わたされるという、とりわけ危なっかしい出来事のあと、アレックがダマリスをちらりと見やり、少年のような笑顔で彼女を驚かせた。

ダマリスも笑みを返し、衝動的に彼の手首に手をのばした。するとアレックがてのひらを返してその手を取った。温かくて大きな手に包まれると、胸に幸せがこみ上げてくる。まるで夏のように明るく陽気なその感覚は、ふたりが追いこまれた苦境にはまったく場ちがいなものだった。

朝食が終わると、エメットが馬を荷馬車につなぎ、アレックは農夫の服に着替えるべく寝室に向かった。バブスと娘たちがテーブルを片づける一方、ダマリスもせめてなにか手伝おうとテーブルを拭くことにした。拭き終えて濡れたふきんをバブスに返そうとしたとき、寝室からアレックが出てくるのが見えた。

すらりとした優雅な長身にだらしのない農夫用のスモックを着こんだ彼の姿を見た瞬間、ダマリスは思わず鼻を鳴らしたが、即座にふきんを床に落とし、それを拾うことでこみ上げる笑いを押し殺した。しかしふたたび目をやったとき、やはり間の抜けた彼の姿に、もはや笑い声を上げずにはいられなくなった。

「なにがそんなにおかしいのかな」アレックがしゃんと背筋をのばし、ひどく横柄な態度でいった。

「ああ、ロー――いえ、アレックったら。いまの自分の姿を見たら、そんなことはいっていられなくなるわよ」

「見たさ」彼はそう認め、口角を持ち上げて笑みを浮かべた。「だからこそ、ズボンとブーツは自分のものを身につけることにしたんだ。そうでなければ、もっと大笑いされるところだった」

彼がへたった麦わら帽子を頭にのせるのを見て、ダマリスはさらにひとしきり笑った。アレックが目をぐるりとまわし、彼女の腕を取った。「さあ、行こう。わが恩人たちに、ぼくがきみを精神病院から連れだしたと思われてしまう前に」

ふたりはバブスや子どもたちと別れのあいさつを交わした。ダマリスは、アレックがそれぞれの子どもと握手をしながら、こっそり半ペンス硬貨を手に滑りこませていることに気づいた。彼がダマリスと自分の服を入れた袋を手にし、ふたりは荷馬車に向かった。

のろのろと進む荷馬車でリトルフォーントンの村までたどり着くのには、一時間以上かかった。そこが、ロンドンに戻る郵便馬車をつかまえられる最寄りの村なのだ。アレックの要請に応じて、エメットが教会の近くで降ろしてくれたので、ふたりはそこから歩いて宿屋に向かい、郵便馬車を待つことにした。

「どうしてあそこで降ろしてもらったの？」とダマリスはたずねた。

肩に袋を引っかけたアレックは、周囲の通りに注意深く目をやっていた。「そのほうが安全だからだ。宿屋に向かいながら、このあたりの地形を把握できる」

「いつもそんなふうなの？」

「そんなふうとは？」

「まるで……軍事作戦でも展開するような態度だから」

彼が肩をすくめた。「先のことを見越しておきたいんだ。だれかから逃げている場合は、そのほうがとりわけ都合がいい」

「なんだか、逃げることに慣れているみたいな口ぶりね」

アレックが彼女に向かってまゆをさっとつり上げた。「ミセス・ハワード！　ぼくを臆病者呼ばわりするつもりかい？」

「ばかなことをいわないで。そんなはずがないのはわかっているでしょう。むしろ、あなたは戦うのが好きなのかしらと思ったの」

「それはそうかもしれない。ただし、戦うからには勝ちたい。そのためには、あらかじめ計画を練っておくほうがいい」アレックは彼女をさっと見やると、先をつづけた。「学校で、ぼくを待ち伏せするやつらがいた。そんなとき、ガブリエルと出会ったんだ。あいつが、ぼくに加勢してくれた」

「どうしてその子たち、あなたを待ち伏せしたの？」

「新顔だったからだろうな。それに、ぼくの態度が気に入らなかったのさ。おまえたちがどう思おうが知るものか、といい放ったことがあったかもしれない」

「想像がつくわ」

「ああ。こんなことをいっても信じてもらえないだろうが、若いころのぼくは、ちょっと高慢なところがあったんでね」

宿屋の庭に到達したところでアレックは足を止め、あたりをしばらく見まわしたあと、入口に向かった。なかに入ると、ラウンジのいちばん隅のテーブルに着いた。カウンターの奥にいるバーテンをのぞけば、そこにはほんの数人しかいなかったが、その全員の目がふたりに向けられた。ダマリスの顔はバブスのボンネット帽でほとんど隠れていたものの、それとアレックの着ている服を考慮しても、ふたりがここではよそ者だという事実を隠し通せるものではなかった。

バブスの朝食をたっぷりとっていたので腹は空《す》いていなかったが、アレックは黒ビールを一杯注文し、数分もたつころには、ほかの客たちもこちらをじろじろ見なくなっていた。ダマリスは周囲を興味深く見まわした。宿屋のラウンジに入るのははじめてだった。旅先では、いつも当然ながら小さな個室で食事をしていたから。

そこは思っていたよりも狭くて薄暗く、縦に仕切られた古い窓が一枚あるだけで、漆喰《しっくい》の壁には、部屋の奥にある大きな暖炉から出るすすが何年ぶんも染みついているようだった。壁と平行するクルミ材のカウンターは切り傷や刻み傷だらけで、かすかにゆがんでいた。ダマリスはアレックに目をやった。服装はともかく、彼がこの場所にふさわしい人間でないことは一目瞭然《いちもくりょうぜん》だった。指輪は内側にまわしていたので、四角形をした重々しい紋章部分は隠れてたんなる地味な金の指輪にしか見えなかったが、その長い指はあまりにも青白くなめらかで、人生のほとんどを手袋をつけて過ごしてきた男の手であることは明らかだ。それにあの顔を目にすれば、そこに何世代にもおよぶ貴族階級の年輪が刻まれていることに気づかぬ者はいないだろう。

アレックが隣で身をこわばらせたので、ダマリスは彼の視線の先を追った。男がふたり、べつの戸口から入ってきて、カウンターに向かった。ダマリスは全身を緊張させた。あの背中には見おぼえがある。片方の男が暖炉にちらりと顔を向けたとき、それが確信に変わった。前日、路上でふたりを襲った男たちだ。

猫のように俊敏な動きで、アレックは椅子からするりと出ると、帽子を目深にかぶった。

ダマリスはボンネット帽の大きなひさしに顔が隠れるようにうつむき、彼につづいて席を立った。アレックにうながされて廊下に出る瞬間、彼女はふと目の隅で、男がこちらをふり返る姿をとらえた。すぐさま背後で叫び声が上がった。アレックがダマリスを引っ張りながら扉に駆けよった。

ダマリスは、バブスに貸してもらったドレスの裾が短すぎることに感謝した。そのおかげで、中庭を駆け抜けるとき、地面を引きずらずともすんだからだ。ちょうどひとりの男が馬から降りて厩番に手綱を手わたしているところへ、ダマリスとアレックが突進していった。馬が驚いてうしろ脚で立ち、厩番がよろめいて地面に尻もちをついた。

アレックは手綱をひったくると、ダマリスを馬の背に放り上げ、自分も鞍に飛び乗った。厩番が馬の持ち主と一緒になって叫び声を上げたが、彼らに追いつかれる前にアレックは新しく手に入れた馬に拍車をかけ、通りを猛然と突き進んだ。背後の中庭で、怒号と罵声《ばせい》がいっきに不協和音を奏ではじめた。

アレックは抱えていた袋をダマリスの手に押しつけた。彼女はそれを片手でつかみ、もう一方の手をアレックの腰にまわしてぎゅっとしがみついた。横向きに乗っていたので、前日以上に危なっかしい体勢だったが、落ちないことを祈るしかなかった。

ふたりの男が通りで立ち話に興《の》じていたが、アレックたちが乗った馬が突進してくると、はっと顔を上げてわきに飛び退いた。ちょうど店から出てきた女性が悲鳴を上げ、買い物袋を落とした。草地に出たあと、アレックは馬を十字路に向けた。幸いそこに人影はなかったのでいっきに小道を進み、ほんの少し前にエメットに荷馬車から降ろしてもらった教会を目ざした。

教会を数ヤードほど過ぎたところで、アレックは馬を止めてするりと降り、ダマリスも降ろそうと手をのばした。そのあと馬の尻をぴしゃりと叩くと、馬は勢いよく駆けていった。アレックはダマリスの手をつかみ、教会のわきを駆け抜けた。どうやら彼は、先ほどの小道から分かれた狭いわだちが、五十ヤードも離れていない低い木立のなかへとつづいていることに、あらかじめ目をつけていたようだ。

アレックが袋を肩にひょいとかけ、ふたりは駆けだした。ダマリスはうしろをふり返る時間も惜しんで走った。追っ手が教会に到達する前にあの木立にたどり着ければ、アレックのもくろみは成功するはずだ。少なくとも、しばらくのあいだは。男たちはみずからの足で駆けるか、厩番が馬を連れてくるまで待たなければならないはずなので、ふたりが姿をくらますだけの余裕はあるかもしれない。

木立に向かって駆けているあいだ、大声や叫び声は聞こえてこなかった。木の根につまずいたり、低く垂れる枝に引っかかったりしないように速度を落とす必要はあったが、それでも、まもなく人目につかない木立の奥深くに入りこむことができた。アレックが足を止め、ダマリスをふり返った。彼女は前かがみになって肩で息をしていた。アレックも息を荒くしていたが、同時にあたりに目を配り、状況を判断しようとした。

「どうして――」ダマリスはあえぎながらいった。「――こんな場所があると、知っていたの？」

「さっきエメットに降ろしてもらったとき、目をつけておいた。このわだちがどこにつづいているのかはわからないが、運がよければ、やつらはさっきの馬のあとを追いかけるだろう。けっきょくだれも乗っていないことに気づいたときも、われわれがどこで降りたのかは見当がつかないはずだ」彼はそこで言葉を切った。「だいじょうぶかい？　とにかく先に進まないと」

ダマリスはうなずいた。「しばらくあんなふうに走ったことがなかったから。でもだいじょうぶよ」

彼女はアレックを見つめた。馬を飛ばしていたときに麦わら帽子が飛んでしまい、いまアレックの髪はくしゃくしゃに乱れていた。そして青い目は興奮で生き生きと輝き、頰は赤く染まっている。

「あなた、楽しんでいるのね」彼女は責めるようにいった。

アレックが笑った。「そうかもしれない。追いかけっこほど、血をわき返らせるものはないからな」

「わたしは、もう追われる身はごめんよ」ダマリスはそういうと、木々の下でほとんど見えなくなっているわだちを進みはじめた。

アレックもスモックを脱いで袋に突っこみ、シャツ一枚の姿であとにつづいた。着実に前進するうち、ふたりはまもなく木立を抜けた。ダマリスは目隠しとなる森を失い、ひどく心もとない気分になったが、ひたすら歩きつづけるよりほかなかった。わだちは草地の片側に沿ってつづき、やがて人間だけが通れる柵を越えて小道へとつづいていた。整備された道では見つかる危険は高まるが、足もとがしっかりしているほうが速く進めることを考えると、その機会を逃すわけにはいかなかった。やがて、小道からもっと幅の広い道に出た。

「ここがどこだか、さっぱりわからないわ」ダマリスは、道の前方を見つめるアレックに正直にいった。「あなたはわかる？」

「太陽はまだ空のまんなかにきていないから、あちらが東のはずだ。まちがっていなければ、リトルフォーントンはこの方角にある」彼は漠然と右のほうを示した。「おそらくこの道は、さっきの宿屋があった道と平行して走っているのだろう。だから、こちらの方角に進もう」

数分ほど歩いたところで、陽気な口笛が聞こえてきた。ふたりはあわてて道の反対側にわたり、花が咲き乱れる低木の背後に身を隠した。ほどなく、二頭の雄牛が引く荷車と、そのわきで牛をあやつりながら歩く体格のいい田舎の青年が見えてきた。ダマリスは肩の力を抜き、アレックを見やった。

「どうする？」

「数シリング払えば、収穫したカブの上に乗せてもらえるかもしれないな。荷車のなかはまだ半分空いているようだから」

「でも、あの男たちがたまたまこの道を下ってきたら……」

「ああ、こちらの姿が丸見えだ」アレックはためらい、彼女を見下ろした。「ぼくなら、いちかばちか勝負に出てみるが……」

「そうでしょうね」とダマリスはつぶやいた。

アレックが感情を抑えた目をさっと向けて、先をつづけた。「しかし、きみをこれ以上危険にさらすことはできない」

「わたしのせいなのよ」とダマリスはいった。「わたしのほうこそ、あなたを危険にさらしてしまったんだわ。それにわたしの記憶が正しければ、男たちとの戦いでは、わたしも奮闘したはずよ」

彼の目尻にしわがよった。「たしかに。ヘアピンの用意はいいかい？」

ダマリスはボンネット帽のわきに手をやった。いざというときのために、そこに例の長いヘアピンを滑りこませておいたのだ。アレックが苦笑した。

「よし、ならいいだろう。あの若者に、乗せてもらえないか頼んでみよう。歩いていたのでは、そう遠くまでは逃げられないだろうから」

アレックが予想したとおり、若者は道端からいきなりふたりの人間が姿を現わしたことに

ぎょっとしたものの、こづかい稼ぎのためによろこんで荷車に乗せてくれるという。アレックが、高級馬車に乗りこむ淑女にたいするような優雅な態度でダマリスに手を差しだし、ふたりは荷車の隅に腰を落ち着けた。

「帽子をなくしたのは、じつに都合が悪い」とアレックはいって、ダマリスを横目で見た。彼女のほうは、淑女らしからぬ笑い声を上げた。「笑えばいいさ」彼が顔をしかめていった。「しかしあの帽子がないと、農夫のスモックを着ていても意味がなくなってしまう」

「そうでしょうね。でも、そもそもあの変装は失敗だったと思うわ。だってあなた——なんていうか——役になりきってはいなかったもの」

「どこから見ても農夫だと思っていたが」アレックが尊大な口調で反論した。

ダマリスはあきれたように目をぐるりとまわした。「ええ、そうでしょうとも。ぜったいにだれも気づかなかったはずよ。あなたのあごの線とか、あなたのその……」彼女は頭を傾げ、いかにも人をばかにしたような表情をした。

アレックがまゆを両方つり上げ、ダマリスをまねてあごをくいっと上げた。「なんだって？」

ダマリスは噴きだし、アレックもおかしそうに目を輝かせた。

「まったく、いい気晴らしの旅になったな」彼があいかわらず尊大な口ぶりでいった。「森のなかのハイキングはさわやかだったし、荷車で進む田舎道はのどかだし……」

「さっき、赤の他人の馬で町を抜けたときのことも忘れないでね」

「そうだった」

「それに、とてもおもしろい人たちとたくさん出会ったわ」

「まったくだ」アレックも同意すると、賢明にもこうつけ加えた。「きみと出会う前の自分の人生がどれだけ単調なものだったか、これでよくわかったよ」彼がダマリスの手を取り、指を絡み合わせた。

ダマリスは彼の長い優雅な指が自分の指と絡んでいるのを見下ろし、いきなり真剣な口調になっていった。「あなたにはとても感謝しているの」

彼が否定するようにさっと手をふった。「いや、ほんとうに……そんなことは……」

「いえ、わたしの感謝の気持ちをちゃんと受け取ってちょうだい」ダマリスは彼の手をぎゅっと握りしめ、もう片方の手も添えて胸に持っていくと、まじめな顔で彼を見つめた。

「愛しのレディ、いつまでもそこに手をおいておきたいよ」

ダマリスはしかめっ面をした。「そんなことをいって、わたしからの感謝をごまかそうとしても、そうはさせないわ。あなたが追いかけてきてくれなかったらどうなっていたかと思うと、恐ろしくてたまらない。わたしが拒んだのに、あなたは助けにきてくれた。いままでずっと……貴族の人たちのことはあまりよく思っていなかった。でも、あなたは真の紳士だわ。わたし——」彼女はその青い目でアレックの目をまともに見つめた。「あなたのこと、どんなにからかったとしても、あなたには敬服しているの」

握りしめた彼の手がかっと熱くなり、陽射しの下の目がほとんど銀色に見えた。「ダマリス」彼がしゃがれ声でいった。「きみにからかわれるのは、ぼくにとってこのうえないよろこびなんだよ」彼が彼女の手を唇に持っていき、口づけした。温かな息が素肌にあたり、ダマリスのからだを羽根のように軽いさざ波が駆け抜けた。

「さて」とアレックがいって彼女の質素なボンネット帽のリボンをほどき、頭から脱がせた。彼女を腕のなかに抱きよせ、その頭を肩にもたれさせる。「町までの道のりはまだまだ長いだろう。だから少し休むといい。ぼくが悪党どもを見張っているから」

ダマリスは笑みを浮かべて彼により添い、耳に響く安定した鼓動を子守歌代わりに、いつしかまどろみはじめた。ずいぶん時間がたったころ、鳴り響く教会の鐘の音ではっと目をさました。からだを起こし、あたりを見まわしてみる。どこかの町に入ろうとしているところだった。

「ダートフォードへようこそ、愛しい妻よ」アレックが陽気にいった。

「ダートフォード？」ダマリスはこみ上げる不安とともにくり返した。「ドーヴァーに向かう道に戻ってしまったの？」

「その道を横断するつもりだ」とアレックも認めた。「だからわれらが友人がいないかどうか、しっかり見張っておかなければ。しかしネッドから聞いたんだが、ここの宿屋〈ホワイトブル〉には駅馬車がいくつか停まるそうだし、彼は親切にもその前で降ろしてくれるといっている。そこから駅馬車に乗って、まったくちがう方角に向かおう」

通りをがたがたと揺られて抜けながら、アレックは袋から上着を取りだして身につけ、首にネッカチーフを巻き、ルビーのネクタイピンで留めた。「こんなものを着ていたらとんでもない不精者に思われてしまうだろうが、いまとなっては農夫のスモック姿のほうがあの男たちの目を引きつけやすいはずだ。あれを着ているとき、リトルフォーントンで見つかったことを考えれば」

ダマリスは彼の上着を仔細《しさい》に確認した。バブスは精いっぱい手をかけてくれたようではあるが、いまやすっかりくたびれ、しわくちゃで染みだらけになっていた。引き裂かれた片方の袖を、バブスがていねいに繕っていた。「なんだかあなた……お金に困っている人に見えるわね」

「うれしいね。ならぼくは、情けない男に見えるというだけなんだな――人にだまされたように見えるよりはましだ」

「もちろん、そのルビーのネクタイピンが不釣り合いだけれど」

「みんな、偽物だと思うに決まっているさ」彼がにやりとした。

荷車を引いていたネッドに宿屋の前で降ろしてもらったところ、運のいいことに中庭に駅馬車が停まっており、馬丁が馬を交換しているところだった。馬丁のひとりに声をかけてみると、御者と護衛が食事を終えしだい出発する予定だと教えてくれた。

「でも、グレーヴズエンド行きの駅馬車よ」ダマリスは、アレックと一緒に宿屋に入りながらささやきかけた。「ロンドンじゃないわ」

彼は周囲のあらゆるものに警戒の目を向けながら答えた。「そうだ。しかし、すぐに出発する。いまは目的地よりもそちらのほうが魅力的だ。それに、ちょっと考えがある」

ラウンジをざっと見まわしたところ、とくに危険はなさそうだと判断し、アレックはダマリスをふり返った。「ここにすわって、周囲に目を配っていてほしい。駅馬車の切符を買ってくるから」彼はそこで言葉を切ると、なんとなく気まずそうな顔をした。「ああ、それから——金が足りそうにないんだ」ネクタイピンに手をかけ、なにやら考えこむ。「これを売る店を見つけるだけの時間はなくて」

「ばかなことをいわないで。そんな必要はないわ。レティキュールにお金が入っているから」ダマリスは紙幣を数枚取りだし、彼の手に押しつけた。

気が進まない顔をしながらもアレックはそれを受け取り、立ち去った。ダマリスはいちばん近くの椅子に腰を下ろした。紫色のボンネット帽をかぶった大柄な女性が隣にすわっており、彼女に好奇心いっぱいの目を向けていた。そしてダマリスに陽気にうなずきかけたあと、自信たっぷりの口調でこういった。「うちの人も、昔から同じ調子なんですよ——指からお金が滑って消えてしまうんです。だからわたしがきちんと管理しておかないと」

「あら、ええ、そうですか。あの人は、なんというか、お金をなくしてしまったようで」

「そうでしょうとも」女性がふたたびうなずいた。「じゃあ、駅馬車にお乗りになるの？　わたしは妹のメグを訪ねていくところなんです。また妊娠したので、世話をしにね。うちのハルはそんな必要ないっていうんですけど、あの人はわたしほどメグのことを知りませんから。メグは四番目の妹なんですもの」

「あら、まあ」ダマリスは女性のとめどないおしゃべりに圧倒され、どう反応したものかわからなかった。

しかし女性はかまうことなくさらに先をつづけた。「ところでわたし、エセル・サンダースと申します」

彼女が期待するような目を向けてきたので、ダマリスは口ごもりつつ答えた。「あの、わ、わたしは、ミセス・パウエルです」

「はじめまして」ミセス・サンダースがさらにつづけた。「賭《か》けごとですの？」

「はい？」ダマリスはきょとんとして相手を見つめた。

「ご主人の苦境の源は」ミセス・サンダースがアレックのほうにさりげなく頭をひょいと動かした。「賭けごと？　賭けごとに弱いのよね――殿方は。ご主人は紳士に見えますわね。手を見れば、紳士かどうかはすぐにわかりますもの」

そんなふうに彼女はぺちゃくちゃとしゃべりつづけたが、ダマリスは彼女がほとんど返答を必要としていないことに気づいたので、新たなお仲間となったその女性の会話についていくのはすぐにあきらめ、笑みを浮かべたりうなずいたり、「そうですの？」と、ときおり合いの手を入れたりするだけにしておいた。

「やあ」アレックがわきに戻ってきたとき、ダマリスは周囲にちっとも目を配っていなかったことに気づき、罪の意識をおぼえた。

「あら」彼女は勢いよく立ち上がった。「そろそろ出発かしら？」

「まだだいじょうぶですよ」ミセス・サンダースがいった。「まだ笛を鳴らしてもいないでしょう。駅馬車での旅には慣れてらっしゃらないみたいね？」彼女がアレックに顔を向けた。

「良識を取り戻してよござんしたわ」

「はあ？」アレックはまゆをわずかにつり上げ、少々冷ややかな口調でいった。

「いい奥さまをお持ちじゃありませんか。賭けごとには、お金を注ぎこむだけの価値はありませんわよ」

「あのですね」とアレックはいいかけたが、ダマリスに足をぎゅっと踏まれ、小さなうめき声を上げて口をつぐんだ。彼は顔をしかめてダマリスをふり返った。「どういう——」

「ミセス・サンダースは、あなたが経済的に困窮していることがわかる、とおっしゃっているのよ。だから駅馬車を使わなければならない、と」

アレックは目をわずかに見開いたが、こう口にしただけだった。「ああ、なるほど。まあ、その」

「恥じ入る必要はありませんわ」ミセス・サンダースがもったいぶった口調でいった。「お金の使いかたが上手な人もいれば、下手な人もいますもの。とにかくお金の管理は奥さまに任せて、賭けごとはやめれば、そのうち持ち直します。保証いたしますわ」

中庭から鋭い笛の音が聞こえ、ミセス・サンダースが立ち上がった。彼女につづいて宿屋から駅馬車に向かいながら、アレックが身をかがめてささやきかけた。「ぼくが賭けごとで金をすったなんて話、でっち上げる必要があったのかい？ 貧しいけれど実直な聖職者ということにはできなかったのか？」

ダマリスはくすりと笑った。「わたしはなにもいっていないのよ。あなたがいかにも浪費家に見えたとしても、わたしにはどうしようもないもの。ああ、それから、あなたはミスター・パウエルですから」

「ミスター・パウ――ああ、わかったよ。とにかく口を閉じているようにしよう」

「その点にかんしては、選択の余地はないわよ」

駅馬車はほぼ満席で、アレックがむっつりと不機嫌そうな顔をした年配男性と新たな友人ミセス・サンダースのあいだの席に押しこまれているのを見て、ダマリスは笑みを嚙み殺さなければならなかった。ミセス・サンダースは、いまから哀れな妹の世話をしに行くという話でアレックを楽しませようとしていたが、品のよさゆえか、具体的な内容をことごとく婉《えん》曲表《きょく》現で伝えようとしたため、じっさいなんの話をしているのか、正確なところを理解するのはむずかしかった。しかし最初こそ困惑の表情を浮かべていたアレックの目も、まもなくどんよりと曇りはじめ、目的地に着くまでそれは変わらなかった。

旅は永遠につづくように思われた。ダマリスは、いつなんどき追っ手がこの駅馬車を止め、自分たちを見つけてしまうのではないかという思いから神経を張りつめてはいたものの、ひどく退屈で不愉快な乗り心地であることに変わりはなかった。座席は堅く、アレックに話しかけることもできず、駅馬車の荒い運転のせいで、少し気分が悪くなってきた。

グレーヴズエンドに到着するころには、あたりが暗くなっていた。ダマリスはようやく馬車を降りられることに、心から感謝した。途中で一度、馬を替えるために停車したとき、いったん降りて手足をのばすことはできたが、そのあとまたしてもからだが凝り固まってしまったのだ。アレックの手を借りつつ、ダマリスはあたりに目をやりながら、慎重な動きで馬車を降りた。

中庭の明かりは馬丁が掲げるランプのみで、四隅は暗がりになっていた。追っ手の男たちがここにいるはずはない、とダマリスは自分にいい聞かせた。わたしがここにくることを、彼らが知っているはずはないのだから。論理的に考えれば、メイドストンかドーヴァーに向かっていると思うはずだ。それでも、背筋にかすかな悪寒をおぼえずにはいられなかった。

新しい友人のミセス・サンダースから逃れられなかったらどうしようと心配していたが、

幸い彼女は馬車のうしろの縄かごに収納されていた荷物を受け取ることに気を取られていたので、アレックとダマリスは彼女に気づかれることなく宿屋の中庭からそっと抜けだすことができた。

ダマリスのレティキュールにはまだ多少の金が残っており、アレックがその金で、あたりではいちばんまともそうな宿屋に部屋を取ってくれた。疲労困憊《こんぱい》していたダマリスは、彼のあとについて階段を上がるあいだ、自分たちの状況をほとんど意識していなかった。彼が部屋の扉を閉め、ダマリスは暖炉近くの長椅子にどすんとすわりこんだ。そのときはじめて周囲を見まわし、ふたたびアレックとひとつ部屋に閉じこめられたことに気づくと、全身がかっと熱くなるのを感じた。

13

ダマリスはさっとアレックを見やった。考えていることが顔に出ていたようで、彼が気まずそうにからだを動かしながらいった。「申しわけない。部屋がひとつしか残っていなかったんだ。いずれにしても、きみをひとりにしたくはなかったが。いざというとき、きみのもとに駆けつけて間に合うかどうか、わからなかったから。だからこうするのが……いちばんだと思った。誤解されたくないんだが――その、つまり、ぼくとしては決して強引に、なんというか――ああ、まいったな！　上品な物言いは苦手だ。今朝、あんなことをいったあとでは信じてもらえないかもしれないが、きみと寝たいがためにこんなことをしたわけではないんだ」

「わかっているわ」ダマリスは望むものを手に入れるためならよろこんでうそをつく男をさんざん見てきたので、アレックがそういう人間でないことはわかっていた。

それでも、今朝起きたことを考えると、どぎまぎしてしまう。アレックが部屋に戻ってきたあとの、あの情熱的な口づけのことだけではない。いまだに頭に鳴り響く、アレックの無遠慮な発言、すなわちいつか彼女をベッドに連れていくという誓いの言葉だけでもなかった。その両方を合わせた以上に、今朝早く、彼の手によって目ざめさせられた、あの至福の悦びゆえに、この部屋でひと晩、彼とともに過ごすのがためらわれてしまうのだ。あのときアレックは夢のなかにいたので、なにが起きたのかは知るよしもないだろうが、ダマリスのほうはしっかり目をさましていた。からだじゅうをすさまじい勢いで駆け抜け、粉々に砕けさせたあの熱い感覚は、一生忘れることができないだろう。

この部屋でアレックとふたりきりで過ごすのは、とても現実的な危険をともなうことだ。彼女の心と、これまで送ってきた居心地のいい生活を、脅かす危険がある。彼に身を捧げてしまえば、そのあとに待っている生活がどんなものかは、よくわかっていた。そんな落とし穴にはまるようなまねだけは、ぜったいにしたくない。

ダマリスは背筋をのばして気持ちを引き締めると、口を開いた。「ええ、なんというか、とても、不適切な状況だわね」自分の耳にすら、恐ろしいほど気取った言葉に聞こえる。「ご自分の妹さんが同じ状況に陥ったら、あなただってさぞかしいやでしょう」

「もちろんだ!」アレックの顔に浮かんだ恐怖を見て、ダマリスは思わず笑いそうになったが、唇をぎゅっと結んでこらえた。彼はさっと背中を向けて遠ざかったあと、ふたたび戻ってきた。「しかし、妹が護衛もなく夜を過ごすのも、いやだ。田園地方まで妹のことを追いかけてきた輩《やから》がいるとなれば、なおさら。ぼ——ぼくは、扉の前に椅子をおいて、そこで寝るから」

ダマリスは、幅の狭いぐらつく椅子を疑り深げにちらりと見やった。

「ぼくには廊下で寝てほしいというなら、話はべつだが」アレックの口調にはいつもの尊大さがにじんでいた。

「もちろん、そんなことは望まないわ。わたしはそこまで無分別な人間ではないもの」

「本能の赴くままに行動したりしないだけの自制心は持ち合わせている。保証するよ」彼がまゆを片方つり上げていった。

こちらはそこまで自信が持てるかどうかわからない、と思いながらも、ダマリスはそれをあえて告げるつもりはなかった。顔を背け、こわばった口調でいう。「ここで一緒にいても問題は起きないはずよ。用心していれば」

「もちろんだ」

ダマリスは周囲を見まわした。なにをしたらいいのか、なにをいったらいいのか、わからない。部屋は狭く、そのほとんどをベッドが占めているように見える。腰を下ろす場所はひとつきりの椅子かベッドの上しかなく、ベッドにすわるというのは、あまりに思わせぶりなしぐさではないか。手も顔も埃っぽく、ボンネット帽を脱げば髪がひどく乱れているのはまちがいない。なぜか、ここには髪をとかすブラシすらないと考えただけで、目に涙がこみ上げてきた。ダマリスはそんな自分に腹を立てて目を瞬き、呼吸を整えようとした。

「ちょっと失礼して」とアレックがいった。「下に行って、なにか食べるものを調達できないか見てくる」

ダマリスはふり返り、彼に笑みを向けた。ひとりになる機会を与えようとしてくれているのが、ありがたかった。「ありがとう」

「ふむ。感謝の言葉は、ぼくが見つけてきた食べ物を見たときのために取っておいたほうがいいかもしれないぞ」

彼が出ていったあと、ダマリスはボンネット帽を脱いで、精いっぱい身なりを整えようとした。少なくとも部屋には洗面台と水の入ったピッチャーがあったので、顔と手を洗うことはできた。髪については、まだ残っていたヘアピン数本を取りのぞき、指でもつれをほどく程度のことしかできなかった。髪の乱れを少しでも直そうとむなしい努力をつづけているところへ扉を軽く叩く音がして、アレックが盆を手に入ってきた。

「アレック!」あたりにいいにおいが充満し、ダマリスはよろこびの声を上げた。「お食事?」

「料理長をなだめすかして残り物を調達してきたよ。ほとんどがミートパイだ。パンも少しある」彼がベッドに盆をおいた。

「なんでもおいしそうに聞こえてしまうわ。お腹《なか》がぺこぺこなんだもの」ダマリスはそう認めると、盆の上にのっているものを確認した。「まあ! ケーキも持ってきてくれたのね」

「お世辞と六ペンスで手に入れた」アレックはベッドの中央あたりに盆を移動させると、ブーツを手早く脱いでベッドの反対側に腰を下ろした。「さあ、すわって、いただこう」彼はわざとらしくナプキンをネッカチーフにたくしこみ、もう一枚、盆からさっと取ると、ダマリスに手わたした。「ミートパイを食べるときは汚しがちだからな」

ダマリスは笑いながら彼に倣《なら》い、ベッドに腰を下ろして小さなミートパイを手に取った。熱々だったので口にやけどをしてしまったが、そんなことにはかまっていられないほど空腹だった。食べかすがそこらじゅうに散らばり、ダマリスはナプキンをつけておいたことに感謝した。それでも、これほどうれしい食事はめったにあるものではない。空腹のおかげでどんなソースにもかなわないほど食欲をそそられ、ミルク一杯が最高級ワインよりも風味豊かに感じられた。そしてなにより、ベッドにぺたりとすわりこみ、アレックは盆の反対側で脚を組んですわっているというこの状況が、まるでピクニックをしているようで、最高の気分だった。ふたりはおしゃべりしながら笑い、その日の冒険をふたたび思い起こし、ミセス・サンダースの会話の内容をところどころくり返した。

「あの人は、そういうことを話していたのか？」ミセス・サンダースの妹が妊娠に苦しんでいることをダマリスから聞くと、アレックが声を上げた。

「そうなの！　しかもかわいそうな妹さんは、妊娠するたびに、何カ月もあのお姉さまの訪問を堪え忍ばなくてはならないみたいよ」

「それくらいなら、いっそ永遠に子どもを持たないほうがましだな。ふうむ」アレックがなにやら考えこんだ。「なるほど。出産とか妊娠とかお産の床につくといった言葉を使わずに語ろうと思ったら、ああいういいかたになるのか。ぼくはてっきり、その哀れな女性がなにか口にするのがはばかられる病気で衰弱しているのだとばかり思っていた。もっとも、それがどういう病気なのかは想像もつかなかったが」

「ミセス・サンダースも、紳士相手にそういう言葉を使うわけにはいかなかったんでしょうね」とダマリスはいった。

「ああ、そうか、ぼくみたいな常習的な賭博師《とばくし》となれば、なおさらだろうな」と彼がいい返した。「ところで、いつでも好きなときにぼくの性格を中傷してもらってかまわないからな」

「そんなことしていません！」ダマリスは笑いながら抗議した。「ミセス・サンダースのほうが、あなたは賭けごとでお金をすったんだって、勝手に思いこんだんですもの。紳士は昔からそういうものですからって、いっていたわ」

「さもありなんだ」彼はケーキをひと口食べたあと、身を乗りだしてダマリスの口にもひとかけ放りこんだ。

アレックの指が唇に触れたとたんに、彼女はケーキの味をまったく感じなくなった。髪がほどけて肩にかかっているということ、そしてふたりが同じベッドで一緒に腰を下ろしているという状態を、ひどく意識してしまう。知り合いから遠く離れ、こんな場所にふたりきりでいるのだ。ふと見ると、アレックの氷のように青い視線にぶつかった。彼との口づけを思いだす。彼の手を。触れられたとき、彼の肌がいきなり熱気に包まれたときのことを。まるでたいまつに火を灯《とも》したかのように。

今夜、ここで起きたことをだれかに知られることはない。そんな思いが、そそのかすように目の前に突きつけられる。

もちろん、ダマリス本人はその事実を知ることになる。そうなれば、希望を、夢を、抱きはじめてしまうだろう。そしてこれまでの快適な生活が少しずつ指から抜け落ち、もはや制御が効かなくなってしまうのだ。ダマリスは顔を背け、ベッドからするりと下りた。ぼろぼろになったペティコートからひだをもう一枚引き裂き、それで髪を結わえたあと、アレックに顔を戻した。

「お食事をありがとう」堅苦しい声と顔を取り繕っていった。

「どういたしまして」彼も表情も変え、ダマリスに倣ってベッドでのくつろいだ姿勢をとき、立ち上がった。盆を簞笥の上に移し、彼女をふり返る。「そろそろ話してくれてもいいのでは？」

その顔に浮かんだ憂いの表情と腕組みした立ち姿を目にして、ダマリスの警戒心がちくりと刺激された。「なんの話？」そう訊きながらも答えはわかっているような気がしたが、それに直面したいとは思わなかった。しかし、このままアレックに黙っているわけにはいかない。彼はあまりに多くのことをしてくれたし、あまりに多くの危険を冒してくれたのだから。「あの男たちのことだ。だれなんだ？　なぜきみを追いまわしている？　これがたんなる〝親族間の問題〟だとは、どうしても思えない」

「たしかに、行きすぎよね」とダマリスも同意した。「でもほんとうよ、アレック、あの人たちがだれなのかは、知らないの。拉致されたあの日より前に、見たことはないわ。きっと、雇われた人たちなのよ」

「だれが雇ったんだ？」

「わからない。でも……もしかすると……父の母親じゃないかと」

「つまり、きみのお祖母さんということか？」彼が信じられないという目で見つめた。「きみの実のお祖母さんが、きみを拉致する輩を雇ったと、本気でいっているのか？　理由は？」

「わたしが、醜聞の種だから。わたしは祖母にとって、何年にもわたって息子が家名に泥を塗り、恥をもたらしたことを、思いださせる存在なのよ。なぜなら……」ダマリスはひとつ深呼吸したあと、いっきに口にした。「わたしは、父の落としだねだから」

アレックは彼女をひたと見つめたままだった。ダマリスには、その表情を読み取ることはできなかった。

「ごめんなさい」彼女はすぐにつづけた。「もっと早くに話すべきだったわ。でも、初対面の人間にいきなり話せるようなことではないし。それでも、あなたに舞踏会に招待されたとき、きちんとお話しすべきだったのはまちがいないわね。そもそも、行くべきではなかったのよ。わたしのせいで、あなたやあなたのご家族を、こんな立場に追いこんでしまって」

「そんなことはどうでもいい。きみが舞踏会にきてくれて、うれしかった。さもなければ、きみとワルツを踊ることはできなかったのだから」

ダマリスはほんの一瞬、笑みを浮かべた。「そんなふうにいってくれるなんて、ほんとうにいい人ね」

「お嬢さん、どうやらぼくをだれかと取りちがえているようだ。ぼくのことを親切だとか、いい人だとかと、たびたび口にしているようだが、そのどちらも、人からいわれたことはない。〝善良な〟という表現も、ぼくの名前につけられたことはないな」

「わたしにとって、あなたはそのすべてがあてはまる人だわ。なのにわたしは、あなたの親切を仇《あだ》で返すようなことをしてしまった。ご招待をお受けするべきではなかったのよ。もちろん、あなたのような人が……わたしみたいな女と一緒にいたところで、咎《とが》める人間はいないでしょうけれど、妹さんやお祖母さまのこととなれば、話がちがってくる。あのおふたりは、女優の母を持つ卑しい生まれの女と友だちだなんて、上流社会の人間に思われたいはずがないもの」

「そもそも、ぼくの祖母に友だちがいるのかどうか」とアレックがなにげない口調でいった。

「しかし祖母も、結婚していない――つまり正式な夫婦にはならなかった両親を持つ人間なら、ほかにも知っているはずだ」

「お気に召さないようだから、もうあなたのことを親切だなんていわないわ。でも、わたしの正体を知ってもあなたのお祖母さまが腹を立てないと思うほど、わたしはうぶでもばかでもない。わたしにだまされた、祖母は、社交界で恥をかかされてしまう、とお考えになって当然よ」

「これだけは約束するが、祖母は、他人から自分のことや自分の行ないを否定されるのをいっさい認めない人間だ。したがって祖母が恥をかかされるという事態はまずありえない。だからそういう心配は無用だ」彼はそこで言葉を切り、顔をしかめた。「しかしそれにしても、きみのお祖母さんがなぜ人を雇ってきみを拉致させようと考えるのか、まだよくわからないな。その醜聞はもう何年も前のことだろう」

「ええ、でも祖母は、わたしがロンドンにいて上流社会のパーティに出席していたら、醜聞が蒸し返されるのではないかと心配しているのよ。ほら、わたしはいままで、そういう場に出たことがなかったから。学校もスイスだったし、父が亡くなったあとは、母と一緒に大陸で暮らしていた。去年ようやくイギリスに戻ったばかりで、そのあともずっとチェスリーにいた。親族のだれも、わたしがイギリスに戻っているとは知らなかったと思う。でも、あなたの家の舞踏会で、祖母とばったり出くわしてしまったの。わたしのほうは彼女が祖母だとはわからなかったけれど、先方はわたしの顔を知っていた。舞踏会の最中に近づいてきて、かんかんに怒っていたわ。イギリスから出ていけ、あなたがいると一族に恥と醜聞がもたらされてしまう、といって」

醜聞まみれの過去について、ダマリスはそれ以上語るつもりはなかった。あのあわただしい結婚のことを祖母に知られているのかどうか、そしてそれがレディ・セドバリーの醜聞にたいする恐怖になにか影響しているのかどうか、彼女自身わからなかったからだ。いずれにしても、そんなことをアレックが知る必要はない。「あの晩、あなたに助けを求めたときは、まだあの男たちがだれで、どうしてわたしを襲ったのか、わかっていなかった。でもあとで考えたとき、きっとわたしをイギリスから追いだすためにレディ・セドバリーが雇った人たちにちがいない、と気づいたの」

「レディ・セドバリーがきみのお祖母さんなのか？」ダマリスがうなずくと、アレックは先をつづけた。「となると、きみの父上は……」彼は考えこむような顔をした。「いまのセドバリー卿の父親ということか？」

「ええ、クレメントよ。おぼえている？」

「おぼろげに。はじめてロンドンに出てきたとき、一度か二度、紳士クラブで見かけたことがあった。つき合う仲間はちがったが」

「父は静かな人だったわ。家庭と故郷を好むような人間。ただし、自分が生まれた家のことは、あまり好きではなかったの」

「彼にまつわる醜聞は記憶にないな」

「あなたはまだ幼かったのでしょう。父は若いとき、ある女優と恋に落ちた。彼女を愛するあまり、彼女に小さくてきれいな家を買い与えただけでなく、そこで一緒に暮らすようになった。まるで夫婦のように」

「きみが母親似なら、彼女と一緒になるために醜聞もいとわなかったお父上の気持ちも、わからなくはないな」

「もう少し慎むべきだったという人もいるでしょう……でなければ、自分の親族に立ち向かうくらいの度胸を見せるべきだった、と」ダマリスは辛辣な口調でいった。「でも父には、どちらもできなかった。先代が亡くなって爵位を受け継いだとき、自分の務めを果たしてふさわしい妻をめとるよう、家族に説得されたの。身分にふさわしい女性を選べ、と。だからわたしが八つのとき、父は出ていったわ」彼女は目をきらりとさせ、あごをくいっと上げた。「父も、すっかり手を切ったわけではなかった。ときおり、母を訪ねてきたわ。よくわたしのあごの下をくすぐって、おまえはかわいい娘だといってくれた。でももちろん、もうそれが真実ではないことはわかっていた。わたしは父の落としだねであり、世間に堂々と認めることのできない娘だったのよ」目に涙がこみ上げてきたので、ダマリスは腹立たしげにさっと拭った。「もう、頭にくる。父のことでは二度と泣かないと誓ったのに」

アレックが近づいてきたが、ダマリスは顔を背け、目に浮かんだ傷心を見られまいとした。

彼がそっと彼女のあごに手をあて、顔を上に向けて目を合わせた。

「父上は、きみを愛していたんだ」アレックがきっぱりといった。「なにをしようが、ほかに何人子どもがいようが、きみのことを愛していたんだよ。それだけはたしかだ」

「父もそういっていたわ。でも、それまで毎晩のように父親に寝かしつけてもらっていた八歳の子どもにとって、そんな慰めの言葉はほとんど意味がなかった。父は家から姿を消し、ときおりやってきては贈り物と口づけをくれるだけになった。いまや父にはほかの家族があるということが、わたしにはなかなか理解できなかった。その人たちのほうが、どうしてわたしたちよりもいい家族なのか、ということが」

「ああ、ダマリス」アレックが腕をまわし、彼女のからだを引きよせた。

一瞬、ダマリスは彼の腕のなかで身をこわばらせたが、やがてひとつため息をつくと力を抜き、彼の胸に頭を預けた。温かく力強い抱擁のなかで、耳に響く安定した鼓動を聞いていると、なぜか胸の痛みもそれほどひどくは感じられなかった。

「父はずっと、かわいがってくれたわ」ダマリスはこみ上げてくる嗚咽《おえつ》を必死にこらえた。「淑女にふさわしい学校に通わせてくれた。母親のことで見下されないよう、イギリスから遠く離れた学校に。亡くなったときは、財産をたっぷり遺《のこ》してくれた。それでも、父親がいるのとはちがった」

アレックが身をかがめ、彼女の頭に自分の頭をつけた。「父親がいないほうがましな場合もある」と険しい口調でいう。

そんな彼のやさしさが琴線に触れ、驚いたことに、ダマリスの目にどっと涙があふれてきた。彼女はアレックにしがみつき、その大きな胸に向かって慟哭《どうこく》した。アレックが彼女を抱き上げ、古びたロッキングチェアに腰を下ろし、あやしてくれた。そっと揺らし、慰めの言葉を低くつぶやきながら、背中をやさしくさすってくれる。

ようやく泣き声がおさまり、ダマリスが消耗しきったようにからだを預けると、アレックが口を開いた。「たしかに父上は気の弱い人だったのかもしれないが、きみを愛していたことは疑いようもない。父上が背負わされた義務については、ぼくにも理解できる。きみと母上のことをどんなに愛していようとも、きみたちとの幸せな生活をどんなに望んでいようとも、爵位には重荷がつきものなんだ。自分の人生だからといって、思うままになるとはかぎらない。生まれたときから、そう教えこまれてしまう。ことあるごとに、一族への義務を頭に叩きこまれてしまうんだ」

アレックは彼女の髪に唇を押しつけ、一瞬黙りこくったあと、過去の苦悩をにじませた声で先をつづけた。「自分のすることが逐一、一族に影響を与えてしまう。あのとき――ジョスランが姿を消したとき、醜聞に身を焦がされるような思いをしたのは、ぼくひとりではなかった。妹と祖母も、口ではなにもいわずとも、羞恥《しゅうち》と苦悩にまみれていた。ふたりはぼくの失態にかんする噂話や、ぼくは若い娘が恐怖のあまり逃げだすほど残酷な怪物だという憶測に、耐えなければならなかったんだ」

「そんな、アレック、そんなのいくらなんでもひどいわ！」ダマリスは彼の腕のなかでもがき、顔を上げた。涙の筋がついたその美しい顔は、濡れたまつげがくっついて目のまわりを星のように広がっているために、いっそう美しく見えた。「あなた、ちっとも残酷な人ではないのに」

　彼はにこりとして彼女の顔を手で包みこみ、親指でさっと頬から涙を拭った。「ぼくのために泣かなくてもいいさ。もうみんな、過去のことだ。うれしいが、きみの同情は必要ない。ぼくがいいたいのは、本人にとってもつらいことだったとはいえ、たぶん、家族にとってはもっとつらかったということなんだ。ジェネヴィーヴと祖母のことを鼻であしらうような老いぼれ猫もひとりかふたりいて、出かける先々でふたりは、こそこそ噂されたり、変な目つきで見られたりと、彼女たちの十分の一の価値もない人間からのさげすみに耐えなければならなかった」アレックの声がこわばり、目が曇る。「祖母は、そのせいでジェネヴィーヴが良縁に恵まれないのではないかとまで恐れていた――もっとも本人は、そんなことはまるで気にしないと誓ってくれたがね。しかし、ぼくの行動がふたりを傷つけたのはまちがいない。ジョスランが、ぼくが思うほどにはこちらを思ってくれていないのはわかっていた。それでもぼくは、きっと彼女を幸せにしてみせる、彼女の愛を勝ち取ってみせる、と勝手に思いこんでいた。愚かにも愛の夢を追いかけたがために、周囲の人間を傷つける結果になってしまったんだ」

「でもだからって、望みのものをあきらめる必要はないはずだわ」とダマリスはいった。

アレックは肩をすくめた。「むずかしいことだとは思う。しかし、たっぷり与えられる以上は、それにともなう責任も果たさなければならないというのが真実だ。きみの父上も、それをしたまでのことさ。家族のために、その重荷を引き受けた。自分の幸せを犠牲にして――それがきみにこれほどの苦悩をもたらしたことを考えると、じつにひどい話ではあるが。しかしだからといって、父上がきみを愛していなかったわけではない。何度もきみたちを訪ねてきたのは、きみたちを愛していたからにほかならない。そしてきみたちのところにいるときこそ、父上は幸せを感じていたはずだ。父上の家庭と心は、きみたちのもとにあったのだから」

「そんなふうにいってくれて、ありがとう」ダマリスは、温もりとやさしさで胸が満たされるのを感じた。アレックがそう簡単に自分の気持ちを明かすような男ではないとわかっているだけに、彼女の気持ちを少しでも楽にしようとここまで心を開いてくれたことに感動していた。

彼はいつものように目だけに笑みを浮かべてダマリスを見下ろし、その頬をやさしくなでた。「どうしていままで、そのことを話してくれなかったんだい？」

「他人に話すようなことではないもの」

「じゃあ、ぼくは他人なのか？」彼の目が、心なしか傷ついているように見える。

「いえ、もちろんそんなことはないわ。でも――あなたにはいいたくなかったの。あなたがわたしのことをちがう目で見るようになるのが、いやだった。まるで……思っていたよりも程度の低い人間だという目で見られるようになるのが」

「ぼくがそんなふうになると思っていたのか？　きみの生まれについて、ぼくが気にするとでも？」

「あなたは伯爵だもの。それに、男性だわ」ダマリスは身を引いて、立ち上がった。彼の腕のなかでうそをつき、この先を口にするわけにはいかなかった。「そしてわたしは、女優を母に持つ、貴族の落としだねよ。だからといって、あなたに見下されるとは思わない。でもあなたにとって、もはやわたしは淑女ではなくなってしまう。あなたに――淑女ではないからという理由で、誘惑されるのがいやだったの。気楽にベッドへ連れこめるたぐいの女だと思われるのが」震える声でそういうと、ダマリスは自分の弱さにうんざりして、そっぽを向いた。

「ダマリス」アレックが立ち上がり、彼女を見つめた。「きみの母親がだれであろうが、父親がなにをしようが、ぼくのきみにたいする気持ちに変わりはない」彼はダマリスの頬をそっと手の甲でさすった。「それに、約束する。これはいい逃れでもなんでもないが、きみをベッドに連れていきたいというぼくの願望は、きみの父上やきみの生まれとはいっさい関係ない。きみがきみであるからこそ、ほしいんだ。きみだけを」

アレックの目は輝いていた。そのきりりとした熱い視線は、ものを焦がす熱のごとくまっすぐで、ダマリスは心が温かくなるのを感じた。衝動的につま先立ちになり、一瞬、彼の口に唇を押しあてたあとでいった。「ありがとう」

その瞬間、アレックの胸に押しあてていたてのひらから、彼のからだを熱気が駆けめぐるのがシャツ越しに感じられた。彼がダマリスの腰に両手をかけ、肌に指を食いこませた。口づけしようとしているのだ。その表情に、あからさまな渇望が浮かぶ――口もとがゆるみ、目がぎらついてくる。アレックは彼女を求めていた。そしてロードンという男は、望みのものは必ず手に入れることで有名だ。彼がぐっと身をよせ、顔を近づけてきた。ダマリスは頭をうしろにそらせた。

そして、口づけを待った。口づけしてほしかった。神経が研ぎ澄まされ、その日の朝、彼の手に触れられたときのことがよみがえり、からだがぞくぞくしてきた。あの長く巧みな指の動きが生みだす悦びに。ダマリスは彼に体重を預けた。月に引きつけられる潮のごとく、その欲望に引きよせられる。乳房が敏感になり、彼に触れてほしくてうずきだす。彼の両手がからだのわきを落ち着きなく滑り、尻を包みこんだあと、ふたたび上がってきた。ふたりは情熱の危ういバランスを保ちながら、切望にじりじりと身を焦がし、いつまでも立ちつくしていた。

アレックがはっとわれに返って彼女から手を離し、最後にもう一度目をぱっと燃え上がらせたあと、顔を背けた。

「少し休んだほうがいい。ぼくは――ちょっと散歩してくる」

ダマリスは扉から出ていく彼のうしろ姿を見送った。

いま出ていってくれたことを、ありがたく思うべきなのはわかっていた。アレックがこの流れに乗じて彼女をベッドに誘おうとしたなら、きっと苦々しい落胆を味わったはずなのだから。しかし彼はがまんしてくれただけでなく、ダマリスが着替えてベッドに入る準備をするためのプライバシーも与えてくれた。両親のことを打ち明けても、恐れていたような反応は見せなかった。

それでも……欲望がダマリスの血をざわつかせていた。肌にあたる服の感触まで、意識してしまうほどに。そして、アレックがあそこまで紳士でいてくれなかったら、とつい願ってしまう気持ちを止めることができなかった。あのとき、あともう少し顔を近づけてくれたら。そして、口づけしてくれたら。

14

アレックは小さな窓から下の通りをながめていた。地平線からじりじりと顔をのぞかせる太陽が、あたりを徐々に明るく照らしていく。彼は髪をうしろになでつけ、ふうっとひとつため息をもらした。まんじりともしない、ひどく長い夜だった。あんな小さな椅子では、休もうにも休めなかった。頭を壁に預けて何度かうとうとしかけたことはあったものの、すぐにはっと目をさましてしまうのだ。しかもほんの数フィート先では、上掛けの下で気持ちよさそうにからだを丸めた、シュミーズ姿のダマリスが……まどろむたびに、一糸まとわぬ彼女が自分の手の下で肢体をしならせるという、熱い夢にうなされてしまうのだった。

彼はふり返ってダマリスを見つめた。夜明けの光が、横向きに寝ている彼女の輪郭を浮かび上がらせている。豊かな黒髪が枕に広がり、乳白色の肩の上にかかっていた。夜のうちに上掛けがめくれ、いまでは脚に絡みついている。彼女の上半身を隠しているのは、質素な白のシュミーズだけだ。深い襟ぐりから胸もとと肩が大胆にさらけだされている。胸の下で結ばれたリボンが引きつり、生地が乳房のかたちをくっきりかたどっていた。乳房のやわらかな頂点が強く押しつけられ、薄い生地越しに乳首が透けて見える。

ダマリスの隣に滑りこみ、あの豊満な肉体を愛撫すれば、覚醒《かくせい》させるのはいとも簡単だろう。ベルベットのような唇と、指先に触れるなめらかな素肌が、いまにも感じられそうだ。肉欲がアレックを悩ませた。ここのところ、欲望をおぼえてばかりいる。この二日間、ほとんどの時間をそういう状態で過ごしてきた。前日の朝、手にダマリスを感じて目をさましたときのことを思いだす。彼女のからだは温かくてやわらかく、胸のふくらみはてのひらにずっしりと重く、そしてもう片方の手は……。

彼はさっと目をそらしてごくりとのどを鳴らした。あのときの記憶で自分を苦しめてどうする。しかし、あの甘い苦悩を追いやるのは、ダマリスの感触を忘れるのは、どうしようもなくむずかしいことだった。彼女は眠りながらにして熱く潤い、無意識のうちに脚を広げてアレックを受け入れようとしていた。

またただ――うっかり油断したために、またこんな状態になってしまった。からだが石のように硬くなり、肌が熱を発しはじめたというのに、それを解放させる手立てはなにもない。彼は窓ガラスに頭をつけ、そのひんやりとした感触に感謝した。ゆうべは正しいことをした。それはまちがいない。触り心地のいいしなやかなダマリスのからだを腕に抱きよせ、愛を交わさずにいるには、持ちうるかぎりの自制心を駆使しなければならなかった。しかしあんなことを聞かされたあとで手を出したとなれば、とんでもないろくでなしになってしまう。彼女の最悪の恐怖を現実のものにしてしまうのだから。けっきょく彼女を淑女よりも劣る人間と見なしている、と思われてもしかたがなくなってしまう。なんのためらいも、考えも、後悔もなしにベッドに連れこめるたぐいの女で、自分の渇望を癒《いや》す一時の手段でしかない存在だ、と。

では、ダマリスはぼくにとってどういう存在なのか？　そう思ったそばから、彼はそんな考えを頭から追い払った。

自分はすべきことをしたのだ――彼女の軽い口づけを感謝のしるしとして受け入れ、それ以上先に進んでもいいという許可とは取らなかった。ダマリスに敬意を払い、尊重し、彼女がとある紳士の落としだねであると知ったからといって誘惑するつもりなどないことを、きちんと示したのだ。

とはいえ、ダマリスを誘惑したいという気持ちに変わりはなかった。それこそが、ここ数日ほどアレックの頭の大部分を占めていた思いだった。劇場で彼女が腰を下ろしているのを目にしてからというもの、ずっと。いや、正直にいえば、はじめて彼女に会った瞬間から、そんなことを考えるようになっていた。ジョスランのことで腹を立て、取り乱していた当時ですら、あのすばらしい目をのぞきこんだ瞬間に、なかなか視線をそらすことができなくなっていたのだ。

ダマリスは、これまで出会ったなかでも最高に美しい女性だった。芸術家なら描きたくてうずうずしそうな美貌《びぼう》の持ち主だ。詩人が十四行詩《ソネット》を紡ぎだしたくなるような、そんな美しさ。そうした繊細さに欠けるアレックのような男の場合、彼女をめぐって、戦争か、少なくとも流血騒ぎを起こしかねないだろう。はるか昔、スタフォード家の祖先は、イギリス沿岸を襲撃したヴァイキングだったと噂されている。それがほんとうのことなのか、あるいは彼の一族が誇る血と暴力にまみれた伝説の一部にすぎないのか、アレックにはわからなかった。しかしダマリスを目にしたとき、ヴァイキングの血が、皮膚のすぐ下に潜む野獣の血が、ぐつぐつと煮えたぎったのは事実だ。

ダマリスのような女性を抱えてさらってしまいたい、という気持ちなら理解できる。あるいは、彼女を奪おうとする男を剣で叩き切りたくなる気持ちも。先日、馬車の近くで彼女につかみかかった悪党のことを考えると、思わずこぶしを固めてしまう。あのときアレックは憤怒《ふんぬ》にかられ、こめかみに石を叩きつけられて行く手を阻まれなければ、なにをしでかしていたかわからない。

いまダマリスを見下ろしながら、この女性《ひと》を必ず守ってみせる、とアレックは心に誓った。自分の身分が知られていないこの土地では、金を手にすることも影響力をおよぼすこともできないのが、いらだたしかった。そもそもグレーヴズエンドを目ざしたのは、テムズ川を上る船に乗ろうと考えたからだった。彼女を拉致しようとする連中とふたたび遭遇することなくロンドンに戻るには、それがいちばんの方法に思えたのだ。しかし長くまんじりともせずに過ごした昨晩、自分が行くべき場所がはっきりと見えてきた。それは、彼女が無防備のまま見知らぬ人間に囲まれ、襲われる危険のあるロンドンではない。かつてのヴァイキングと同じように、アレックは彼女を安全にかくまうのに最適な場所を心得ていた。わが故郷だ。

ダマリスが小さな声を発してベッドでもぞもぞとからだを動かしたので、アレックはさっと窓のほうに視線を戻した。下の通りを見るともなしに見つめながら、背後のかすかな物音に全身で聞き耳を立てる。

「アレック？」ダマリスが眠たげな声でいった。「何時なの？」

「まだ夜が明けたばかりだよ」彼は無表情を保ちながらふり返った。

ダマリスは起き上がり、肩まで上掛けを引っ張り上げていた。もつれた髪を顔に垂らし、寝ぼけ眼をしているその姿は、どこかほんわりとやわらかそうに見えた。要するに、男ならまちがいなく同じベッドにもぐりこみたくなるような、そんな光景だ。

「朝食を調達してくる」アレックはあわててそういった。「きみが起きるのを待っていただけなんだ」

「服を着て、一緒に行くわ」

「だめだ。食事をするための個室はないし、ここはきみにはあまりふさわしくない場所だから」

「この宿、そんなにひどいの？」

「そういうわけではないが。こそ泥の巣窟《そうくつ》だと思ったら、きみをここに連れてきたりはしないさ。だがそれでも、淑女にふさわしい場所ではない」ほんとうのことをいえば、朝のこんな時間にラウンジにそれほど多くの客がいるとは思えなかったし、いたとしても、ダマリスの神経に障るような輩とも思えなかった。アレックは、しばしこの部屋から出ていきたかっただけなのだ。ダマリスから離れ、欲望の猛攻撃を受けている状態から、逃れたかった。戻ってくるころには、彼女も服を着ているだろう。もはや、下着姿でほんのりと頬を染めて、もの憂げにベッドにからだを起こしている状態ではないはず。それなら、こちらも欲望をしっかり食い止めておけるというものだ。

アレックは上着をはおるとダマリスをふり返った。寝乱れた髪を肩に垂らしたその姿は、あまりに官能的で美味に見える。彼としては、彼女をベッドから抱き起こして口づけせずにいるだけで、精いっぱいだった。「ぼくが出たら、鍵をかけてくれ」彼はしゃがれ声でそういうと、くるりと背を向けて部屋から出ていった。

ダマリスはアレックがいないあいだに服を着た。指で髪をすいてどうにか乱れを直そうとしたものの、けっきょくどうにもならなかったので、しかたなくペティコートから切り裂いた帯で結んだ。つまらない見栄《みえ》を張ってもしかたがない。外に出るときは、結んだ髪をひねり上げ、ボンネット帽の下にきっちり隠してしまえばいい。それにアレックには、もうとっくにだらしのない姿を見られているのだから、いまさら気にしたところで意味がない。それでも、鏡があったらどんなにいいだろう。悔しいことに、アレックの意見こそ、なにより気になるところなのだから。

　扉を軽く叩く音につづいて彼の声が聞こえたので、ダマリスは急いで扉を開けにいった。アレックが、またしても料理を満載した盆を手に入ってきた。ダマリスは部屋の奥に進む彼の手もとから、ベーコンを一枚つかみ取った。

「どうやらあなた、厨房《ちゅうぼう》の人たちを虜にしたみたいね」ダマリスはベーコンを噛みしめながらいった。「ああ、おいしいわ」

　ふたりはまもなく朝食のほとんどを胃におさめた。ようやくダマリスはフォークをおくと、ベッドのヘッドボードにもたれかかって紅茶を飲んだ。彼女はアレックをからかうような目で見た。「わたしのこと、豚みたいだと思っているんでしょうね。ここにきてから、むしゃむしゃ食べてばかりいるから」

「まさか。きみが食べるところを見るのは楽しいよ」彼はほほえんだあと、さっと目をそらし、少しかしこまった口調でいった。「きのうは一日じゅう、悪党どもから逃げまわっていたんだから、腹が減って当然さ」

「きょうは、どうやってあの人たちから逃げるつもり？」

「ここからロンドンに向かう船に乗ろうと思っていた」

ダマリスはうなずいた。「いい考えだわ。あの人たちは、きっとロンドンとドーヴァーを結ぶ街道に張りついているでしょうから。わたしたち、街道を通る確率がいちばん高いはずですものね。でもあの人たちだって、船を調べるほどの人数を捜索に注ぎこむわけにはいかないでしょう」

「そうだな。その方法なら、なにごともなくロンドンまで戻れるかもしれない。しかしそんなことをしても、きみをまた火のなかに放りこむだけだ。そもそも最初に襲われたのは、ロンドンだったのだから」

「じゃあ、やはりドーヴァーに向かうべきなのかしら？　最初の計画どおり、大陸にわたるべきなの？」おそらくはそれがいちばん分別のある行動なのだろうが、そう思うと、胸に落胆が突き刺さった。

「いや」アレックが即座に、断固とした口調でいった。「故郷に戻るべきだ」

「チェスリーに？」田園地帯を抜けてチェスリーまで旅をするというのは、なかなか魅力的だった。

「いや、ぼくの故郷、クレイヤー城のことだ」

ダマリスはぽかんとした顔で彼を見つめた。「つまり――ノーサンバーランドに？」

アレックがうなずいた。「ああ。遠いのはわかっているが、海路を行けばそれほど日数はかからない。船を頼めば、一日か二日のうちにニューカッスルに到着するはずだ」

「でも……どうして？」

「あそこなら、きみを安全にかくまうことができるから」彼が目をぎらつかせた。「しかしロンドンでは、いや、たとえチェスリーでも、敵がいつ、どこからやってくるのか、予測がつかない。きみひとりでは散歩にも出かけられなくなってしまうし、きみがぼくの家に囚人のように閉じこめられることに耐えられないのもわかっている。ことに、あの祖母がいるとなっては。それにぼくも、祖母と妹から質問攻めに遭うだろう」

「ロンドンのあなたの家にいたいとは思わないわ」とダマリスも同意した。「でも、わたしがイギリスを離れるほうが、もっと簡単ではないかしら」

「きみは、大陸に逃げればことはおさまると思っているようだね。だがじっさいは、ほんとうにそうなのか、わからないんだ。彼らの狙いはいまだ謎のままだし、あいつらの正体や、雇った人間すら、わかっていない。きみのお祖母さんがきみをロンドンから追いだしたがっていることはわかったが、こんな手段を使ってまでそんなことをするなんて、いくらなんでも度を越しているとは思わないか？」

「そうね。でもほかに理由がつく？」

アレックは肩をすくめた。「わからない。しかし雇ったボウ街の捕り手が、いまきみの誘拐犯を捜している。妹に手紙を書いて、これから向かう先と、エレボスを回収してもらいたい旨を伝えるつもりだ。そこに捕り手宛ての手紙も同封して、犯人たちの特徴について、さらに詳しい情報をつけ加えておく。それだけの情報があれば、なにか探りだしてくれるだろう」

アレックが真剣な顔で身をかがめ、彼女の手を取った。「やつらの正体がわかるまでは、たとえイギリスを離れようが、チェスリーに戻ろうが、つねに警戒を怠らず、いっときもくつろいでいられなくなる。しかしクレイヤー城にいれば、安全だ。国境を襲撃してくる輩に抵抗するために建てられた城だから。あそこの村やぼくの領地によそ者が足を踏み入れれば、即座に人目につく。ここでは敵に数で負けてしまうが、クレイヤー城に行けば、あの地域の住民全員がぼくのかけ声に応じてくれる」

ダマリスはまゆをつり上げた。「地域の人たち全員が、あなたを守るために駆けつけてくれるの？」

「あの土地もそこに住む人々も、ぼくのものなのだから」ほかの人間の口からそんな言葉が出たら、さぞかし奇妙で時代遅れな印象がしただろうが、アレックが発した言葉となれば、どこか真実味があった。その瞬間、彼はまさしくロードン伯爵となり、クレイヤー城主になっていた。「同じように、ぼくも彼らのものだ。おたがい深い絆《きずな》で結ばれてきたんだ、歴史を通じて」

「まあ、なんだかものすごく封建的なのね」

アレックの片方の口角がわずかに持ち上がった。「祖父の時代は、まだわが一族が個人的な兵を召集していた」

「感服すべきか、恐れおののくべきか、よくわからないわ」

「聞いたことはないか？　わが一族は血に飢えた、排他的な北部の氏族だと」

「なるほどね。でもアレック、考えてもみて。わたし、あなたとふたりきりで、あなたの北の要塞《ようさい》に逃げこむわけにはいかないわ。そんなことをしたら、人の噂になるのは避けられないもの。わたしの評判が地に堕《お》ちてしまう」

「いや、そうはならない」彼の表情が明るくなった。「城には、いつもおばのウィラがいるから。おばなら、お目付役に適任だ」

「でも、あなたの雇った捕り手が犯人を見つけられなかったら、どうなるの？」

「その場合は、田園での穏やかな日々を楽しめばいい。そうしながら、きみの問題を解決すべく、なにかほかの方法を探ろう。セドバリー卿とも話をすることになるかもしれない」

「アレック、やめて！」ダマリスは彼の腕に手をかけた。「セドバリー家とのことに、あなたがかかわってはいけないわ。わたしの問題にあなたを巻きこんで、同じ上流社会の一族と対立させるわけにはいかない。同じ世界で生きていかなければならない人たちなのだから」

「いままで、セドバリー家と同じ世界で生きていかざるをえなかったことなど、ないと思うが。学生時代にしても」アレックがさりげなく応じた。

「わたしのいっている意味はわかっているはずよ。あなたと同じ階級の人たち、同じ世界の仲間のことよ。あなたの妹さんが開く舞踏会に出席したり、あなたと同じ紳士クラブの会員になったりする人たちのこと」

「上流社会のほかの人間のことをこのぼくが気にするという印象を、いつ与えてしまったのかな？」とアレックがたずねた。

「でも、妹さんとお祖母さまは……」

「妹も祖母も、ぼくと敵対する人間のことなど歯牙にもかけないさ」アレックは抑揚のない淡々とした口調でいった。視線をそらすことなく、彼女の目をひたと見据える。「ぼくは必ずきみを守ってみせる、ダマリス」

「わ——わかったわ」彼の言葉に、必要以上に胸が熱くなってくる。「じゃあわたしは、〝ありがとう〟としかいえないわね」

彼がにこりとして、しなやかな動きでさっとベッドから下りた。「よかった。いまから波止場に行って、交通手段を見つけてくる」

「でも、そのお金は？」ダマリスは箪笥に行って、レティキュールを手に取った。「まだ一ポンド残っているけれど、それで最後なの」

「グレーヴズエンドに知り合いがひとりもいないというのは、ひどく不便だ」アレックが不平をもらした。「質屋に行くしかないだろう。下の酒場の主人から、まずまずまともな質屋の名前を聞いておいた。ネクタイピンとカフスボタンがあるから、それで金を借りられるはずだ」

「わたしも宝石があるわ。ほら、この指輪を持っていって」ダマリスは指から指輪を引き抜いた。

「結婚指輪じゃないか」彼が大声を上げ、ショックを装って目を大きく見開いた。「愛しい妻よ、それを差しだそうだなんて、じつにみじめだ」

ダマリスは顔をしかめた。「ふざけるのはやめて、持っていってちょうだい。それに、この耳飾りも。たんなる真珠だけれど、少しは足しになるでしょう」彼女は耳から飾り玉を外そうとした。

「ダマリス、きみの宝石を持っていくつもりはない」

「ばかをいわないで」彼女は両方の耳から飾りをさっと外し、アレックの手を取って、てのひらに指輪と一緒に強く押しつけた。「そもそもわたしのために、あなたをこんな目に遭わせてしまったのよ。だから責任を負うべきは、あなたではなく、わたしだわ。せめて、これくらいはさせてほしいの」

アレックはためらっていたが、けっきょくは宝石を握りしめた。「わかった。必要とあらば、利用させてもらおう。だが、約束する。クレイヤー城に到着した暁には、必ず人を送りこんで回収させる」彼が扉に向かった。「できるだけ早く戻るよ」

「一緒に行くわ。そうすれば、あなたがここに戻ってくる必要がなくなるから」

「きみを質屋に？」今度のアレックのショックは、ほんもののようだった。「ダマリス、頼む。ぼくはたしかに完ぺきな紳士ではないかもしれないが、いくらぼくだって、そこまで節度を失ってはいないさ」

「でも、アレック――」

「だめだ、ぜったいに」彼がふたたび、あの貴族然とした表情を浮かべた。どれだけ訴えようが、強要しようが、変えることのできない純然たる尊大さが感じられる表情だ。「それに、この町できみの姿が人目につかなければつかないほど都合がいい。われらが〝友人たち〟が、グレーヴズエンドできみを捜しまわっていないともかぎらないのだから。あるいはあとでやってきて、きみとおぼしき女性についてたずねてまわるかもしれない」

「あなたのほうが、わたしよりよっぽど目立つじゃないの」とダマリスはやり返した。

アレックがにやりとした。「きみが本心からそういっているのなら、どうやら目が見えていないようだな」

ダマリスはそれ以上、異を唱えられなかった。追跡者たちが捜しているのは、男ひとりではなく、男女ひと組だということは、よくわかっていた。彼女はアレックにしかめっ面を向け、ため息とともに椅子に腰を下ろした。

「よし。ぼくが出ていったら、鍵をかけてくれ」

彼女は戸口でアレックを見送ってから鍵をかけ、すわって待つことにした。なにもすることがない代わりに考える時間はたっぷりあったが、いくら考えても、自分を拉致しようとする人間がいるという事実が理解できなかった。ダマリスも決してうぶではないので、通りで女をつかまえて自分の思いどおりにしようとする男たちがいることくらいはわかっていた。家の前で拉致されたときは、男たちの目的がそれだと考えることもできた。しかしそうした目的の男が、わざわざごろつきを何人か雇って街道を追いかけてくるというのは、いくらなんでも納得がいかない。いったん逃したあと、近隣の町まで捜索の手をのばすなど、なおさらだ。

そんなことをするからには、なにか個人的な恨みがあるのだろう。その場合は祖母がぴったりあてはまるが、アレックも指摘していたように、いくらロンドンから追いだしたいからといって、ここまでするのは少々行きすぎの感がある。ふつうなら、ごろつきを雇って拉致する前に、説得したり脅したりするものだろう。それに、もしダマリスをロンドンから追いだしたいだけなら、彼女がまさにそのとおりのことをしようとしていたとき、なぜわざわざあの男たちを送りこんできたのか？

しかし、もし祖母が送りこんできたのではないなら、あの男たちはいったい何者なのか？ 首謀者はだれ？ 彼女はごく平凡な未亡人にすぎない。社交界のライバルがひとりかふたり、交際を断わった相手が何人かいるくらいで、敵などいないはずだ。その死に哀悼の気持ちもわいてこない亡夫なら、いかにも敵がいそうだが、彼が死んでからもう十年以上もたっている。だからいま、ダマリスを拉致することでなにか得をするような人物は、まったく思いつかなかった。

たとえ知らないうちに敵をつくっていたとしても、相手はダマリスが長く暮らした大陸の人間のはずだ。大陸に住む人間が、こんなに時間がたったあとで、わざわざイギリスまできて彼女を拉致しようと思うだろうか？　イギリスで暮らしてきた一年のあいだに敵をつくったとも思えなかった。チェスリーにいるだれかが危害を加えようとしているなど、考えるだけでばかばかしい。それにもしそうなら、ロンドンに出るまで待たずとも、自宅にいるときに襲えばすむ話だろう。

だから、あの男たちがロンドンに住むだれかに雇われたと考えるほうが筋が通るのだが、そのロンドンには知り合いなどいないも同然だ。知っているのは、アレックと彼の家族、サー・マイルズ、そしてミスター・ポートランドくらいのものだった。アレックやマイルズが男たちを雇ったはずもなく、アレックの厳格な祖母や妹のはずもない。父の友人であり、財務担当だったミスター・ポートランドは、いまではダマリスの友人であり、資産管理人を務めてくれている。

ダマリスはそこでひと呼吸おき、いったん本能的な拒絶を無視して、あえてミスター・ポートランドが首謀者である可能性について考えてみた。あの心やさしくてりっぱな男性に、彼女を亡き者にしようとするだけの動機があるだろうか？　金は強力な動機になる。彼は父がダマリスのために遺してくれた信託財産を任されたひとりであり、じっさい資産を管理する役目だった。ほかのふたりの管理人は、父の事務弁護士だった男性と、父の友人だ。

たとえばミスター・ポートランドが信託財産を着服し、それがばれないよう、なにか手をまわそうとしている可能性はあるだろうか？　しかしそんなのは、筋が通らない。彼に見せてもらう数字におかしなところはひとつもなかった。もし彼が横領しているとしても、ダマリスにはわかるはずもない。むしろ、管理人仲間の事務弁護士に見つかる確率のほうが高いだろう。だから亡き者にするとすれば、彼女ではなく事務弁護士のほうだ。もちろん、ミスター・ポートランドがその事務弁護士と組んで彼女から金をだまし取ろうとしているのなら、話はべつだが。

あのふたりのりっぱな紳士がせっせと不正をはたらいているところを想像し、ダマリスは思わず噴きだした。そんなことは、いくらなんでもありえない。悪党の可能性があるのは、父方の一族だけだ。わたしは、自分と血を分けた親族にここまでのことをされるほど憎まれているという事実を認めたくないあまり、あがいているだけなのだ。

ダマリスはため息をついてベッドに仰向けになり、低い天井をながめた。襲撃者の動機がなんであれ、いま自分にできることはなにもない。もっと手近な問題は、アレックと、この件への彼のかかわりだ。彼女を救出しにきてくれたときのアレックに、なにか本能的にぞくぞくするものを感じたのは、否定しようもない事実だった。彼が自分を守ろうとしてくれることを思うと胸が熱くなるし、彼のたくましく温かな抱擁に包まれ、くつろぎたいという気持ちもどこかにある。

しかし当然ながら、親族との対立のなかで、アレックをこちらの味方につけようとするなど、まちがっている。仲間からどう思われようが気にしない、とアレックがいくら主張しようとも、彼に人の噂の棘にたいする免疫があるわけではないことは、わかりきっている。しかも、彼がジョスランがらみの醜聞にすでに巻きこまれてしまったことを考えると、先代のセドバリー卿の落としだねをめぐってその一族と対立するようなことがあれば、事態はますますひどくなる一方だ。

それでも、ダマリスにはアレックの救いの手を拒むことはできなかった。率直にいって、彼の助けがどうしても必要なのだ。アレックの助けなしではここまでたどり着けなかっただろうし、彼なしでロンドンに戻ろうとしたら、とんでもない困難に直面するであろうこともわかっていた。ダマリスが思いつくほかのどんな方法よりも、彼の計画のほうがうまくいきそうだった。彼の申し出にこのうえない幸福を感じるからというだけで助けを拒むなど、ばかげている。

アレックが戻ってきたので、ダマリスは白昼夢から現実に引き戻された。扉を開けた瞬間、彼が目的を達成したことがわかった。その薄青の目が、興奮にきらめいていたからだ。

「ニューカッスル行きの船を見つけた。料金を払えばよろこんで乗せてくれるそうだ。二時間後に錨《いかり》を上げるというから、すぐに出発しよう。質屋との交渉で得た金に余裕があったので、いくつか買い物をしておいた。まずは……」彼はずっと片手を背後にまわしていたのだが、いまようやくそれを前に持ってきて、質素な白のディミティ地のドレスを差しだした。

「アレック！」ダマリスは驚いて両手をぱちんと合わせた。「まあ！　なんて――」のどの奥から感情がこみ上げてきて、自分が笑いたいのか泣きたいのかわからなくなった。

「服飾小物店でいくつか雑貨を買っていたとき、たまたま安売りを宣伝するためのドレスがかかっていたんだ。交渉して、それを売ってもらうことにした。サイズが合うかどうかはわからないが――」

「すてきだわ！」ダマリスは思わず彼に抱きついた。「ありがとう！」

アレックの腕がからだにまわされ、一瞬、ぎゅっと抱きよせられた。彼が手を離し、あとずさりした。「気をつけて。これが割れたら困るから」彼はそういって上着のなかに手を差し入れ、質素な木の櫛を取りだした。もう片方の手で、青いリボンとヘアピンの入った小さな箱を引っ張りだす。

「ああ、アレック！」涙がこみ上げてきて、ダマリスは言葉もなく唇に指を押しつけた。

「おやおや。きみを泣かせるつもりはなかったんだが」

「わたし――ああ、あなたには想像もつかないわ！　櫛がものすごくほしかったの！　あなたは、だれよりも最高にやさしくてすばらしい人よ！」

アレックが苦笑した。「女性がこれほど櫛をほしがっているとは。もっと早く知っていればな！　いままでルビーやダイヤモンドに無駄に金を注ぎこんでいたかと思うと悔しいよ」

ダマリスは彼にしかめっ面を向けた。「親切心からこんなことをしているわけじゃないと思わせようとしても、無駄よ。あなた、わたしが櫛がなくて困っていたことを、ちゃんとお見通しだったのね。櫛があると、ほんとうに助かるわ。ほんとうに、ほんとうにありがとう」

彼女はアレックの両手を取り、その顔を見上げた。自分が最悪の状況に危険なほど近づいていることを、ふと自覚する——ロードン伯爵と恋に落ちる、という状況に。

15

アレックが見つけてきたのは冴えない中型帆船で、色あせてかすれた女性像が船首に描かれていた。船体に〝ブルー・ベティ〟という船名が書かれているところから想像するに、女性像が身にまとっているドレスは、かつて青色だったのだろう。ダマリスはアレックの腕にしがみつくようにしてタラップをわたり、その船に乗りこんだ。宿屋からここまでぴりぴりしどおしだったので、身の安全が確保される帆船にいよいよ乗りこめるとなって、ダマリスは胃が跳ねまわるような気分を味わっていた。

周囲にいる船員たちは出航に向けてそれぞれの作業に忙しく、ダマリスがアレックにうながされて甲板をすばやく横切り、狭い階段から狭い廊下に下りていっても、ほんの数人がちらりと目をくれる程度だった。アレックが廊下の行き止まりにある扉を叩き、返事がないのを確認すると、その扉を開けてダマリスをなかに入れた。

「よかった」彼がこぢんまりとした船室を見まわしながらいった。「荷物を運びだしてくれたようだ」

「荷物を？　だれが？」

「船長だ。妻と一緒だから船室がひとつ必要だといったら、自分の船室を提供してくれた。淑女にふさわしい部屋は、ここくらいだから」

「まあ」ダマリスは少々疑わしげな目で、その小さな空間を見まわした。「なかなか快適そうね」

アレックが苦笑した。「小さくまとまっている、とはいえるかもな」

「たしかに小さいけれど、船室なんて、どれもそういうものでしょう？」

ダマリスは、アレックと一緒にこの部屋で夜を過ごすという事実について、考えないわけにはいかなかった。ここと比べれば、昨夜の宿屋の部屋はかなり広かったと思えてくる。ここには、アレックが眠るための椅子すらない。いや、ベッドのほかにはなにもないに等しかった。ベッドが船室の大部分を占め、どこに目を向けても視界に入ってしまうのだ。

「じゃあ、わたしたちはまだ夫婦ということになっているのね？」ダマリスは慎重に問いかけた。

「それがいちばんだと思ってね、状況を考えると。だが心配は無用だ」彼がいくぶんよそよそしい口調でつづけた。「この状況につけ入るようなまねはしないから」

「あなたがそんなことをしない人なのは、わかっているわ」

ダマリスは顔を背けてボンネット帽を脱ぎ、ベッドにおいた。アレックが買ってくれた新しいドレスは、待ちきれずにすでに身につけていた。丈が短すぎて足首があらわになっていたし、ウエスト部分が少しきつかったが、ふたたび清潔なドレスを身につけるのは、天にも昇る気分だった。ほんの少しでもおしゃれなドレスとなれば、なおさらだ。

しかし、アレックが買ってくれた櫛を使っている時間はなかった。髪をとかすのは、数分ではすまないからだ。だから乱れた髪をボンネット帽の下に押しこんで隠していた。ところがいま、乱れ髪がふたたびばさりと肩に落ちたので、彼女はレティキュールから櫛を取りだし、もつれをゆっくりとほどく作業を開始した。

背後で物音がした。ふり返ると、アレックが船室の閉ざされた扉にもたれかかり、腕を組んで彼女をながめていた。その口もとと、けだるそうな目の表情のなにかが、いまやおなじみとなったうずきを体内に引き起こした。ダマリスはふと手を止め、下ろした。アレックから目を背けることができなかった。あの唇に唇を重ねること以外、彼の手に胸のふくらみを包まれること以外、なにも考えられなくなる。あのときの感触がよみがえり、からだが反応した。ふたたびああいうことが起きるのではないかという期待に胸が高鳴り、ちくちくと刺激される。

アレックが背筋をのばし、扉の前から離れた。「え――ええと、どんなぐあいか確認してこなくては。その、甲板のようすを。きみは――」彼は部屋のなかを手ぶりで示した。「のんびりしていてくれ」彼はせき払いをすると、こくんとうなずきかけ、くるりと向きを変えて出ていった。

ダマリスはベッドにどさりと沈みこんだ。いきなりひざから力が抜けてしまったのだ。どうやら今夜はひどく長い夜になりそうだ。落ち着かない気分になる。

しばらくしたのち、ダマリスは船が動きはじめたのを感じた。すでに髪はとかし終えてピンでまとめ上げ、腰を下ろして周囲をきょろきょろと見まわし、どうやって暇つぶしをしようかと考えているところだった。船が出発するまで、アレックが彼女を甲板に出したがらないのはわかっていた。もっとも、そんな必要はまったくなかったのだが。あの男たちがグレーヴズエンド周辺にいるとは考えられない。たとえいたとしても、たまたまこの船を見つけて、波止場から彼女の姿に気づくことは、まずないだろう。それでも、甲板に出ていったところで、アレックにさっさと船室に追い返されてしまうのはわかっていた。いずれにせよ、甲板にいる理由もないのだ。せっせと作業する男たちの邪魔になるだけなのだから。

しかし船が出発したのがわかると、ダマリスは立ち上がり、もはや姿を見られたところで問題はないのだからという理由をつけて、狭い階段から甲板に上がってみた。ブルー・ベティ号は帆をいっぱいに開き、テムズ川のまんなかに船首を向けていた。背後をふり返ると、グレーヴズエンドの町がどんどん遠ざかっていた。風でボンネット帽が飛びそうになったので、ダマリスは手で帽子を押さえながら手すりに向かった。

このあたりのテムズ川はロンドンで見るよりも幅が広く、グレーヴズエンドから離れるにつれ、ますますその幅を広げていった。川は前方で大きく左に曲がっていた。大きな安堵感に包まれ、ダマリスは思わず笑みを浮かべた。これでもう、追いかけてきた男たちにつかまることはない。川の上にいるいま、また彼らに遭遇したり、追い詰められたりする心配が、いっさいなくなったのだ。自由の味はすばらしく、ほんの数日前には想像もつかなかったほどだった。

「ここからテムズ川を見たことはあるかい？」アレックが手すりの隣にやってきた。

「いいえ」ダマリスは彼に笑みを向けた。「とてもすばらしいながめなのね」

アレックがうなずいた。彼はあいかわらず帽子をかぶっておらず、午後の陽射しがその淡い金髪の上で躍っていた。美しい夏の日だった。アレックは最高にハンサムで、ダマリスは胸を締めつけられる思いがした。はじめて会った瞬間から、心惹かれるすてきな男性だと思っていた。多少冷酷に見えるところがあるとはいえ。ところがいま、彼に目を向けると、それ以上のものが見えてくる――いかにも高慢そうな高い頬骨と角張ったあごの奥にある力強さ、ユーモアのセンス、隠されたやさしさが。硬く引き締まった口もとがゆるんで誘惑的になることも、あの目が称賛や情熱、さらには怒りにぱっと輝くことも、いまのダマリスは知っていた。そんな彼は、途方もなく魅力的だ。くっきりとした顔立ちには、彼の人となりが刻みこまれている。

アレックが問いかけるようにまゆを両方つり上げた。「なんだい？　ぼくの顔に第三の目でもついている？　おでこのまんなかに角でも生えたかな？」

「いいえ」ダマリスはほほえみながら首をふった。「あなたって、ものすごくハンサムだと思っていただけよ」

彼が目を見開き、すっと鋭く息を吸いこんだ。「愛しのダマリス……なんとかきみの魅力に屈しないよう心を鬼にしたと思った瞬間、心の隙間に入りこんで、またしてもぼくを打ちのめしてしまうんだからな」

ダマリスは顔を背けた。「はしたないことをいってしまったわ」

「〝はしたないこと〟を口にする女性は、とりわけ好きなんだ」アレックが手すりにかけた彼女の手をさすった。「でもきみは、ぼくの紳士としての意志をなかなか貫かせてくれそうにない」

「ごめんなさい」

「いや、謝らないでくれ。誘惑の魔の手を楽しんでいるんだ。ほんとうに」アレックが彼女の手に、羽根のように軽く指を滑らせた。「きみを見つめれば見つめるほど、きみのことがほしくなるのはわかっているんだが、それでも見つめずにはいられない」

ダマリスの首から顔にかけてが、じわじわと熱くなってきた。と同時に、腹の奥底にも熱気が広がっていく。「なにかほかのことを話したほうがよさそうね」

「そうだな。じゃあ、天気の話題とか？」アレックの指はあいかわらず、ゆっくりと、じらすように彼女の手をさまよい、指一本一本を上下になぞっていった。「ふと思ったんだが、きみを見初めた男が、人を雇ってきみを拉致させたとも考えられるんじゃないかな」

「女を口説く方法としては、ちょっとどうかしら」

「きみの美貌に正気を失い、〝口説く〟などという手間は省いて、きみをどうにかしてベッドに連れこもうと自暴自棄になったのかもしれない」

ダマリスは彼に皮肉な視線を送った。「わたしを見ただけで、そこまで正気を失ってしまう男がいると思うの？」

「一日が過ぎるごとに、その可能性が高いと思えてくる」彼の唇にかすかな笑みが見え隠れし、目尻にしわがよった。

「そう。それで、そういう男の人に心あたりは？　あなたでないのはたしかね。いまこうして、わたしと一緒にいるんですもの」

「ふむ。だが悪知恵をはたらかせて、きみの救世主となって現われるために、危険な状況をでっち上げたのかもしれないぞ。そんなふうに考えたことはあるかい？」

「いいえ。いずれにしても、あなたはそんなまわりくどいことはしない人だし、当然ながら、もっと節度のある人だわ。だから、もしあなたの説が正しいのなら、ほかのだれかということになるわね。どうかしら……チェスリーにいる男の人のなかで、あなたが考える悪党にいちばんあてはまりそうなのは、だれ？　薬屋のご主人とか？」

アレックは笑みを広げ、彼女の手の上をさまよう自分の手に視線を落とすと、やがて指を絡めた。「ちがうと思うな。あの男なら、きみの紅茶にこっそり眠り薬を入れればいい話だ。あとは自分できみを運び去ればすむ」

「それなら、地主のミスター・クリフにちがいないわ」ダマリスがきっぱりというと、アレックは笑い声を上げた。「あの人がチェスリーに女性のハーレムを抱えているのはまちがいないし、きっとそこにわたしを加えようとしているのよ。それとも、ダニエル・バインブリッジ牧師かしら」彼女はくすくす笑った。「いいえ、それはいくらなんでも想像がすぎるわよね。冗談にしても」

「ダニエルの場合、きみが千年前のローマ人だったとしたら、さぞかし興味を抱いただろうがね」とアレックも同意した。「わかった、賢いきみのいうとおりだよ。犯人は、きみの熱烈な称賛者というわけではなさそうだ」

「そのことは、もう考えたくないわ」ダマリスは手すりの上で腕を組み、身を乗りだして、川を見下ろした。川は左に大きく曲がったあと、ふたたび右に曲がり、いまは前方にまっすぐのびていた。

一陣の風がボンネット帽をすくい上げ、頭のうしろに押しやった。ダマリスは手をのばしてかぶり直そうとしたが、ふたたび風が吹きつけ、帽子はくるくるとまわりながら川に落ちていった。

「いまいましいったら」彼女はピンからすでにほどけつつあった髪をうしろになでつけようとした。

「そのままで」アレックが手をのばし、彼女の動きを止めた。「このままのほうが、好きだ」

「こんなにくしゃくしゃなのに？」ダマリスは疑わしげにたずねた。

「陽射しを受けて、風にそよぐほつれ髪だな」

ダマリスは彼を見やったものの、手を手すりに下ろし、髪はそのまま放っておくことにした。「どうせ、面倒ですものね」遠くに目をやる。「いつになったら海が見えるのかしら」

「まもなくだと思う。こういう行きかたはしたことがないからな。いつもは陸路を行く」

「さぞかし大々的な行列なんでしょうね」

「ああ」ふたたび、彼の笑みがきらめいた。「祖母が一緒のときは、とりわけ仰々しい。最近の祖母はバースで冬を過ごすことにしているので、助かるよ。しかし数年前までは、祖母がキャラバン隊を招集していた。ジェネヴィーヴもぼくも、好きな馬を連れていけたんだ。荷馬車が少なくとも一台はあって——たいてい二台あった——必要な使用人を運んでいた。祖母とジェネヴィーヴの女中たちに、厩番。それから、ぼくに押しつけられた、そのときどきの従者も。それに加えて、祖母にはなくてはならない服や帽子やさまざまな日用品も。もちろん、ぼくたちが乗る四頭立ての大型馬車もあった。新しい馬車ではなく、祖母の夫が購入したやつでないとだめなんだ。だがそれは、〝大型〟と呼ぶには少々狭すぎた――だからぼくは祖母とはべつに、自分で買った馬車に乗っていくことになる。祖母は、スタフォード家が行進していることを、世に知らしめなければならないと考えていたのさ」

「あなたのお祖母さまって、なんだかちょっと怖そうね」

「ちょっとなんてものじゃない。祖母は、真のスタフォードたるもの、体内に氷のような血が流れていなければならず、それを注ぎこむのが自分の役目だと確信しているんだから」

「でもお祖母さまは、結婚してはじめてスタフォード家の人間になったのよね？」

アレックがはっとした顔を向けた。「そんなこと、祖母に聞かれたらたいへんだぞ。たしかにスタフォード家に嫁いできた人間かもしれないが、そんなのは形式上だけの話だ。祖母は生まれたその瞬間から、真のスタフォードだった」

当然ながらわたしがその一員になることはない、とダマリスは思った。そもそも、そんなことを考えるほうがおかしい。「どんなふうなの？」自分の思考を断ち切るために、そうたずねた。「あなたのお城って。それほど難攻不落なの？」

アレックの表情がかすかに変化し、その目に誇りと愛情が浮かんだように見えた。「要塞なんだ。着いたらわかるさ。幅の広い川の湾曲部分に建てられた城で、小さな丘にそびえ建っている。だから、遠くからでもよく見える――その一方で、近づいてくる人間がいれば内部からもよく見えるんだ」

「住んでいる人たちは？　なんだかその人たちにずいぶん愛着を抱いているみたいだけれど」

「いいやつもいれば、悪いやつもいる。ご多分にもれず。好きな連中もいれば、すぐには顔を合わせたくない連中もいる。でもみんな……」彼はそこで言葉を切り、ふさわしい言葉を探そうとするかのように顔をしかめた。「ぼくとは絆で結ばれている。クレイヤーの人間は、そこの住民という以上の存在だ。家族だよ——あまり好きにはなれなくても、とにかく自分のものなんだ」アレックが彼女を見やった。

ダマリスは肩をすくめた。「残念ながらわたしは、家族というものをあまりよく知らないの。母とふたりきりだったから。もちろん、いとこのだれとも会ったことはないし」

「母上の家族は？　母方の親族とも、親しくしていなかったのかい？」

「一度も会ったことはないわ。母は、自分の親族についてあまり話したがらなかった。どうやら女優になったことをめぐって、両親とのあいだにひと悶着あったみたいなの」

「そうか」アレックがふたたび彼女の手を取った。「家族がいないというのも、そんなに悪いものではないかもしれない。そのおかげで、幸せに育ったかもしれないのだから」

ダマリスはまゆをつり上げた。「スタフォード家の人間にとっては、家族がすべてだと思っていたけれど」

「ああ、たしかに家族あってのいまがあるわけだからな」アレックがそっけない声でいった。

「しかしだからといって、それがいいこととはかぎらない。あの父がいなければ、すごく幸せに暮らせたのではないかと思うから」

「厳しい人だったの？」

「暴君だった」アレックがにべもなくいった。「城主であり、ぼくらがその点を忘れることは一度たりともなかった。思うに、概してあれがスタフォード家のやりかただったのだろう。父は規則を絶対的なものとして、息子を鍛え上げることに信念を抱いていた。イートン校での生活が過酷だと考える向きがあるが、ぼくにいわせれば、あちらのほうが家よりもはるかに快適だったね」

「お気の毒に」ダマリスはやさしくいった。

アレックは彼女の手を一瞬ぎゅっと握りしめたあと、放した。「伯爵がつらい人生を嘆くなんて、おかしいだろう。そうは思わないか？」

「横柄でありながら不幸、ということもあると思うわ」

アレックが彼女を見つめてにやりとした。「少なくともきみは、ぼくにたいしてまわりくどい口のききかたはしないんだな」

彼女もほほえみ返した。「してほしかった？」

「いや。きみのそんなところがなにより好きなんだ。きみはぼくを恐れることもなければ、たぶらかそうともしない」

「たぶらかすですって？」ダマリスは笑い声を上げた。「いつも女性に、そんなことをされているの？」

「爵位が得られるとなれば、それに影響を受ける女性もいるからね」

ダマリスはふり返って彼を見上げた。表情豊かな目に笑みがあふれている。「それで、教えていただけるかしら、女性たちは、具体的にはどういうふうにたぶらかそうとするの？」

「気をつけてくれ。赤面してしまうじゃないか」

「ぜひあなたが赤面するところを見てみたいわ」彼女は頭を傾げて、家庭教師のようなしぐさで腕を組み、答えを待った。「さあ。そのよこしまな女性たちのことを、教えてちょうだい。彼女たちは、なにをするの？」

「ぼくより、きみのほうがそういうことには詳しいのではないかな」とアレックがやり返した。「まつげをはためかせたり、こんなふうに」彼が扇で顔をあおぐようなしぐさをして、ダマリスに向かって目をぱちくりさせた。

彼女は噴きだした。「ものまねは得意ではないみたいね！」

「それに、うっかりハンカチを落とすんだ」アレックは甲板にハンカチを落とすふりをしたあと、肩越しに思わせぶりな視線を彼女に投げかけた。「それから、腕に手をかけてくる。そうすれば……」といいながらダマリスの手を取り、自分の腕にかけた。「少しからだをよせて、ささやきかけることができるから」彼が身をよせ、ほんの数インチのところまで顔を近づけた。

いきなり、アレックのふざけた表情が消え、その目に欲望がきらめいた。それに応じてダマリスの体内で息が止まるほどの興奮がふくれ上がり、一瞬、ふたりのあいだに流れる空気が予感に揺らめいた。そのあと彼がからだを離してあとずさりし、顔を背けて川に目を向けた。

「ほら」とアレックがいった。「海だよ」

ダマリスは彼の視線の先を追った。船が進むにつれて幅をますます広げつつあった川が、どこまでもつづく青い海へと注ぎこんでいる。日が沈みかけ、前方の空がみるみる暗くなり、目の前に広がる濃藍《こあい》の海面に溶けこんでいく。ダマリスはぶるっとからだを震わせた。夜が近づき、海風がひんやりとしてきたせいでもあるし、期待のせいでもあった。アレックが彼女に腕をまわして引きよせ、ふたりはしばらく船上で一緒にあたりの風景をながめていた。

夕食は船員向けの簡素なもので、前夜、宿屋で食べたものとくらべると、はるかに劣っていた。それでも、船室でふたりきり、ベッドで向かい合わせに腰を下ろし、たがいのあいだに盆をおいて食べるよろこびが、もの足りなさを埋め合わせてくれた。食事のあと、アレックがそわそわしはじめ、立ってもすわっても落ち着かないようすだった。部屋の壁が周囲から迫ってきて、ベッドが刻一刻とその大きさを増していくようだ。ダマリスのほうも、すでに話題もつきていた。なにか話題を思いつくたびに、ふさわしくないあてこすりがふくまれているこ とや、いわずにおいたほうがいいと思われる話につながりかねないことに、思いあたるのだった。

アレックのような雄々しい男性と、こんなふうに小さな船室にふたりきりでいれば、どんな状況にも誘惑的な要素がふくまれてしまう。

「甲板にでも行っていたほうがよさそうね」部屋をうろうろするアレックを見ていたダマリスは、たまりかねてそういった。

彼が文字どおり跳び上がって扉を開けに行き、ふたりは甲板に上がった。あたりは暗く、明かりといえば空に浮かぶ半月と星々だけで、ときおり帆のはためきが聞こえる以外は、船上はしんと静まり返っていた。まるで、この世にふたりきりでいるような気分だ。ふたりは気をつかって小声で話しながら舷《げん》に沿って歩き、船首にきたところで足を止めて海を見わたした。月明かりがさざ波を照らし、船は穏やかな海を進みながらやさしく揺れていた。顔にあたる風はひんやりとして、またしてもダマリスの髪をなびかせた。すぐ近くに立つアレックの腕に触れたとき、彼女は震えがからだを駆け抜けるのを感じた。

「寒いかい?」彼がそうたずねて上着を脱ぎ、肩にかけてくれた。

上着の温もりがダマリスを包みこんだ。アレックのにおいがする。どこかほっとするような、それでいて興奮させられるような香り。からだを包みこむその感触がひどく心地いいからこそ、抵抗しなければならないような気がした。「だめよ、そんなことをしたら、あなたが寒くなってしまうわ」

「心配しなくていい」彼の声はなめらかで深く、楽しそうではあるものの、そこにはなにかほかのものも感じられた。よこしまで、危険なほど、魅惑的ななにかが。

アレックが背後からダマリスを腕に包みこみ、胸に引きよせて、あごを彼女の頭にそっとのせた。アレックというまゆに包まれた気分だ。暖かくて安心できる場所でありながら、いまにもひざから力が抜け、期待に神経が躍りだしてしまいそうなほど、あやうい場所でもある。ふたりはそのままの状態でしばらく過ごしながら、夜の美しさに心奪われつつ、言葉にならないその瞬間の絆を、なんとかつなぎ止めておこうとした。

「わたし、結婚していたわ」ダマリスはそういったあとで、われながら驚いて言葉を切った。結婚のことは、いままでだれにも話したことがない。チェスリーにいる親友のシーアですら、彼女の人生のその部分についての詳細は知らないのだ。ダマリス自身、その時期のことはまもなく忘れてしまうだろう。それでもなぜか、暗闇のなか、アレックの力強さに守られているこのとき、その言葉が不意に口をついて出たのだった。

アレックはぴくりとも動かなかった。ダマリスは、彼が動転することもなく一定のリズムで鼓動を刻んでいるのを、背中で感じた。彼の唇が髪をかすめる。アレックは口を開くことも、彼女をせかすこともしなかったが、話のつづきを待っているようだった。アレックの沈黙と彼の存在に、なぜか勇気づけられた。彼に話さなければ。ダマリスは口を開いた。言葉は、流れるように出てきた。

16

「わたしはまだ若くて――十七歳で――学校を出たばかりだった」ダマリスは語りはじめた。「舞踏会やお芝居やオペラに出かけられるようになって、わくわくしていたわ。当時は母とイタリアのベニスにいたの。友だちはイタリア人だったけれど、周囲にはイギリス人もいた。そのなかに、バレット・ハワードがいたの。彼は……なんというか、若い娘にとって、夢のような男性だった。ハンサムで繊細で、感情が高ぶったときには理想的なかたちで前髪が額にはらりと落ちかかるような、そんな男性」

アレックがあざけるように鼻を鳴らしたので、ダマリスはため息をついた。「わかっているわ。わたしは若くて、恐ろしいほど愚かだった。その彼に、愛しているといわれたの。わたしのほうも、彼を愛していると確信していた。母も彼に魅了されていたけれど、もう少し待つようにといわれたわ。わたしが若すぎるから、と。それでもわたしが泣きつくと、母はわたしの後見人に手紙を書き送ったの。そのころには父は亡くなっていたけれど、父はわたしたちにたっぷり財産を遺してくれていた。その信託財産の管理人のひとりが父の友人で、わたしの後見人として指名されていたのよ。彼から、結婚は許さないという手紙が戻ってきた。翌年の夏、わたしが十八歳になるときにイタリアに出かけていくから、そのときもまだ結婚の意思が変わっていなかったらバレットと会ってもいい、と書かれていた」

ダマリスがそこでためらうと、アレックが彼女のからだを少し引きよせた。「そいつが、待とうとしなかったんだな」

「ええ。話の行き着く先は、あなたもお見通しでしょう。バレットはそれほど長いあいだわたしなしではいられない、といったの。わたしのことを心から愛しているし、わたしの後見人のことを、無情な冷血漢で、若者の愛の力を理解しない年よりだ、といったわ。彼がわたしなしでは生きられないと思うとうれしかったし、わたしのことをよく知りもしない後見人のことを、頭の固いひどい人だと思った。だれかに邪魔をされるというのも、気に入らなかった。それが、わたしから父を奪った世界に属する人間となれば、なおさらよ。彼は父の友人ではあったけれど、きっとわたしのことを憎んでいて、わたしを傷つけたいだけなのだと思った。だからバレットに、駆け落ちしよう、許可がなくとも結婚しよう、といわれたとき、よろこんで同意したの。わたしたちが深く愛し合っていて、いっときも離れていられないと知れば、後見人もそのうち許してくれるだろう、と思って」

「けっきょく、後見人はそうしたんだね」

「ええ。バレットと逃げたあとは、結婚しなければわたしの評判がひどく傷ついてしまうことになるから。もちろん、醜聞になったわ。そのために、父の友人と一緒に遺産の管理人を務めている事務弁護士が、イタリアまでわざわざくるはめになった」

「そうか……」アレックが納得したような声でいった。

「そう、そういうことなの……」ダマリスは冷静な声を保ちながら、先をつづけた。「事務弁護士のミスター・カーステアズが、バレットに信託財産の条件について説明したわ。母もわたしも、信託財産を自由に使うことはできなかった。わたしが二十一歳になったあとも、そのお金はわたしのものにはならなかった。母の名義であることに変わりはないし、そのあとはわたしの名義にはなるけれど、わたしがそれを受け取れるのは、三十歳になったときと決められていたの」

「いい換えれば、ミスター・ハワードの好きなようにはできなかったということだな」

「そのとおりよ。彼にはなんの権利もないし、管理人にその意思がない以上、お金は一ペニーも受け取れなかった」

「なるほど」

「それを知ると、彼はひどく腹を立てた。ミスター・カーステアズをののしり、その効果がないとわかるや、家に帰ってきて今度はわたしをののしった。わたしのことなどそもそも愛してもいなかった、興味があるのはわたしのお金だけだった、といわれたわ」声が詰まったのでダマリスは少し間をおき、こみ上げてくる過去の感情を無理やり飲みこもうと、のどをごくんといわせた。

「財産目あてだったのね」感情のこもらない声でいう。「彼は裕福な女や莫大《ばくだい》な遺産を相続する女をだまして結婚するために、はるばるベニスにきたんだわ。バレット・ハワードというのが本名なのかどうかも、いまとなってはわからない。わたしを見たとき、完ぺきなカモを見つけたと思ったのでしょうね。地元の社交界では、わたしの生まれは知られていなかった。だからさまざまな噂が飛び交っていたの。きっと彼は、わたしは裕福な商人か銀行家の孫娘で、作法を身につけて貴族の夫を見つけるために海外に出されたとでも思ったのね。結婚という足かせをはめられるのはいやだったかもしれないけれど、年老いた未亡人よりはわたしのほうが魅力的な候補だったのでしょう。わたしと結婚すれば、すぐに夫としてわたしの財産をすべて手に入れられると思っていたのよ。そのあとは、お金を奪ってさっさと逃げるつもりだった、といっていたわ」

アレックが彼女を強く引きよせ、身をかがめて頭と頭を合わせた。「とんでもないやくざ者だな」と険しい口調でいう。「おまけに、ばかだ」

ダマリスは醒めた声で小さく笑った。「ばかはわたしのほうよ。彼の正体を見抜けなかったのだから」

「見抜けるわけがないだろう？　まだほんの十七歳だったんだ。それにやつのほうも、正体を見破られないよう、せいぜい用心していたにちがいない。そいつのうそを信じたからといって、きみに非があるはずもないさ」

「すぐに正体は知れたけれどね。バレットは、信託財産が手に入るまでの十三年間、管理人からわずかばかりのお金をもらいつつわたしと暮らすつもりはない、といったわ。ミスター・カーステアズが訪ねてきた翌朝、気がつくとバレットは夜のうちに姿を消していた。わたしの宝石類と、とりあえずの生活を立ち上げるためにミスター・カーステアズが用意してくれたお金を、すべて持って。わたしの財産をがっぽりせしめられなかったから、せめてそれくらいは手に入れなければ気がすまなかったのでしょう」

アレックが品のない悪態をついた。「そいつ、むち打ちの刑にすべきだな。数分ほど、この手に任せてほしいところだ」彼が両手をこぶしに固めた。

「そのお気持ちには感謝するわ。でも彼は、もうあなたの手の届かないところにいるの。数日後、宿屋にいたときに火事に遭って、焼け死んだから」

「それはよかった」アレックは同情心のかけらも見せずに応じた。「そいつにふさわしい死にざまだな。それでも、こちらの気持ちを教えてやる機会がなかったのは、残念だ」

ダマリスはにこりとしてわずかにからだをのけぞらせ、アレックの顔を見上げた。「あなたって、激しい人ね」

「たしかに」アレックが表情をやわらげ、彼女の頰をなでた。「でも、きみが相手のときはちがう。きみにはぜったいに、そんな態度はとらない」彼が親指と人さし指でダマリスのあごをつかみ、身をかがめて口づけをした。

ふわりとした、やさしい口づけだった。それでも、ダマリスの体内で立ち上がった熱気が下腹部を満たし、やがて全身へと広がっていった。彼女はアレックに腕をまわしてつま先立ちになり、口づけに応じた。とたんに、熱く、貪欲な口づけに変わった。アレックが手を上着の下に滑りこませ、ダマリスを強く抱きしめ、その背中に手をさまよわせるうち、アレックはますます熱くなる。ダマリスを強く抱きしめ、彼女をぐっと引きよせて激しく貪りはじめた。彼の肌が燃えるように熱くなる。ダマリスを強く抱きしめ、

そんな彼のようすにダマリスのからだが本能的に応え、胸が重みを増してうずき、腹の奥でさらに激しく熱い欲望が芽生えた。彼女はアレックの背中に指を食いこませ、このまま溶けこんでしまいたいとばかりに、ぐっと身を押しつけた。あの朝、アレックに点火されてくすぶっていた炎が、いっきに勢いづく。彼の手に愛撫されるのがどんなものかを知っているだけに、それがほしくてたまらなくなった。からだじゅうを駆け抜けた悦びも、息が止まるほどの炸裂も、はっきりとおぼえている。彼の下に横たわり、彼を受け入れ、その荒い息づかいを耳にし、汗で湿った熱い肉体をなすりつけられるのは、どんな感じがするのだろう。

こんなふうにアレックを求めるのは、まちがっているのかもしれない。けっきょくわたしは生まれつきみだらな女で、節操のない未亡人だというだけのことなのかも。しかしいまこのときは、そんなことはどうでもよかった。頭にあるのは、アレックだけだ――彼の味、声、

そして感触だけ。

アレックが口づけを中断した。顔を上げて彼女を見つめている。ほのかな明かりのなかで目をぎらつかせ、息を荒くしながら。「こんなことをしてはいけない。だれかに見られてしまう」

「気にしないわ」

彼が小さなうなり声を発し、うつむいてダマリスと額を合わせた。「きみといると、紳士でいるのがとてもむずかしくなる」

「わたし、紳士でなんていてほしくない」ダマリスは大胆に応じた。「あなたがほしいの」

アレックが吐息まじりの苦笑をもらし、彼女の頭に唇を押しつけた。「きみは下に行ったほうがいい」

そういいながらも、まわした腕をゆるめようとしないので、ダマリスは内心笑みを浮かべて頭を彼の胸に預けた。「わかったわ」

アレックがしぶしぶといったようすで腕を下ろし、彼女を放した。ダマリスは彼の手を取り、階段に向かおうとした。

「だめだ」アレックはその場を動こうとせず、ふたりはたがいに腕をぴんとのばした状態になった。「ぼくは、しばらくここにいなければ。そのほうが、いいんだ。安全だ」

ダマリスは彼を見つめた。胸のなかで、心臓が激しく打っている。「わたし、安全でいるなんて、いやよ」

彼女がふたたび階段を目ざすと、アレックもそれにしたがった。

船室に入ると、アレックは扉を閉め、ダマリスをふり返った。顔をこわばらせて目をらんらんと輝かせ、全身から緊張感をみなぎらせている。彼女の手を口に持っていき、てのひらに口づけした。肌が肌を焦がし、ダマリスはベルベットのような唇の感触を堪能した。「ほんとうにいいのかい？」と彼がたずねた。

声を出せる気がしなかったので、ダマリスはうなずいた。アレックがふたたびてのひらに口づけし、その手を愛おしげに自分の頬にあてた。さらに近づいて彼女の顔を手で包み、身をかがめて口づけした。額に、頬に、目に、そっと口をつけていき、やがて唇を重ねた。ゆっくりと探るような口づけが、これからひと晩たっぷり時間をかけ、すべてをじっくり味わうつもりだと宣言しているかのようだ。

ダマリスが身を預けると、彼の腕がするりとからだにまわされた。彼女はいままで、これほど自分の肉体を意識したことがなかった。肌の隅から隅までがじんじんと活気づき、彼の手が触れるところすべてが燃え上がる。下腹部で官能的なうずきが芽生え、口づけされるごとに、愛撫されるごとに、それが増大していくようだ。アレックが背中に羽根のように軽く触れ、その手を上下にさまよわせた。彼女の尻を包みこみ、その豊かな丸みにぐっと指を食いこませ、強く引きよせる。ダマリスは、切望するかのように硬く脈打つ男のものが押しつけられるのを感じた。

アレックは彼女をベッドに導き、隅にすわらせると、目の前にひざまずいた。ダマリスの片方の足を持ち上げて自分のひざにハーフブーツの底をのせ、留め金を外しはじめた。そんなふうに世話をされる光景を見下ろすうち、からだの奥深くでなにかがかき乱されるのに気づき、ダマリスははっとした。それがなんなのかは、よくわからなかったが――革にかかるアレックの長く器用な指のせいか、あるいは自分が大事にされていると思うがゆえか、あるいはたんに彼に仕えてもらっている状態のためか――腿のつけ根で花開いた熱気が、らせんを描いて全身をじりじりと駆け上がっていった。

アレックはブーツを脱がしたあとで立ち上がり、ダマリスの手を取って立たせた。風に飛ばされることなく残っていたヘアピンを何本か見つけると、それを引き抜き、彼女の顔から肩にかけて重いカーテンのように髪をばさりと下ろす。そのまま彼女を抱きよせ、豊かな髪に顔を埋めた。

彼の唇がダマリスの耳を探しあて、耳たぶをそっと挟んだあと、舌が耳のかたちをなぞっていく。切望の熱気がダマリスの全身を駆け抜け、下腹部にとろりとした熱いうずきを炸裂させた。彼の唇がのどに移動したので、ダマリスは首をそらせて、そのやわらかな肌をさらした。アレックはぴんと張った肌を甘く噛み、肌に模様を描くように舌を滑らせ、さらに下へと向かった。

唇が乳房のやわらかな頂点に到達したとき、ダマリスがすっと息を吸いこむと、アレックが顔を上げた。彼女は自分の反応が彼の動きを止めてしまったのかと一瞬不安になったが、アレックはドレスのいちばん上のボタンに指をかけ、するりと外した。彼女の目を見つめながら、整然と並ぶボタンの列を外していく。その揺るぎない視線と同じくらい、手の動きにためらいはなかった。彼の指の動きが肌のすぐ近くに感じられるたびに、ダマリスは息が詰まるような思いがした。

ボタンがひとつ外されるごとにドレスの前が少しずつはだけ、シュミーズの上の乳白色の胸もとがあらわにされていった。アレックの指が胸の谷間をかすめたとき、体内がわななき、下腹部のよこしまなうずきが強まった。彼がゆっくりとドレスを肩から外して引き下ろし、床に落とした。シュミーズの襟ぐりを人さし指でなぞり、彼女の肌に炎の跡を残していく。もてあそぶような指の通り道を追う彼の目が暗くなり、なかば閉じられる。やがてやわらかな生地の内側に指を滑りこませ、彼女の乳首に爪の先で触れた。

乳首が硬くなり、ダマリスは全身にその反応が広がっていくのを感じた。アレックが紐をほどいてシュミーズをゆるめ、ゆっくりと丸めながら下ろしていった。乳房があらわになる。生地で乳首がこすれ、その摩擦でつんと突起するのを見て、彼が目にみだらな満足感を浮かべた。

自分の胸に目を奪われているアレックを見つめながら、ダマリスは恥ずかしさと同時に、なぜか誇りのようなものを感じた。こんな目で見つめてくれた男性は、いままでいなかった。短い結婚生活のあいだも、夫の前で裸になることは一度もなかったし、抱かれるときも、寝間着を脱がされたことは一度もなかった。こんなふうに、まるで命がかかっているとばかりに、全身を飲みこまんばかりの勢いで見つめられたことなど、もちろん一度もない。

シュミーズも、まもなくドレスのあとを追って床に落ちた。アレックは彼女の胸を両手で包みこみ、その重みを感じ、親指で乳首をかすめて刺激した。やがて彼が身をかがめて片方の乳首に舌を走らせると、ダマリスは驚きと悦びのやわらかな声をもらした。いままで、こんな感触を味わったことはなかった。ものすごく熱くて、湿っていて、どうしようもなくそそられる。乳首を口にふくまれ、敏感な肌をそっと吸いこまれたときは、快感に身を震わせた。

アレックはじっくりと時間をかけて、左右それぞれの乳房を愛撫し、口づけし、唇で乳首をこすった。ダマリスは、しまいにはこらえきれずに切なげな声をもらしはじめた。知らず知らず、腰を動かしている。彼の手が腿のつけ根に滑りこみ、下着の生地越しに熱く湿った情熱の芯《しん》をさすった。彼ののどから、うなりともうめきとも取れるような低い声がもれる。

「とても甘くて」アレックが乳房に向かってつぶやいた。「とても温かい」彼が頭を上げてダマリスの顔を見つめた。彼の頬は赤らみ、唇は口づけと欲望のせいでみだらにゆるみ、目は鋭かった。「きのうの朝と同じように」アレックは指で彼女の肉体に魔法をかけながら、深い声でいった。

ダマリスは彼の巧みな指が生みだす強烈な悦びに息を吸いこんだあと、いま彼が口にした言葉の意味に気づき、ふたたびあえぎ声をもらした。「あなた――あのとき、目をさましていたのね！　あなたが――」恥ずかしさのあまり、頬が燃えるように熱くなる。

アレックがゆっくりと笑みを浮べた。「あんな状態で、ぼくが眠っていられるとでも思っていたのかい？」

彼女はかっとなった――少なくとも、かっとなりたかった。アレックは、わかっていながらあんなふうに触れたのだ。なんて人――でも、ああ、いまもあのときと同じように触れている。いまは、彼の手が生みだす、熱く切ない最高の感覚のことだけしか考えられなかった。ダマリスは震えるようなため息をひとつもらし、無意識のうちに彼の手にからだを押しつけ、快感にうっとりと目を閉じた。

今回、アレックの口からもれたのは、まちがいなくうなり声だった。彼はいったんからだを離して前かがみになり、ブーツと靴下を引っ張るようにして脱いだ。そのあと身を起こしてシャツの前に手をかけたが、ダマリスはその手をそっとわきに押しやり、みずからボタンを外しはじめた。アレックは燃えるような目で彼女を見つめた。ダマリスはボタンをひとつずつゆっくりと外し、彼の裸の胸を少しずつあらわにしていった。シャツの下に両手を滑りこませ、指を広げて素肌の感触を存分に味わいつつ、生地をじりじりと押し広げていく。ついにシャツの縁に指を引っかけ、強く引っ張り上げた。アレックは彼女になされるまま、身をかがめて頭からシャツを脱がされた。

自分の大胆さに驚きつつも、ダマリスは彼のズボンを留めるボタンに手をかけた。彼女に触れられ、アレックは腹の筋肉を引きつらせたが、からだを引こうとはしなかった。ダマリスは彼の裸の胸に目をさまよわせながらズボンのボタンを外していき、自分の動きが進むごとに、その胸がますます速く上下するさまを見守った。ボタンを外すにしたがって、ズボンが腰からぎりぎりのところまで下がっていき、ついにはアレックがもどかしげにみずからズボンを引き下ろし、足を抜いて裸体をさらした。

引き締まった、強靭《きょうじん》なからだつきだった。脚は長く、腰は細い。ダマリスは、アレックが彼女の裸体を目で堪能していた理由がようやくわかった。彼の素肌を見ると、筋肉が収縮するのを見ると、それに触れたらどんな感触がするのか、なめらかな肌の下の筋肉がどれほど硬いのかを想像せずにいられなくなり、体内に欲望がこみ上げてくる。彼のからだを探求したくてたまらず、胃のあたりにてのひらをぺたりとつけ、肋骨《ろっこつ》の輪郭に沿ってゆっくりとなぞってから背中にまわしたあと、また前に戻り、親指を硬く突きでた腰骨の上にかすめた。彼女はそこで手を止めた。視線の先を追って、平らな腹部に指を進めるほどの度胸はなかった……その硬く脈打つような、彼の精力を証明するものを、手に包むほどの度胸は。

ダマリスは頬を染め、魅惑的な裸体から視線をさっと引きはがして彼の顔に戻した。アレックの目に浮かぶ表情が、ダマリスの頭から羞恥心を完全に消し去った。その目には、渇望しか浮かんでいなかった。深く原始的なその欲求には、それに相応する彼女の内なる切望以外、どんな理屈も羞恥心も、入りこむ余地はなさそうだ。

ダマリスはペティコートの紐をほどいて床にするりと落とし、そこにパンタレットも加えた。アレックは、深く不規則な呼吸とともに胸を上下させながら、彼女を見つめていた。彼が近づき、ダマリスの腰に両手をかけた。

「きみは、いままで出会ったなかでも最高に美しい女性《ひと》だ」低い声でそういいながら、親指で彼女の肌をさする。身をかがめて彼女を腕に抱きかかえ、数歩でベッドに到達すると、そこに下ろした。

つづいてアレックも隣に横たわり、片ひじをついた。ゆっくりと、やさしく、彼女のからだに指を滑らせていく。あごから出発して、じりじりと胴に向かう。ダマリスは愛撫されつつ、彼の顔を見つめていた。指先が肌をなでるごとに彼の表情に欲望が刻まれ、それが彼女の全身に反響した。

ダマリスは彼の手の下でからだを動かし、体内で高まるうずきを感じつつ、押しよせる熱情に身を任せた。アレックは、まるで彼女がきわめて貴重で繊細なもののようにあつかってくれる。なでられるたびに、もっと求めたくなってしまう。ダマリスは手を落ち着きなく動かしていた。アレックに触れられる一方で、自分も彼に触れたくてうずうずしていたのだ。でもそんなことをしたらあつかましいと思われそうで、ぐっとこらえていた。彼が手を脚のつけ根に滑りこませ、腿の内側をなぞりながら、身をかがめてふたたび乳房を口にふくんだ。ダマリスは熱情の力にわななき、手のあとを追いかけて移動する彼の口の刺激に肌を震わせた。アレックが乳房、腹、そして両腿に口づけしつつ歯と舌と唇でじらし、同時に指で彼女のいちばん親密な部分を探りはじめた。やがてダマリスはあえぎ声をもらし、からだをよじらせ、せっぱ詰まったところまで追いこまれた。

そのあとアレックが彼女をうつぶせにして、今度は尻に同じくらいの注意を向けはじめた。口づけし、愛撫し、その丸みを、はてしなくゆっくりとたどっていく。彼の指が脚のあいだに滑りこんだとき、ダマリスははっとしつつも、たしなみもためらいも忘れて脚を開き、彼の前にさらした。

ダマリスが仰向けに戻って手を差しだすと、アレックがようやく脚のあいだに移動した。そのままじりじりと滑るように彼女のなかに入り、からだをさらに押し開いて、力強く満たしていった。ダマリスは叫び声を上げてしまわないよう、歯を食いしばった。ぎゅっと抱きつくと、彼が息を震わせるようにしてうなり声をひとつ上げた。

アレックは、彼女の名前をささやいてからだを動かしはじめた。ダマリスは彼の肩に指を食いこませ、世界が傾き、周囲で震撼《しんかん》するのを感じながら、しがみついていた。彼が、長く、硬く、リズミカルな動きで突き上げるたび、ダマリスはどんどん熱いらせんを描き、このうえない悦びへと導かれていった。本能的に腰をすりつけて動きを合わせ、快感の衝撃が走るごとにそれを堪能した。

あの朝、彼によって生みだされたすさまじい熱情の波が、ふたたび体内でふくれ上がっていった。しかも今回はもっと強烈で、全身をすっぽり飲みこまれそうになる。そしてついに、アレックと、体内を満たすたくましさ以外、なにも感じず、考えられなくなった――大混乱、ざわめき、ますます高まる欲求。やがて崖っぷちまで追い詰められ、そこで静止した。

と、感覚が炸裂し、恍惚《こうこつ》へと落ちていった。アレックのしゃがれた叫び声が首にかかり、彼のからだが痙攣するのがわかった。強烈な快楽の波に押し流され、ダマリスは彼にしがみつき、やがてぐったりとなった。アレックは鉄のごとくたくましい腕でダマリスのからだをしっかり抱きしめたまま、祈りを唱えるかのように彼女の名前をささやいた。

17

ダマリスはベッドでアレックの腕に抱かれ、彼の肩に頭を休めていた。手は、安定した鼓動を刻む彼の心臓の上におかれている。先ほどの大洪水を経験したあとはすっかり骨抜きになり、少し頭がぼうっとしていた。アレックの腕が背中と腕にのしかかっている。彼は眠っているのだろうか。ダマリスはわずかに頭を持ち上げ、彼の顔をのぞきこんでみた。アレックがかすかに開いた目で彼女をはすに見下ろし、かすかな笑みを口もとに浮かべた。自分はちゃんと起きているといいたげに、彼女の腕に親指を滑らせたあと、頭に唇を押しつけた。

「愛しい妻よ」その言葉を口にするときの彼は、いつもどこかからかうような口調だった。「ぼくが眠りこけているとでも？」

ダマリスはアレックの胸においた手を広げ、彼に触れたいという衝動に身をゆだねた。

「なんだか……とてもくつろいでいたみたいだから」

彼の低い笑い声が頭に響いた。「ああ、たしかにとてもくつろいだ気分だ。こんなに気持ちがいいときに眠ってしまうなんて、もったいない」

ダマリスは彼に身をよせ、その胸にけだるげに模様を描いた。胸の硬い中央の線から筋肉をなぞり、平らな乳首の周囲をまわる。彼の肌がわずかに震えるのが感じられたので、いやだったのかしら、と問いかけるような視線をちらりと向けてみた。しかしアレックの目に浮かんだ温かな表情は、なにかを非難しているようには見えなかった。それどころか彼は、好きなだけ触ってくれとでもいいたげに、頭上に腕を持ち上げてからだをのばした。

ダマリスはそれによろこんでしたがった。指先に感じられる彼の肌の感触が、たまらなく好きだった。なめらかで硬い胸の中央から、やわらかな縮れ毛が下に向かっている。このからだに唇をつけてみたら、どんな味がするのだろう。彼がわたしにしたように、舌を這わせてみたら。そこまで大胆なことはさすがにできそうになかったが、想像するだけで、いまやすっかりおなじみになったあの感覚が、下半身で熱くとぐろを巻いた。

アレックが彼女の髪に指を絡ませ、ふわりとした髪の束を自分のからだに滑らせた。「漆黒の闇のような髪だ」と彼がいった。あいかわらず情熱がたっぷりこもった、低い声で。

「それにくらべてあなたの髪は、明るい陽射しのようね」とダマリスは応じ、彼の胸にこぶしを休めてその上にあごをのせた。手をのばし、彼の髪を額からうしろになでつける。「それとも、月明かりに近いかしら」

アレックがにやりとした。いままで目にしたこともないほど、くつろいだ、少年っぽい顔だった。「どちらにしても、ぼくの髪は詩で讃えられるたぐいのものではない。まるで幽霊のように白っぽい髪というだけだから」

「幽霊にしては、艶やかすぎるわ」とダマリスはいった。「陽射しを受けたとき、この髪がどんなふうに見えているのか、知らないのね」

「室内にいるときも自分の髪を見るなんてことはまずないのだから、屋外に鏡を持っていくなど、論外だな」

「妹さんの髪なら見たことがあるでしょう。あなたの髪も同じ色をしているわ。殿方が口々に、きみの髪は銀色の絹のようだ、と妹さんにいっているはずよ」

「ぼくに聞こえるところで、そんなことをいう男はいない」

ダマリスは、彼のしかめっ面を見てくすくす笑った。「あなたみたいなお兄さまに面と向かわなきゃならないとなれば、さぞかし勇敢な求愛者でないとね。かわいそうなジェネヴィーヴ」

「ジェネヴィーヴがかわいそうだって？」アレックがさっとまゆをつり上げた。「かわいそうなのはこちらのほうさ。彼女が飽きたときに求婚者をさっさと追い払うのは、ぼくの役目なんだから」彼がかすかに笑みを浮かべた。「もっともジェニーなら、かなりの数の男どもを尻ごみさせることができるがね」

ダマリスはぶるっと身を震わせた。からだから欲望の熱気が引いたうえに、夜気に素肌がさらされているため、寒くなってきたのだ。

「寒いかい？」とアレックがたずね、彼女の腕をさすった。

「少し」ダマリスはうなずいて起き上がった。「いつまでもベッドの上に転がっていないで、上掛けのなかに入ったほうがよさそうだわ」

アレックは彼女のむきだしの胸に気を取られていたようだが、やがてため息をひとつもらすと、すばやくベッドから下りて上掛けを引きはがした。ふたたび彼女の隣に入りこんで背中を向け、すぐわきの小さな簞笥におかれたランプを持ち上げようと身を乗りだした。

ダマリスは彼の背中を観察し、動くたびに伸縮する筋肉を愛でた。手をのばし、背骨のごつごつとしたうねに指を走らせてみる。ふと指先が、かすかな隆起に触れた。ランプの明かりのなかでは、銀色の線がついているようにしか見えない。彼女は眉間にしわをよせてさらに近づき、彼の背中に指を広げた。

よく見ると、さらに多くの線がついていた。どれも長さはまちまちで、目を凝らさないとわからないほど薄くて細い線ではあったが、かすかに盛り上がっている。「アレック？」ダマリスは背中に指を滑らせ、その一本一本をたどっていった。「これは、なに？」

彼女の手に触れられ、アレックは一瞬からだをこわばらせたものの、やがて肩をすくめた。

「なんでもない」彼は背を向けたまま、上掛けを引っ張って背中を隠そうとした。

ダマリスは上掛けをつかんでその動きを制した。「〝なんでもない〟はずはないでしょう。アレック、なんだかこれ……傷跡に見える」彼女は少し気分が悪くなり、こんなことをいいだされければよかった、と後悔した。

「話しただろう、父は厳しい人だったと」その冷えきった声には、感情のかけらも感じられなかった。

「でも、だからといって――」ダマリスはそこで口を閉ざし、頭をふった。「ごめんなさい。詮索したりして」

「べつにいいさ」アレックがごろりと仰向けになって傷跡を隠し、頭のうしろで両手を組み合わせた。引きつった腕の筋肉と無表情な顔さえなければ、くつろいだ体勢に見えただろう。

彼はダマリスを見ることなくいった。「話すほどのことでもない。父は、生まれつき強情だったぼくには、枝むちでの折檻《せっかん》がぴったりだと考えていたんだ」

「枝むち！」ダマリスはぎょっとして起き上がった。「枝むちで折檻されたの？」

「父のために弁解しておくと、刑務所で使われるような大きなむちではなくて、イートン校で使われていたやつだった。もちろんまだ幼いころは脚の裏側を叩かれる程度だったが、大きくなると、背中や肩も打たれるようになった。まあ、学校でもよく打たれていたしな」彼の片方の口角が持ち上がったが、笑っているというよりは、顔をしかめているように見えた。

「強情な生徒は、教師からも上級生からも好かれることはめったにない。もっともうちの父の場合、奇妙なことに学校で屈しようとしないぼくの頑固さは評価していたようだ。むしろ自分に反抗することを、罪だと考えていたらしい」

「ああ、アレック……」ダマリスの目に涙がこみ上げてきた。「かわいそうに」

「もう過ぎたことだ」彼はあいかわらず、なんでもないことのようにさらりといってのけた。

「話す価値もないことさ、ほんとうに」彼がふたたびからだを横にしてひじをつき、ランプの火を消そうと手をのばした。

ダマリスは指先で傷跡のひとつをやさしくなぞった。アレックはそんな彼女を見るでもなく、なにかを口にするでもなく、ぴたりと動きを止めた。彼女は身をかがめ、その細い隆起にそっと唇をつけた。アレックが、のどの奥から低く不明瞭な声を発し、下のシーツをぎゅっとつかんだ。ダマリスは、つぎにその上にある細い傷跡に唇をつけ、さらにつぎの傷跡に口づけしていった。目から涙があふれ、彼の肌にぽたりと落ちた。

アレックがうつぶせになって背中をすべてさらし、顔を隠そうとするかのように、腕を頭の上で曲げた。ダマリスは声を上げて泣きたかったが、ぐっとこらえて傷跡に口づけしていった。やわらかく、震える唇が、それぞれの傷跡をかすめていく。アレックはその唇を受けながら身をこわばらせ、弦のように筋肉を張りつめていた。見つけられるかぎりの傷跡に口づけしたあと、ダマリスは彼の上に滑るように覆いかぶさり、腕を彼の胸にまわしてからだをぴったりと重ねた。

アレックがようやく動いて彼女の腕を探りあてると、そこから滑り下ろして手を包みこんだ。たがいの指を絡み合わせる。

「小さいころは、父から逃げられなかった。もっとも、少しでも父から離れていられるよう、使用人たちがたびたびかくまってくれたがね」彼が静かな声でいった。先ほどまでのぶっきらぼうな声ではなく、すっかり疲れ切ったような、くたびれはてたような声になっていた。

「成長するにつれて、ぼくも知恵がはたらくようになり、身を隠すのに打ってつけの場所を見つけるようになった。それでも見つかったときは、蹴ったり叫んだりして、父に抗ったものさ。それがさらに事態を悪くした。父にしてみれば、スタフォード家の男として正々堂々と折檻を受け入れなかったぼくに、恥をかかされたようなものだからな。そのへんにいる平民の子のようなふるまいだ、とよくいわれたよ。そうなると、血が出るまでむちで打たれたものさ。でも、気にしなかった。父を怒らせたのがうれしかったから。でもあるとき、ぼくが逃げだすと、父は学校にいたジェニーを引っ張ってきて、彼女の脚を定規で叩きはじめたんだ」

「そんな！　ああ、アレック！」

「父はぼくのことをよくわかっていた。それ以降は、逃げることなく罰を受け入れた。父も、二度とジェニーに手を出すことはなかった。ふたりのあいだの、暗黙の了解だった。でもそんな状態も、十五歳のとき、祝日にぼくが学校から家に戻っていたときに終わった。ぼくは昔から歳のわりにはからだが大きかったんだが、その年にはいちだんと成長していた。父よりも背が高くなっていて、上級生からしごかれたときは、やり返せるようになっていた。そのときも、父がぼくに折檻しようとした——南部に行っていたせいでやわな男になった、という理由をつけて。だから、あのいまいましい枝むちを奪って、ひざで折ってやった。父は笑って、さすがはわが子だといっていたよ。折れた枝むちを父ののどにあてて壁に押しつけてやろうかとも思ったが、そうはしなかった。もっとも父は、ぼくの目を見てそれを悟ったようだ。そして、もしこういうことをくり返したり、ジェネヴィーヴに手を上げたりしたら殺してやる、というぼくの言葉を信じたようだ。それ以降は、父もぼくに手を出さなくなった」

ダマリスはあまりに動揺していたために、なにをいったらいいのか、したらいいのか、わからなかった。なんとかして、アレックの心に残った傷を取りのぞいてやりたかった。その方法がわかればいいのだが。しかしわからなかったので、知っている唯一のことをした。彼に口づけしたのだ。最初は肩に、そのあとは首に。そして彼のからだから力が抜けてきたのを感じると、背中に移り、背筋に沿ってそっと唇を押しつけていった。彼のわきに両手をおいて支えにし、肋骨の上を滑るように移動していく。

アレックがからだをびくりとさせ、のどの奥から満足げな低い声をもらした。それに勇気づけられたダマリスは、両手をさらに下げ、彼の腰のくぼみの筋肉をなぞり、尻の丸みを包みこんだ。するとふたたび彼が小さな声をもらし、いきなり仰向けになって彼女の腰をつかんで掲げ、自分の上にまたがらせた。

ダマリスは少し驚き、どうしたらいいのかわからずアレックにちらりと目をやったが、彼のほうは彼女のからだをしっかりと固定したままだった。こちらをひたと見据えたその目は、ぎらついていた。やわらかで繊細な花弁に、充血してそそり立つ男のものが、催促するようにあてがわれている。それが彼女の欲望の残り火をふたたび燃え上がらせた。アレックの手が乳房を包みこむと、体内で渇望が芽生え、渦を巻いた。彼がダマリスのからだに沿っていったん下げた手をふたたび上げ、その熱気で肌を焦がしていった。

ダマリスは、彼にこれほど影響されてしまう自分が信じられなかった。あの長くしなやかな指が肌に触れるだけで、まるで溶けた蠟《ろう》のように熱く、とろけてしまうのだ。先ほど愛を交わしてからまだ一時間とたっていないというのに、すでに彼への欲望に体内がかき乱されるようだった。

アレックが彼女の腰に指を食いこませてからだを持ち上げ、滑るように入りこんできた。ダマリスは身を沈めながら、思わぬ悦びにはっと声を上げ、彼を深々と受け入れた。その純然たる快感に、腰をわずかにうねらせる。その動きが彼をひどく欲情させていることが、うっとりとした目の表情からわかった。彼の反応に気をよくしたダマリスは、彼のペニスの先端あたりまでからだを持ち上げたあと、ふたたびゆっくりと沈めていった。

アレックが長いうめき声をもらし、息を荒くして、シーツをぎゅっとつかんだ。ダマリスは無意識のうちに誘惑的な笑みを浮かべてなめらかな動きで腰を上下させ、こすりつけた。

彼女のあらゆる動きが彼の欲望をさらにあおるようだった。アレックは顔を上気させ、目をらんらんと輝かせている。

　ダマリスはそんな彼の恍惚とした表情にこのうえない満足感をおぼえる一方で、自身の欲情がさらに広がり、高まり、せっぱ詰まったところまできているのを意識した。それは、うずくような欲望をみずから押し上げつつも、ぎりぎりのところで食い止めるという、甘い拷問のようなものだった。アレックがふたりのあいだに手を滑りこませ、親指で、彼女の渦を巻く渇望の小さな核を探りあてた。そのなめらかな芯をさすられるうち、彼女のなかでもつれていた欲求がどんどん高まり、ついにはこらえきれなくなった。快楽の波がいっきに押しよせると同時に、ダマリスは全身を震わせて悦びの嗚咽をもらした。アレックが両手で彼女の腰をつかみ、魂の中心に届けとばかりに激しく突き上げはじめた。ついには彼も叫び声を上げ、絶頂に達した。

　ダマリスはアレックの上にばったりと倒れこみ、からだを転がして下りようとしたが、その前に彼の腕に抱きすくめられた。

「このまま」アレックが、彼女の髪に唇をつけてつぶやいた。「こうしていてほしい」

　ダマリスはいわれたとおり、彼の上で眠りに落ちていった。

　翌朝、目をさますと、ダマリスは小さなベッドと壁との狭い隙間に押しこめられていた。

そもそもこれはひとり用のベッドであり、アレックほど体格のいい男性が寝ているとなれば、もうひとりが入りこめる空間はほとんどないに等しかった。寝ているあいだに彼がからだをのばしたため、ダマリスはどんどん隅に追いやられていったようだ。ベッドが壁にぴったりくっついていたからよかったものの、そうでなければ床に転げ落ちていただろう。

ダマリスは横を向いて壁に背中をつけ、ひじをついてからだを支えた。小さな船室の反対側にある薄汚れた小窓の向こうから夜明けの光がじわじわと射しこみ、部屋を淡い光で満たしつつあった。ダマリスは満足感に浸りながら、しばらくそのままアレックを見つめていた。

彼は仰向けになり、頭の上で長い腕を曲げ、もう片方の手を腹においていた。全身から大量の熱を発していたため、上掛けはどんどん下に押しやられ、いまではかろうじてたしなみが保たれる程度にしかからだを覆っていなかった。片方の脚が上掛けを蹴り飛ばし、ひざが立っていた。薄い金色の体毛にうっすら覆われた長い脚の線が、さらけだされている。上掛けは腰骨のあたりに斜めにかかっているだけで、広い胸はむきだしになっていた。

ダマリスは存分に彼をながめることができた。前夜は夜の闇のなかで夢中になっていたため、叶わなかったことだ。たくましい肉体だった。硬く、厚い筋肉に覆われている。彼女は、いつもの険しさを失ってすやすやと眠る彼の顔に視線を移動させた。つぎに、広くてがっしりした肩へと。そこから鎖骨のくぼみ、そして逆V字を描く、細く淡い色の体毛へと移していく。その誘惑的なV字を、上掛けのなかに隠れている部分まで指でなぞる光景を想像した。

もちろん、そんなことは淑女にあるまじき行為だ。暗いなかで情熱に任せて彼のからだを愛撫するのと、明るい日の光のもとで欲望に頭を曇らせ、そうした好奇心を満たそうとするのとでは、話がちがう。

アレックの顔にちらりと目をやったところ、あいかわらず幸せそうにぐっすり眠っていた。そこでダマリスは、そっとシーツの縁に指を引っかけ、そろそろと下げていき、彼の平らな腹、へその浅いくぼみ、腰骨あたりの艶やかでぴんと張った肌、そしていまや幅を広げ、彼の股間を取り囲む体毛の線を徐々にあらわにしていった。眠りながらにして太くなっているものを、一瞬、魅入られたように見つめる。

彼女は手をのばそうとしたものの、引っこめた。

「どうぞ」

アレックの低い声にはっとして目を上げると、彼が半分閉じたまぶたの隙間からこちらをのぞいていた。はしたない行為を見つかってしまった。ダマリスは顔を赤らめたが、彼の深い声の響きとその目に浮かんだ熱気に、彼の裸体と同じくらい心をかき乱された。彼女はかすかにためらったのち、アレックの胸に手をおいて滑らせ、乳首の周囲を指先でなぞっていった。それに応じて乳首が尖るのを感じ、下腹部が熱くなる。

アレックが頭のうしろで手を組み、好きなだけ触ってくれとばかりにからだを差しだした。それを見て、ダマリスは下腹部がますます熱くなるのを感じた。彼に応えようと手をさまよわせ、腹のあたりをまさぐり、欲望が脈打つ中心へじりじりと近づいていく。そしてついに震えるようにそそり立ったものに触れ、指で包みこんだ。表面のなめらかな肌の感触が、心地よかった。

アレックがごくりとのどを鳴らし、全身をこわばらせた。ダマリスが身をかがめて乳首を口にふくむと、彼がふうっと鋭い息を吐いた。彼女は唇を這わせ、そのほのかな塩気を味わい、舌で乳首に円を描いてもてあそんだ。アレックは身をこわばらせ、必死に渇望を食い止めながら、はてしのない思いやりをもって彼女に身をゆだねているようだった。しかしついに彼女の髪をぎゅっと握りしめ、低いうなりを発したかと思うと、そのからだを引き上げて唇を奪い、激しく貪った。

ふたりの全身を欲情が突き抜けた。アレックはダマリスを組み敷き、彼女のなかに入った。ダマリスは彼を進んで受け入れ、腕と脚を絡みつかせて、長く、なめらかな動きで突き上げてくるからだにしがみついた。動くたびに情熱が燃え上がり、らせんを描いて上昇していった。ダマリスは彼の肩に爪を食いこませた。そしてアレックが身震いして彼女もろとも崖っぷちから飛び下り、わななくようにして絶頂を迎えたとき、か細く高い叫び声をこらえることができなかった。

ふたりが起き上がるだけの気力を取り戻したのは、しばらくたってからのことだった。アレックが運んできた質素な朝食の内容は前日の夕食とほとんど変わらなかったものの、前夜の活動で食欲が刺激されたのか、ふたりともあっというまに平らげた。

そのあとは、話したり笑ったり、ときおり甲板に上がって散歩したり、どこまでもつづく青い海をながめたりして、長くけだるい一日を過ごした。あたりでは船員たちがそれぞれの作業に従事していたが、ダマリスとアレックは、船室にふたりきりでいるときと同様、周囲から切り離された気分を味わっていた。社交界の束縛から解き放たれ、本来ならつねにつき添う使用人もいない状態で、ふたりはまゆに包まれたかのようにぬくぬくと身をよせ合い、たがいのことを深く知るようになった。

アレックは故郷や家族について語った。土地と住民にかんするさりげない描写のなかにも、彼のクレイヤー城にたいする誇りと愛情がにじみでていた。さらには、妹との仲、ふたりで一致団結して世間に対抗しながら育ってきたこと、そしてクレイヤー城に住むおばのウィラについて、彼はにこやかに語り聞かせた。

「おばのことはぜったいに気に入ると思う。ぼくの母の妹で、スタフォード家の人間ではないんだ」

「あら、ということは、あなたのお祖母さまの子どもではないのね？」ダマリスは彼の肩に頭を預けながらたずねた。ふたりは甲板への三度目の散歩を終え、身をよせ合ってベッドに腰を下ろしているところだった。

「ありがたいことに、ちがうんだ」アレックが苦笑した。「おばは祖母のことが怖くてしかたがないらしい。祖母が一年のほとんどをバースで過ごすようになるまでは、城に住もうともしなかった。少しとぼけたところがあるんだが——いまにわかる——だれよりも親切な人だよ。おばは父のことも怖がっていたが、ぼくらのために、そんな父と祖母をものともせずに毎年訪ねてきてくれたし、夏にはぼくたちがカンブリアにおばを訪ねていけるよう、ふたりを説き伏せてくれた」

「おばさまは、あなたのお母さまとは仲がよかったの？」

「わからない。母のことはほとんどおぼえていないんだ。ジェネヴィーヴがまだ二歳で、ぼくが七歳のときに亡くなったから。出産で命を落としたそうだ。赤ん坊と一緒に。美しい人だった。それは肖像画を見ればわかる。おばは、母の印象を薄くしたような感じだな——目は母ほど青くなく、髪も母ほどの金髪ではなく、顔立ちも母ほどは整っていない。結婚相手もさほど金持ちではなかった。それでも、恋愛結婚だったのはまちがいない。おばの夫は陽気な人だった。もっともぼくがまだ若いころは、スタフォード家の一員としておじのことを軽蔑的な目で見ていたけれど。当時は、男たるものあんなふうではいけない、と思っていたからな」

「じゃあ、どうあるべきなの？」ダマリスはアレックの肩のくぼみに休めていた頭を上げ、彼の首に短く唇を押しつけた。

「そうだな……猛々《たけだけ》しくて誇り高く、かな。父のように。威信に満ちていて、みんなから恐れられる人物」

「でもあなたは、お父さまのそういうところに反発していたのよね」

「ああ。父のようにはなりたくなかった。それでも、スタフォード家の一員であることに変わりはない」

「あなたは、それよりはるかにすばらしい人だわ」ダマリスはそういって彼のひざにすわり、首に腕をまわして顔じゅうにやさしく口づけしていった。言葉をひとつ発するごとに、口づけで区切っていく。「あなたはたくましく、勇敢だわ。友だちとしてもすばらしい」

「ほう。十二夜の仮面舞踏会のとき、ぼくに〝冷血卿〟のカードをわたしたのは、たしかきみではなかったかな?」

ダマリスは笑い声を上げ、彼の頰にやわらかな息を吹きかけた。「あなた、これからもずっとそのことでわたしをいじめるつもりでしょう、ちがう? たしかにあなたのこと、冷たい人だと思っていたところもあった——だって、わたしにちっとも関心を示してくれなかったんですもの」

「ああ、きみのまちがいはそこだな。ぼくはきみのことを、すごく意識していたというのに」アレックが彼女の脚に沿って手を下ろしたあと、スカートのなかに入れて腿をさすり上げた。「いまでもそうだ」

「ほんとうに?」ダマリスはまゆを一本つり上げてみせた。すでに肌が期待にぞくぞくしはじめ、からだのなかがとろけてしまいそうだ。「では、それを証明してもらわなくては」「そうか?」アレックはにやりとすると、彼女の下着のウエストに手をかけ、ぐいと引き下ろした。「それなら、できると思うよ」彼の指が脚のあいだに滑りこみ、熱い秘部の中心を探りあてた。

ダマリスはこみ上げるあえぎ声を飲みこむと、甘美な悦びにうっとりと目を閉じ、彼の腕にからだを預けた。アレックは彼女の顔をじっと見つめたまま、指でもてあそんだ。さすったり、じらしたりしているうち、やがて彼女は顔を上気させ、せき立てるように彼の手に腰をすりつけはじめた。アレックが情欲に溺れた表情で見つめる目の前で、ダマリスは悦びに浸り、あえぎ、震えながら、めくるめく快感のなかに堕ちていった。

そのあとでようやくアレックは彼女のからだを動かし、そこに深く身を沈め、自身の激しい欲望を発散させた。

ことが終わると、ふたりは満ち足りた気分で温もりとけだるさに包まれた。少しも恥ずかしさをおぼえることなく裸で横になったまま、ダマリスは子ども時代のことを彼に語り聞かせた。束縛のない自由で愛にあふれた彼女の子ども時代は、アレックの知らない世界だった。ダマリスは、暮らしたことのある街や、かつて所属していた大陸のきらびやかで洗練された社交界について話した。

「それでもきみは、チェスリーに住むことを選んだのか」アレックはひじをつき、ひやかすような目を向けた。

「チェスリーをあなどってはいけないわ」とダマリスはいった。「とても独特な魅力にあふれた町なんだから」

彼がにこりとして、指に彼女の髪を巻きつけた。「独特な魅力にあふれているのは、きみのほうだ」

ダマリスはからだをのばして、彼の唇に軽く口づけした。「わたしの願いは――」

「願いは？」アレックがその先をうながした。

「わたしの願いは、わたしたちがいつまでもこんなふうにいられること。この状態に終わりがこないことよ」と、やさしい声でつづける。あごを上げ、挑戦的ともいえるような目で彼を見つめながら。「いろいろあったけれど――男たちに追われたり、お金が底をついたり、いろいろ――でもまるで……魔法のようなひとときだった」

アレックが彼女の頬を手で包み、いとおしげな目を向けた。「終わらせる必要はない。これからも一緒にいるんだから」彼が身をかがめてダマリスの頬に唇をかすめた。「まだ幾晩も一緒に過ごせるさ」唇が触れ合う。「もっと、うんと快適なベッドで」彼の口が、反対側の頬をさまよった。「そのベッドを、存分に活用するつもりだ」

ダマリスはかすかに笑みを浮かべた。「あなたなら、きっとそうするでしょうね」彼の髪に、ゆっくりと指を滑らせる。「でも、いままでと同じようにはいかないわ。わたし、ずっとあなたと同じベッドで過ごしたいのに」

アレックの口が官能的に広がり、目がぱっと輝いた。「ぼくもだよ」親指でダマリスの下唇に触れ、そのやわらかなふくらみの上をそっと滑らせる。「きみを手放すつもりはない。ぼくたちはもう充分おとなだし、自立しているんだ。なんの障害もなければ、だれかに否定されることもない。使用人にはなにも口外しないよう徹底させるし、きみの名前に傷がつくような事態にはぜったいにならない。きみがクレイヤー城にいようが、チェスリーやロンドンにいようが、ぼくは必ずきみのベッドにたどり着いてみせる」

胸のなかで、心臓がねじれた。その言葉には心をかき乱されたものの、アレックが考える未来に結婚という言葉が一度も出てこないことに、気づかないわけにはいかなかった。ダマリスを求めてはいても、彼にとって彼女は愛人にしかなりえないのだ。もちろん、そんなことは前からわかっていた。それに、もし多少なりともちがうふうに思っていたとしても、アレックがジョスランとの醜聞が家族にもたらした影響について語ったとき、その事実を突きつけられたようなものだった。彼はスタフォード家にふさわしい女性を妻とするだろう——醜聞のなかで誕生し、醜聞のなかで結婚した女に、その資格はない。

でも、なにも変わらないわ、とダマリスは自分にいい聞かせた。この船の上でアレックをベッドに招いたとき、そのあとどうなるのかは、きちんとわかっていたはずなのだから。自分はそれを受け入れたのだ。だからいまさら嘆いたりはしない。いまは手にできるものを手にして、残りはあとで心配すればいい。

だからダマリスはほほえんでアレックの首に腕をまわし、そのからだを引きよせた。「そうするって、約束よ」そうささやきかけると、彼に口づけした。

18

翌朝、船はニューカッスルに入り、ダマリスとアレックは少々うしろ髪を引かれる思いで船室をあとにした。夫婦のまねごともこれで終わりだ。アレックの故郷にほど近い場所に到着したいま、宿屋での最高の朝食と、ダマリスが風呂に入って髪から潮風の名残を洗い流すための部屋を確保するのに、ほとんど時間はかからなかった。女中がかぐわしい湯を浴槽に満たして部屋をあとにすると、彼女はアレックをふり返って顔を輝かせた。

「ありがとう！　わたしがこれをどんなに楽しみにしていたか、きっと想像もつかないでしょうね」

「いや、そんなことはないよ。ぼく自身、楽しみにしていたから」彼はそういうと、顔いっぱいに笑みを広げてシャツを脱ぎはじめた。

ダマリスは目を見開いた。「アレック、なにをしているの？」

「ぼくもきみと同じくらい風呂に入る必要がある。お湯を無駄にすることはないと思わないか？」彼は頭からシャツを脱ぐと、わきに放った。「背中を流してあげるよ。そのほうが効率的だろう？」

「アレック！　そんなことできないわ」ダマリスは怒り顔で叱りつけたものの、そのじつ、石けんの泡にまみれた彼の手に触れられると思っただけで、下腹部にうずきをおぼえてしまうのだった。「さっさと先に進まなければならないのだから、あなたが考えているようなことをするだけの時間はないはずよ」

「ぼくが考えていることをするための時間は、いつだってあるさ」と彼が応じた。そのあと、じっさいそのとおりであることが証明された。

それからかなりの時間がたったころ――そして、床にたっぷり湯をこぼしたあと――ふたりはこざっぱりとした顔に笑みを浮かべて浴槽から上がった。そのころにはダマリスも、アレックが清潔な服まで調達してくれたことを知っても、驚きはしなかった。彼から手わたされたドレスの入手先について、あえて訊こうとはしなかったが、襟ぐりがやけに深いところからして、ニューカッスルでのアレックの知り合いのなかには、評判のあまりよろしくない女性もふくまれているようだ。とはいえ、色も素材もひどくけばけばしいわけではなく、小間物店で手に入れたレースの肩掛けを加えれば、それなりの節度を保つことができた。アレックは手袋と洒落た小さな帽子で身支度を調え、ダマリスは、彼の故郷にみすぼらしい身なりで到着せずにすむことに安堵のため息をもらした。

「あなたって、ほんとうに気がきくのね」ダマリスは、彼の手を借りて駅馬車に乗りこみながらいった。

「そうかな？」アレックが驚いたように目を見開き、彼女の隣に腰を下ろした。「そんなことをいう女性は、きみがはじめてだと思う」

ダマリスは彼に向かって鼻の頭にしわをよせてみせた。「冷酷で思いやりのない人間のふりをするのが好きなのは知っているけれど、しばらくあなたと時間を過ごせば、どんな女でもそう思うようになるわ。だってあなた、わたしがあなたの家にたどり着いたとき、旅の埃にまみれたみすぼらしい姿だったら居心地の悪い思いをするだろうと見越していたうえに、わたしが着るにふさわしい服を確保するために手をつくしてくれたんですもの」

アレックが彼女の手を取った。「自己満足のためだけかもしれない。きみがそのフロックドレスを着たところを見たくて——もっとも、そのレースの肩掛けは邪魔だと思うが」彼が手をのばして彼女の襟ぐりに指を滑らせた。

ダマリスはからかうようにアレックの手をぴしゃりと叩いたが、触れられたときにからだを走った震えはごまかしきれず、彼が身をかがめてレースの下に隠れた胸に口づけしたときも、異議を唱えることができなかった。

「あなたって、ほんとうに貪欲なのね」と彼女はつぶやき、アレックのやわらかな乱れ髪に手を走らせた。

「わかっている」アレックが顔を上げ、悪びれるようすもなく、欲望を浮かべた笑みを向けた。「きみのせいでこんなになってしまうんだ。きみを見るたび、欲望をおぼえてしまう」彼がため息をついて、ダマリスの向かいの席に移動した。「とはいえ、クレイヤー城に到着したとき、いかにも駅馬車のなかで愛を交わしたような顔をしていたらきみも困るだろうから、ここはぼくも本能を抑えることにするよ」

ふたりは窓のカーテンを開き、田園風景をながめながら馬車に揺られた。ふとダマリスは、アレックの顔にかすかに浮かぶ誇りと愛情に気づいた。領地に近づくと、それがありありと見てとれるようになった。太陽が西に傾くころ、アレックにとってどうやらなにか大きな意味がありそうな石橋をわたった。彼は目を輝かせ、前方をよく見ようと、ダマリスの隣の席に移動した。

つぎの角を曲がったところで、彼がいった。「着いた。あれがクレイヤー城だ」

ダマリスは身を乗りだして窓の外をのぞき、はっと息を飲んだ。「まあ！」

ある程度予想はしていたつもりだが、実物はそれをはるかに上まわっていた。アレックの城は、まさに要塞だった。見晴らしのいい丘の上に建ち、その麓《ふもと》には、曲がりくねった灰色のリボンのような川が、城を守るためにあつらえたかのように取り囲んでいる。背の高い銃眼つきの灰色の壁が領地を見下ろし、その両端をノルマン様式の塔が固めていた。背後には四角い塔と丸い塔、そして城そのものの壁がぬっとそびえている。巨大な木の門は開け放たれ、小さな門楼の上で、ロードン伯爵の紋章が描かれた青い旗がはためいていた。ダマリスは、五百年前の世界に入りこんだかのような錯覚をおぼえた。

「あなた、ここで育ったの？」彼女はアレックを見つめた。

彼がうなずいた。「男の子が育つには打ってつけの場所だった。探検できる禁断の部屋がいくつもあるし、家庭教師から逃れるために身を隠しておけるくぼみや割れ目がいくらでもある」

ダマリスは、父親による枝むちの折檻から逃げて隠れていたというアレックの話を思いださずにはいられなかったが、なにもいわずに彼の手のなかにそっと手を差し入れた。アレックを慰めると同時に、彼が生まれ育った場所の圧倒的な光景を前に不安をおぼえたからでもあった。彼がその手を軽く握り返した。

「心配しなくてだいじょうぶだよ。迷子になったりはしない。見かけほどこみ入ってはいないんだ。いずれにしても、大半の場所は使われていないから」

ふたりが乗った馬車が進む道は、城の建つ丘の麓でカーブを描きつつ遠く離れた教会の尖《せん》塔《とう》に向かっていたが、馬車は途中で城へとつづく狭い車まわしへと入っていった。低い丘ながら上り坂は長く、馬もゆっくりとしか進めなかった。ようやく馬車が水の干上がった濠《ほり》にかかる木の橋をかたかたとわたり、城の中庭へと入っていった。

右奥に目をやると、そこにあったはずの外壁の大部分が崩れ落ちるか取り壊されるかされ、代わりに、たがいちがいに配置された花壇が丘の下までゆるやかにつづいていた。車まわしは広々とした緑の芝地をぐるりとまわって城の前階段の前を通り、わきにある厩舎《きゅうしゃ》へとつながっていた。

駅馬車が停車するころには、城の堂々たる扉が開け放たれ、使用人たちが急ぎ足で出てきていた。こざっぱりとした白と黒の服を着た従僕と女中が、馬車から玄関のあいだにずらりと一列に並んだ。威厳に満ちた風貌の男が玄関からさっそうと現われた。でっぷりとした腹を黒の上着で包み、襟のあいだからまっ白なシャツをちらつかせている。

「まあ」その光景に、ダマリスは突如として胃が冷たくなるのを感じた。「なんだか、すごく……仰々しいのね」

アレックが苦笑した。「前はもっと仰々しかったんだ。祖母があいもかわらず従僕たちに仕着せを着させようとするんで、ぼくがやめさせた。パーソンズ——というのが先頭にいる男の名前だが——彼にしてみれば、ぼくは情けない城主になるらしい。彼は、ロードン卿の義務を重んじる祖母の感覚がお気に入りなんだ」

アレックがいったん外に出てふり返り、馬車を降りるダマリスに手を差しだした。彼女は、自分に注がれる好奇の視線をひしひしと感じた。これで、アレックが尊大な雰囲気を香水のようにまとっている理由が、よくわかるというものだ。

「閣下」執事が一歩前に進みでて、頭《こうべ》を垂れた。「お帰りなさいませ。あたふたとしたところをお目にかけてしまいそうです。お帰りになることを知らされておりましたら……」

「ああ、パーソンズ、知らせなくて悪かった」アレックは執事の言葉にかすかな非難を感じ取ったのか、そう応じた。「じつはほんの数日前まで、ぼく自身、帰ってくることになるとは思ってもいなかったんだ。知らせを出したところで、ぼくより早く到着しそうにもなかったので、わざわざ出すまでもないと思ったのさ」

「もちろん、お部屋の準備はつねに整っております」パーソンズがダマリスに控えめな視線を向けたあとでいった。「もうひとつのお部屋は、どちらにいたしましょうか？」

「ミセス・ハワードには、青の部屋がいいだろう」とアレックが答えた。

彼らは列の前を進みはじめた。執事が、列の先頭にいる丸々と太った女性にミセス・カスバートと名乗る名誉を与えたところからすると、どうやら彼女がここの女中頭で、パーソンズのつぎに偉い人物のようだ。そのあとにずらりと使用人が並んでいたが、アレックがその一人ひとりに名前で呼びかけ、たびたびなにか言葉を交わしたり、質問を投げかけたりするのを見て、ダマリスは驚いた。ようやく最後の女中の前に到達し、広々とした石の階段に近づいたとき、黒っぽい灰色の毛並みをした動物が建物のわきをまわってアレックに突進してきた。

ダマリスははっとして足を止めた。長い毛をふり乱し、耳をぱたぱたとはためかせ、獲物を引き裂いてやろうとばかりに牙《きば》をあらわにする動物の出現に、あやうく悲鳴を上げるところだった。ところがアレックは笑い声を上げて両腕を広げ、前足を彼の肩にかけるその巨大な犬を抱きとめた。犬の顔はアレックのあごにまで届いていた——ふつうの背丈の男性よりも大きいくらいだ。犬は尻尾を激しくふり、身をくねらせてアレックの顔をしきりに舐めようとしながら、よろこびのうなり声を発している。

「シャドウ！　こら！」アレックは笑いながら犬の前足を地面に下ろした。「ミセス・ハワードに、ひどく行儀の悪い犬だと思われてしまうぞ。ダマリス、シャドウを紹介しよう」

「狼を飼っているの？」彼女はそっけなくいった。

「狼猟用の犬だよ」アレックはそう訂正すると、犬の耳のうしろを掻いてやった。犬が恍惚とした表情を浮かべた。「かつてケリー卿から曾《そう》祖父に贈られた猟犬の子孫なんだ。シャドウという名前は、いかにもこいつにふさわしい。好戦的な先祖とくらべると、情けないことに、まさしく影《シャドウ》のような存在だから」

主人と再会したことがうれしくてたまらないのか、シャドウはアレックの足もとで跳ねまわりはじめたかと思うと、つぎには嬉々《きき》としてごろりと仰向けに転がり、なでてくれといわんばかりに腹をさらした。アレックは腹をなでてやったが、数分後にはぽんぽんと軽く叩いて終わりにし、ふたりはふたたび入口の扉に向かった。シャドウもぴったりとわきにつき、ときおり前にさっと飛びだしてはふり返ってアレックを見つめ、つぎはどんな楽しいことをしてくれるの、と期待するように尻尾をふっていた。

彼らは洞穴のような入口に足を踏み入れた。片側には陰鬱《いんうつ》な肖像画が飾られたロング・ギヤラリーがあり、そこからちがう方角に廊下が二本のびていた。甲冑《かっちゅう》一式のわきに、剣の収集品が輪を描くように飾られた石壁がある。扉を入った正面の壁には、中世の人々がなにかにいそしんでいるところが描かれた、古めかしい巨大なつづれ織りが掲げられていたが、その人たちがなにをしているところなのかはよくわからなかった。

「アレック！　あなたなの！」背が低くてふっくらとした女性がひとり、幅広い中央階段をあたふたと下りてきて、顔を輝かせてアレックに両手を差しだした。「なんてうれしい驚きなのかしら！」

「ウィラおばさま」アレックはにこりとしてさっと一礼し、彼女の頬に口づけした。

「女中から、あなたが帰ってきたと聞かされたときは、耳を疑ったわ。だって、ほんの少し前に出発したばかりじゃなかった？」彼女は丸めがねの奥にある灰色の目に困惑を浮かべ、アレックをまじまじと見つめた。「人は時間の感覚を簡単に失ってしまうというけれど」

「ええ、そうですね。でも、どうぞご心配なく」アレックが彼女を安心させた。「おばさまのかんちがいではありませんよ。ぼくはほんの数週間前に、ここを発ったばかりです。でも、戻らずにいられなかった。おばさまのことが、あまりに恋しくて」

ウィラがくすくすと笑い、彼の腕をいたずらっぽく押した。「そんなでたらめばっかり！」

彼女が好奇心もあらわにダマリスを見やった。

「おばさま、ミセス・ハワードをご紹介します。ダマリス、こちらがぼくのおばのミセス・

ホーソーンだ」

ウィラがダマリスの手を取り、にこやかな笑みを向けた。「あら、まあ、なんてすてきなお嬢さんなのかしら。あなたのこと、ぜひ描かせていただきたいわ」

「まあ」ダマリスは目をぱちくりさせた。「ありがとうございます」

「おばは絵がとても得意でね」アレックがウィラに誇らしげな笑みを向けていった。

「そんなことをいって、たんなる暇つぶしに描いているだけですよ。でも、描くのが大好きなの。水彩画ではないほうがよさそうね。あなたを描くには、水彩画では淡すぎるわ。あなたの色彩は、油絵にぴったり」

「気をつけたほうがいいぞ」とアレックが注意をうながした。「好きにさせたら、何時間でもポーズを取らされてしまうから」

そんなふうに軽口を叩きながら、三人はのんびりと応接間に向かった。まもなく、執事みずからの手で、旅の疲れを癒すための紅茶と、スコーンやクリームケーキなどが運ばれてきた。そこで休憩を取っているあいだに、使用人たちがダマリスの部屋の準備を手早く整えたようで、紅茶を飲み終えると、彼女はウィラに連れられて階段を上がり、廊下を通って部屋に案内された。

「ここですよ」とウィラはいって、やさしい笑みをダマリスに向け、彼女の腕を軽く叩いた。「ミセス・カスバートが、あなたのお世話をする女中をひとり送りこんでくれるはずよ。しばらくはひとりで疲れを癒したいでしょう」

ウィラが部屋から出たあと、重い扉を閉めると、ダマリスはふり返って室内をながめた。片側には大理石の炉棚つきの暖炉。その前にはすわり心地のよさそうな椅子。ふたつある長い窓はわきの庭園に面し、その窓を挟んだ中央に、青いダマスク織りで覆われた天蓋つきの大きなベッドがおかれていた。窓とベッドの四隅にかけられた青い布が、この部屋の名前の由来なのだろう。部屋は広々として、ほかにも箪笥、鏡台と椅子、大きな衣装箪笥がおかれていたが、だからといって少しも窮屈な感じはしなかった。天井の高さが、空間をさらに広々と見せている。

ダマリスは窓際に行って、外をながめた。彼女の部屋がある棟は丘肌を下へとつづく庭園に面しており、はるか遠くには、うねる川のきらめきを望むことができた。ふと深い孤独を感じ、彼女はぶるっと身震いした。

アレックの城に無事到着したあとは、すべてがいままでと変わってしまうことはわかっていたが、これほどの壮大さと堅苦しさは想像していなかった。この寝室と、先ほどウィラから教わった伯爵の寝室とを隔てる、長い廊下に思いをはせる。そのうえ、周囲にはウィラや数多くの使用人たちがいる。夫婦のふりをしていた親密でなごやかな日々は、もう完全に終わりを告げたのだ。

この城にきたことで、自分とアレックの背景や生活様式がありとあらゆる意味でかけ離れていることも、思い知らされた。これが彼の人生なのだ。巨万の富だけでなく、非常に高い地位をともなう人生。アレックは、由緒ある有力一族の跡取りとして育てられてきた。たんなるドイツの成り上がり者だとして、王族すら侮蔑するような一族だ。これこそがアレックの人生であり、そこにセドバリー卿が女優の愛人に産ませた私生児が入りこむ余地など、あるはずもない。

涙がこみ上げてきたが、部屋の扉が開いてこざっぱりとした服装の女中が腕いっぱいにドレスを抱えて入ってきたので、ダマリスはあわてて目もとを拭った。「ご主人さまから、これをお届けするよう申しつかりました。ジェネヴィーヴさまのフロックドレスのなかに、着られるものがあるだろうということでございます」

ダマリスとしては、断わりもなくアレックの妹の服を借りたくはなかったが、そうもいっていられないこともわかっていた。いま着ているドレスと、アレックがグレーヴズエンドで手に入れてくれた質素なドレス以外、なにも着るものがないのだから。そのどちらも、この城での格式張った晩餐の席に着て出られるようなものではない。クレイヤー城にいるあいだは、服を借りるよりほかないだろう。ダマリスは小さなため息をもらし、ドレスを仕分ける女中を手伝って、自分にいちばん似合いそうな色のものを選んでいった。ジェネヴィーヴはダマリスよりも少し背が高くてほっそりしているとはいえ、裾を多少つめれば充分着られるはずだ。もっとも、胸のところが少し引きつってしまいそうなので、厳密な意味での節度は保てそうにない。アレックなら、そういうところをさぞかし気に入ることでしょうね、とダマリスはよこしまな思いを抱いた。

そのあとは、少し横になって旅の疲れを癒したらどうかという女中の助言にしたがうことにした。シーツのなかにもぐりこみ、ベッドを独り占めしてからだを存分にのばせるのはうれしかった。とはいえ、船室にアレックと一緒に押しこめられる夜をもうひと晩過ごせるなら、このすべてをなげうってもいい、というのが正直な気持ちだった。

数時間後、ダマリスは冷え冷えとした色彩ばかりのジェネヴィーヴのドレスのなかから、いちばん自分に似合いそうな淡い藤色《ふじいろ》のドレスを選んで身につけ、階下に向かった。女中のギリーが着替えを手伝い、巻き髪をきれいに結んで優雅な髪型にまとめ上げてくれた。ダマリスは何度か曲がり角をまちがえつつもようやく食堂を発見した。そこではアレックと彼のおばが、じつに格式張った姿で彼女を待っていた。

その長い部屋の中央には、部屋とほぼ同じくらいの長さのマホガニー製のテーブルがおかれていた。天井からは虹色《にじいろ》にきらめくシャンデリアがつり下げられ、テーブルと食器台には枝つき燭台《しょくだい》が設置されている。テーブルのまんなかあたり、ふたつの枝つき燭台のあいだに、果物がいっぱいに盛られた大きな銀のスタンドと、それより小さなスタンドがふたつ並んでいる。バラを生けた花瓶が食器台を飾り、あたりに香りを漂わせていた。

アレックとダマリスとウィラは、大きなテーブルの片側の席に着いた。パーソンズの厳しい監視のもと、四人もの従僕が料理を配膳《はいぜん》しようと待ち構えていた。ダマリスはアレックをちらりと見た。まっ白なシャツと黒い上着を着た彼は、優雅だった。そのあまりに格式張ったよそよそしい雰囲気に、なんと声をかけたものかわからなくなる。部屋は快適かと彼にたずねられたので、広々として居心地がいい、と答えた。ウィラが天気を話題にしたあと、ダマリスの故郷はどこかと訊いてきた。

長い食事のあいだ、会話はずっとそんな調子だった。ここでは食事にいつもこんなに長い時間をかけるのだろうか、それとも伯爵の帰還を祝して特別な料理がつくられたのだろうか、とダマリスは思った。ようやく食事が終わると、ポートワインを楽しむアレックを残し、ダマリスはウィラと一緒に音楽室へ移動した。その部屋でダマリスがピアノ演奏に没頭する傍らで、まもなくウィラがうとうとしはじめた。しかしアレックが入ってくるとウィラがはっと目をさましたので、それからしばらくは礼儀正しい会話をつづけたものの、やがてダマリスはがまんの限界に達し、ふたりの前を辞して部屋に引き下がった。

ギリーの手を借りてドレスを脱ぎ、ジェネヴィーヴの高級な亜麻地の寝間着に着替えた。ギリーを下がらせたあとは、すわって髪にブラシをかけた。安っぽい櫛だけで髪の乱れをなんとか直そうとした夜がつづいたあとだったので、こうやってブラシをかけられるのはうれしかった。彼女は、髪が漆黒の綿《わた》となって肩のあたりにふわりと浮かぶまでとかしつづけた。

毛先までなでつけながら、寝ているあいだにもつれてしまわないよう編んでしまおうか、と考える。自宅にいるときはよくそうしていた。だがアレックは、髪をほどいておくほうが好きだといっていた。

彼がこの髪に指をさまよわせ、髪を絹糸のように手首に巻きつけていたことが思いだされる。あのよろこばしい夜は、旅とともに終わってしまったのだろうか？　使用人やおばがすぐ近くにいるとなっては、いくらアレックでもこの部屋を訪ねてくる危険を冒すわけにはいかないだろう。あきらめて化粧着を脱ぎ、ろうそくの火を吹き消してベッドに入ろうとしていたとき、扉をそっと叩く音が聞こえた。

ダマリスは胸をどきどきさせながら扉を開けにいった。いまの小さな音はきっと空耳よ、と自分にいい聞かせる。開けると、戸口にアレックがもたれかかっていた。背後の廊下は暗く、少し先で、突きだし燭台のろうそくが一本灯っているだけだった。彼がにこりと笑いかけ、ダマリスはさっとあとずさりして彼をなかに招き入れた。

「ああ、もう永遠にも思えたよ」とアレックはいって彼女の肩をつかみ、引きよせて口づけをした。「いつまでたっても食事が終わらないような気がして」

ダマリスはくすりと笑った。「今夜、あなたがくるとは思わなかったわ」

「いつだってくるさ」アレックが彼女に腕をまわし、左右に軽く揺すった。「パーソンズに、ぼくの隣の部屋をきみにあてがうよういおうかとも思ったんだ。伯爵夫人用の部屋だ。あるいは、すぐ上の部屋か。そこはかつて伯爵の愛人が滞在していた部屋で、ぼくの部屋から気のきいた階段でつながっているから」

「アレック！」ダマリスは驚いて彼を見上げた。「あなたの部屋に、秘密の階段があるの？」

彼がうなずき、少年のようににやりとした。「いつか案内してあげよう、もしよければ」

「ぜひお願い。まるでミセス・ラドクリフの小説みたいね」

「ふむ」彼が身をかがめてダマリスの耳に口づけし、舌で貝のような耳の線をたどっていった。「ただし、終わりはハッピーエンドだ」

ダマリスはふたたびくすりと笑い、彼の舌の感触にぶるっと身を震わせた。ふと、この城での滞在が、思っていたよりもずっと楽しくなりそうな気がしてくる。

「でも、そのどちらの部屋にしても、そこにきみを案内したら、ぼくたちが恋人同士だということがみんなにばれてしまう。だから、できなかった。もっとも使用人たちも、気づいているとは思うがね。なにしろぼくは、ひと晩じゅうきみから目を引きはがせずにいたのだから」彼はつぎに首に口づけした。「大きくてやわらかいベッドできみを愛するこの夜を、心待ちにしていた」

アレックは身をかがめて彼女を抱き上げ、ベッドに運んだ。ダマリスは彼の肩に頭を預け、うっとりとほほえんだ。けっきょくのところ、幸せはまだ終わっていないようだ。

19

クレイヤー城での日々は、ダマリスが心配していたものとはまるっきりちがっていた。使用人たちのアレックにたいする忠誠心は非常に篤く、それはつまり、彼とダマリスの関係が精神的なものにとどまらないことを暗示するなにかがあったとしても、すべて目をつぶってくれることを意味した。ウィラのほうは、アレックがダマリスの手を取ってそこに口づけしたり、彼女をさっと抱きよせたりしても、それに気づいてすらいないようだ。それに、ふたりが四六時中一緒にいるという事実について、なにかを口にする者はひとりもいなかった。

ふたりは領地の散策で時間を過ごした――庭園を散歩したり、城の周囲や地下に広がる部屋や迷路のような廊下を探検したり、人けのない草地まで馬で出かけ、木立の下でピクニックをしたり。そんなとき、最後には抱き合い、口づけすることになっても、それを咎める人間の姿はなかった。

ダマリスの部屋で過ごす夜、ふたりは情熱をぶつけ合い、暗闇でささやき、満ち足りた温もりに包まれてまどろんだ。ダマリスの完ぺきな幸福感に唯一水を差していたのは、毎日、夜明け前になると、アレックがベッドをそっと抜けだして自室に戻っていくことだった。彼がダマリスの評判に傷がつかないよう、気をつかってくれているのは理解できた――ありがたくも思っていた。それでも、旅のあいだ、毎朝のようにアレックの温かさを隣に感じながら目ざめていたことを、思い起こさずにはいられなかった。

自分を拉致しようとした男たちのことをふと思いだし、あの企ての背後にいるのはだれなのか、とあらためて考えをめぐらせることもあった。男たちの正体を突き止めるために、なにか手を打たねばならないのはわかっていた。しかし幸せに浸りきっているいまは、ついそんな考えを忘れてしまうのだった。アレックがいっていたように、彼がロンドンで雇ったボウ街の捕り手が、きっとなにか探りだしてくれるはずだ。そのあとでも、なんらかの行動を起こすだけの時間はあるだろう。アレックとの日々はあまりにも甘く、いまはなにもできそうになかった。

夕食のあとは、たいていウィラと一緒に音楽室へ行くか、三人でカードに興じた。ウィラが先に休んだあとは、アレックとダマリスはたびたびテラスでのんびりと過ごし、月をながめたり、ささやき合ったりしていた。

ある晩、ふたりして指を絡み合わせてテラスに立っていたとき、アレックが手にぎゅっと力をこめていった。「きみに見せたいものがあるから、ちょっときてくれないか」

興味を引かれたダマリスは、彼につづいて室内に入った。彼は燭台を手に取り、中央階段から上の階に向かった。そこでふたたび彼女の手を取ると、さらに上の階へ向かう。

「ここはどこ？　使用人たちの階？」

アレックが首をふった。「使用人たちは向こうの棟にいる」彼は暗い廊下の奥を指さした。そこから右手にまたべつの廊下がつづいていた。「こちらには子ども部屋がある。ジェネヴィーヴとぼくは、この先で家庭教師と一緒に暮らしていたんだ」

しかし彼はそちらの方角には向かわず、いちばん近くの部屋の前に行くと、扉を開いた。そこは明らかに使われていない部屋のようで、家具にかけられた埃よけの布が、ぼんやりとしたろうそくの明かりのなかに不気味な影を投げかけていた。

「まさか正気を失った家族を幽閉していて、ここでその人に会わせるつもりではないでしょうね」ダマリスは冗談めかしていった。

「いや。正気を失ったスタフォード家の人間は、みんな野放し状態さ」アレックは彼女を暖炉の前に連れていき、炉棚の上の彫刻が施された羽目板の一枚を押した。

するとき驚いたことに羽目板が横にずれ、そこから取っ手が現われた。アレックがそれを引くと、暖炉のわきの壁がきいっと開いた。ダマリスは息を飲んだ。「秘密の階段ね！」

アレックがいたずらっぽく目をきらめかせた。「ああ。探検してみるかい？」

「入ったら最後、壁のなかに閉じこめられて骨になるまで出られないという事態にはならないって、約束してくれるなら」

「そんなことにはならないと思うよ。祖母に知られることなく出かけたくなったとき、何度か使ったことがあるから。ついておいで」アレックが燭台を掲げ、傾斜の急な狭い階段を下りはじめた。階段はらせんを描きながら下につづき、終点には小さな戸口があった。彼が取っ手をまわして扉を押し開けると、そこは大きくて優雅な寝室だった。

「ここ、あなたの部屋？」ダマリスはきょろきょろと見まわした。彼の部屋にちがいない。

夜はいつもアレックのほうが彼女の部屋を訪れていたので、いまこうして彼の寝室にいるというのが、ひどくはしたないことのような気がしてきた。そこは城主にふさわしく、堂々たるつくりの部屋だった。黒っぽい色合いの重々しい家具と、えんじ色の布類。暖炉の前には、足台つきの背の高い安楽椅子。正面には、がっしりとした古めかしい揺り椅子。そのあいだには、本がうずたかく積まれた小さなテーブルが設置されている。ベッドそのものも同じように堂々たるつくりだった。高くて幅が広く、四隅からすっとのびる柱が木製の天蓋を支えており、カーテンと揃いのえんじ色の布が各柱に金色の紐で結びつけられている。

「きみをぼくの部屋に連れてきたかったんだ」とアレックはいうと、燭台をわきにおいて背後から彼女に腕をまわした。欲望が濃厚に漂う声だった。「さあ、ベッドに入ろう」

アレックが乳房を包みこみ、かがんで首のくぼみに鼻をすりよせてきた。ダマリスは目を閉じた。からだのなかがいきなり熱く、とろりとしてくるようだ。彼の胸に背中を預け、身を差しだすかのようにわずかにそらせた。彼は即座に応じ、ゆっくりと胸をまさぐったあと、手を下に滑らせ、ふたたび上に戻しつつ、彼女の全神経を目ざめさせていった。

アレックが手を離してあとずさりし、服を脱ぎはじめた。ブーツを引き抜いてわきに放り投げ、つづいて上着とネクタイも手早く取り去る。ダマリスが背中に手をのばしてドレスの留め金を外そうとしたとき、彼が一歩近づいていった。「いや、ぼくにやらせてくれ」

彼はゆっくりと留め金を外していき、ドレスのわきが落ちると、ダマリスの背筋にそって口づけしていった。彼女は身を震わせ、彼のやわらかな唇が触れるたびに、腹の奥のとろりとした熱気が勢いづくのがわかった。アレックはドレスを足もとに落としたあと繊細な下着に取りかかり、紐をほどいて脱がせた。ついにはひざまずき、彼女の室内履きをするりと脱がせ、左右の絹の靴下をそれぞれ丸め下ろしていった。彼が指の通り道にいちいち口づけしていくので、やがてダマリスのひざから力が抜け、折れてしまいそうになった。

アレックが立ち上がって彼女を見つめた。なかば閉じた目で乳白色の肉体をながめまわし、やわらかな肌のふくらみやくぼみ、そしてぴんと立った濃いバラ色の乳首をじっくり目で堪能している。「きみはものすごく美しい」

彼はかがみこみ、まるで崇《あが》めるかのように左右の乳房にそっと口づけしたあと、顔を上げてふたたびダマリスを見つめた。「このぼくが、きみという褒美をもらうほどのなにをしたというのだろうか?」とつぶやく。

そのあと彼女をさっと抱き上げ、ベッドに運ぶと、やさしい手つきで下ろした。彼女の裸体を目で味わいつつ、シャツのボタンを外して脱ぎ捨てる。と、いきなり瞳をきらめかせ、くるりと背中を向けた。「ここで待っていてくれ。動くなよ」

ダマリスが困惑の表情で見守るなか、アレックは化粧室へと消えていった。鍵を開けるような音がしたあと扉が開き、一瞬ののち、彼が小さな収納箱を手に戻ってきた。ダマリスは、彼がすぐわきにその収納箱をおくのを興味深げに見つめながら、起き上がった。

「きみに宝石のお返しをしなければ。グレーヴズエンドで提供してもらったから」

ダマリスは顔をしかめた。「耳飾りひとつよ」

彼が収納箱の鍵をまわし、蓋《ふた》を開けた。そこには、まばゆいばかりの宝石が並んでいた。

ダマリスは息を飲んだ。「アレック！　なんてきれいなの！」

「スタフォード家の宝石だ」と彼がいい、口の隅で笑みを浮かべた。「すべて不正な手段で手に入れたことは、まちがいない」

「すてきだわ」

「きみほどではないさ」彼が身をかがめて格調高いダイヤモンドの頭飾り《ティアラ》を手に取り、ダマリスの頭にのせた。「ああ、このほうがずっといい」

ダマリスは苦笑してティアラを外し、わきにおいた。「あなたって、ほんとうにどうしようもない人ね」

「どれがいちばん気に入った？」

ダマリスは箱をのぞきこみ、血のように赤いルビーの首飾りや、同じくらいあでやかなエメラルドとダイヤモンドの首飾りを指でなぞったあと、丸く磨かれたサファイアがついた古めかしい金の首飾りのところで動きを止めた。ほかの宝石ほど優雅でもきらびやかでもないが、サファイアが醸しだす歳月と壮麗な雰囲気が、琴線に触れた。

「これね」と彼女はいった。

アレックが満足の笑みを浮かべ、その重みのある首飾りを手に取った。「花嫁のサファイアだ。きみはスタフォードの心を持つ人間のようだな」彼がダマリスの首にその首飾りをまわして留めた。肌にのしかかる鎖はひんやりとして、カットされていない大きな石は、ダマリスの目と同じ深い青だった。彼は箱のなかから揃いのブレスレットを取りだして彼女の腕にはめ、最後に中央に大きな卵形のサファイアが飾られた金の飾り環《わ》を頭にのせた。

「これはスタフォード一族の心臓のようなものなんだ。伯爵位を与えられる以前、いまではだれも知らないような大昔のロードン卿が、スコットランドの花嫁に贈った宝石だ。彼女の父親からさらってきた花嫁だとか、夫から奪ってきた花嫁だとか、噂はさまざまある。戦争で勝ち取ったにちがいない、という者もいる。でもぼくは、ふたりが恋に落ちたという話が昔から好きだった。ある晩、彼女は塔からこっそり抜けだして丘を下り、このサファイアを手に、待ち受ける恋人のもとに向かったんだ」

ダマリスはその話とアレックの声、そしてそこにふくまれる情熱にうっとりと聞き惚れ、彼を見上げた。

「当時のロードン卿も、いまのぼくと同じことをしたはずだ」とアレックはつづけた。「裸の花嫁を、この宝石で飾ったにちがいない」彼はダマリスをベッドに押し倒した。「そして彼女を見つめながら、この女性《ひと》はここにある宝石すべてを合わせた以上に光り輝いている、と思ったのさ」

　アレックがかがみこんで、鎖の下からのぞく乳首に口づけした。彼の唇の感触が、ダマリスの全身に欲望の矢を放った。ダマリスは彼の髪に指を埋めた。絹のような髪の感触が、乳房を刺激する口と同じくらい、欲情をかき立てた。

　アレックはダマリスの上をずり下がっていき、口と手で崇め、このうえなく親密なかたちで彼女のからだを開かせた。彼の舌が、光り輝く宝石と同じくらい、明るく、硬く、ダマリスの欲望を燃え上がらせ、何度も何度も高みへと誘《いざな》った。やがてダマリスが昂《たか》ぶりのあまり涙にむせびはじめると、ようやく彼女を極みに到達させた。

　ダマリスのからだから力が抜け、情熱のさざ波がおさまろうとしているときでもなお、アレックは彼女を深く、激しく突き上げた。ダマリスはあえぎ声をもらして彼の肩に指を食いこませ、純粋なる欲望の甘美な高まりにふたたび身を任せた。ふたりは時間を超越した儀式のなかでひとつになり、ともに動いた。アレックが身を震わせつつダマリスのなかに精を放ったとき、彼女は熱くみだらな悦びにわれを忘れ、彼のからだに強くしがみついた。

翌朝、目をさましたダマリスは、本能的にアレックを探してベッドをまさぐった。そこが空っぽであることに気づくと目を開き、瞬きながらあたりを見まわした。なぜか自分のベッドに戻っていた。朝、ベッドが空になっていることを女中に発見されないよう、夜のうちにアレックが運んできてくれたにちがいない。

起き上がったとき、前夜の記憶がどっと押しよせてきた――狭い秘密の階段をこっそり下りたときのスリル、アレックが手と口で愛してくれたこと、そして痛みを感じるほどに全身を強烈に貫いた、あの絶美の悦び。

ダマリスはここ数日のあいだに抱いていた漠然とした思いを、いまや確信するにいたっていた――わたしはアレックを愛している。

もちろん、叶わぬ思いなのはまちがいない。アレックが彼女と結婚する可能性はないのだから。スタフォード家の人間が、彼女のような女と縁組みすることはできない。父方の家系と彼女の富をもってしても、醜聞につきまとわれている身とあっては、受け入れられることはないのだ。なにしろダマリスは、貴族の落としだねだ――おまけに、駆け落ちし、財産目あての男と強引に結婚した過去がある。無理だわ。そんな人間が、ロードン伯爵夫人になれるはずがない。

そこでダマリスは、いままで頑《かたく》なに拒んできた考えを受け入れる覚悟を決めた。わたしはアレックを愛している。彼なしでは生きていけない。唯一の解決策は、彼の愛人になることだ。そういう生活を送りたいとは思わなかったが、アレックと一緒にいるためなら、潔く受け入れよう。

奇妙なことに、いったんそうと決めたら、悲嘆に暮れることもなくなった。心に、幸せ以外のものが入りこむ余地がなくなったのだ。

しかしそんな幸福な思いも、翌晩までしかつづかなかった。ダマリスとアレックが、ウィラと一緒に食堂を出ようとしていたときのことだった。アレックは、おばがいるにもかかわらず大胆にもダマリスの手を取り、廊下をのんびり歩いていた。そのとき、玄関の重い扉が閉まる音につづき、口論しながら大理石の床を進む男女の大きな声が聞こえてきたのだ。三人は、はたと足を止めた。

「あなたが一緒にくるといい張らなかったら、こんなことにはならなかったのよ」女性の辛辣な声がした。

アレックが小さく悪態をつき、小声でつぶやいた。「ジェネヴィーヴ！」

20

アレックはさらなる悪態をかろうじて飲みこんだ。よりによって、このタイミングで妹が城に戻ってくるとは！　彼はダマリスを見やった。彼女も不安げな表情でこちらを見つめている。

廊下にいる男が、ぴしゃりといい返した。「きみをひとりで行かせるわけにはいかないだろう？　ぼくはれっきとした紳士なんだから」

つまり、マイルズがジェネヴィーヴのおともをしてきたわけか。事態はますます悪くなる。アレックはため息をもらし、ダマリスが彼の手から指をほどいて一歩離れた。うれしそうな顔をしているのはウィラだけだった。アレックは妹のことも友人のことも心から好いていたが、このときばかりは、ふたりを悪魔に引きわたしたい気分になった――いや、せめて、ロンドンに送り返したかった。

マイルズとジェネヴィーヴの姿が廊下のまんなかに見えてきた。マイルズは帽子を脱いで頭に手を走らせており、そのために髪が滑稽なかたちに立ち上がっていた。例によってこぎれいでおしゃれないでたちではあったが、スカーフはくしゃくしゃになって上着はしわだらけ、懐中時計はベストから落ちて鎖がだらりと垂れ下がっている。その表情は、崖っぷちに追いやられた男のようだ。

一方のジェネヴィーヴは、あずき色の旅行用ドレスを優雅に着こなし、頭にかぶった揃いの帽子からは髪一本ほつれていなかった。それを見ても、アレックは驚かなかった――妹は、鋭い言葉のやりとりにうんざりするどころか、かえって生き生きしてくる人間なのだ。ジェネヴィーヴは腕に猫を抱え、その猫が、おつにすましたとしか表現できない顔をマイルズに向けていた。

「あの日の午後、たまたま訪ねてらっしゃらなかったら、そもそもわたしがここにくることすら知らなかったはずだわ」とジェネヴィーヴがマイルズにいった。「あの場で、あなたについてきてもらう必要はない、とはっきり申し上げたでしょう」

「アレックの妹を、護衛もなくこんな遠くまでひとりで行かせるのを、許可できるとでも?」とマイルズが反論した。

「あなたの許可がいるのかしら?」ジェネヴィーヴがまゆを一本つり上げ、恐ろしいほど穏やかな口調で問いかけた。

マイルズも自分の失言に気づいたようで、即座に作戦を切り替えた。「旅におともがいるのをありがたく思う女性もいるんだよ。兄上が道中襲われたとなれば、なおさらだ」

「兄が襲われたことがわたしとどう関係してくるのか、理解できないわ。場所も時間もちがうし、なにより相手がちがうのだから。いずれにしても、御者とその助手が守ってくれるもの。ふたりとも、拳銃とらっぱ銃をつねに携帯しているし。それに、厩番が兄の馬に乗っているわ」

「ああ、そうだろうとも。スタフォード家の人間は、旅は完全武装して出かけるようだからね。きみたちがいったい旅先でなにを期待しているのか、不思議でたまらないよ。しかし使用人は、途中の宿で一緒にいられるわけじゃない。田舎をたむろする人間がみな、きみがスタフォード家の一員であり、声をかけたら最後、命がないということを、知っているわけではないだろう」

「兄に射撃を教わったし、わたしの腕はたしかなのよ。旅をするときは、兄からもらった拳銃を必ず持ち歩くことにしているの。それにザークシーズが絶えず目を光らせていてくれるわ」

「それはそうだ」マイルズが苦々しく同意し、恨めしそうに猫を見つめた。「番猫を飼っているのは、きみくらいのものだ」

「そうね」ジェネヴィーヴが陽気に答えた。「それに、ネズミをつかまえるのも得意なのよ。おかげで、わたしの部屋にあの小さな動物が入りこむ心配をしなくてすむの」

「マイルズが爆発する前に、あいだに入ったほうがよさそうだ」アレックはダマリスにそうささやきかけると、すたすたと前に進みでた。「ジェネヴィーヴ。マイルズ。これはうれしい驚きだな」

「アレック！」マイルズがさっと友人をふり返り、ほっとした顔をした。「うれしいのはこちらのほうだ。心からね」

アレックは苦笑した。「どうやら、たいした旅路だったようだな」

「丘を登ってくるとき、ザークシーズがちょっとした粗相《そそう》をしたものだから、マイルズったら不平たらたらなの」ジェネヴィーヴがそっけなく手をふっていった。

「なぜわざわざぼくの新しいブーツの上に吐かなきゃならないのか、理解できないね」マイルズが足もとに目を落とした。「つい先日、手に入れたばかりなのに」

「お気に入りか？」アレックは穏やかにたずねた。

マイルズがうなずいた。「あたりまえさ。バターのごとくやわらかな革で、完ぺきな光沢なんだから。少なくとも、少し前までは」マイルズはジェネヴィーヴの腕に抱かれた猫に、悪意のこもった視線を投げかけた。

「ザークシーズだって、どうしようもなかったのよ。ときどき馬車に酔うことがあるって、いったでしょう」

「あそこまで執拗にぼくの時計の鎖に飛びついて遊んでいなかったら、もう少し静かな乗り心地になったろうに」

ジェネヴィーヴはこみ上げる笑みをこらえた。「猫は、きらきらしたものが好きなんですもの」

マイルズが懐中時計の鎖を持ち上げ、つぶさに点検しながらため息をついた。「飾りがひとつなくなっている。こいつの胃におさまっているのはまちがいないな」

「この子、そのせいで気分が悪くなったんだわ」

マイルズはジェネヴィーヴに向かって天を仰いでみせたが、その唇は引きつり、苦笑せずにはいられないようすだった。「まったく、ジェニー、きみはどうしようもない人だね」

「いまさら驚きもしないでしょうに」と彼女もやり返した。「わたしのこと、十歳のときから知っているんですもの」

「おまえもいつかはおとなになるんじゃないか、とマイルズは期待しているのさ」とアレックが口を挟んだ。彼はジェネヴィーヴの腕から猫を受け取ると、床に下ろした。「ザークシーズも城に再来のあいさつをしてまわりたいだろうから、そのあいだに話でもしていよう」

白い猫は全員にさげすむような視線を投げかけたあと、尻尾を旗のようにぴんと掲げ、いかにも偉そうな態度で去っていった。猫がいなくなると、かつて箪笥の上からいきなり飛びかかられて以来ザークシーズをひどく恐れるようになっていたウィラが歩みでて、ジェネヴィーヴを抱きしめた。

「かわいいジェニー。きてくれて、とてもうれしいわ。社交シーズンはもう終わったの？」

「そろそろ終わりかけていますわ。少し早いですけれど」

「すばらしいと思わない?」ウィラが顔を輝かせてマイルズをふり返った。「それに、サー・マイルズもお連れしたのね。なんてすてき」

社交上のたしなみを欠いたことのないマイルズが、ウィラに向かって優雅に頭を垂れた。「ミセス・ホーソーン。あいかわらずお美しい。ぼくがいないあいだに、ほかの男に心を捧げられていないことを願うばかりです」

「まあ、いやだ」ウィラは彼の腕を軽く叩き、よろこびに頬を染めた。「ほんとうに口がお上手だこと」

「ミセス・ハワードはもちろん知っているな」とアレックはいって、ダマリスをあいさつの場に連れだした。

「もちろん」ジェネヴィーヴがダマリスに値踏みするような冷たい視線を向けた。「ここで快適にお過ごしいただいているのならよいのですが、ミセス・ハワード」

「はい、ありがとうございます。何着かドレスをお借りしたことを、どうかお許しください」ダマリスは着ている薄青のドレスに触れた。「こんな図々しいことはしたくなかったのですが、ロードン卿が、あなたならお気になさらないとおっしゃったので」

「ええ、もちろんですわ。わたしより、ずっとお似合いですし。でも、ご自分のドレスのほうが着心地がよろしいでしょう。兄から手紙を受け取ったとき、すぐに、あなたがこの殺風景な場所で身のまわりの品もなく取り残されていることに思いあたりました。殿方というのは、そういう日常的なことに気がつかないものでしょう？　ですからわたし、まっ先にあなたのお宅にうかがいましたの。幸い、街を発つ前の女中をつかまえることができたので、あなたの服を入れた旅行鞄をひとつ預かってまいりました」

「まあ！」心からのよろこびに、ダマリスは満面の笑みを浮かべた。アレックの貴族然とした妹が現われたことにびくびくしてはいたものの、自分の服と身のまわりのものをふたたび手にできると知ったときのうれしさは、息が詰まるほどだった。「ありがとうございます。ほんとうにご親切に」

アレックは、みんながジェネヴィーヴとマイルズの旅路やロンドンと社交界について礼儀正しい会話をつづけるあいだ、妹をまじまじと見つめていた。これほど早い時期にロンドンを離れるとは、ジェネヴィーヴらしくない。妹はパーティ好きというわけではないが、アレックほどにはクレイヤー城に愛着を抱いておらず、〝あの古くさい石の塊〟のなかで長く寒い冬を過ごすのは退屈でたまらない、ともらしてばかりいた。だから自分が彼女のおともをするためにいったん戻るまでは、ロンドンにとどまっているものと思っていたのだ。あるいは、祖母と一緒にバースへ出かけるだろう、と。妹をここノーサンバーランドに急がせた理由はいったいなんなのか。ダマリスの服や彼の馬を急いで届けようという、好意からの行動とは思えなかった。

ジェネヴィーヴが、ふとアレックと目を合わせた。その表情から、彼は自分の予感が的中したことを知った。ジェネヴィーヴがやってきたのには、なにか特別な理由があるのだ。それが自分と関係しているとしても、不思議はない。

「食事はすませたのか?」アレックはさりげなくいった。「なんなら用意させるが。料理長が、なにか手早くつくってくれるだろう。ぼくたちも、ちょうど食べ終えたところなんだ」

「でも、まずは旅の疲れを癒したいでしょう」ウィラがそういって姪《めい》に腕を絡ませた。「さあ、お部屋まで一緒に行きましょう。ロンドン社交界のゴシップを残らず聞かせてちょうだいな」

「もちろんですわ」ジェネヴィーヴはおばに愛情のこもった笑みを向けた。

ふたりして階段をゆっくり上がりながら、ウィラがこわごわたずねているのが聞こえてきた。「お祖母さまはいらっしゃらないわよね?」

ダマリスが男性ふたりをふり返った。「おふたりとも、積もる話もあるでしょうし、わたしはひどく疲れてしまったので、そろそろ失礼して、休ませていただきます」

ダマリスの礼儀正しい笑みに気兼ねが浮かんでいるのを見て、アレックはたまらない気分になった。いつもなら、もう少し一緒に過ごさないかと誘うところだ。妹がいるからといって堅苦しい思いをすることはない、と。しかし、ジェネヴィーヴの訪問の裏にどんな理由があるにしても、妹がよく知らない人間の前でそれを明かすとは思えなかった。そこで彼はダマリスを無理に引きとめることなく、彼女の手に向かって一礼し、その指を一瞬握りしめたあと、去っていく背中を見送った。

ふり返ると、マイルズがこちらをじっと見つめていた。アレックはにやりとした。「気つけのブランデーでもどうだ？」

「ああ、ぜひ」マイルズが心底ほっとしたような顔でいった。「あの猫と一緒にロンドンからノーサンバーランドに旅するだけで、頭がどうにかなりそうだ」

アレックは苦笑した。「ぼくもよくそんな気持ちになるよ」

ふたりはのんびりとした足取りで食堂に戻り、アレックは従僕に食事とブランデーを用意させた。巨大なテーブルの片側に並んで腰を下ろすと、彼は友人をつくづくながめた。「どうしてジェネヴィーヴは、こんなに急いでやってきたんだ？」

「ぼくにもさっぱりわからないんだ」とマイルズは正直に打ち明けた。「先日きみの家を訪ねていったところ、彼女がいますぐ故郷に戻るからと家じゅうの人間をせき立てているじゃないか。彼女ひとりで出発するつもりだと聞いて、当然ながらおともを申しでたのさ。拒まれたが、幸いその場に伯爵夫人がいて、ジェネヴィーヴを押し切ってくれた。その結果、旅のあいだ、彼女にはほとんど口をきいてもらえなかったがな」

「妹は自分の意見を否定されるのが好きじゃないからな」従僕がブランデーを運んできたので、アレックはみずからそれをグラスに注ぎ、従僕を下がらせた。

「彼女がここにきた理由は、きみの失踪となにか関係があるみたいだ」とマイルズが先をつづけた。「彼女から、厩番にきみの馬を取りにいかせて、借金を支払ったという話を聞いたよ」

「よかった。宝石も取り戻してくれたかな？」

「ああ、彼女がいっていたのはそのことか。質屋に金を支払うとかなんとかと伯爵夫人にいっているのを聞いて、最初はジェネヴィーヴが借金でもしたのかと思ったんだが、もしそうなら彼女がお祖母さまにそんなことをいうはずはないとあとで気づいた」

「まあ、ぼくの借金についても、祖母にいう必要はなかったんだが」とアレックはぶつくさいった。

マイルズがブランデーを口にふくみ、椅子の背にもたれてアレックを見やった。「これまで精いっぱい礼儀正しくしてきたつもりだがな、アレック、いったいどういういきさつで、きみとミセス・ハワードがノーサンバーランドにくることになったのか、そろそろ教えてもらえないか？」

アレックは苦笑し、ダマリスがロンドンを発ったのを知ったときからはじめて、ふたりの旅路について説明していった。夫婦のふりをしたといった詳細については慎重に省いたものの、数々の冒険談を語り聞かせるうち、マイルズのまゆがどんどんつり上がっていった。

「ロンドンで彼女を拉致しようとした男たちか？」アレックがクレイヤー城に到着したとこ

ろまでを話し終えると、マイルズがたずねた。

「そのようだ」

「しかしどうして、そいつらは彼女をつけ狙っているんだ？」

「よくわからない」とアレックは首をふった。

「わたしがその理由を教えて差しあげられると思うわ」ふたりがふり返ると、開け放たれた戸口にジェネヴィーヴが立っていた。

「ジェネヴィーヴ」男たちは立ち上がり、マイルズが彼女のために椅子を引いた。みんなで腰を下ろしながら、アレックは妹を用心深く観察した。「どういう意味だ？　なにを企《たくら》んでいる？」

「お兄さまの興味の対象に目を光らせていただけよ」とジェネヴィーヴが切り返した。「だって、だれかがそうしなければならないでしょう。どうやらお兄さまは、理性を失っているみたいだから」

「なんだって？」

「そんな顔しないで。お兄さまのことはよくわかっているから、わたし、ちっとも怖くないわ」

「ほう、そうなのか？」マイルズが興味を引かれたようだ。「ぼくもこいつのことは学生時代から知っているが、いまでもこんなふうにすごまれたら、足の先までわなわな震えてしまう」

「おどけるのはやめてちょうだい、マイルズ」ジェネヴィーヴがマイルズをきっとにらみつけたあと、アレックに注意を戻した。「お兄さまがミセス・ハワードにぞっこんなのは、見ればわかることだわ。追いはぎに襲われたとか、エレボスをどこかの農家に預けてきたとか、ネクタイピンを質に入れたお金でノーサンバーランドに向かうから質入れしたものを回収してくれとかという、あの奇妙な手紙を受け取ったとき、はっきりわかったの――わたしがなにか手を打たなければいけない、と」

「ぼくがじっさいに頼んだこととはべつに、という意味か？」

「ええ、そうよ、お兄さま。それとはべつに。お兄さまの行動を考えると、ミセス・ハワードという人物について、ちょっと調べたほうがよさそうだと思ったの」

「ジェネヴィーヴ！」アレックはあごを引き締め、怒りに目をかっと見開いた。「ダマリスについて、訊いてまわったのか？」

「ええ、それで、なにがわかったと思う？　なにも。だれも、彼女のことを知らないの。お兄さまが舞踏会に招待したあの晩より前に、彼女の名前を聞いたことのある人もいなければ、彼女を目にしたことのある人もいなかった。まるで、どこからともなく、いきなりこの世に登場したみたいね」

「いっただろう、彼女はチェスリーからきたんだ。ロンドンは訪ねていただけだ。いいか、ジェネヴィーヴ、彼女はモアクーム家の友人なんだぞ」

「こんなことをいって申しわけないけれど、わたしにはそれがなによりの推薦状だとは思えないの」ジェネヴィーヴがそっけなく応じた。「そしてとうとう、わたしたちの舞踏会で、ミセス・ハワードがレディ・セドバリーと話しているのを見かけたという人に行きあたった。どうやらふたりは、激しい口調でやりとりしていたみたいね。だからわたし、レディ・セドバリーに会いにいったの」

「なんだって！」アレックはすっくと立ち上がった。「いったいどういうつもりだ？」

「お兄さまのためを思っているつもりよ！」ジェネヴィーヴがぴしゃりといい返し、立ち上がってアレックと顔をつき合わせた。「お兄さまが頭でものを考えていないのは、わかりきっていたもの！　ミセス・ハワードは、セドバリー卿の落とし子だねなのよ。母親は女優。セドバリー卿は亡くなったとき、相続する権利もない彼女に財産のほぼすべてを遺している。一族にしてみれば、悲惨なまでの侮辱よね。ミセス・ハワードは母親と一緒に大陸にわたり、社交界に出たかどうかというとき、なんだか大急ぎで結婚したらしいわ。レディ・セドバリーも詳細は知らなかったけれど、どうやらなにか醜聞が関係しているみたいね」

アレックのからだを冷たい怒りが駆け抜けた。妹にたいしてここまでの怒りを感じたのは、生まれてはじめてだ。「なんてことを、ジェネヴィーヴ！　よくもそこまで、人のことにくちばしを突っこんでくれたな。あの老いぼればあさんと、ダマリスの人生についてあれこれ噂話に興じるとは」

「お兄さまを守ろうとしただけよ！」ジェネヴィーヴは白い顔を紅潮させ、兄と同じ薄青の目を銀色の炎のごとくたぎらせた。「どこかの腹黒い女がお兄さまにかぎ爪を立てているのを、ただ黙って見ているわけにはいかなかった」

「ぼくの前でダマリスの悪口をいうのは許さない」アレックは、まるで他人を見るような冷たい顔で警告した。「わかったか？　それに、おまえがだれかに彼女の噂をするのも、がまんならない。レディ・セドバリーを相手にそんなことをするなど、もってのほかだ。彼女はダマリスにほんの少しの慈悲も見せなかった人間なのだからな。セドバリー卿が自分の金をどうしようが、レディ・セドバリーにも、むろんおまえにも、いっさい関係のないことだ。彼が自分の娘を愛するのは、恥ずかしいことでもなんでもない。それにぼくを〝守る〟というが、ぼくはもうりっぱなおとなだし、どう生きるべきかおまえの指図を受ける必要はない」

「あら、そうね、お兄さまは、いままでもみごとな人生を歩んでいらしたものね！」

アレックが身をこわばらせ、マイルズがささやくようにいった。「ジェネヴィーヴ」

「ダマリスはジョスランとはちがう」アレックは冷淡な声で妹に告げた。「それにぼくはもう、偽りの愛を求めるというまちがいを犯すほど、愚かではない」

「ごめんなさい」さすがのジェネヴィーヴもいくぶん恥じているようすだった。「過去のことを持ちだすのはまちがっていたわ。お兄さまを傷つけるつもりはなかったの」

「では、ダマリスのことを話して、どうするつもりだったんだ？　そんなことをして、ぼくが幸せになるとでもいうのか？」

「いやだったのよ。お兄さまがだまされるのが――」アレックが警告するようにまゆをつり上げるのを見て、彼女は言葉を切った。

「それならよろこべ。ダマリスはぼくをだましてなどいない。彼女はとっくに、なにもかも話してくれたのだからな。あの人の父親がだれで、彼がなにをしたのか、もう知っている。かつての夫が、祖母にあたる人物が、彼女をさげすんでいることも。おまえの新しい友人のレディ・セドバリーは、銃を手にしたごろつきにダマリスとぼくを襲わせたということも、話してくれたか？」

「レディ・セドバリーがそいつらを雇ったのか？」マイルズが驚いてたずねた。

「わからない」とアレックは正直にいった。「しかしほかに、あんな悪事をはたらきそうな人物が見あたらないんだ」彼はジェネヴィーヴにさっと険悪な顔を戻した。「それにしても、血を分けた妹が、われわれを苦しめるために男たちを雇った人間と手を組んでいると知って、面食らったといわざるをえないな」

「お兄さまったら、わたしはだれとも〝手を組んで〟などいないわ！」ジェネヴィーヴが激しく抗議した。「お兄さまだって、たったいま、レディ・セドバリーがその男たちを雇ったのかどうかわからないといったばかりじゃないの。わたしには、とてもそうとは思えない」

「そうか。だから、ダマリスとぼくの噂を広めてもまったく問題ないというんだな」

「そんなことはしていないわ！」

「ジェネヴィーヴ、アレック」マイルズがあいだに割って入り、アレックに訴えはじめた。「ジェネヴィーヴは、きみやぼくほどミセス・ハワードのことを知らないんだ。もっとよく知れば、ジェネヴィーヴだって自分のまちがいに気づくさ。彼女はきみを守ろうとしていただけで――」

マイルズは、交戦中の両者から激しくにらみつけられる結果になった。

「あなたに助けてもらう必要はないわ、マイルズ」ジェネヴィーヴがきっぱりといった。

「きみの助けはいらない」同時にアレックも宣言した。

マイルズは両手を掲げた。「きみたちふたりに道理をいって聞かせようとしたぼくがばかだったよ。まるで鋼のように頑固だな」

ジェネヴィーヴが兄に向き直り、堅苦しい声でいった。「ごめんなさい、お兄さま。詮索したりして、申しわけなかったわ。たとえお兄さまのことを心配するあまりの行動だったとしても。お兄さまのミセス・ハワードにたいする気持ちについては、レディ・セドバリーにも、ほかのだれにも、いっさい他言していないと誓います」

アレックはうなずいた。「おまえがぼくを心配していただけというのは、わかっている。

ぼくは怒っているわけではないんだ、ほんとうに」もちろん、そんなのはまっ赤なうそだった。激しい怒りがいまもからだを駆けめぐり、発散の場を探している。しかし、それが筋ちがいの怒りであることもわかっていた。ジェネヴィーヴなら、なにか情報を得たとしても、アレックやその状況について他人にぺらぺらしゃべるはずはないのだから。

妹が和解を求めるかのようにかすかな笑みを向けた。「それにもちろん、お兄さまがすでにミセス・ハワードの過去をご存じなら、なにかばかなことをしでかすのではないかと心配する必要はないわね。殿方なら、愛人をつくって当然だもの」そこで兄の目がいきなり激しく燃え上がったことに気づき、彼女はぎょっとして目を瞬いた。「お兄さま？　どうかした？」

「ダマリスはぼくの愛人などではない」アレックは張り詰めた声でいった。しかしこれもまた、うそだった。ほかに彼女のことを、なんと呼べばいいのか。毎晩のように、彼女のベッドで寝ているのに？　それでも彼は、ほかの人間がダマリスの立場をそう決めつけたことに、灼熱の火かき棒で突かれた気分になり、からだのわきでこぶしを固めた。なにかを殴りつけたくてたまらない。「彼女を侮辱するようなあつかいは、許さない」

ジェネヴィーヴがわずかに目を見開いた。「失礼なことをするつもりはないわ、お兄さま。わたしには、そつなくふるまうこともできないと思うの？　なにもないような顔をすることが、できないとでも？　たとえだれもが知っていること――」

「じっさい、なにもないんだ！」アレックはポケットに両手を突っこみ、一歩あとずさりした。奇妙なほど、追い詰められた気分になる。「ミセス・ハワードは――おまえがきちんと敬意を払うべき淑女だ」

執事が盆を手に現われ、そのあとに、同じように盆を手にしたふたりの従僕がつづいた。アレックはその機会に逃げだすことにした。「失礼するよ。人と一緒にいる気分ではないのでね。きみたちふたりで食事をしてくれたまえ」マイルズとジェネヴィーヴの仰天した表情を無視し、アレックはくるりと背を向けて部屋をあとにした。

足早に去りながら、なんておとなげないまねをしてしまったのか、と考えた。自分とダマリスのあいだにはなにもない、といくらぎこちなく異議を申し立てたところで、友人と妹が納得するはずもない。あんなのは、これまで情事を一度も体験したことのない男の態度だ。ジェネヴィーヴと同じように、アレックもそつなくふるまう方法なら心得ていた。簡単なことだ――身分の低い愛人を抱えている場合、その女性を上流社会に連れだすようなまねはしない。相手が既婚者であれ未亡人であれ、同じ身分の女性の場合は、みんなの前ではなにごともない顔をしながら、あとでこっそり彼女の部屋に忍びこんだり、家の裏口を静かに叩いたりするのだ。だれもが、なにが起きているのかを知っていながら、なにも気づかないふりをする――本人が情事をひけらかしたりしないかぎりは。

もちろん、ダマリスは淑女だ。彼女にそれ以外のレッテルを貼《は》る人間がいるかもしれないと思うと、むっとする。こちらの好き勝手にあつかってもいいたぐいの女性ではない。両親が結婚しなかったとはいえ、きちんとした血筋と品位を持つ女性だ。彼女を愛人としてあつかうなど、ありえない。しかしそれなら、自分はダマリスをどうするつもりなのか？

アレックは足を止めてあたりを見まわし、いつのまにか裏のテラスをさまよっていたことに気づいて驚いた。石の手すりの前に進み、月光を浴びる庭園をながめる。じつのところアレックは、ダマリスをどうするのかについて、まったく考えていなかった。欲望と悦びとうずくような欲求の激動と、片時も離れずにいたい、彼女を見つめていたい、彼女と話したい、彼女を抱きしめたい、毎晩のように腕に抱いて眠りにつき、毎朝同じ状態で目ざめたい、という切実な願望があるだけだ。

もちろん、そんなのは狂気の沙汰だ。ベッドでダマリスとともに目をさまし、ふたりして燃え上がったあの旅がどんなに甘いものだったとしても、結婚していないかぎり、そんなことはもう不可能なのだから。しかし、ダマリスと結婚するわけにはいかなかった。彼女の身分が低いからではない――ダマリスは、彼がこれまで出会った貴婦人のなかでも、だれより品格のある女性だ。だがアレックは、もう恋愛などというたわごとに惑わされるつもりはなかった。結婚するとしても、それはあくまで義務からであり、スタフォード家の一員として、結ぶべき同盟のようなものだ。ジョスランに心奪われたがために、家族にさんざん迷惑をかけてしまった。あんなことをくり返すつもりはなかった。それにダマリスのほうも、彼と結婚しないほうがいいに決まっている。結婚などしたら、彼女も妹や祖母と同じように、アレック以上に過酷な醜聞にさらされることになるのだから。彼が通うクラブの男たちがダマリスに背中を向けることはないだろうが、上流社会の女たちのほとんどから仲間外れにされるのはまちがいない。ことあるごとに冷遇され、傷つけられるのだ。だめだ。どう考えても結婚はできない。

しかし、先ほどの妹の言葉が胸に突き刺さっていた。ダマリスは彼の愛人にすぎないと、ジェネヴィーヴがいとも簡単に思いこんだことに、魂が焼かれるような気分になる。それにひねくれた考えではあるが、自分がまさしく彼女を愛人あつかいしているという事実があるがゆえに、妹の言葉がいっそう憎かった。妹がダマリスを見下しているというのが、いやでたまらない。ダマリスが、そんな手軽な女だと決めつけられてしまうことが。

アレックはあごを引き締めてふり返り、手すりによりかかって腕を組むと、考えこんだ。こっそりダマリスの部屋に行くところや、彼女の部屋から朝出てくるところをジェネヴィーヴに見られようものなら、妹はまちがいなくダマリスのことをそう決めつけてしまうだろう。ダマリスの名誉を傷つけないためにも、彼女の評判をおとしめないためにも、ここは用心しなければ。こうなったからには、どんなにそうしたくなくとも、いっそうの用心が求められる。アレックはダマリスの部屋を思い浮かべた。あそこは妹の部屋の向かいにある。夜、ダマリスの部屋にいることをジェネヴィーヴに知られたくなければ、慎重に行動しなければならない。

いや、慎重の上にも慎重を期さねば。とりわけ、ジェネヴィーヴが到着したばかりの今夜は。ダマリスとふたりきりで過ごす方法なら、またすぐに思いつくだろうが、今夜ばかりは彼女のもとに行ってはならない。今夜は紳士を演じるのだ。彼はあきらめのため息をひとつもらすと、長く孤独な夜を送る覚悟を決めた。

21

翌朝、ダマリスは遅い時間に目をさました。しばらくベッドに横になったまま、細かく装飾が施された天蓋を見つめていた。こんなに寝坊をしてしまったのも無理はない。ゆうべはベッドに入っても何時間も眠れず、アレックが扉をそっと叩く音が聞こえはしないかと、耳をそばだててばかりいたのだから。今夜はくるつもりがないのだという事実を受け入れたあとですら、自分のまちがいを指摘する論理すべてに反して期待を抱き、待ちつづけた。そのうち自分がみじめでたまらなくなり、枕に顔を埋め、必死に涙をこらえたのだった。

アレックがこなかったのは妹と友人がいるからなのかもしれないと思うと、恐ろしかった。つまり彼は、ダマリスのことを恥じているのだ。彼女との情事が発覚するのが、いやなのだ。いいえ、そこまで悲観的になる必要はない、ほかの人がいるいま、紳士らしくふるまおうとしているだけよ、わたしの評判に傷をつけたくないのよ、と自分にいい聞かせもした。しかし、彼が夜中に人けのない廊下を通って、だれにも見られずにこの部屋へ入ってこられることも、充分わかっていた。たまたまマイルズかジェネヴィーヴに見られたとしても、咎められはしないだろう。これは、昔からよくある話なのだから。田園地方の邸宅では、紳士がこっそり自分の部屋を抜けだし、脈のある貴婦人のベッドに入りこんで逢《あ》い引きするという話は、ダマリスもたびたび耳にしてきた。

胸をわしづかみにされたような気分だった。アレックが自分のことを恥じているのかもしれない、ふたりの関係を断ち切ろうとしているのかもしれない、と思うだけで耐えられなかった。

ダマリスは起き上がって顔を洗い、女中を呼んだ。ギリーは紅茶とトーストを運んでくると、部屋じゅうをせわしなく動きまわり、カーテンを開け、ダマリスに部屋着と室内履きを差しだした。「やっとご自分のお召し物に袖を通せるなんて、すてきじゃありませんこと？」

「そうね」ダマリスは無理に笑みを浮かべながら部屋着をはおり、洗面台の前にすわってギリーに髪をとかしてもらった。

ギリーは銀細工のついたダマリスのブラシを手にすると、それを彼女の髪に滑らせ、寝ているあいだにもつれた髪を丹念にほどいていった。「とてもすてきな朝ですわね。殿方は、早くからお出かけですのよ」

「あら、そうなの？　どちらへ？」ダマリスは、声に落胆の色がにじんでしまわないようにした。

「狩りにお出かけだとうかがいました。でも、あの役立たずのシャドウをお連れでしたから、なんの成果もなくお戻りかもしれません。あの犬は、鳥を見つけるどころか、怖がらせてばかりいるそうですから」

あののんきで間の抜けた犬が野原を跳ねまわり、鳥に向かって吠えているところを想像し、思わず笑みを浮かべたダマリスだが、今朝はアレックに会えないと思うと、やはり心がずっしりと沈んだ。それにしても、どうしてマイルズと狩りになど出かけることにしたのだろう。マイルズが誘ったのだろうか？　それとも、ゆうべのように、アレックがわたしを避けようとしているの？

そんな気の滅入《めい》るようなことを考えていたためか、トーストがのどを通らず、ダマリスは服を着替えて階下に向かった。居間にウィラとジェネヴィーヴがいたので、それから一時間ほどふたりと堅苦しい会話をして過ごした。ウィラはとても愛想のいい人だが、ジェネヴィーヴの冷ややかでよそよそしい態度に接すると、ダマリスは気まずさをおぼえ、よそ者の気分を味わわされた。三人は、うららかな陽気や、城や地域の歴史について、礼儀正しく言葉を交わした。

ウィラがいつものように田園地帯への長い散歩に出発したとき、ダマリスは心底ほっとした。彼女もまもなく、庭でしばらく読書がしたいといってその場を辞すことにした。図書室で適当に本を一冊選び、外に出た。外にいると息をつくことができる。両側をバラが縁取る、手入れの行き届いた通路をのんびりと歩いていく。葉が生い茂った背の高い木々の合間を抜け、低い位置にある庭園に足を踏み入れた。

と、数ヤード先にいきなりひとりの男がぬっと姿を現わし、ダマリスはぎょっとして跳び上がった。心臓が早鐘を打っている。男は生垣の陰に立っているので顔はよく見えなかったが、ダマリスは即座に、彼女の拉致を試みた男たちのことを思い浮かべた。家までの距離を推し量り、追いつかれる前に戸口にたどり着けるだろうか、と頭をめぐらせる。あとずさりしながら、声をかけた。「だれ？　そこでなにを——」

男が陰から日向《ひなた》に出たのを見て、ダマリスは足を止めた。顔から血の気が引いていく。

「どうした、ダマリス？　まさか自分の夫の顔がわからないのか？」男がのんびりとした足取りで近づきながらいった。「ずいぶんいいかげんな女だな」

ダマリスは相手をまじまじと見つめた。動くことができない。「バレット！」

最後に顔を合わせてから十一年という歳月が流れたわりには、彼はほとんど変わっていなかった。あいかわらず細くて神経質そうな整った顔立ちに、昔と同じ黒い髪。そして理想的なかたちで額にかかる前髪も、甘ったるい茶色い目も、昔のままだった。

「でも、あなた——あなた、死んだはずよ！」

「ごらんのとおり、ぴんぴんしている」彼が両腕を広げた。「それに、まだおまえの夫でもある」

「ああ、なんてことなの」ダマリスのひざから力が抜け、彼女は地面にくずおれずにいるのが精いっぱいだった。いちばん近くにあった石の長椅子にどすんと腰を下ろす。頭のなかで思考と感情がごちゃまぜになり、そのすべてを越えて、ひとつの名前が浮かんできた――アレック！　彼はどうするだろう？　なんと思うかしら？

「なにがあったの？」ダマリスはたずねた。「どうして火事で焼け死んではいないと、だれにもいわなかったの？」彼女の顔に疑念が浮かんだ。「あなたが仕組んだことなの？　あなたが火を放ったの？　債権者から逃れるために、死んだことにしたのね！」

バレットが苦笑した。「ずいぶんないいわれようじゃないか！　自分で火をつけたわけじゃないさ。金を払わずにすむよう、夜明け前にこっそり宿屋を抜けだしていたというだけの話だ。しかし、自分が死んだと思われていることを知ったときは、まあたしかに、こりゃ都合がいいと思った。生きていることをだれにも知られていなければ、新しい人生のスタートが切りやすいというものだからな」

ダマリスは嫌悪に唇をゆがめた。「どうしてここにいるの？　どうして――」彼女は目を見開き、さっと立ち上がった。「あなたなのね！　あなたが、あの男たちを送りこんだのね！　わたしを拉致しようとしたのは、あなただったのね！」

彼が顔をしかめた。「おまえにロンドンをうろちょろされたんじゃ、困るんだよ。そうだろ？　おかげでずいぶんやっかいな目に遭ったよ。おまえに見つかるんじゃないかと、ロードン伯爵夫人の舞踏会を早々に引き上げるはめになった。当然ながら、ほかの場所でもおまえとばったり出くわす危険は冒せなかった。こうなったからには、どちらかが去るしかない。しかしおれのほうは、ロンドンを去るつもりなどさらさらないというわけさ」バレットが表情を暗くした。「まったくおまえって女は、昔からいまいましいやつだった！　こんなに時間がたったあとで、なんだってロンドンの社交界に顔を出そうなんて思ったんだ？　おまえに顔を見られたら、デニス・スタンリーも一巻の終わりじゃないか」

「デニス・スタンリー――ああ！　いまはそう名乗っているのね？　ずいぶん抜け目のないこと――名門一族の名字を拝借するなんて。昔と同じように。あの一族の者だと明言することなく、だれかに公然と訊かれたら、自分は一族にとってたいした存在ではありませんから、なんて謙虚な言葉でごまかすつもりなのでしょうね」

「そうさ」彼はダマリスの口調にふくまれる棘を無視し、まるで褒められたとでもいいたげに得意そうな顔をした。「昔から、なかなかいい考えだと思っている」

「顔を見られて正体を明かされたら困るから、わたしを拉致しようとしたの？」

「いいカモをつかまえたというときに、おまえになにもかもだいなしにされるわけにはいかなかったんだよ」バレットが手を差しだしててのひらでなにかをすくい上げるようなしぐさをしたあと、ぎゅっと握りしめた。「エングルトンの遺産を相続する女を、まんまとだましたところだったんだから」

「どうするつもりだったの？　わたしを殺して口封じをしようとしたの？　それとも、一生、わたしをどこかに閉じこめておくつもりだった？」

「それについては決めていなかった。おまえを国から追いだすべきか、脅しつけて二度とロンドンに近づけまいとするか、あるいはあのばかな女をものにするまで数カ月ほどどこかに閉じこめておくか。白人奴隷として売り払って、この世から抹消してやろうかとも思ったんだが、残念ながら奴隷商人をひとりも知らなかったんでね」

「なんて卑しいけだものなの」ダマリスは彼に軽蔑の目を向けた。「だから、ここにきたの？　わたしをロードンの庭園からさらうつもり？　わたしを殴り倒して、どこかに閉じこめると？　ロードン伯爵に刃向かえると思っているのなら、あなた、とんだまぬけだわ。彼に脳天をかち割られるのが落ちよ」

「愛人の夫にそんなことを？　それはどうかな」バレットが不気味な笑みを浮かべた。「あのな、あの役立たずどもがおまえをまたしても取り逃がしたあと、もう少しじっくり考えてみたんだ。最初はひどく不愉快だったが、そのあと、ひょっとしたらこれがいちばんの方法かもしれない、と気づいた。あのときは、見るべきところに目を向けていなかったんだな。豚みたいな脳みそしかないエレノア・エングルトンに手をわずらわせる必要が、どこにある？　なにしろこっちは、すでに遺産相続人をひとり手に入れているじゃないか、って。しかもそれは、鳩《はと》のようにずんぐりむっくりしたからだつきでもなければ、いつもくすくす笑ってばかりいる能なしでもない。あれから、もう十一年になる。で、おまえが財産を手に入れられる年齢に近づいているってことに、気づいたのさ。三十になったら、もらえるんだよな？」

「そしてわたしの夫として、それを手に入れるというわけね」ダマリスは目をすがめた。

バレットがにやりとした。「外国旅行は魅力的じゃないか？　イタリアに戻ってもいいな。おれたちのロマンスが花開いた場所を再訪するのさ」

「わたしがあなたと一緒にどこかへ行くとでも思っているのなら、頭がどうかしているんだわ」ダマリスはくるりと向きを変えて家に向かいはじめたが、追いかけてきたバレットに手首をつかまれた。「なにをするの？」ダマリスは彼の手をふりほどこうとした。「放して。さもないと、大声を出すわよ。少しでも分別というものがあるなら、アレックに八つ裂きにされるとわかっているはずよ」

「お忘れのようだが、おれはもう何年も、爵位を持つ裕福な家柄について研究を重ねてきた。だからスタフォード一族がどういうものか、ちゃんと心得ている。彼らが――なんといおうか――復讐心《ふくしゅうしん》の強い連中であると同時に、どうしようもないほど自尊心の高い連中であることを知っているんだ。なかには、高慢だと表現する人間もいるだろう。そう考えれば、ロードン伯爵が一族に醜聞をもたらすようなことを、するはずはない。しかも相手は、卑しい生まれの愛人なんだから」

ダマリスが蒼白になったのを見て、バレットがふくみ笑いをもらした。

「ああ、ぴんときたようだな、ちがうか？　ロードンにしてみれば、おまえはいちゃつく相手には充分魅力的だが、家名に泥を塗ってまで守るほどの存在じゃないんだよ」

「アレックは、あなたがわたしを連れ去っても黙っているような人でもないわ」ダマリスはきしらせた歯のあいだからいった。アレックがどんなに醜聞を避けたがっていようと、それだけは確信していた。「たしかに彼も醜聞は困るかもしれないけれど、スタフォード一族のことがわかっているなら、あの人たちのものを奪おうとする人間などいないこともわかっているはずよね。クレイヤー城には、身の毛もよだつような地下牢があるそうよ」

それを聞き、〝生還〟した夫が怯むのを見てダマリスは満足感をおぼえたが、彼はすぐに気を取り直し、彼女の腕に指を食いこませてからだを揺さぶった。

「なら、やつが戻ってくる前にここから出ていくのが身のためというものだぞ」バレットは彼女の表情を見てにやりとした。「ほう、おれのことを見くびっていたようだな。無理もないか。ロードンのような軟弱貴族とばかりつき合ってきたからな。いま伯爵が留守なのはわかっている。友人と狩りに出かけたから、数時間は戻ってこないだろう。それだけ時間があれば、部屋に戻って荷物をまとめ、おれと一緒に逃げるだけの余裕はあるはずだ。下の林に馬車を待たせてある」

「いったでしょう——あなたと一緒に行くつもりはないわ！」ダマリスが腕をぐいと引くと、今度はバレットも手を離した。その拍子に彼女はうしろによろめいて木に激しくぶつかり、腕にすり傷をつくった。

「いや、おまえはくるはずだ。もし一緒にこないというなら、おまえがおれの妻だということを世間にばらしてやる。夫が議会に離婚を申し立てるのはめずらしいことかもしれないが、そうしてやるからな。不義を理由に。おまえと、当然ながらここの伯爵には、不利な証拠が揃っている。罪を犯した者として、ロードンはかなりの罰金を支払わされることになるだろうが、そんなのは、あの一族にもたらされる醜聞とはくらべものにもならないさ。家名にそんな泥を塗られでもしたら、あいつの妹もふさわしい結婚相手を見つけるのが、さぞかしむずかしくなるだろうな。おれのほうはといえば、たしかにおまえが三十歳になったときに受け取るほどの大金をせしめることはできないだろうが、そのあとはまた好きに結婚できるようになる。しかも、重婚者であることがばれる心配もなく。それに、ロードンが身を破滅させるところを目にするだけでも、そうする価値はあるかもしれない」

ダマリスのからだを憤怒が駆けめぐり、もう少しで爆発しそうになった。「蛇のような男ね！　根っからの悪党だわ。さっさと消えて、アレックには手を出さないで。それだけのお金は支払うわ。資産の管理人と話をして、あなたにお金を払ってもらう。いまではわたしも歳を重ねたから、あの人たちもこちらの希望に添ってくれるでしょう。そして三十歳になった暁には、わたしたちの生活にこれ以上かかわらないと約束してくれるなら、もっと支払ってもいい」

「それで、わが妻をあの金髪伯爵に寝取られたままにしておけとでも？　そうはいかんだろう。それにこちらには、二年後におまえの金を丸々手にする権利があるんだ。なのに、どうしてその一部で満足しなきゃならない？　だめだ。おまえの大切な恋人が、おまえと寝た過ちのために公の場に引っ張りだされ、屈辱を浴びるのがいやなら、いますぐおれと一緒にくるしかない。部屋に上がって、荷物をまとめろ。ああ、それから、もう情事は終わりにするという短い手紙をやつに残しておけよ。追いかけられでもしたら困るからな」

「追いかけてこないでといっても、無理よ」

「おまえのほうがやつに飽きたと思わせれば、追いかけるなんていう卑屈なまねはしないさ。やつに助けを求めたり、おれに強制されていると思わせたりはするなよ」

「じっさい、強制しているじゃないの！」

「おまえの恋人を醜聞から救う機会を提供してやっているだけだ。もしやつが追いかけてきて公然と騒ぎを起こしたら、努力はすべて水の泡になる。それに、取っ組み合いのけんかになればやつが勝つのは目に見えているから、こちらとしては先んじて、やつが現われると同時に撃ち殺さざるをえないだろうな。妻を寝取った男を殺したところで、こちらを殺人罪に問う法廷など、どこにもありはしないさ。しかしおまえが自分からやつを捨てれば、自尊心の高い男のことだ、こそこそあとを追ってきたりはしないだろう」

ダマリスはショックのあまり麻痺《まひ》したように、バレットをまじまじと見つめた。「あの人を殺すというの？　いくらあなたでも、そこまで下劣な人間だとは思わなかったわ」

「愛しい妻よ。おれだって、恋の病にかかった大男に歯を何本か折られたり、あごを割られたりするのは、いやだからな。即座に撃ち殺すまでさ」

彼女は、バレットに飛びかかって爪を立て、蹴ってやりたいという気持ちをぐっとこらえた。いま銃を手にしていたら、彼に向けて発砲していたかもしれない――いや、ナイフでも棒でもなんでも、手に入るものがあれば、彼を襲ったかもしれない。しかしいまのダマリスは、頼りになるヘアピンすらつけていなかった。怒りが全身を駆けめぐったあとに残ったのは、がたがたと震える空っぽのからだだけだった。

「す――すぐに戻るわ」彼女は沈鬱な声でいった。「ここで待っていて」

ダマリスはふり返って城を目ざしはじめた。まるで綿をぎっしり詰められたかのように、からだが麻痺している。それでもなにか方法はないかと、必死になって頭をはたらかせていた。この悪夢を抜けだすための方法が、なにかないだろうか。しかし、風に散らされる木の葉のように、頭のなかがくるくると渦を巻くばかりだった。これぞというものをとらえることも、考えることもできない。どんな考えも、床に転がるアレックの死体という、冷たくぞっとするような光景に邪魔され、どこかへ吹き飛ばされてしまうのだ。

バレット――いまはどんな名前を名乗っていようが――のことだ。アレックに襲われれば、言葉どおり彼を撃ち殺すにちがいない。一方、バレットがダマリスを拉致したとか、彼女を傷つけたことがわかれば、アレックも彼を攻撃するに決まっている。そんな事態になるのを避けるには、バレットのいうとおりにするしかなかった。アレックに、もうふたりの情事は終わりだ、ときっぱり、冷たく告げる手紙を書かなければ。彼を救うには、断ち切るしかないのだ。

またしても女性に逃げられたと知ったときのアレックを思うと、目に涙があふれてきて、決意が揺らいでしまいそうだった。バレットと一緒に行く必要はないのだ。城のなかにとどまれば、アレックが帰ってくるまで安全だ。そのあと、なにが起きたのかを話せばいい。だがもしそんなことをすれば、バレットを見つけようと、アレックが夜の闇に飛びだしていくこともわかっていた。そしてバレットに近づいたら最後、撃ち殺されてしまう。

バレットに道徳心のかけらもないことは明らかだし、どの法廷でも妻の愛人を撃ち殺した夫の行為は正当だと見なされるという彼のいいぶんは、まちがっていない。だからバレットは、アレックが近づいてくるのを目にすれば、ためらうことなく撃ち殺してしまうだろう。

奇跡的にアレックを引きとめることができたとしても、バレットが脅したとおりのことを実行し、アレックを醜聞の中心に引きずりだすはずだ。そうなればアレックの評判はずたずたにされてしまう。一年半前、ジョスランに捨てられ、さんざん叩かれたあとなのだから、なおさらだ。ダマリスも、アレックの横柄さをからかいはしたが、彼のあの誇り高き頭がうなだれるさまを見るのは、耐えがたかった。仲間の前で彼に恥をかかせる原因になるなど、ぜったいにいやだ。それに、害を被るのはアレックひとりではない。彼の家族も傷ついてしまう。伯爵夫人とジェネヴィーヴにも迷惑をかけてしまうことになるのだ。ダマリスはそのふたりに深い愛情を抱いているわけではなかったが、罪のない人間を傷つけたくはなかった。それにそうなれば、自分の行為によって妹と祖母を傷つけた、とアレックがひどく苦悩することもわかっていた。

だめよ、そんな事態を招くわけにはいかない。バレットと一緒に行かなければ。あとで……そう、あとでバレットをなんとかする方法を見つければいい。ここからうんと離れたところ、なにが起きてもアレックには害をおよぼさないところに到達したら、すべきことをするのだ。その誓いが、胸のなかで冷たく硬いしこりとなった。しかしいまいちばん大切なのは、アレックがあとを追ってこないようにすることだ。

ダマリスは部屋に戻り、最低限の荷物を鞄に詰めた。アレックに買ってもらった櫛に手をのばしてしばし迷ったあと、それも鞄に入れた。ほとんどのものは残していっても気にならなかったが、アレックからの贈り物だけは手もとに残し、一生慈しみたかった。銃を持っていくかどうかについても、迷った。バレットにどう対処したらいいのかはよくわからなかったが、武器があれば大きな助けになるだろう。もっとも弾は装塡《そうてん》されておらず、火薬も弾丸も持ち合わせていなかった。そうしたものを、アレックがどこにしまっているのかもわからない。

ダマリスは部屋からそっと抜けだすと、忍び足で廊下を進んでアレックの寝室に入った。運がよければ、アレックはよくブーツに入れていたあの小さなナイフを部屋に残していったかもしれない。なにしろ彼もマイルズも、狩猟のための銃をひと揃え持参しているうえ、猟場番と助手、そして犬まで連れていっているのだから。簞笥やテーブルの上といった目につきやすい場所には見あたらなかったので、ダマリスは引き出しを開けてなかを確認してみた。こそこそとアレックの持ち物を盗み見るのは気が引けたし、使用人がたまたま入ってきて見つからないことをひたすら祈った。

靴下が入っている狭い引き出しのなかに、ようやくその武器が見つかった。アレックがよくふくらはぎに装着している鞘もある。ダマリスの場合、それを身につけるには太腿でないとサイズが合わなかったが、そこなら外れそうになかったので、ナイフを鞘に忍ばせたうえで、スカートを揺すって下ろした。それに満足すると足早に自室へ戻り、繊細なマホガニー材の書き物机の前に腰を下ろした。便せんを一枚取りだし、アレックに短い手紙を書こうとする。

ところが、なにも言葉が出てこなかった。二文ほどしたためたものの、これでは真相が知れてしまうと気づき、かき消した。けっきょく、ここを出ていくというそっけない言葉を殴り書きすることになった。〝わたしたちの関係は終わりです。楽しかったけれど、もう飽きてしまいました〟こんなふうに書けば、彼も追ってはこないでしょう?

バレットのいうとおり、アレックは自尊心の高い男だ。もはやその気のない女を追いかけるようなまねはしないだろう。シーアから聞いた話によれば、ジョスランが逃げたとき、アレックは自尊心ゆえ、あとを追いかけなかったというではないか。少なくとも、すぐには。婚約者による裏切りの一件を考えれば、彼がダマリスのあとを追ってくるとはますます考えにくい。彼女は婚約者ですらないのだから。本人が騒ぎを起こすようなことさえしなければ、彼女に逃げられたことは、だれにも知られずにすむというものだ。

しかしなにを持ってしても、アレックの心の傷を取りのぞくことはできない。かつて彼に愛され、彼から逃げだした女とまったく同じことを、自分はしようとしている。アレックを傷つけると思うと、ダマリスは胸をわしづかみにされた気分になった。彼がガブリエルの妹を愛したときと同じくらい自分を愛してくれていると思うほど、うぬぼれてはいなかった。それにもちろん、彼はダマリスとの結婚を考えているわけではない。それでも、アレックのもとを去るのは、彼の顔に平手打ちを食わせるようなものだ。ジョスランに逃げられたときの傷口に、塩を塗るようなものなのだ。

こんなふうにアレックを傷つけなければならないと思うと、心が乱れた。しかし傷つけられるからこそ、彼は追ってこないはずなのだ。自尊心よりも心の傷のほうが、彼を食い止める力を発揮してくれるにちがいない。相手がダマリスであれ、ほかのだれであれ、アレックは心の傷を決して見せようとはしない人だ。だからこそ、どんなにそうしたくとも、ダマリスは彼の心の棘を抜き取るわけにはいかなかった。彼を愛しているとか、自分の行為を残念に思っているといった言葉を書くことはできない。わたしを悪く思わないで、と彼に懇願することはできないのだ。

そうこうするうち、目から涙がこぼれ落ち、便せんを汚してしまった。ダマリスは心のなかの思いと同じくらい小さくて窮屈な字で名前をしたためると、便せんを折りたたんで封をした。表にアレックの名前を書き、頬の涙を拭ったあと、鞄を手に階段を早足に下り、まずは玄関近くの細いテーブルに向かった。そこに訪問者の名刺や郵便物を入れる銀の盆がおかれているのだ。その盆に手紙をおくと、くるりと方向転換して、庭園へ出る扉に向かって廊下を静かに歩きはじめた。

「ミセス・ハワード？」

ダマリスは内心で悪態をつきながら足を止め、階段のほうをふり返った。アレックの妹が、階段のいちばん下に立っていた。手すりに軽く手をかけている。数段上には彼女の猫がからだに尻尾を巻きつけてすわり、主人とそっくりな横柄な視線をダマリスに向けていた。

「レディ・ジェネヴィーヴ。どうも」ダマリスは神経質な笑みを浮かべた。

ジェネヴィーヴの目が、ダマリスが手にしている鞄にちらりと注がれた。彼女は玄関広間まで下りると、ダマリスに近づいてきた。「どこかにお出かけですの、ミセス・ハワード？」

「ええ。わ――わたし、出ていきます。ロードン卿には、お手紙を書いておきました」彼女は盆の上に残していった便せんにちらりと目をやった。

「ほんとうに？　では、兄とは話していませんのね？」ジェネヴィーヴの声は冷淡だった。

「ええ。で――できなくて。つまり、気を強く持てないかもしれないと思って」ダマリスはこみ上げてきた涙をぐっとこらえ、金髪の女性に一歩近づいた。「あなたも……わたしが出ていったほうがいいと、おわかりのはずですわ。わたしは、だれかの愛人として生きていきたくはないんです。たとえ相手がアレックだとしても」どんなに心苦しくとも、アレックと一緒にいるためならそういう束《つか》の間の生活を受け入れてもいいと決意を固めていたことは、あえて口にする必要もない。

ジェネヴィーヴの完ぺきな顔にかすかな感情の波がよぎったが、彼女はなにもいわなかった。

「アレックが腹を立てるかもしれないことは、承知しています。でもけっきょくは……」ダマリスはごくりとのどを鳴らした。目に涙がたまりつつあるのがわかったので、瞬きをして追い払った。「このほうが彼のためなのです。あなたも同じ気持ちのはずですわ」

ジェネヴィーヴの目がきらりと光った。「わたしなら、兄を傷つけたりはしません」その声には、アレックを思わせる激しさがこめられていた。

「ごめんなさい。わたしもそんなことはしたくありません。いままで一度も……」ダマリスはそこで言葉を切った。つづければ、きっと泣きじゃくってしまうにちがいない。彼女は、くるりと背を向け、長い廊下を奥の扉のほうへと駆けだした。追いかけてくる足音はしなかった。

22

アレックはマイルズと気さくに会話しながら、庭をぶらぶらと歩いていた。彼の前を、舌をだらりと垂らしたシャドウが軽やかな足取りで進んでいく。びしょ濡れで泥まみれになったシャドウは、命令にしたがうどころか鳥に向かって狂ったように吠えかかるばかりで、総じてみんなの邪魔をしていたにもかかわらず、猟犬としてあたかもりっぱなはたらきをしたとばかりに胸を張っていた。アレックには、そんなシャドウの気持ちが手に取るようにわかっていた。獲物は雷鳥数羽だけだったが、そんなことは関係ない。よき友や愛犬と一緒にいい散歩ができたのだから。しかもこのあとは、ダマリスと過ごす楽しい時間が待っている。

従僕が彼らを迎えるために扉を開けたあと、のそのそと入ってきたシャドウを見て、恐怖にあとずさりした。アレックはさっと前進して首輪に手をかけ、シャドウが毛についた水分と泥をぶるぶるふり払おうとするのを、すんでのところで食い止めた。

「こら、だめだ、わが友よ」アレックはうれしそうな顔をする犬にそう告げた。「女中頭がぴかぴかにした床をおまえが汚したら、ぼくの首がはねられてしまう。ほら」彼は犬を従僕に引きわたした。「犬舎に連れていって、だれかにからだを洗わせてから、入れてやってくれ」

このあと風呂が待っていることを察したシャドウは足を踏ん張り、引っ張っていこうとする従僕に必死に抵抗した。しかし大理石の床の上を肉球がするすると滑ってしまうため、アレックに懇願するような視線を向けつつ、あっというまに扉から連れだされていった。

マイルズが苦笑した。「かわいそうなシャドウ。これであいつにきらわれてしまったな」

「あいつにかぎって、それはない。ここに戻ってくるころには、なにもおぼえちゃいないからな。またわれわれの顔を見て、よろこぶだけだ。ジェネヴィーヴの猫とはちがう。あっちはほんの些細なことまでしぶとくおぼえていて、何日もきみに敵意を向けてばかりいるようだ」

その猫が階段のいちばん下の段の親柱の上にちょこんとすわり、退屈そうな目でふたりをひたと見据えていた。彼らは猫に用心深い視線を向けた。

「あの猫、ぼくの存在そのものが気に入らないんじゃないかと思うんだ」とマイルズが打ち明けた。

アレックは視線をちらりと落としたとき、玄関広間のテーブルにおかれた銀の盆に、折りたたまれた便せんがあることに気づいた。表に彼の名前が書かれている。ダマリスが字を書くところはほとんど目にしたことがなかったが、アレックはその流れるような文字が彼女の筆跡だと確信した。心臓が胸のなかでどくんと打ち、いきなり説明のつかない恐怖に襲われる。足を止めてテーブルに目をやりながらも、なぜかその手紙をなかなか取り上げられなかった。

「アレック？」マイルズが何歩か追い越してから、友人が足を止めたことに気づいてふり返った。「どうした？　そんな顔して――」

アレックはなにも答えずに手紙を取り、ひっくり返して慎重な手つきで封を切った。便せんを開き、文章が殴り書きされた紙面に目を落とす。ところどころ文字がにじんで筋になっていたが、内容は短く簡潔で、要点は明らかだった――ダマリスが去ったのだ。

「アレック！」マイルズが警戒するような声を上げて友人に歩みよった。「いったいどうした――」

アレックは黙って手紙を差しだした。いまふたりで立っている大理石の床のように顔が蒼白になり、目はうつろで、心はどこか遠くに離れていってしまったかのようだ。マイルズは手紙を引ったくるようにしてその内容にすばやく目を通すと、まゆを大きくつり上げた。

「わたしたちの関係は終わりです。楽しかったけれど、もう飽きて――」彼は驚いた顔でアレックを見つめた。「これはどういう意味だ？」

「はっきりしていると思うがな。彼女に捨てられたんだ。逃げられたんだよ」

「ちがう！　いいか、アレック、ダマリスはジョスランとはちがう」

「ぼくもそう思っていた」アレックの声には苦々しさがにじんでいた。「なのに、彼女は去ってしまった。どうやらぼくは、女性にある種の影響を与えてしまうようだ」

まだ痛みは感じていなかった。それほどには。痛みはあとでやってくるのだ。暗い部屋でひとりきりになり、失ったものの大きさに圧倒されたときに。しかしいまのアレックは、完全に麻痺していた。

「ばかなことをいうな！　ぼくは、きみと一緒にいるダマリスを見てきた。彼女がきみにぞっこんじゃなかったというのなら、ぼくは女性を見る目がまったくないということになる。ぼくには女きょうだいがたっぷりいることを、忘れないでくれ」

アレックは氷のように冷たい視線を友人に向けた。「いま、その手紙を読んだだろう。どこに疑問の余地があるというんだ」

背後から大理石の床を近づいてくる足音がしたので、ふたりがふり返ると、ジェネヴィーヴがロング・ギャラリーを足早にこちらへ向かっていた。「お兄さま！」彼女の目がマイルズが手にする手紙に注がれたあと、兄の顔に戻った。「それを読んだのね」

「ああ、読んだ。彼女はいつ出ていったんだ？」

「まだ一時間もたっていないわ」ジェネヴィーヴは近づくと、アレックの顔に明るい色の目を向けた。

「おまえは知っていたのか？」彼の目がきらりと光り、鋭く尖った頬骨にさっと色が差した。

「なのに、止めなかったのか！」

「どうすればよかったというの？」ジェネヴィーヴが鋭く切り返した。「無理やりここにとどめておけとでも？　彼女はりっぱなおとななのよ」

アレックの目のなかで、怒りといらだちが燃え上がった。「なぜだ？　彼女はせめて、どうして出ていくのか、その理由をおまえに話したか？」彼はマイルズの手から手紙を奪い取り、くしゃくしゃに握りしめた。「いったい全体どういうわけで、ぼくは女性とうまくいかないんだ？」

「彼女は、だれかの愛人として生きていきたくはないといっていたわ」とジェネヴィーヴが答えた。「そ――そういうのは、女にはつらいことだもの。まわりにそんなことを知られれば、上流社会ではぜったいに受け入れられない。たとえお兄さまが慎み深い行動を取ったとしても――ちなみに、お兄さまはちっとも慎み深くなかったけれど――彼女のような生まれの女性が紳士とそういう関係になれば……やはり、みんなに鼻であしらわれてしまうでしょう。お兄さまだって、それくらいわかっているはずよ」

「どこぞの老いぼれ猫が彼女を傷つけようとしたら、皮を剝《は》いでやる！」アレックはぴしゃりといった。

「お兄さまがその場にいたらの話でしょう」ジェネヴィーヴも一歩も引かず、腰に手をあてて やり返した。「でも、いつも彼女と一緒にいられるわけではないのよ」

「ダマリスは、上流社会など気にもかけない」アレックは不機嫌な顔でそういうと、そっぽを向いた。

「社会からのけ者にされたがる女なんて、いやしないわ」ジェネヴィーヴはそこでためらい、兄の顔をつくづく見つめた。「お兄さま……たぶん、このほうがいいのよ。いまはお兄さまも動揺しているでしょうけれど、でも……」

「動揺だと?」アレックは妹のこともマイルズのことも見ずに、むなしい笑い声を上げた。「そんなわけはない。ぜったいに。ぼくはスタフォード家の人間だ、そうだろう? われわれは、感情に流されたりはしないんだ」

ジェネヴィーヴがマイルズに不安げな視線を投げたあと、兄に目を戻した。「ここは——たぶん腰を下ろして落ち着いたほうがいいのではないかしら。紅茶を用意させるわ」

アレックは言葉にならないうなり声を上げ、くるりとからだの向きを変えて広間のテーブルの上で腕をふりまわし、花瓶と銀の盆と美しい枝つき燭台二本を宙に飛ばした。「紅茶など、いらん!」

花瓶が派手な音を立てて砕け、水と茎の長い花々、陶器のかけらがそこらじゅうに散らばり、ジェネヴィーヴとマイルズは跳び上がった。

「納得がいかない!」アレックがさっとふたりに顔を戻すと、マイルズが急いでアレックとジェネヴィーヴのあいだに入った。「彼女を見つけてみせる」

「アレック、考えてもみろ」マイルズが理性に訴えようとした。「ミセス・ハワードを無理やりここに連れ戻すわけにはいかないんだぞ」

「そんなことはない！」アレックは彼をにらみつけた。「彼女を連れ戻して、面と向かって答えてもらう。どうしてぼくのことを、愛――」彼はそこで言葉を切ると、足音を響かせて立ち去ろうとした。

「お兄さま！　待って！」

アレックは一度に階段を二段ずつ上り、背後で聞こえる妹の声を無視した。体内から怒りと苦悩がふつふつとわき上がり、もう何年もかけて慎重につくり上げてきた心のダムを決壊させた。廊下を勢いよく進んで自室に向かい、足台にどすんと腰を下ろして散歩用のブーツを引き抜く。乱暴にベルを鳴らして使用人を呼びつけたあと、待つのがもどかしくなり、廊下に顔を突きだし、ぎょっとした顔をした女中に向かって、馬に鞍をつけさせろ、と怒鳴りつけた。

それにしても、ダマリスはどうやって出ていったんだ？　アレックは乗馬用のブーツを衣装簞笥から引っ張りだしながら考えた。厩番が、彼女のために馬を用意したのだろうか？もしそうなら、厩番の皮を剝ぎ取ってやる。まさか徒歩で出発したわけではあるまい。村から駅馬車を調達したのだろうか？　もう何日も前から計画していたのか？　彼女にだまされていたのかもしれない、幸せそうな顔をしながら、裏ではずっと逃亡を企てていたのかもしれないと思うと、激しい痛みが胸を突き刺した。

　彼がベッドの支柱に手をかけてよろめくからだを支えたとき、妹があわてたようすで部屋に入ってきた。彼女は小さな悲鳴を上げたあと、数フィート離れたところから兄を支えようとするかのように両手を差しだした。無理もない、とアレックは思った。彼自身、どんなにしゃんと立っているつもりでも、倒れそうな気分なのだから。

「お兄さま、お願いよ……」ジェネヴィーヴが心配そうに眉間にしわをよせ、歩みよった。彼女の背後からマイルズが顔をのぞかせ、落ち着きなく戸口をうろうろしはじめた。「なにをしているの？　まさかミセス・ハワードを追いかけるつもりではないわよね」

「ミセス・ハワードをつかまえるんだ」アレックはにべもなく応じ、腰を下ろしてブーツを履いた。

「なんのために？」妹がいつになくかん高い声でいった。「無理やりここにとどめるわけにはいかないのよ」

「みすみすダマリスを失うつもりはない」アレックは顔を上げた。その凄むような目つきに、ジェネヴィーヴが一歩あとずさりした。「彼女と話をして、説得して……ここにいるよう、説き伏せてみせる」

「お兄さま、彼女は男の人と一緒に出ていったの！」妹は顔に同情と悲痛をにじませて、兄の反応に身構えた。

アレックの指からブーツが滑り落ち、彼は妹を長々と見つめた。「なんだって？　どういう意味だ？」

「彼女が庭園に通じる出口から駆けるようにして出ていったので、不審に思ったの。だから塔に上がって、見てみたのよ。そうしたら、庭園で男の人がひとり待ち構えていて、彼女はその人のところに行った。そのあと、ふたりして去っていったわ」

アレックの顔は冷たく凍りつき、明るい目だけが怒りにきらめいていた。彼は立ち上がって箪笥に向かい、引き出しを開けて箱をひとつ取りだした。そこから銃をひと揃い出すと、無言で弾をこめはじめた。

「お兄さま！　なにをしているの？　ミセス・ハワードを撃つなんてだめよ！」

「彼女を撃つつもりはない」心とは裏腹の穏やかな声で応じた。「男のほうを撃つ」

「お兄さま！　やめて！　マイルズ、お兄さまを止めて」ジェネヴィーヴがマイルズをくるりとふり返った。

マイルズがまゆをつり上げた。「銃を手にしたアレックを、止めろというのか？」

ジェネヴィーヴがいらだったようなため息をもらした。「もう少し役に立ってくれてもよさそうなものなのに！」

「役に立つさ」マイルズがそう抗議して、アレックに顔を向けた。「ぼくも一緒に行く」

「マイルズ！　お兄さまに手を貸すのではなくて、止めてといっているのよ！」

アレックが首をふった。「いや。ぼくひとりでなんとかする」

「でも、そんなことをしてどうなるの？　どうして彼女を追わなきゃならないの？」ジェネヴィーヴが叫んだ。

アレックが妹を見つめた。その目は暗く、うつろだった。「彼女なしでは、息もできないからだよ、ジェニー」

ジェネヴィーヴはまたしても悲痛な叫びを上げ、目に涙をためた。「ああ、お兄さま……」彼女は両手をねじり合わせ、兄が銃に弾を装塡し終えるのを見つめた。ごくりとのどを鳴らしたあと、あごをくいと上げていった。「わかったわ。それがお兄さまの望みだというのなら……わたし、ふたりが立ち去るところを見ていたの。小さな望遠鏡を取りだして銃眼のある胸壁に上がって、ようすを見守った。道路で駅馬車が待ち構えていた。みんな、栗色の馬だった。馬車は西に向かったわ」

「じゃあ、ニューカッスルに向かったわけではなさそうだ。ロンドンに向かったんだな。あるいは、チェスリーに」アレックはこわばった笑みを妹に向けた。「ありがとう」

ジェネヴィーヴはため息をついて一歩あとずさりしたものの、あいかわらず顔をしかめていた。一瞬ためらったのち、こうつけ加えた。「彼女、泣いていたわ」

アレックはさっと妹を見やった。ふり返って簞笥に向かい、左側の小さな引き出しを開けてみる。困惑したように眉間にしわをよせて引き出しのなかに手を突っこみ、きちんと整理された靴下のあいだを手探りした。

「ナイフがない」彼はジェネヴィーヴをふり返った。

彼女はぽかんとした顔で兄を見つめた。「わたしは取っていないわ。女中がどこかに移したのかしら」

「女中がぼくの引き出しを開けて、ぼくが入れておいたナイフと鞘をどこかに移したというのか？」

「きみがときおりブーツのなかに隠している、あのナイフのことか？」マイルズがたずねた。

「たしかにそこに入れておいたんだな？」

「もちろん、たしかだ」アレックは顔をしかめた。目のなかにあった燃えるような怒りが鎮まり、今度は考えこむような表情になった。「彼女が持っていったのだろうか？」

「ミセス・ハワードが？」マイルズが驚いていった。「どうして彼女がナイフを？」

「わからない……」アレックは腰を下ろしてブーツに足を突っこんだ。すばやく、てきぱきとした動きだった。先ほどまでの憤怒が、冷静で研ぎ澄まされた強い意志へと変化し、新たに芽生えたかすかな希望とともに心に織りこまれた――恐怖と一緒に。

アレックは拳銃を手にすると狩猟用の上着の大きなポケットに突っこみながら、妹とマイルズの前を通り過ぎて部屋から出た。あとを追いかけてくるふたりをことごとく無視しながら、ダマリスの部屋にまっすぐ向かう。室内に入ると、ざっとあたりを確認した。箪笥の引き出しがいくつか開いたままで、中身は空っぽになっていた。床にストッキングが片方だけ、くしゃくしゃになって落ちている。

「彼女はなにを手にしていた？」とアレックはたずねた。

「小さな鞄だけ。わたしがロンドンから運んできた鞄のひとつだわ」

彼は箪笥を確認した。箪笥の上にはなにも残っていなかった。グレーヴズエンドでダマリスに買い与えた、あの地味な櫛も見あたらない。「ジェネヴィーヴ、ダマリスのヘアブラシは持ってきたか？」

「えっ？　ええ、もちろん。女中が荷物に入れるのを、この目で確認したわ。すてきな銀細工がついたブラシと櫛と鏡が、揃っていた」

アレックは箪笥のなめらかな表面に指を滑らせた。ダマリスが優雅な銀の装飾品を荷物に入れたのは、不思議でもなんでもない。しかし彼女がほかの男と逃げたのなら、どうしてわざわざアレックが買い与えた、安っぽくてどこにでもありそうな櫛まで持っていったのか。

なぜだ？

彼はくるりときびすを返すと、部屋から出ていった。玄関を抜けるころには、駆け足になっていた。

ダマリスは石のように押し黙ったまま食事をしていた。ほんとうは食欲などないのだが、体力を保って感覚を研ぎ澄ましておくために、無理に食べていた。準備を整えておく必要があるのだ。とはいえ、自分が具体的にどうするつもりなのかは、よくわからなかった。このままいつまでもバレットと一緒にいる気がないことだけは、はっきりしている。駅馬車に揺られているあいだずっと、自分の選択肢について考えていた。二年後、この悪党に遺産を獲得させるつもりはない。でもそれなら、その前になにか手を打たなければ。この男と一緒に暮らすなど、考えただけでもぞっとするものの、彼と離婚することも叶いそうにはなかった。離婚に必要な手続きを議会に求めるだけの時間と費用ならよろこんで負担するが、そんなことをすればバレットが、脅していたとおり、アレックを引きずりこもうとするだろう。そんなまねをさせるわけにはいかなかった。

だから解決策は、バレットがこの旅を生きて終えられなくすることだ。そのためにアレックのナイフを持ちだし、腿に装着した鞘のなかに隠しておいたのだ。駅馬車ががたがたと揺れるたびに腿に手をやり、武器がちゃんとそこにあることを確認しておいた。しかし問題は、はたして自分にその武器をふるうことができるのかどうかという点だった。バレット・ハワードのことは心の底から忌みきらっているし、彼が死んだほうがこの世のためだということもわかっていた。

でも、彼を冷酷に殺すほどの度胸が、わたしにあるだろうか？

そのナイフを手にして、アレックとの幸せをあきらめると心に誓ったときは、自分にもできると思っていた。しかし冷静さが戻ってくると、自信が揺らぎはじめた。バレットが眠る部屋にこっそり忍びこみ、彼の胸にナイフを突き立てる場面を想像しようとするたびに、気分が悪くなってしまう。自分やだれかの身を守るために人を殺してしまったというのならしかたがないが、殺人を計画し、氷のような意思を貫き通すとなると、またべつの話だ。これは彼女が善人である証拠だろうか……それとも、たんに臆病だというだけか。

「豚のローストはまあまあだが」バレットがフォークで肉を口に放りこみながらいった。「鴨肉《かもにく》のほうは最悪だし、スープは水みたいに薄い。まあ、こんなへんぴな場所じゃ、せいぜいこんなものしか期待できないんだろうな」

ダマリスは飲み物を口に運び、彼に答えることも、彼のほうをちらりと見ることもしなかった。バレットは馬車に乗っているあいだもずっと、同じように短い言葉を絶えずかけつづけてきた。まるでダマリスが自分と一緒になったことをよろこんでいて、自分たちはごくふつうの夫婦だといわんばかりの態度だ。彼がそんなふうに考えるほどまぬけな男なのか、あるいは彼女をいらだたせようとしてわざとそうしているのか、計りかねた。どちらとも考えられる。いまも、過去にも、ほんとうの意味でこの男のことがわかったためしはない。熱心に彼女に求愛した、あのわくわくするような日々ですら。バレットのなにもかもが、偽りにすぎなかったのだから。

「この宿屋の部屋は、どんなだろうな」と彼がさりげなくつづけた。「もっと遠くまで行ったほうがいいのはわかってるんだ。おまえにふられた愛人が、頭に血を上らせて追いかけてきた場合のために」

アレックが馬に乗って助けにきてくれるかもしれないという考えに、ふとダマリスのなかに切ない希望が浮かび上がったが、すぐにもみ消した。あんな手紙を残しておいたのだから、探しにくるはずがない。手紙を暖炉に放りこみ、かつての婚約者と同じ気まぐれな女だったのだ、と片づけるに決まっている。それに、追いかけてきてほしくはなかった。バレットが武装し、アレックを撃つ気でいるとあっては。

ダマリスがふたたび返答をしないでいると、バレットは大げさにため息をつき、テーブルにナプキンを放った。「なあ、ダマリス、残りの結婚生活を、そんなふうに押し黙ったままつづけるつもりなのか？」

彼女はバレットをふり返ってにらみつけると、ようやく口を開いた。「わたしの望みは、わたしたちの結婚生活がごく短いものに終わることよ」

彼が唇をゆがめた。「おれなら、そんなことを望んだりはしないな。だってそれはつまり、おまえが冷たくなって地中に横たわることを意味するんだから」

「あなたのほうこそ、死んでほしいわ」

バレットがさっと立ち上がり、重い椅子を石の床で滑らせた。「それはないだろうな。そろそろ自分の立場を自覚してもらわないと、愛しい妻よ」

アレックがふざけて口にしていたのと同じ言葉をバレットに強調され、ダマリスのからだをふたたび鋭い苦痛と怒りが駆け抜けた。なんとかそれを抑えこむと、威厳に満ちた余裕のあるしぐさで椅子から立ち上がった。

「この宿に部屋を取って、もう寝るわ」氷のように冷淡な声でいう。「今夜はもうこれ以上、先に進むつもりはないから」

「おれがいいというまでは休ませない！」バレットが前に足を踏みだし、彼女の手首を強く握りしめた。自分のほうにぐいと引きよせ、その腰にもう一方の腕をまわす。「だが、そんなにベッドに入りたいなら、いいだろう。寝てやろうじゃないか」彼はダマリスをぎゅっと抱きしめ、背をそらせた彼女にのしかかるように迫った。「だがな、部屋を取る必要はない。おまえなんぞには、ここで充分だ」

ダマリスは彼とのあいだに腕をねじこみ、力いっぱい押しやった。「どうかしているわ！わたしがあなたと寝るとでも思うの？」

「おれがそうしたいと思えば、そうするはずさ。なんといっても、妻としての務めなんだからな」

ダマリスはなんとか彼の腕から抜けだそうと身をひねり、迫ってくる彼の口を避けようとした。「放して！　どうしたのよ？　わたしのことなんて、ほしくもないくせに。自分でそういっていたじゃないの！」

「もちろん、おまえのことなんざほしくもないさ、うるさい女だ！　だがおまえには、自分の身のほどを思い知ってもらわないといけないようだ。それにふと思ったんだが、おまえをおとなしくしたがわせるには、赤ん坊が役に立ちそうだ」

　ダマリスを力ずくで奪い、身ごもらせようというのか。彼女をおとなしくしたがわせるために、赤ん坊というかわいくて無垢なものを利用するという考えに、ダマリスのはらわたが煮えくり返った。彼女は大声を上げてバレットにつかみかかり、爪で顔を引っ掻きながら逃れようともがいた。バレットがひどい悪態をついて彼女の背中をテーブルに叩きつけ、その拍子に食器類が騒々しい音を立てた。彼はダマリスをテーブルに仰向けにして片方の腕を彼女の胸にかけ、全体重と力で押さえつけた。

「この女《あま》」息を弾ませながら吐きだすようにいう。「よく考えるんだな――おまえに赤ん坊を産ませりゃ、もうおまえを生かしておく必要もなくなるんだ。おまえの金は子どもが受け取ることになるんだから。その子どもの後見人として、実の父親以上の適任者がどこにいる？　そうなりゃおまえだって、おれの機嫌を損ねるようなことをするわけにはいかなくなるだろう」

「わたしの子どもには、触らせるものですか！」ダマリスは脚を蹴って抵抗したが、そうやってもがけばもがくほど、彼の興奮を高めてしまうようだった。バレットの股間がふくれてくるのが感じられた。彼に触れられ、無理やり犯されると思うと、胃の中身が逆流しそうになる。

バレットがにやりとして、陰険に目を輝かせた。「いくらでも暴れろよ。好きなだけ叫べばいい。扉には鍵がかかっているんだ。それに、亭主が生意気な妻に教訓を与えようとしたところで、だれが異を唱える？」

彼は空いているほうの手でダマリスのスカートを押し上げ、ズボンのボタンを外しはじめた。彼女はからだをねじって手を下にのばし、アレックのナイフの柄を探った。手が触れた瞬間、ナイフをさっと抜いて力いっぱいふりまわし、バレットに突き刺した。

残念ながらナイフは深くは刺さらず、あばら骨に沿って斬《き》りつけただけだった。それでもバレットは苦痛の怒号を飛ばしつつよろめくように後退し、からだのわきをつかんだ。ナイフは彼の上着に引っかかってダマリスの手から離れ、音を立てて床に落ちた。ナイフを探している暇はない。彼女はすばやく立ち上がって扉に駆けよった。しかし扉の前であたふたと鍵を手探りするうち、バレットが背後から激しくぶつかってきて、床に倒された。

ダマリスは這いずるようにしてうしろに下がり、なんとか逃れようとしたが、バレットが馬乗りになって彼女を床に押さえこみ、腕を頭上にぐいと持ち上げて動きを封じた。ダマリスはもがいたが、彼はにやにやと見下ろすばかりだった。

「好きなだけもがけ」とバレットはいって、彼女の腰に股間をこすりつけてきた。「せいぜい身もだえしろ。そのほうがいいぜ」彼はダマリスの両手首を片手でつかみ、もう一方の手をドレスの襟にかけた。「さて、いま自分がしたことの代償を支払ってもらおうじゃないか」

彼がドレスを下に向かって引き裂き、ダマリスは悲鳴を上げた。

23

アレックは、怒りと希望、そして恐怖がないまぜになった複雑な感情に駆り立てられ、地獄の猟犬に追われるかのごとく猛然と馬を走らせていた。さまざまな疑問が頭のなかで炸裂する。どうしてダマリスはあのナイフを持っていったのか？　それはなにを意味するのか？　高級なヘアブラシをひと揃え持っているのに、なぜあの安物の櫛を持っていったのか？

ぼくからの贈り物だから？

ばかなことを考えるな。あの櫛を持っていったからといって、なんの意味もあるはずがない。彼女が泣いていたという事実も、ぼくのもとを去りたくなかったという証拠にはならない。クレイヤー城では不幸だったというだけのことかもしれないのだから。それにナイフを持ちだしたのは、護身用になにかほしかっただけなのだろう。だが恋人と会うつもりなら、どうして護身用の武器が必要なのか？　そもそも、その男はほんとうに彼女の恋人なのだろうか？

最初はそうだと思っていた。嫉妬に身を引き裂かれそうになったときは。ジョスランのように、ダマリスもほかの男と逃げたのだ、と確信していた。しかし、少し冷静になったいま、ジェネヴィーヴが目にした光景は、はたして彼女が推測したとおりのことを意味しているのだろうか、と考え直すようになった。ダマリスはほんとうに、恋人との逢い引きのために逃げだしたのか？

ジョスランの件でアレックがいかにまぬけだったとしても、嫉妬心を大量に動員したとしても、ダマリスがジョスランと同じような行動を取るとは、どうしても信じられなかった。第一、彼女はジョスランよりもうんと年上であり、かつて愛を経験し、悲しみと苦々しさを味わったことのある、おとなの女性ではないか。ジョスランのような状況に陥るとは思えず、たとえそうだとしても、そこから抜けだすにはもっと賢い方法をとるはずだ。

もしほかの男を愛しているのなら、ダマリスがアレックとの情事をつづけるはずがない。それは自信を持っていえる。

それに、いったいいつ、どこで、ダマリスが恋人をつくったというのか？ チェスリーでは男の影はなかった。彼女にいいよる男がいたならだれかが気づくはずだし、チェスリーでは、だれかひとりがそのことを知っていたら、町の全員が知っていると思ってまちがいない。そもそも、ダマリスがだれかとつき合っているのなら、シーアがそうと教えてくれたはずだ。

つまりその男は、ダマリスがロンドンに滞在していた短いあいだに知り合っただれかということになるが、それもありそうにない話だ。あるいは、過去の男なのか。ずっと昔に、彼女が愛しただれかなのだろうか。彼女は夫以外の男についてはひと言もいっていなかった。その夫はといえば、ダマリスからすれば、一緒に立ち去るどころかつばを吐きかけるべき男のようであり、なにより、すでにこの世にはいない。

もちろん、ダマリスがなにもかもをアレックに告げていたとはかぎらない。過去に恋に落ちた相手はいたが、その男が結婚していたか、なんらかの理由で一緒になれなかったという可能性はある。ずいぶん時間がたったあとでその男が現われ、ダマリスを大よろこびさせたのか。彼女がアレックのことをどう思っていたにせよ、その男にたいする愛とはくらべものにはならず、よって、アレックが受けるであろう心の傷に多少の涙を流したあと、その相手とともに立ち去ったのかもしれない。

胸の痛むことではあるが、そう考えると合点がいく。むろん、その男がどうやってダマリスがクレイヤー城にいることを突き止めたのかを考えると、妙だ。それに、もしアレックを傷つけることを申しわけなく思っているのなら、ダマリスはなぜもっとていねいな説明を手紙にしたためなかったのか？

それよりも、今回の唐突な出発が、この二週間、彼らが必死にかわしてきた危険となにか関係している可能性のほうが、はるかに高い。その男がダマリスを拉致しようとした悪党の一味で、彼女を無理やり連れ去ったのだとしたら？

ただ、それもおかしな話ではある。なにしろダマリスは自分で荷造りし、アレックに別れの手紙を残してみずから城をあとにしているのだから。いかにもきっぱりと、そっけなく、わざと苦痛を与えるような、まるで追いかけてきてほしくないといわんばかりの手紙を残して。

また自分をごまかそうとしているだけなのかもしれないが、そんなふうに考えると、アレックにはぴんとくるものがあった。ダマリスは、ぼくが追いかけようとするのを思いとどまらせるために、わざとあんなすげない手紙を書いたのでは？　いや、それはあまりに希望的観測にもとづいた考えだ。しかし……アレックの知るダマリスは、あそこまで無神経で図々しい人間ではない……彼の背中に走る傷跡にそっと口づけし、涙をこぼしてくれた女性なのだ。

あるいはその男は、ダマリスを拉致しようとした悪党の一味ではなく、その背後にいる人物なのかもしれない。襲撃を画策したのはほんとうに彼女の親族で、彼女が一緒に立ち去ったのはおじか、いとこなのかもしれない。

そんなふうにさまざまな考えが浮かんでは消え、あるときは希望に満ちたかと思うと、つぎの瞬間には、自分はまたしても美女をめぐってばかな目を見たと絶望するのだった。しかし真相がどうであれ、あきらめるつもりはなかった。今回は。どんなに心を傷つけられようとも、どんなにまぬけでだまされやすく、恋に溺れた男に見えようとも、ダマリスを探さずにはいられなかった。本人の口から、アレックのことなど愛していないときっぱり告げられるまでは、ダマリスを手放すつもりはなかったし、手放すことはできなかった。

アレックはときおり馬を止め、通りがかりの人間に、この方角に向かう駅馬車を見なかったかとたずねた。全員が見ているわけではなかったが、その道を通った馬車を見たという者はそこそこいたので、自分が正しい道をたどっていることは確信できた。夕暮れ時になると、彼らを追い越してしまったかもしれない、と不安になってきた。ふたりが途中で宿を取る一方で、自分はわき目もふらずに突き進んでしまった可能性もある。そこで、時間はかかるものの、途中で見かける宿一軒一軒に立ちより、ダマリスがいないかどうかを確認することにした。幸い彼女は、どんな男でもその姿をひと目見れば気づき、記憶にとどめるだけの容姿をしている。

立ちよるごとに、ぽかんとした顔で見られるか、首を横にふられるかのどちらかだったが、馬を降りてある宿屋の馬丁に同じ質問をくり返したとき、ついに相手の目がなにかを思いだしたかのようにきらめいた。

「洒落た女ですかい？」と馬丁はたずねた。「極上の女？」

「ああ、最上級だ」アレックは期待がふくらむのを感じた。「黒髪に、青い目。男と一緒だったはずだ」

「あの人たちだな」と馬丁。「なかで、飯食ってますよ」

「いま？」アレックは馬丁に硬貨を放り、宿屋のなかに向かった。血がわき立ち、これから直面することを考えると胃が凍る思いがしたが、それでも彼は磁石のごとくダマリスに引きよせられ、早足に進んだ。

建物に足を踏み入れると、ラウンジはやけにがらんとしていた。さらに奥へ進んで廊下に入ったところで、閉ざされた扉の前に人だかりができているのが見えた。扉の反対側から、激しい物音と女の悲鳴が聞こえてくる。アレックの心臓がのどまでせり上がった。

「ダマリス!」彼は人混みをかき分けて進んだ。「なにがどうなってる?」

人々が道を空け、扉のいちばん近くにいた男が彼をふり返った。男は権力者らしき人物の到着にほっとしたようだ。「わからないんですよ、旦那。少し前から、こんなぐあいでして。わめいたり、叫んだり、ばたばたやったりで。でも扉に鍵がかかってるもんで、なかに入れないんです」

アレックは男をわきに押しやり、ブーツのかかとを思いきり扉に叩きつけた。宿屋の主人とおぼしきその男が抗議の叫びを上げたが、アレックは気にもとめずにふたたび蹴った。なかからまた悲鳴が上がり、彼はありったけの力を扉にぶつけた。

扉が割れるようにして開いた。見れば、ダマリスが床に押し倒され、男が馬乗りになっているではないか。男の手が、自分の股間《こかん》にいやらしくのびている。

アレックは憤怒の雄叫びを上げ、部屋に飛びこんだ。

ダマリスは目を閉じ、肉欲をあらわにしたバレットの赤ら顔から顔を背けていたが、扉が叩き割られる音に、はっと目を開いてふり返った。つぎの瞬間、アレックがバレットに飛びかかった。彼女は驚きのあまりぼう然とし、自分の目を疑った。アレックはバレットに激しく体あたりして彼女から引き離し、彼を床に突き飛ばしたあと、その上に馬乗りになった。

アレックは上からバレットの顔に激しい連打の雨を降らせた。鈍い音がしてバレットの鼻が折れ、血が噴きだした。目の上が切れ、唇が裂けてさらに出血する。

ダマリスはよろめく足で立ち上がり、戸口に目をやった。そこには見知らぬ人々がより集まり、全員が、バレットの顔にこぶしを叩きつけるアレックを魅入られたように見つめていた。アレックに目を戻したダマリスは、たったいま彼女を強姦《ごうかん》しようとした男がこてんぱんにされる光景に、不道徳な満足感をおぼえずにはいられなかった。

しかし、やがて理性が訴えかけた――アレックを人殺しにするわけにはいかない。「アレック、だめよ！　やめて！」彼のもとへ行き、腕をつかんだ。「やめて。殺してしまうわ」

アレックがふり返って彼女を見上げた。その顔に刻まれた血に飢えた原始的な表情を見れば、ほとんどの男が怖気づくことだろう。「そうしてやるつもりだ」彼はそういったものの、ダマリスが引き下がろうとせずに冷静な視線を据えたままでいるので、やがて目から野性の光を消して立ち上がった。ごろりと横たわったバレットのからだをさりげなくまたぐと、彼女を腕に抱きよせた。「だいじょうぶか？」

ダマリスはくぐもった声を上げ、彼のからだに勢いよく腕をまわしてその胸に顔を埋め、激しく泣きじゃくりはじめた。アレックはそんな彼女をあやすように髪をなで、背中をやさしくさすってくれた。「だいじょうぶだ、愛しい人、もうだいじょうぶ」とつぶやき、彼女の頭のてっぺんに口づけした。「だいじょうぶだよ。安心していい。もうこの男がきみを傷つけることはない」

「わかってる。わかってる」彼女はあえぐようにいった。「すごく怖かった」

あいかわらず戸口に集まっていた人々が、いっせいにはっと息を飲み、いきなりバレットの声が響きわたった。「このふしだら女め！」

ダマリスとアレックがさっとふり返ると、いつのまにかバレットが立ち上がっていた。壁にもたれかかり、からだを支えている。血だらけの顔は薄気味悪く、片目はすでに腫《は》れていた。そして震える手で、ダマリスにまっすぐ銃口を向けていた。

「自業自得だぞ」とバレットはつづけた。その声は、腫れ上がった唇と割られたあごのせいでゆがんでいた。「おれには撃ち殺す権利がある。おまえと、おまえの――」

「バレット、やめて！」ダマリスは叫んだ。「考えてもみて！　こんなことをしても、なんにもならないわ」

「バレットだと！」アレックが身をこわばらせ、目をすがめた。

「おれはそうは思わない」とバレットがいった。「こうすれば、大きなよろこびを味わえるはずだからな」

「おまえが撃ち殺したいのは、彼女ではなく、こっちだろう」アレックが冷静な声でいって、さりげなく両手をポケットに突っこみ、ダマリスの前に出た。

「心配するな。ふたりとも撃ち殺してやるから」バレットが応じる。

「ほう、では、銃を二丁持っているのか?」とアレックがたずねた。「どうしてかといえば……」彼がポケットに突っこんだまま両手をさっと上げたかと思うと、二発の銃声が同時に鳴り響いた。「こっちには二丁あるからだ」

バレットの手と胸がまっ赤に染まった。手から銃が飛び、食器の棚に弾があたった。彼は一瞬立ちつくし、驚いたような顔でアレックを見つめていたが、やがて床に倒れた。

一瞬、だれもがその場に凍りついた。と、野次馬のなかの女がひとり、かん高い悲鳴を上げて気絶し、いちばん近くにいた男の腕のなかに倒れこんだ。アレックはポケットから両手を出した。弾が空になった拳銃が、あいかわらず両手に握られている。彼は床に転がる男から、宿屋の主人へと視線を移した。

「こ――この人、死んじまったんですか?」主人が小声でたずねた。

アレックはバレットに近づくとそのわきに片ひざをつき、指を二本のどにあてて脈を調べた。「ああ、死んでいるようだ」

「何者なんです?」主人が近づき、こわごわ死体を見下ろした。

「会ったこともない男だ」とアレックは答え、ダマリスをちらりと見て口を閉じているよう目顔で伝えた。

主人がダマリスをふり返った。「あなた、なにかおっしゃってましたよね？　この人の名前を呼んでなかったですか？」

ダマリスが口を開くより早く、アレックが答えた。「いや、なにかの聞きまちがいでしょう。ぼくは気づかなかったな」

主人は納得し、ふたたび死体に目を戻した。

ダマリスは近くの椅子にどすんと腰を下ろし、アレックが死体の上着を開いて内ポケットに手をのばすようすをながめていた。彼は銀の名刺入れを引っ張りだしてそれを開き、まゆをわずかにつり上げた。

「どうやら名前はデニス・スタンリーというらしい」アレックは名刺入れをぱたんと閉じて、バレットの動かなくなった胸に落とした。そのあと立ち上がり、宿屋の主人に貴族然とした顔を向けた。「理由はわからないが、この男は数時間前にクレイヤー城の庭園からわが家の招待客を拉致した」彼はダマリスをちらりと見やった。「その目的は、容易に察しがつくが」死体にさげすむような目を向ける。「倫理観も名誉もない男なのはまちがいないが、それ以外は、この男についてはなにも知らない。検屍官《けんしかん》を呼んだほうがいい。この地域の判事はだれだったか」

「リカード判事です、旦那」

「ああ、そうか。彼には会ったことがある。優秀な判事だ。なにか訊きたいことがあったら、いつでも遠慮なく城に訪ねてきてくれ、と伝えてほしい。もちろん、審問の席にはよろこんで出席させてもらうよ」アレックは上着のポケットを軽く叩くと、いった。「申しわけないが、事件の知らせを受けたときは狩りに出ていたので、名刺を持ち合わせていない。判事には、クレイヤー城のロードン伯爵だと伝えてくれ」

「承知いたしやした、閣下」宿屋の主人は、アレックの身分と物腰に畏縮したかのように、頭をひょこひょこと下げた。

「しかしいまは、客人を城に連れて帰り、ゆっくり休んでもらわねばならない。さぞかし恐ろしい思いをしただろうから」

「もちろんでさ、閣下」

アレックは駅馬車に新しい馬をつけるよう手配させ、ダマリスをすばやく表に連れだして、乗りこむ彼女に手を貸した。ダマリスは一瞬、アレックが馬車とはべつに自分の馬に乗って帰るつもりかもしれないと不安になったが、彼は馬丁のひとりに声をかけて金貨を一枚わたし、駅馬車に乗りこんできた。手首をさっとひとふりして両側のカーテンを閉じたあと、彼はダマリスをひざにのせて胸に抱きよせた。

そして顔を近づけ、額に唇を押しつけてきた。「ああ、ダマリス。きみを失ったかと思ったよ」

「アレック……」ふたたび涙がこぼれ、ダマリスは彼の胸にさらに身をよせると、両手で上着の折り襟をぎゅっとつかんだ。「ものすごく恐ろしかったわ。あなたが扉を破って入ってきたときは、自分の目が信じられなかった！」

「あの男は、きみの——あいつはほんとうに、バレット・ハワードだったのか？　死んだと思っていたが」

「そうなの！　わたしもそう思っていた」ダマリスはからだを起こし、彼の顔をのぞきこんだ。「宿屋での火事で彼は死んだと聞かされていたの。この十一年間、ずっとあの人は死んだと思いこんでいた。だから庭園でこちらに近づいてくるのを目にしたときは、気を失いそうだった」

「城で？　あいつは、クレイヤー城にきみを捜しにきたのか？」

「ええ。最初は驚いたけれど、そのあと、なにもかも合点がいったわ。わたしを追いかけてきた男たちは、あの人が雇ったのよ」

アレックが目をすがめた。「きみを求める男のしわざにすぎないということに、もっと早く気づくべきだった」

ダマリスは乾いた声で笑った。「わたしを求めていたわけではないわ。あの人、あなたの家での舞踏会でわたしを見かけたらしいの。それで、わたしが上流社会の仲間入りをしようとしていると、かんちがいしたのね。わたしがあの人に気づいて、正体をばらしてしまうのではないかと、恐れたのよ。どうやらあのときも、わたしと出会ったときと同じように、遺産相続人の女性をだまして結婚に持ちこもうとしていたようだから。そこでわたしがみんなに、この人はもうわたしと結婚しています、と触れまわりでもしたら、なにもかもがだいなしでしょう。皮肉なのは、わたしはじっさいには彼に気づかなかったというところね。わたしに手出しさえしなければ、あの人の秘密が脅かされることもなかったでしょうに」

「それにしても、どうしてあいつと一緒に出ていったんだ？　城のなかに戻ったとき、どうしてそのままとどまらなかった？　なぜあんな手紙を？」

ダマリスは、彼の目によぎった苦悩の表情を見てとり、低い泣き声をもらした。「ああ、アレック！」彼の顔を手で挟み、口づけする。「あなたを傷つけたくはなかったの、ほんとうよ！」

ダマリスがふたたび口づけすると、アレックが彼女の頭に手を添え、所有欲もあらわに唇を貪った。しばらくのち、ふたりは離れたが、そのころにはどちらも顔を赤らめ、息を荒くしていた。アレックは目を閉じて彼女と額を合わせた。

「もう二度と、あんなふうにぼくのもとを去らないでくれ」と彼がつぶやいた。「どうかなってしまいそうだった」

「ごめんなさい」涙でのどが詰まる。「あんなことはしたくなかったの。でもあの人に、あなたのことで脅されたから」

アレックが顔を上げた。いまや彼女も愛着をおぼえつつある、例の高慢な表情を浮かべている。「ぼくではあいつに対抗できないとでも思ったのかい？　ぼくがあいつにやられるとでも？」

「あの人があなたを撃ち殺すと思ったの」ダマリスは即座に切り返した。「いますぐ一緒にこなければ、離婚請求をして、わたしの密通相手としてあなたを糾弾してやる、といわれた。あなたの名前に泥を塗るつもりだったのよ。そうなれば、苦しむのはあなたひとりではないでしょう。あなたの家族全員が、醜聞に巻きこまれてしまう。なにもかも、このわたしのせいで！　あんな悪党と結婚してしまうほど、わたしがばかだったために！　あの人の行動を食い止める唯一の方法は、一緒に行くことだったの。とにかくあそこから、あなたのもとから、あの人を遠ざけなければいけないと思って。あなたが腹を立ててなにかしでかすのではないかと、恐ろしかったのよ」

「さっきしたとおりのことをしただろうな。どちらにしても、あいつは死ぬ運命にあったんだ」

「わたしのために、あなたを人殺しにはしたくなかった。あの人の血であなたの手を汚したくなかったの」

「愛しいダマリス」アレックはかすかに愉快そうな声でそういい、彼女の手を取って指を唇につけた。「あのろくでなしをこの世から抹殺したことを、ぼくがほんの少しでも後悔していると、本気で思うのかい？」

ダマリスは彼にちらりと目をやった。「わからないわ。後悔するべきなのでしょうけれど」

「あいつはきみを傷つけた」彼は簡潔にいった。「きみをだまし、ぼくからきみを奪い、きみを無理やりわがものにしようとした。そんな男を生かしておくわけにはいかない」

「人の死をよろこぶべきでないのはわかっているけれど、正直、うれしいの。まともに戦えば、あなたが勝つのはまちがいないと思っていたわ。でもあの人は弾をこめた拳銃を持っていて、もしあなたが追いかけてきたら、撃ち殺してやるといっていた。どんな人でも、不意を突かれて遠くから撃たれれば、やられかねないでしょう。そんな危険を冒すわけにはいかなかったの」

「だから、あんな手紙を書き残したんだね」

「ええ」ふたたび目に涙があふれてきた。「あなたを傷つけて、ほんとうにごめんなさい。あの手紙を書いたあとは、あなたがわたしを助けにきてくれるなんて、思ってもいなかったわ」

「きみのためなら、いつでも行くさ」

ダマリスはアレックの腕のなかでようやく安心し、温もりを実感することができた。馬車の揺れが子守歌となり、彼女はいつしか目を閉じ、そのまま安らかな眠りに落ちていった。

24

馬車がクレイヤー城の前でゆっくりと停車したとき、ダマリスは目をさました。アレックが寝ぼけ眼で起き上がった彼女をひざから移動させ、馬車を降りた。ダマリスは彼のあとにつづこうとしながら、巨大な石造りの城と、暗闇に温もりと光を放つ窓を見上げた。驚いたことに、アレックは馬車から降りる彼女に手を差しだすのではなく、彼女を腕に抱きかかえて玄関前の階段を上がっていった。

「アレック！」ダマリスは笑みを浮かべつつ抗議した。「なにをしているの？　わたし、病人じゃないのよ」

「こうしたいんだ」アレックはダマリスを玄関のなかまで運びこんだあと、当然そこで下ろされるものと思っていた彼女の予想に反し、幅広の階段をそのまま上がりはじめた。

応接間からジェネヴィーヴとマイルズがさっと顔を突きだし、好奇心いっぱいに目を見開いて階段を上がるふたりをながめているのがちらりと見えた。ダマリスはふたたび目を閉じてアレックの肩に頭を休め、彼の妹から面と向かって質問をぶつけられずにすんだことにほっとした。いままで一度も親しげなそぶりを見せてくれたことのないジェネヴィーヴだが、こうなったいま、おそらく徹底的にこちらをきらっていることだろう。

ダマリスの部屋に着くと、アレックは彼女をそっとベッドに下ろし、ベルを鳴らして女中を呼び、なにか食べるものと一緒にブランデーを持ってくるよう指示した。

「アレック……」ダマリスは笑いながら起き上がり、どっしりとしたヘッドボードによりかかった。「わたしならだいじょうぶよ。ほんとうに。こんなふうに甘やかしてくれるのはうれしいけれど、その必要はないわ」

「あんな試練をくぐり抜けたのだから、たいていの淑女ならヒステリーを起こしてもおかしくない」

「あら、でもわたし、淑女ではないもの」

「ばかなことを」アレックがぎらつくような鋭い視線を向けた。「きみはぼくが知るなかで、最高の淑女だ」彼は指の背をダマリスの頬に滑らせた。「さて、なにか食べてブランデーを一杯飲んだら、いい子にしているんだぞ」

執事みずからがブランデーとグラスふたつをのせた小さな銀の盆を運んできた。そのすぐあとにアレックのおばがつづき、ダマリスを抱きしめて声を大にしてよろこびを表現したが、ダマリスの身になにが起きたのか、具体的なことは把握していないようだった。ウィラはさらに、ダマリスがなにに悩まされていようが暖かくしてさえいればよくなるとばかりに、お手製のかぎ針編みの上掛けを足にかけておきなさいといい張った。ダマリスとしては、これ以上暖炉に薪《まき》を加えないよう、ウィラを説得するのが精いっぱいだった。まもなくそこにマイルズも加わって冗談を飛ばし、ジェネヴィーヴもやってきて、例によって控えめにあいさつを交わした。

ついにアレックが全員を部屋から追いだし、そのあとベッドのわきに戻ってきた。「ひとりになりたいかい?」

「いいえ」ダマリスは彼の手を取った。「ここにいてほしいわ。もしよければ」

「もちろんだ」彼はベッドの端に腰を下ろした。「しかしぼくがこの部屋できみとふたりだけでいることを祖母が知ったら、卒倒してしまうかもしれないな。きみのベッドにいまこうして腰を下ろしているというだけでも、言語道断だろうから」

「ここでわたしとふたりきりになるのは、はじめてのことではないでしょう」ダマリスは彼の手の甲を親指でさすりながら、そっといった。

アレックの目がきらりと光った。「女狐《めぎつね》め」と愛情たっぷりにいう。「ぼくがここにいられないと知っていながら、そんなふうに誘惑するとは」

「ずっとここにいる必要はないのよ。またあとできてくれればいいし」

指の下で彼の肌が熱くなるのが感じられた。アレックが彼女の手を持ち上げ、てのひらに口づけした。「ぼくがどんなにそうしたいと思っているか、きみにはわからないだろうな。

だが、あえてそうはしない。おばしかいなかったときとは事情がちがうから。おばは死んだように熟睡するし、万が一ぼくがきみの部屋に入るところを目撃したとしても、それを認めるようなことはひと言も口にしない人だ。しかし、ジェネヴィーヴとマイルズがいるいまは、話がちがう」

「あのふたりが噂を広めるのではないかと心配なの？」

「いや、まさか。そうではなくて……」彼がダマリスの手を見下ろし、指を絡め合わせた。「きみの名前を少しでも汚すようなことは、したくないんだ」

アレックはせき払いをして顔を背けた。どうやら彼はこの件についてあまり話したくないようなので、ダマリスは話題を変えた。

「どうしてあんなに早く見つけることができたの？」と彼女はたずねた。「わたしたちが向かった先が、なぜわかったの？」

「ジェネヴィーヴが教えてくれた」ダマリスが驚いた顔で見つめると、アレックはつづけた。「妹もなにかがおかしいと感じて、きみたちが立ち去るところを見ていたそうだ。きみたちふたりを乗せた駅馬車が向かった方角を、おぼえておいてくれた。そのおかげで、比較的簡単に足取りを追うことができたんだ」

ダマリスには意外な話だった。あの氷のように冷たいジェネヴィーヴのことだから、ダマリスが消えたことをさぞかしよろこんでいると思いきや、彼女を見つけようとする兄に協力していたとは。しかしここで、自分はジェネヴィーヴに徹底的にきらわれていると思っていたなどと口にするのは、無礼というものだ。ダマリスは一瞬押し黙ったあと、上掛けをいじりながら、心の片隅に引っかかっていたもうひとつのことをたずねた。

「わたしたち、バレットのことを知らないふりをするの？」

アレックが肩をすくめた。「あいつとのつながりを認める理由はないと思う。ことに、幸運にもあいつがべつの名前をかたっていたとなっては」

「ちがう名前で埋葬するのは、なんだかまちがっているような気がするわ。彼のお母さまとか……ほかのだれかが……あの人の身になにがあったのか気をもんでいるかもしれないのだから」

「あいつの本名がバレット・ハワードだったというのは、たしかなのかい？」とアレックがたずねた。

「いいえ。たぶんちがうわね。スタンリーと同じように、どこか貴族的な雰囲気のする名字だから、そう名乗っておけば、その一族の遠縁だという顔ができたのでしょう。あなたのいうとおりだわ。彼がほんとうはだれなのか、わたしにもわからない」

「きみは、もう何年もあいつは死んだものと思っていた。だからやつをその名前で知っていたほかの人間も、みな同じように考えているはずだ」

ダマリスはうなずいた。「わたしの資産管理人も、まちがいなくバレットは死んだと信じている。あのときはあの人たちも、わたしと同じくらい安堵していたわ」彼女は軽蔑するように唇をゆがめた。「それこそが、今回あの人がわたしを連れ去ろうとした理由なの」

「なんのことだ?」

「父がわたしに遺した信託財産の条件よ。あの人も最初は、目をつけていた遺産相続人の女性と結婚するまでのあいだ、わたしを海外に追いやっておくつもりだったらしいわ。でも、あと二年でわたしが遺産を相続できるようになることを思いだして、それならわたしの夫に戻って、そのお金を手に入れるほうが簡単だということに気づいたの。こんなふうにいっていたわ——わたしが手に余るようなら、子どもを産ませたうえで始末して、赤ん坊が受け継ぐ遺産の管理人になればすむ話だと」

アレックは目を伏せて突如としてこみ上げてきた獰猛さを隠したうえで、例によって心とは裏腹の穏やかな声色でいった。「あんなふうに簡単に殺してしまったことが、じつに悔やまれるな」

ダマリスは彼の手を強く握りしめた。「あなたにバレットを殺させたくはなかったけれど、でも、そうしてくれて、うれしいわ。あなたのナイフをこっそり持っていったのは、あの人を殺すためだったの。あなたからできるだけ遠ざけたうえで、彼の胸にナイフを突き立てるつもりだった」

「ああ、血に飢えたわが恋人よ。きみはぼくの自慢の女性だ」

「でも、できなかった。そこまで冷酷にはなれなかったの。彼に襲われたときに斬りつけはしたけれど、たいした痛手は与えられなかった」

「そうみたいだな。床から拾い上げたとき、ナイフに血がついているのに気づいたよ」彼はふたたびダマリスの手を唇に持っていった。「きみのことが誇らしかった」

戸口で音がしたので見ると、女中が料理をのせた盆を手に入ってきたので、アレックはさっと立ち上がった。彼はダマリスが食べているあいだは部屋にいたが、食事を終えて彼女の目がとろんとしてくるのを見ると腰を上げ、彼女の手に向かって一礼した。

「寝たほうがいいな。ぼくはもう行くよ」アレックが身をかがめて唇に軽く口づけしてくれたとき、ダマリスはその首に腕をまわして口づけを深めた。彼はやっとの思いでからだを引いてしゃがれ声でいった。「ぐっすり眠るんだぞ」

戻ってきた女中に寝支度を手伝ってもらったあと、あいにくダマリスの眠気はすっかりさめてしまった。彼女は横になったまま、しばらく頭上の天蓋の模様をながめていた。それに飽きると、ベッドを抜けだして窓辺の椅子に腰を下ろし、城の外壁を照らす月明かりを見つめた。

アレックが恋しかった。彼と一緒に過ごしたのはほんの二週間だけだというのに、どうしてこんなふうになってしまったのだろう？　彼の隣に身を横たえたい。いや、ほんとうのことをいえば、それ以上のことがしたかった。しかしアレックだけが満たすことのできる甘く深い欲望のうずきをのぞけば、とにかく彼と同じベッドに入り、背中にその温もりを感じたくてたまらなかった。眠りに落ちる前、アレックが肩に口づけしてくれたときのことが、夜明け前の暗がりで目をさまし、彼もまた目ざめて欲望に身を硬くしていたあのときのことが、恋しかった。

ダマリスはため息をもらして立ち上がり、部屋のなかを落ち着きなく歩きまわりはじめた。だれかが二階に上がってくる足音が聞こえてきた。そのあとは、従者や女中たちが静かに去っていく気配がした。だれもがベッドに入ったようだ。彼女以外は、みな寝入っているのだろう。

ダマリスは戸口に行ってそっと扉を開け、外をのぞいてみた。廊下はしんと静まり返り、突きあたりの高く細い窓から射しこむ月明かりしかないために、薄暗かった。彼女は衝動的に部屋をするりと抜けだし、そっと扉を閉めると、忍び足で階段に向かった。軽い足取りで階段を上がり、アレックの真上の部屋に入りこむ。炉棚で彼の動きをまねてみたところ、秘密の扉が開いた。狭い階段の下に到達したあとは、取っ手をまわして彼の部屋にするりと入りこんだ。

アレックはベッドに横たわり、腰のあたりまで上掛けをかけていた。顔を反対側の開け放たれた窓のほうに向けていたが、ダマリスには、彼が目を開けているのがちらりと見えた。自分と同じように、眠れない夜を過ごしていたのだ。アレックが顔をこちらに向け、彼女のからだを上から下までさっとながめまわした。寝間着の薄い生地から透けて見える乳首の影を見つめ、ベッドに近づく彼女の脚の動きと乳房のやわらかな揺れを、布地越しに目で追っている。

ダマリスがわきに立つと、彼が見上げた。「ここにいてはだめだ」低く、しゃがれた声だった。

「出ていってほしい？」

「そんなわけがないのは、わかっているだろう」アレックが手をのばして彼女のお腹にぺたりとつけ、からだの上を滑らせていった。腰から太腿、そして胸を、生地越しに愛撫していく。やがて寝間着をつかむと、彼女をベッドに引きよせた。

ダマリスは背の高いベッドに這うようにして上がり、彼とからだを重ねた。アレックのかすかなうめき声を耳にすると体内がかっと燃え上がり、とろけてくる。たがいの口と口がくっつきそうなほど近づいたところで動きを止め、彼の上唇に、つぎに下唇に口づけし、存分に味わいはじめた。

手と口をゆっくりと全身に這わせてアレックを誘惑し、彼の手が寝間着の下に入ってくると、一瞬、起き上がって頭からそれを脱ぎ捨てた。そのあともとに戻り、彼の手を頭上に持ち上げてふたたび口づけを開始した。アレックのほうは、彼女の拘束から簡単には逃れられないとでもいうように、なすがままにされていた。ダマリスは歯と舌と唇を使って彼の平らな乳首をもてあそんだあと、あばら骨のうねへと下がっていった。彼女が動くたびに黒い綿のような髪があとにつづき、ベールのような軽い感触でアレックの肌を愛撫していった。ダマリスの口が引き締った腹部に到達すると、彼がぴくりとして筋肉を震わせた。

ダマリスは彼の硬くなったものを手に包みこみ、サテンのようになめらかな皮膚に沿って指先を滑らせていった。アレックがくぐもった声を発し、頭上の支柱を両手でぎゅっと握りしめた。彼女にじらされ、甘美な緊張を味わいながら、指を柱に食いこませ、息を乱している。首をのけぞらせて血管を浮かび上がらせ、のどの奥からかすれた息をもらす。

ダマリスはまたがったままゆっくりとからだを下ろしていき、体内に彼を満たしつつ、美味な悦びに胸をときめかせた。かつてアレックに教わったように、なめらかに、長い間隔で腰を動かしてみる。深く腰を滑らせるたびに、恍惚感にからだを貫かれる気分だった。やがて身を震わせながら暗闇に突き進み、われを忘れるほどの快楽へと落ちていった。

アレックがさっとからだをひるがえして、彼女を貫いたまま組み敷いた。じりじりと募る欲望を必死に食い止めながら、ゆっくりと、深く、彼女を突き上げていく。やがてダマリスのなかでふたたび欲求が高まり、達しそうで達しない絶頂を求めて全身が震えはじめた。彼はおたがいをじらし、苦悶させつつ、なんとかこらえていたが、ついにはみずから頂点を目ざして激しく突き上げ、彼女の首もとにくぐもった叫びをもらした。と同時に、ダマリスも粉々に砕け散った。

アレックが彼女の上にどさりと倒れこみ、ダマリスは彼にしがみついた。消耗しきったふたりは、そのあとぴくりとも動くことができなかった。

25

目をさましたとき、ダマリスは一瞬、自分のいる場所がわからなかった。眠りに落ちたときのベッドとはちがうようだ。そのあと、夜明け前にいったん目をさまし、忍び足で秘密の階段から自室に戻ったことを思いだした。アレックの隣で目ざめられなかった悲しみに小さなため息をもらしたが、すぐにそんな考えを頭からふり払った。現実とはそういうものであり、それに慣れる必要がある。

ダマリスはけだるい気分でベッドから転がるようにして下り、からだをのばした。前日の冒険でからだのあちこちが痛んでいるうえ、痣もついているようだ。すでに朝食の時間を過ぎているのはまちがいなさそうだったので、自室の盆に用意された紅茶とトーストですませることにした。食べ終えると風呂を用意してもらい、温かな湯にのんびりと浸《つ》かった。風呂に入っているあいだも、そのあとも、火の弱まった暖炉の前で濡れた髪をとかして乾かしているときも、アレックのことばかりを考えていた。

自分が彼を愛していることは、もはや否定のしようもない。とはいえ、ふたりに未来があると考えるほど、ダマリスは愚かでもうぶでもなかった。アレックが自分のような女と結婚できないことは、重々承知している。問題は、彼と一緒にいるよろこびと引き替えに、これまでの幸せな日々をあきらめられるかどうかだ。

ダマリスとアレックをノーサンバーランドに追いやった危険が去ったことは、まちがいない。もはや彼女がアレックの故郷にいる理由はなく、ジェネヴィーヴの存在を考えれば、いつまでもこの城にとどまるのは、いくらなんでも気まずいというものだ。夜、こそこそと廊下を進んで彼の部屋に向かい、日が昇る前に自室に戻るという生活。日中はほとんどアレックとふたりきりになることはなく、ひとりの客として堅苦しい態度で彼と接しなければならない日々に、満足できるはずもなかった。

そろそろここを発ち、ふつうの生活に戻らなければ。しかしその〝生活〟とは、どういうものになるのだろう。そこにアレックは、どの程度かかわってくるのか。

ダマリスは、過酷な現実を避けて通るような人間ではなかった。そこで、服を着て髪を乾かし、シンプルに巻いてまとめ上げると、アレックと話し合うために階下へ向かった。ところが応接間に足を踏み入れたとき、そこにいたのはジェネヴィーヴだけだった。

「ミセス・ハワード」ジェネヴィーヴが椅子からさっと立ち上がった。「ご気分はいかがでしょう」

「とてもいい気分です」アレックを探すのはあとまわしにして、ダマリスは部屋の奥に進んだ。「あなたにお礼を申し上げたいと思っていました。ロードン卿から、きのう、わたしが去った方角を伝えてくださったのは、あなただと聞きました」

「ええ」ジェネヴィーヴが心なしかよそよそしい態度でうなずいた。「わたし――兄が……ひどく苦しんでいるようだったので。兄のそんな姿を見るのがつらくて」彼女はそこでためらったあと、先をつづけた。「サー・マイルズから、わたしがあなたに無礼な態度をとっているといわれました」

「まあ、あの方がそんなよけいなことをおっしゃるなんて」ダマリスはたちどころに応じた。「たしかにサー・マイルズは、いわずともいいことばかりを口にします」とジェネヴィーヴが辛辣な口調でいった。「でもこれにかんしては、あの方の言葉を受け入れようと思います。わたし――自分の態度がよそよそしいことは、自覚しているんです。わ――わたし、人と話すのがあまり得意ではなくて」彼女の高い頬骨がかすかにピンクに染まり、それが兄を思わせた。

その共通点ゆえに、ダマリスは目の前の若き淑女にやさしい気持ちを抱かずにはいられなくなった。「どうかお気になさらないで。わたしも、なにを口にしたらいいのかわからなくなることが、しょっちゅうありますもの」

ジェネヴィーヴがかすかにほほえんだ。「やさしいお言葉、ありがとうございます――でも、そんなことはないと思いますわ。あなたは、どんな相手でもくつろがせてしまう人ですもの。とにかくわたしがいいたいのは、なかなかうまく申し上げられないのですけれど、なにかあなたの気分を害するようなことをしてしまったなら、どうか謝罪の気持ちを受け取っていただきたいということなのです。わたし、兄のことを心から愛しています」彼女がダマリスの顔を探るように見つめた。「だから、わたしたちのあいだにわだかまりが残るのは、いやなのです」

「わたしも同じ気持ちです」とダマリスは請け合った。「アレックは――」そこで彼女はためらった。あまり心の内をさらすことのないこの女性に、わたしはあなたの兄を愛しているなどと率直に告げるわけにはいかない。そこで、ぎこちなく言葉をつづけた。「彼は、わたしにとってとても大切な人ですから」

「よかった。それでは――あなたが起きてらしたことを、兄に伝えてまいります。あなたが下りてきたら知らせてほしい、といっておりましたから」ジェネヴィーヴはくるりと背を向けて扉に向かったが、戸口に到達する直前にふり返り、鷹《たか》のような視線をダマリスに据えた。「でも、もしあなたが兄のことを傷つけたら、必ず後悔させますからね」

それだけいうと、彼女は部屋から出ていった。ダマリスはジェネヴィーヴの背中を目で追いながら、いまの会話は厳密にはどういうことなのだろう、と考えた。もちろん、ジェネヴィーヴがわたしにたいする気持ちをやわらげてくれようがくれまいが、とくに気にする必要はない。自分が決意したことを考えれば、これから先、彼女と一緒に過ごす時間があるとは思えないのだから。

廊下からせわしない足音が聞こえてきた。ふり返り、部屋に入ってくるアレックに目をとめると、ダマリスの心臓がどくんと打った。あの高い頬骨と、はっとするような青い目を見て、心がとろけなくなる日がはたしてくるのかしら。彼女は笑みを浮かべながら、同じくらいの興奮とよろこびが刻まれているアレックの顔を見つめた。

「気分はどうだい？」彼がそう声をかけながら近づき、両手を差しだしてダマリスの手を取った。「ジェネヴィーヴは元気そうだといっていたが、そんな言葉では、いまのすてきなきみを表現しつくせない」

アレックがすぐ目の前まで迫ってきたので、ダマリスはのけぞって見上げなければならなかった。彼のからだに腕をまわし、その胸に頭を休めたい。彼のそばにいたいと思う気持ち――この強烈な切望には、自分でも恐ろしくなるくらいだ。いますぐ彼に話すべきだろうか？　あとまわしにしてはいけないかしら？　これから何日かほかの人たちと一緒に過ごさなければならないというのなら、それはそれでよいのでは？　ふたりきりでいられる時間も、少しくらいは見つけられるだろうから。

しかしダマリスは自分を叱咤《しった》し、切りだした。「話があるの」

アレックがにこりとした。「そうなのか？　不思議だな。ぼくもきみと話がしたいと思っていたんだ。庭園を散歩しないか？」

ダマリスはうなずいた。外で話すほうがいいだろう。そうすれば盗み聞きされることもないし、いきなりだれかが部屋に入ってくる心配もない。彼女はアレックの腕に手をかけ、ふたりして裏口から庭園に出た。

「あなたの話というのは？」ダマリスは少しでもその瞬間を遅らせようとしてたずねた。

「いや、きみから先に話してくれ」アレックが彼女に笑みを向けた。「ぼくは、少し勇気をかき集める必要がありそうだから」

ダマリスはいぶかしげに彼を見つめたが、自分がいうべきことで頭がいっぱいだったので、彼の言葉について深く考えてはいられなかった。まずは大きく息を吸いこんでから、口を開いた。「わたし、そろそろチェスリーに戻らないと」

彼が腕をこわばらせ、急に足を止めた。「なんだって？　出ていくのか？」

「だ――だって、ここにいるのは気まずいもの。レディ・ジェネヴィーヴとサー・マイルズが、すぐ近くにいるのだから。わたしたち、言葉や行動をいちいち気にしなくてはならないでしょう」

「あのふたりに出ていけといえばいい」

ダマリスは思わず苦笑した。「だめよ、そんなこと。失礼だわ。問題は、レディ・ジェネヴィーヴがここにいるあいだずっと滞在していれば、あとで噂になってしまうということなの。あなたが非難されれば、彼女もいい気持ちがしないでしょうし」

「どうしてぼくが非難されるんだ？　だれに？　ダマリス……今度はいったいなにをいいだすんだい？　噂になど、なりはしないさ――まあ、ぼくがあの男を撃ち殺したことが上流社会に知れれば、多少なにかいわれることはあるかもしれない。しかし、きみの名前が挙がることはないと保証する。きのう、あの場にいた人間も、きみの名前は知らないはずだ」

「いえ、そういうことではないの。いやだ、なんだかうまく伝えられそうにないわ。これについてはさんざん考えて、考え抜いてきたというのに、いまになって言葉がうまく出てこないなんて」彼女は息を吸うと、ふたたび口を開いた。「アレック、噂になるというのは、妹さんと同じ家にあなたが愛人を住まわせているということなの。そんなの、許されることではないわ」

「そんなことを心配していたのか？」彼の表情が明るくなった。「そんなこと、だれにも知られたりはしないさ」

「いいえ、必ず知れるわ。あなたの妹さんやマイルズが他言するといっているわけではなくて、噂はいやでも広まるものだといっているの。あとで、ロンドンで、わたしたちが……わたし、ロンドンに引っ越さないと。あなたが訪ねてこられるような家を買わなくては」

アレックが驚いたように彼女をまじまじと見つめた。「ダマリス、なんの話だ？」

「わたしたちのこれからの話よ」彼女は眉間にしわをよせた。「アレック！　つまりあなたは――わたしの思いちがいなの？　あなた、わたしたちの関係を終わらせようとしているの？」

「まさか！」彼がいらだったように顔をしかめた。「出ていくといいだしたのは、きみのほうじゃないか」

「いったんチェスリーに戻って、あれこれ片づけるためよ。家を閉めなければならないし。ガブリエルとシーアが気まずい思いをするだろうけれど」

「ガブリエルとシーア！　ふたりがどうしたって？　ダマリス、はっきりいってくれ」アレックが彼女のあごを持ち上げ、まっすぐ目をのぞきこんできた。「なにをそんなにあわただしく計画しようとしているんだ？」

「わたしたちが一緒にいられるための計画よ。わたしがロンドンに家を持てば、あなたが訪ねてこられるでしょう。そうすれば、人に見られたり、話を聞かれたりする心配をせずにすむわ。必要に迫られてではなく、好きなときにわたしのベッドから出ていくことができる。それに、まっ昼間に応接間のまんなかであなたのひざにのりたいと思えば、そうするわ。だれの目も気にせずに」

アレックがにやりとして、口角を持ち上げた。「そいつはたしかに楽しそうだ。いまここでやってみるのもいいかもしれない」

彼女は顔をしかめた。「アレック、わたし、まじめな話をしているのよ」

「そのようだな」彼がダマリスのあごを親指でさすり、唇に軽く口づけした。「ダマリス、きみはぼくの愛人になるという話をしているのかな?」

「ええ、まあ、そのつもりよ……」ダマリスはすねたようにいった。その決断を、アレックがもう少しよろこんでくれるものと思っていたのだ。「もっとも、それを大々的に発表する気はないけれど」

「それがきみの望みなのか? 母上と同じ人生を歩むことが?」

ダマリスは顔を背け、アレックの手からあごを離した。「そういう暮らしを送りたいわけではないわ。でも……」彼を見上げ、肩を怒らせる。「わたしは、あなたがほしいの」

アレックがすっと息を吸いこみ、顔を引き締めて、薄青の目をきらめかせた。「愛しくて……美しいダマリス」

彼がダマリスの顔を両手で包みこみ、激しく、短く口づけした。そのあとからだを離すと、彼女を近くのベンチに連れていった。ダマリスをすわらせて両手を取り、目の前にひざまずいてまっすぐ顔を見つめてくる。

「ダマリス、愛しい人。ぼくは、きみを愛人にするつもりはない」ダマリスは頬を叩かれたかのように蒼白になったが、彼女が動くよりも早く、アレックが手をぎゅっと握りしめて動きを封じ、先をつづけた。「ぼくはきみと結婚したいんだ」

ダマリスはのどを詰まらせた。彼をまじまじと見つめる。「アレック……もしふざけているのなら……」

「ちがう！　ぼくのことをなんだと思っている？　いま、きみに妻になってくれと申しこんでいるところなんだぞ」

からだが震えだすのを感じたが、止めようにも止められなかった。アレックの手にしがみついて震えを止めようとしたところ、彼がその手を掲げ、左右それぞれに口づけした。「さあ」まゆをゆがめてたずねてくる。「いつまで待たせるつもりだい？」

「そんなこと、できないわ！」

「いや、できるんだ」彼がにやりとした。「聞いたことがないか？　辺境の貴族はみずからを法としている、と」

「だってわたしは、セドバリー卿の落としだねなのよ！　母は女優だった。わたし自身の親族が、わたしの存在そのものを醜聞として忌みきらっている。それだけじゃないわ！　だれかが少しでも調べれば、わたしがバレットと駆け落ちして、自分の評判を保つためには結婚するしかなかったことが知られてしまう。あなたの家族が、わたしのせいで汚名を着せられることになるのよ」

「ジェネヴィーヴも祖母も、なんとかするさ」アレックが短く答えた。「きみのことを他人がどう思おうが、ぼくがそれを気にするとでも？　なんと、ダマリス！　あの男がきみを連れ去ったとき、ぼくはきみがほかの恋人と逃げたと思いながらも、きみを追いかけたんだ。きみをみすみす手放すことなど、できなかった。きみを見つけて、話を聞いてもらおうと思った。きみを引きとめておくためなら、なんでも差しだしただろう。ひざまずいて、懇願するのもいとわなかった。そんなぼくが、人になにか噂されるからという理由で、きみを妻として迎えるのをあきらめるとでも思うのか？」

ダマリスの目は涙できらめいていた。からだじゅうが、アレックの腕のなかに飛びこみたい、と訴えている。彼と結婚する、と百回でも叫びたかった。それでも彼女は、いまだわずかな自制心を保っていた。「でも、そんなことをしなくても、わたしを手に入れられるのよ。好きなときに、好きなだけ」

「きみをロンドンのどこかの家に隠しておくなど、お断わりだ。自分の家できみと夜を過ごせるというのに、こっそりきみに会いにいきたくはない。きみと一緒にいたいんだ、ずっと。ぼくのベッドで。ぼくの応接間で。ロンドンでも、チェスリーでも、クレイヤー城でも、ぼくのいるところならどこでも。きみと一緒に目をさまし、きみと一緒に食事をして、その気になったらいつでもきみの手を取りたい。きみにぼくの伯爵夫人になってもらいたい。ぼくの妖婦《ようふ》にもなってもらいたいんだ」アレックが彼女を抱きよせて口づけし、ベンチから下ろして自分のひざにのせると、耳もとにささやきかけた。「きみに、ぼくの子どもたちの母親になってもらいたい」

「アレック！」ダマリスは泣き笑いしながら、彼の肩にしがみついた。

「問題は、きみの望みはどうなのかということだ」アレックがのけぞって顔をのぞきこんできた。「ぼくと結婚してくれるかい？」

「ええ！」ダマリスは彼の顔を手で包みこみ、唇に、頬に、あごに口づけしながら、ひと言ひと言を強調した。「する、する、結婚するわ！　あなたと結婚する」彼の目をのぞきこむ。

「愛しているわ。わたしの望みも、あなたと同じよ。どんなにそうしたいと思っているか、あなたには想像もつかないくらい。あなたが後悔しないことを、心から祈っているわ」

「するものか。きみを愛したことは、ぜったいに後悔しない。きみをいつまでも愛すると誓うよ」

アレックはそういうとダマリスを抱きよせ、口づけした。

訳者あとがき

ロードン伯爵ことアレック・スタフォードは、前年のクリスマスにコッツウォルズの田舎町チェスリーで出会った美貌の未亡人ダマリス・ハワードのことが忘れられず、悶々とした日々を送っていました。そこで故郷ノーサンバーランドからロンドンへの帰り道、友人と名づけ子に会うという名目でわざわざ遠まわりしてチェスリーを訪ねてみたものの、ダマリスはロンドンに出かけていると聞き、大きな落胆を味わいます。

ところがロンドンに戻ったアレックは、妹と祖母につき添って出かけた劇場でダマリスに遭遇するという幸運に恵まれました。この機会を逃してなるものかとばかりに、彼はダマリスを翌晩の舞踏会に誘います。

一方のダマリスも、ずっとほのかな想いを抱いてきたアレックとの再会にうれしさを隠しきれません。じつは彼女はある〝秘密〟を抱えており、それゆえロンドン社交界とは距離をおいてきたのですが、そのときばかりはだめだと訴える心の声を無視し、つい彼の誘いに応じてしまいます。しかし舞踏会当日、ダマリスは不愉快な出来事のために早々に会場をあとにするはめになりました。それでも追いかけてきたアレックを拒みきれず、彼と親密なひとときを過ごしてしまうのです。

その翌日、前夜の行動を恥じたダマリスは、アレックを断ち切ってチェスリーの自宅に戻るべく準備を進めます。が、そこへ見知らぬ男たちが現われ、無理やり馬車で連れ去られてしまい……。

いったいだれが、なんのためにそんなことを？

彼女が抱える〝秘密〟が関係しているのでしょうか？

はたしてダマリスの運命は？

事態は彼女を救おうとするアレックを巻きこみつつも、思わぬ方向に展開していくのですが――


お待たせいたしました！　ご好評をいただいている聖ドゥワインウェン・シリーズの第二弾をお届けいたします。

シリーズ第一弾『唇はスキャンダル』（二見文庫）の主役は、しっかり者ながら恋愛には奥手のシーアと、罪深いほどハンサムで〝熱い男〟ガブリエルでした。今回は、男を惑わせるほどに美しい未亡人ダマリスと、決して人に心の内を見せない〝冷血卿〟アレックのロマンスがくり広げられます。前作とはまったく異なるタイプの主人公たちに加え、舞台も凍えるような冬からきらめくような夏へと移り、著者キャンディス・キャンプが紡ぎだす新たな物語をご堪能いただけるものと確信しております。

ダマリスとアレックは第一弾でも重要な役どころとして登場しており、そのときからおたがい気になる存在でした。ただし前作でのアレックは自分の殻にこもったり他者に牙をむいたりするシーンが多く、ダマリスのほうはシーアとの友情を育みつつも過去をだれにも語ろうとしないなど、どちらもいまひとつ把握しきれない謎めいた雰囲気を漂わせていました。

そのふたりが本書でロマンスの花を咲かせるわけですが、アレックは気位が高く尊大なキャラクターを維持しつつも、ダマリスにたいしては心の奥底に隠していた情熱とやさしさをたっぷりと見せてくれます。また妹や親友とのやりとりからは、彼の激しくも人間くさい一面が浮かび上がってきます。そんなアレックですが、親友ガブリエルの妹ジョスランに裏切られて以来（詳細は第一弾にて！）、もはや恋愛などという〝たわごと〟には惑わされないと心に誓っており、ダマリスに心惹かれながらも恋愛結婚の可能性をきっぱり否定してしまうのです。

一方、口先ばかりで内容のともなわない男たちを多く目にしてきたダマリスは、アレックの寡黙ながら誠実で芯の強いところに強烈な魅力を感じています。不器用とすらいえるほどの彼の生きざまは、実直さの表れなのですから。ダマリス本人は話し相手をたちどころにリラックスさせるほどの社交上手ですが、過去に大きな秘密を抱えているがゆえに、それが暴露されればアレックや彼の家族に恥をかかせてしまうと考え、彼との将来を最初からあきらめています。

そんなふうにアレックもダマリスもたがいに「結婚」というゴールはありえないと頭では思いつつ、磁石のように惹かれ合う気持ちには抗いきれず……。冷静で理性的で成熟したおとなの男女が燃え上がらせる恋の炎は熱く激しく官能的で、ロマンスファンの心をがっちりつかんでくれることでしょう。

また本書の大きな魅力のひとつが、恋の逃避行さながらのふたりの旅路です。正体の見えない不気味な敵から逃れるため、ふたりはロンドンから紆余曲折を経てはるか遠くの地にたどり着くことになるのですが、草原や森を抜け、川を下り、海を進む旅路の描写は、背景の匂いが感じられるほど臨場感にあふれています。そして貴族然としたアレックと貴婦人ダマリスが平民にまじって各地をめぐるようすは、とてもユーモラス。そのあたりも存分にお楽しみいただければと思います。

第一弾でダマリスとアレックが物語に必要不可欠な脇役を演じていたように、本書でも脇役ながら非常に重要な役割を与えられているのが、アレックの妹ジェネヴィーヴと親友サー・マイルズです。そしてご想像のとおり、このふたりがシリーズのトリを飾る第三弾の主人公となります。

氷の美女と呼ばれるジェネヴィーヴと、逆に親しみやすくて人好きのするサー・マイルズのロマンス――はたしてどんな展開になるのでしょうか？

どうぞご期待ください！

二〇一三年九月

ザ・ミステリ・コレクション

瞳《ひとみ》はセンチメンタル

著者　キャンディス・キャンプ
訳者　大《おお》野《の》晶《あき》子《こ》

発行所　株式会社 二見書房
東京都千代田区三崎町2-18-11
電話 03(3515)2311［営業］
03(3515)2313［編集］
振替 00170-4-2639

印刷　株式会社 堀内印刷所
製本　株式会社 関川製本所

ISBN978-4-576-13135-1
http://www.futami.co.jp/